W9-CEG-930

Tome I

Tous Continents

1 2 NOV 2004

La Femme
de la fontaine

Élizabeth Filion

La Femme
de la fontaine

Robert et Katia

1887-1933

roman

ANNULÉ
CANCELLED
BIBLIOTHÈQUE
DU CANTON
D'ALFRED ET PLANTAGENET
CURRAN

ÉDITIONS QUÉBEC AMÉRIQUE

329, rue de la Commune O., 3e étage, Montréal (Québec) H2Y 2E1 (514) 499-3000

Données de catalogage avant publication (Canada)

Filion, Élizabeth

    La Femme de la fontaine

    (Tous Continents)
    Comprend des réf. bibliogr.

    ISBN 2-7644-0135-3 (v. 1)

    I. Titre. II. Collection.

PS8561.I529F45 2002   C843'.54   C2001-941675-X
PS9561.I529F45 2002
PQ3919.2.F54F45 2002

Les Éditions Québec Amérique bénéficient du programme de subvention globale du Conseil des Arts du Canada. Elles tiennent également à remercier la SODEC pour son appui financier.

Nous reconnaissons l'aide financière du gouvernement du Canada par l'entremise du Programme d'aide au développement de l'industrie de l'édition (PADIÉ) pour nos activités d'édition.

©2002 ÉDITIONS QUÉBEC AMÉRIQUE INC.
www.quebec-amerique.com

Dépôt légal : 1er trimestre 2002
Bibliothèque nationale du Québec
Bibliothèque nationale du Canada

Mise en pages : André Vallée

Imprimé au Canada

NOTE HISTORIQUE

Saint-Pétersbourg, Petrograd et Leningrad sont trois noms qu'a portés la même ville. Au cours du vingtième siècle, les différents gouvernements soviétiques baptisèrent à deux reprises le plus grand port de la Russie. Aujourd'hui, l'entente a été faite pour l'appeler à nouveau Saint-Pétersbourg, mais au fil du récit, vous lirez, tour à tour, ces noms où l'histoire s'est jouée.

À Luc, la plus grande des muses,
avec tout l'amour du monde...

Si l'on me presse de dire
pourquoi je l'aimais,
je sens que cela ne peut
s'exprimer qu'en répondant :
« Parce que c'était lui
parce que c'était moi... »

Montaigne, *Essais*, 1, 27.

CHAPITRE UN

NAPLES – PARIS
1887-1912

Sur une galerie bordée par des sycomores et des cyprès immensément vieux, plusieurs hommes buvaient en silence en s'efforçant de ne pas réagir aux plaintes qu'ils entendaient. Le plus âgé, Emilio Guerti, se tenait debout près de la porte ouverte. Gras, chauve, ses rides trahissaient un caractère jovial que l'inquiétude ne réussissait pas à faire disparaître. Tous les autres sur la galerie lui ressemblaient. Ils avaient une corpulence plus ou moins importante et des yeux vifs remarquables d'intelligence et d'esprit. Ces garçons, âgés de sept à trente ans, étaient la descendance chérie d'Emilio, connu à Naples comme l'excentrique fertile de la *Rosa prena*[1], le domaine controversé niché au sommet d'une colline du nord-est de la ville.

En soixante ans, il n'avait jamais rien demandé à personne, ni succès, ni richesse, ni célébrité. Pourtant, un jour qu'il s'interrogeait sur l'argent nécessaire à l'entretien d'une épouse, puisque à l'époque de ses vingt-sept ans il aspirait à se marier, le facteur lui apporta un message inattendu. Une vieille tante au troisième degré, récemment décédée, lui léguait ses biens par testament. Emilio monta à Rome pour toucher cet héritage et, à son retour, il possédait une voiture, un complet neuf et une fortune pour le moins évidente.

Certaines mauvaises langues de la région affirmèrent que ce fut ce jour-là qu'Emilio reçut le don de s'enrichir à la faveur du décès d'éloignés ancêtres. En effet, pendant deux ans, les mortalités s'additionnèrent, multipliant ses possessions et dès que les

---

1. « Rose enceinte », en napolitain.

banquiers rivalisèrent de courbettes devant lui, les femmes à marier se succédèrent à sa porte. Au début, il se flattait de sa virilité enfin reconnue, mais rapidement il comprit que sa parenté lui avait légué le charme le plus irrésistible : l'argent. Déçu, il refusa les calzones, les fromages, les charcuteries et les autres offrandes qu'elles lui apportaient ; éconduites, elles s'en retournaient avec leurs cadeaux venimeux. Jadis la fibre charmeuse, Emilio se transformait en marbre, lui qui n'avait jamais cultivé la pierre.

Le jour de ses vingt-neuf ans, découragé à l'idée de se marier sans la certitude d'un amour véritable, il descendit dans un bordel de la ville satisfaire ses pulsions. À son arrivée, les prostituées, obligeantes, se partagèrent son corps et ses richesses. Emilio, enivré par l'alcool, la bonne chair et la beauté, dégusta avec ravissement ce que même ses fantasmes lui avaient refusé. Ivre de vin, deux danseuses devant lui, une déesse de charme sur les cuisses, les mains sur deux autres, une experte masseuse agrippée à sa nuque et une bouche habile à ses orteils, il se prit à réfléchir à la monogamie. Pourquoi se contenter d'une seule amante quand son argent lui permettait de s'en offrir plusieurs ? Spontanément, il choisit d'épouser son célibat et d'acheter une garçonnière non loin de la maison close.

Pendant six semaines, Emilio jouit avec grandiloquence de plusieurs péchés capitaux. Il se goinfrait davantage que sa panse ne le permettait, buvait les meilleurs vins, dormait paresseusement durant le jour, puis festoyait toute la nuit en profitant des voluptés paradisiaques de son nouvel univers.

Ce fut lorsqu'il revint de Venise, où il avait hérité d'une somme fabuleuse pour la énième fois, que son existence tourna un moment au cauchemar. Un message sur le pas de sa porte le priait de venir rapidement au clandé.

Il se présenta en costume de voyage. À l'entrée, Madame, énigmatique et nerveuse, l'invita à prendre un verre. Il en était encore à se demander pourquoi aucune des nymphettes qu'il adorait ne venait le saluer lorsqu'elles descendirent des chambres toutes à la fois. Leur ventre rond expliquait le mystère. Elles étaient toutes plus enceintes les unes que les autres. Comme il avait employé la majorité de son temps des derniers mois avec elles, qu'il se les réservait jalousement, aucune ne douta de sa paternité. Lui non plus.

De longues et chaudes sueurs perlèrent sur son front. Il les dévisagea l'une après l'autre et lut tant d'inquiétudes dans l'attente de sa réaction qu'il leur offrit un sourire bienveillant. Il s'approcha de Sara. Elle embaumait toujours autant. Ses jambes n'avaient rien perdu de cette allure de serpents qui s'agrippaient à son dos telles des ventouses délicieuses. Il sourit à Giuseppina. Ses yeux d'un bleu perçant lui avaient chaviré le cœur lors de leur pre-mière rencontre quand, dépaysée, elle venait seulement d'arriver en ville. Elle n'avait jamais connu d'autre client. Et Antonella... Et Nina... Et Paola... Et Novella... Et Consolata... Il recula pour mieux envisager ce portrait pour le moins extraordinaire et éclata de rire.

— Je vais être papa, se contenta-t-il de dire, et il vida d'un trait son verre qu'il posa bruyamment sur le comptoir avant de caresser le ventre de chacune en l'embrassant goulûment.

— Vous n'allez pas demeurer ici, reprit-il d'un ton rassurant. Venez vivre à la maison jusqu'à la naissance des enfants. Ne vous inquiétez plus de rien. J'assurerai votre existence puis je vous aiderai si vous désirez vous établir dans une autre ville et changer de métier. Il n'est pas question que j'épouse l'une d'entre vous, pas plus qu'une autre d'ailleurs. Le mariage n'est plus pour moi, mais les enfants, mais sept enfants, pourquoi pas?

Les prostituées, apaisées, s'installèrent séance tenante dans la demeure d'Emilio et ce dernier engagea le jour même des ouvriers pour agrandir la propriété afin qu'elles eussent rapidement leur chambre. Au début, elles se prélassèrent toute la journée dans leur lit, se coiffèrent mutuellement, se préparèrent des repas gastrono-miques et prirent des bains interminables. Au bout d'un mois, le repos se mua en ennui. Elles se plaignirent à Emilio qu'elles n'avaient rien à faire pour passer le temps alors que quatre mois les séparaient encore de la naissance de leur progéniture.

Il contemplait alors les champs de verdure, installé sur le balcon minuscule qui surplombait l'arrière de sa maison. À ce moment, audacieusement, la terre, complice, émit un parfum sucré de roses et l'odeur envahit ses narines. Il remercia le ciel pour cette excellente idée et enfourcha son cheval. De retour avec trois livres dans une caisse et plusieurs plants chargés sur une charrette qui le suivait, il invita ses conquêtes à le rejoindre. Il déchargea les rosiers et, livres à la main, ils apprirent et s'enseignèrent ce qu'ils croyaient être l'essentiel. En fin de journée, épuisés, ils s'imaginaient tous éduqués aux mystères des roseraies ou du moins espéraient-ils que la nature comblerait leurs lacunes.

Les ouvriers engagés lui annoncèrent bientôt que l'extension de la demeure était terminée. Emilio leva les yeux vers cet étroit balcon où il aimait se détendre et les enjoignit de créer une véranda capable d'accueillir une énorme famille. Les charpentiers s'esclaffèrent en zyeutant les sept femmes enceintes et se remirent à l'ouvrage. Du haut de la construction qu'ils entreprirent, ils épiaient les champs de roses d'Emilio avec envie. Ce n'était pas tant les fleurs qui excitaient leurs appétences que les horticultrices elles-mêmes.

Ses femmes, comme elles s'appelaient entre elles, entretenaient avec Emilio chacune des fleurs. La tête couverte d'un chapeau de paille pour se protéger du soleil, les cheveux relevés sur la tête, quelques mèches folles collées à leur peau en sueur, le corsage déboutonné débordant de seins, sensuelles et pleines de vie, jolies à croquer avec leurs formes abondantes et fastueuses comme des fruits mûrs, elles les rendaient fous.

Tous les jours, dans les champs de roses, Emilio honorait une de ses femmes. Avec douceur, il parcourait les nouveaux sillons de ses chairs, s'enthousiasmait sur ses formes éclatantes et l'embrassait jusqu'à ce qu'elle croulât sous les baisers. Il s'adressait au ventre avec tendresse pour que le bébé le reconnût dès sa naissance et comblait d'attention et de compréhension chacun des caprices, car il comprenait que chargée du poids de neuf mois de gestation, chacune des futures mères se croyait lourde jusqu'à la fin de sa vie.

Soignées par les femmes et Emilio, les roses devinrent magnifiques. Hautes sur tige, solides, fournies, elles formaient un amas duveteux aussi gros qu'une pivoine. Lorsque Emilio les coupait pour descendre les vendre en ville, que les fleuristes l'imploraient de dévoiler son secret pour faire pousser des fleurs aussi envoûtantes, il répondait toujours qu'il l'ignorait. Par contre, lorsqu'il rentrait chez lui, il admettait que les étreintes, la passion, les mots doux, de même que les mains féminines regorgeant de vie devaient rendre les roses heureuses et amoureuses, et que telles les femmes comblées par l'amour passion, elles parfumaient, croissaient et devenaient somptueuses.

Contrairement à ce que les gens avaient annoncé, aucune de ses femmes ne se méprit sur les intentions d'Emilio. Dès qu'elle accouchait, elle affrontait bravement ses relevailles, allaitait consciencieusement son nourrisson puis envisageait un avenir différent. Elle pouvait laisser son bébé à la *Rosa prena*, comme les gens de la ville appelaient désormais le domaine d'Emilio, ou quitter les lieux avec lui. Emilio, de son côté, lui promettait soutien financier et affection paternelle, l'assurant qu'il ferait tout pour son bonheur et pour celui de son garçonnet.

Comme Emilio savait qu'à la ville ses femmes seraient conspuées, condamnées et menacées à cause de leurs mœurs, il décida que les baptêmes auraient lieu à la maison. Le curé, bien qu'il fût contrarié par la légèreté de ces brebis égarées, procéda à la cérémonie afin de sauver ces âmes pécheresses des feux de la damnation éternelle. Contrairement à ce qu'il avait craint de la part de ces païens, la célébration fut touchante. Le père affichait franchement son bonheur et chacune des femmes semblait pleinement épanouie. Quatre d'entre elles annoncèrent à Emilio qu'elles déménageaient pour entreprendre une nouvelle vie avec ses deniers mais sans leur mioche. Deux autres lui apprirent qu'elles s'établissaient ensemble et ouvraient un commerce de fleurs qu'il subventionnerait en monnaie et en roses. Le curé remercia Dieu pour la victoire sur le mal de ces âmes perdues et bénit les nouveau-nés au nom de la Sainte Église catholique. Ce ne fut qu'à la fin de la réception que la cadette des accouchées pria le curé de la raccompagner en ville afin de rejoindre le bordel. En chemin, elle lui expliqua qu'il n'était aucunement question qu'elle s'établît ailleurs que chez Madame puisqu'elle avait encore plusieurs bonnes années devant elle. Ainsi, le lendemain des baptêmes, Emilio se retrouva seul avec cinq de ses fils.

D'abord, il commanda aux ouvriers d'élargir la demeure et de créer une nourricerie attenante à des chambres d'adulte. Ensuite, il annonça dans les journaux la création d'emplois de gouvernantes. Finalement, il décida de passer quatre jours par semaine en ville, dans son appartement douillet et tranquille, puis de remonter à la *Rosa prena* la fin de semaine.

En plus de fréquenter le bordel et de voir à l'éducation de ses bambins, il visitait ses deux femmes au commerce de fleurs. Elles affichaient un mince profit et le remerciaient chaleureusement pour la chance qu'elles avaient eue de porter un enfant de lui. Il écrivait régulièrement aux quatre autres établies à Rome et déjà l'une d'elles annonçait son mariage avec un sympathique fermier et le priait de ne plus lui écrire afin de lui épargner la gêne des explications. Il acquiesça à sa requête. Il ne revit jamais celle que le curé avait reconduite au bordel. Madame lui raconta qu'elle avait simplement déménagé. Déçu, il remarqua qu'elle ne lui avait pas demandé une aide qu'il lui aurait accordée avec plaisir.

Dès qu'il rejoignait la *Rosa prena*, il s'occupait des garçons. Assis à même le sol, au milieu des roses, il leur parlait de magie. Il commanda aux librairies de la région des dizaines de bouquins remplis d'images. Afin qu'ils vissent qu'au-delà des montagnes, de la mer et de la ville, un monde inconnu s'étendait à l'infini, il leur montra la géographie ; afin qu'ils se fissent rapidement une opinion sur la nature humaine, il leur lut des romans ; et afin que vécussent les rêves qui les habitaient, il leur raconta des fables et des légendes. Dès qu'ils marchèrent, il leur apprit le langage des fleurs et lorsqu'ils purent communiquer avec la terre, il sema, entretint et récolta les roses avec eux. Il leur disait alors qu'ils se faisaient Dieu car à s'occuper des fleurs, les enfants créaient de leurs mains une œuvre qu'Emilio qualifiait de divine. Il lut dans leurs yeux un océan de fierté lorsqu'ils coupèrent les premières tiges pour qu'Emilio aille vendre leurs fleurs au marché et quand il revint à la maison avec les lires qu'ils avaient gagnées, les jeunes se crurent riches comme les sultans des contes arabes.

— L'important ce n'est pas l'argent, spécifiait-il, c'est la passion de son métier. Moi, j'adore les roses et gagner ma vie en faisant ce qui me plaît, c'est le plus grand cadeau de l'existence.

La maison recevait en permanence une ou plusieurs femmes enceintes d'Emilio, et avec chaque accouchement, il devenait père une fois de plus. Étrangement, de la même manière que de partout lui parvenaient des héritages, ses femmes ne mettaient au monde que des garçons. Ce fut le deuxième don d'Emilio Guerti selon les gens du coin : béni par les dieux, il n'engendrait que des mâles.

Les jeunes qui grandissaient chez lui ne se surprenaient pas de la venue de femmes enceintes, puis de leur départ, car avec les années, Emilio avait fait de la *Rosa prena* un monde clos pour protéger de la stupidité et de l'incompréhension humaines tous ces êtres qu'il chérissait. Pour s'occuper d'eux, il se payait des tuteurs qui savaient transmettre la soif d'apprendre. Lorsqu'il entendait dire qu'un étranger baragouinait un minimum d'italien, il l'invitait à venir raconter son pays. Les garçons adoraient ces rencontres et posaient mille questions surprenantes. Tous les voyageurs entretenaient après leur passage une correspondance avec la *Rosa prena* et chaque Noël, les gamins écrivaient des dizaines de cartes de souhaits qu'ils envoyaient un peu partout à travers le monde.

— Rien n'est impossible à celui qui aime et respecte, disait-il, et il n'y a pas de plus beau cadeau que la reconnaissance, ni de plus belle qualité que la générosité.

Ainsi, chacun des enfants soutenait, aidait et encourageait les autres. Les réussites individuelles donnaient prétexte à des fêtes et les échecs, à des réflexions.

— Les dons que l'on a doivent être exploités pour notre propre joie mais au profit des autres. Découvrez vos habiletés et vos préférences, car le bonheur n'existe qu'à ce prix.

Quelques-uns s'intéressèrent aux herbes et avec le temps, ils développèrent des basilics et des romarins qui parfumaient les mets d'un fumet exquis.

D'autres plantèrent des oliviers. En quelques années, non seulement ils en récoltèrent les fruits, mais ils créèrent aussi des huiles savoureuses à l'onctuosité inégalée.

Il y en eut qui se lancèrent dans la culture des tournesols. Autour de la maison, les héliotropes rivalisaient de coquetterie avec les roses d'Emilio. Plus ils recherchaient le soleil et montaient vers le ciel, plus les roses allongeaient leurs tiges, regorgeaient de rosée et embaumaient les environs ; et plus les roses se paraient, plus les tournesols jaloux scintillaient de lumière. Étrangement, comme dans les contes qu'Emilio lisait à ses multiples enfants, ils se mirent même à exsuder un subtil parfum réputé aphrodisiaque.

Quelques-uns, ayant planté des vignes, coupaient, sarclaient et taillaient avec patience les méandres de bois pour, le soir venu, sur la véranda, caresser amoureusement des yeux l'objet de leur attention. Après des années d'un labeur constant, ils développèrent un rouge corsé et plein en bouche qui ravissait les Guerti, d'Emilio au plus petit.

Certains finalement se spécialisèrent dans les tomates. Rose ou rouge, chaque variété avait une saveur épicée, amère ou sucrée. Elles ne trônaient que sur la table familiale, car leur production ne suffisait jamais à nourrir la panse de la maisonnée.

Au début, Emilio craignit que ses coffres se vidassent et qu'il manquât d'argent, mais avec les nouveaux produits qu'on récoltait à la *Rosa prena*, il continua à s'enrichir et à soutenir, de près ou de loin, tous ceux qui dépendaient de lui. En fait, il n'avait pour handicap que le taux de croissance de sa réussite, car tout grossissait chez Emilio. Les garçons souffraient d'embonpoint. Les raisins atteignaient la taille des olives, les olives celle d'une tomate moyenne et les tomates la pulpe d'un sein nourricier. Les feuilles des herbes avaient l'ampleur de la paume d'une main d'homme tandis que les roses éclosaient de mille pétales, suivies de près dans la démesure par les tournesols.

Comme tout ce que produisait son domaine tendait à décupler, Emilio acheta les terres voisines pour permettre à ses récoltes de prendre de l'expansion. Malgré cela, ses voisins se plaignaient d'être envahis par la fertilité des Guerti. Emilio, en les dédommageant financièrement, leur assurait que la nature suivait une loi à laquelle il ne pouvait que se soumettre.

Pendant plusieurs années, la *Rosa prena* accueillit les amantes qu'Emilio courtisait assidûment pendant plus d'un mois. Chaque fois, il se faisait jouer le même tour par la contraception et neuf mois plus tard, un autre garçon naissait. Aux grilles de la *Rosa prena*, quand une femme quittait la propriété, avec ou sans son gamin, elle en croisait inévitablement une autre qui entrait s'y installer jusqu'à son accouchement.

Certaines femmes tentèrent de se prostituer à Naples, car on rapportait qu'un certain Emilio engrossait à coup sûr celles qu'il baisait et que, par la suite, il les entretenait honnêtement et les aidait à se refaire une vie. D'autres survinrent chez lui, enceintes comme les autres, pour lui demander son aide même s'il n'était pas le père du bébé qu'elles portaient. Elles avouaient n'avoir nulle part où vivre car père, frère ou mari les chasseraient ou les tueraient en apprenant leur embarras. Chaque fois, Emilio les hébergeait durant leur grossesse et adoptait leur fils si elles le souhaitaient.

Ses champs regorgeaient de roses et de femmes enceintes. Dans la prairie gambadaient les jeunes qui grandissaient, accompagnant leurs nouveaux frères qui se multipliaient. Emilio tenait un registre des naissances et dénombrait maintenant cinquante-deux garçons plus ou moins officiels. Il gardait à jour les adresses de ses femmes et correspondait avec chacune, ajoutant à chaque lettre une somme d'argent. Plusieurs d'entre elles, après l'avoir rencontré, affirmaient qu'il était un saint homme. Peut-être y avait-il quelque chose de sain chez lui, cette adoration de la vie par exemple, mais le curé en doutait fortement, et les habitants de Naples encore plus. Par contre aucune de ses femmes ne disait le contraire. Elles décrivaient sa parfaite courtoisie, sa patience généreuse et son extrême gentillesse. Elles vantaient son affection pour les enfants, les roses et les bêtes, mais blâmaient un peu sa virilité exceptionnelle qui, à cinquante-neuf ans, venait de retrouver un second souffle à la vue de cette adolescente sculpturale venue de la banlieue de Rome.

Gabriella était descendue à Naples pour prendre de l'indépendance comme elle le soutenait. Consciente des formes généreuses de son corps, elle avait décidé de tirer avantage de son capital et d'investir dans ses atouts. Elle débarqua chez Madame à dix-sept ans et le soir même de son arrivée, Emilio l'honora deux fois de suite. La jeune Romaine crut alors qu'elle ne le reverrait pas, qu'épuisé il se referait des forces pendant quelque temps, mais le lendemain matin elle n'eut pas le temps de se vêtir qu'il redemandait ses services.

Pendant un mois, sur le lit en désordre qui témoignait des ébats torrides de la veille, ils firent l'amour et un beau matin,

lorsqu'elle l'observa, les yeux brillants, il hocha la tête d'entendement.

C'est ainsi qu'aux premières heures de la journée d'anniversaire des soixante ans d'Emilio, Gabriella ressentit les premières
contractions. Un des adolescents ramena la sage-femme, la même
depuis des décennies, puis tous ses enfants attendirent avec lui sur
l'immense véranda que Gabriella mît au monde un autre garçon.

— Emilio ! Emilio !

D'une fenêtre de l'étage, l'accoucheuse appelait. Emilio grimpa
l'escalier à vive allure. Allongée sur un lit propre, les cheveux
mouillés et le visage rayonnant, Gabriella lui sourit en tendant son
poupon. Ému aux larmes comme s'il s'agissait de son premier
enfant, il défit les langes du nourrisson et dénuda une vulve
adorable.

— Gabriella... Oh ! Gabriella...

Emilio se sentit comblé. La belle Romaine sourit tendrement.
Dans quelques semaines, elle partirait loin de cette villa contro-
versée pour entreprendre une nouvelle vie avec en elle une certitude
inébranlable. Peu importait où elle irait, elle appartenait désormais à la légende du domaine.

Emilio rejoignit la véranda avec sa fille. Béats, dépassés et
attendris, tous les garçons couvèrent avec adoration cette sœur
attendue.

— Comment l'appellerons-nous ? interrogea quelqu'un.

Spontanément, tout le monde s'enflamma et les suggestions
fusèrent. Emilio, submergé par tant de prénoms féminins, se retira
dans les champs de roses, le nourrisson dans les bras. Chacun
l'imita selon sa passion et cette cohorte masculine se mit à guer-
royer pour le prénom parfait.

Emilio promit à Dieu de pieux sacrifices en échange d'un
illustre avenir pour cette fille chérie. D'abord, il proposa de lui
donner la sagesse de la nature en échange de ses soirées au bordel.
Ensuite, il offrit de servir l'Église comme il avait honoré la luxure

afin qu'elle devînt superbe comme cette nuit qui l'avait exaucé. Pour finir, il sacrifia ses plaisirs de la table afin qu'elle possédât un don artistique remarquable, que par ses œuvres, elle atteignît l'immortalité. Ses requêtes complétées, il posa les yeux sur elle :

— Isabella, murmura-t-il. Bella Isa. Bellissima mia...

Il retourna sur la galerie où l'attendaient tous ses descendants. L'un d'eux prit la parole :

— Nous avons trouvé. Sans nous consulter, nous avons choisi le même prénom.

Emilio hocha la tête avec entendement.

— Bien sûr. Elle s'appellera Isabella, annonça-t-il en souriant.

À la *Rosa prena,* tous entendaient le murmure de la nature.

Au fil des jours, des mois et des années, Emilio fréquenta l'église aussi souvent qu'il avait visité le bordel et perdit du poids jusqu'à ne plus peser que celui de ses os. De son côté, le Seigneur tint Lui aussi sa silencieuse promesse. En vieillissant, Isabella portait son nom comme personne n'eût su le faire. Elle avait la peau d'un teint de lune, les cheveux d'un noir bleuté, les yeux graves, profonds et azurés comme l'immensité céleste.

Emilio offrit à Isabella des cours de chant et de piano. Ni douée ni intéressée, sa fille préférait se sauver dans les champs d'oliviers où, enfin seule, elle sortait un carnet et dessinait ce qu'elle voyait. Au fusain, habilement, elle reproduisait ces arbres âgés, humait les plants de basilic, mordillait des bouts de romarin. Parfois, dans le potager, entre les tomates rouges et les haricots multicolores, elle dégustait ses modèles, mordait à pleines dents dans cette nature généreuse. Elle s'imbibait des couleurs, faute de pouvoir peindre encore ces teintes et cette lumière qui l'habitaient à l'emprisonner.

Au sommet d'une colline, les cheveux brillants au soleil, un chapeau de paille retenu par ses doigts de pied, seule au monde dans son univers privilégié, Isabella se consacrait à son art sans se savoir artiste. Les plaines et les montagnes qui cernaient son horizon l'inspiraient inlassablement. Elles ne changeaient pas pendant des jours, puis les saisons les coloraient autrement, presque soudainement. Elle s'enivrait de la lumière et cherchait à la reproduire. Sur ses esquisses, elle tentait de rendre au petit matin ses teintes de brouillard et de pastel, à l'après-midi ses couleurs chaudes et franches et au soir ses brumes épicées, ses tons orangés. Quand à la fin d'une journée oisive, elle s'étendait contre la terre, qu'elle prenait à pleines mains une poignée humide de rosée, elle ressentait en elle une paix d'une extrême rareté. Elle demeurait là quelques minutes encore, ignorant les appels de son père qui la mandait pour le repas, et profitait de l'harmonie. Lorsqu'elle revenait à elle, qu'elle oubliait les saveurs piquantes et les parfums capiteux qui l'avaient retenue, elle retournait chez elle manger sans avoir faim. Ses frères s'inquiétaient de son manque d'appétit, mais Isabella comprenait qu'elle s'alimentait toute la journée aux sources de la vie qui la nourrissaient bien davantage que ces pâtes délicieuses ou ces salades fraîches.

Emilio découvrit rapidement qu'Isabella séchait ses cours. Il requit la raison de ces fugues mais elle, timide, ne lui avoua rien. Il déduisit que le chant et le piano étaient sans intérêt à ses yeux et les troqua pour des poètes et des philosophes, orateurs éminents, qui discutaient d'éthique et de politique, palabrant de longues heures à propos des côtés sombres de l'être et du visage éphémère de l'existence.

Sur ses carnets, au lieu de gribouiller ces discours qui lui importaient peu, Isabella dessinait de mémoire sa douce complicité avec la nature. Les professeurs prenaient ses silences pour de l'attention et de la ferveur, croyant que son crayon notait leurs judicieux discours. À la fin de la session, un enseignant la somma de lui remettre ce cahier qu'elle traînait partout avec elle et décela son subterfuge. Elle avait alors seize ans et personne n'avait découvert encore son talent de peintre et ses qualités d'artiste.

Effacée, presque absente bien qu'elle fût l'ombre féminine de cette légion de mâles, elle avait adopté le dessin comme il l'avait choisie, parce qu'il s'exprimait sans avoir besoin de sa présence. Et puis ici, au milieu des paysages et des couleurs, les lois de l'homme semblaient aussi vaines que leurs savoirs. Ni catilinaire, ni prière, ni grandes réflexions pour éprouver par chaque pore de sa peau la chaleur de l'été et les bienfaits du vent, pour voir les millions de couleurs ou identifier les plus subtils parfums. Son corps lui apprenait l'essentiel pour peindre et peindre la rendait heureuse. En reconnaissant son bonheur, elle savait davantage de choses que la plupart des gens, mais de cette philosophie comme des autres, elle ignorait les principes bien qu'elle les appliquât.

Un soir, Emilio, désespéré de la voir ignorante malgré les énergies investies, l'amena marcher et lui confessa son pacte avec le ciel.

— Tu sais, Isabella, le Seigneur a presque tenu sa promesse. Tu es aussi resplendissante que cette nuit qui t'a vue naître, aussi mystérieuse que ce voile qui recouvre la terre après le jour. Mais je tenais à t'entendre glorifier Dieu, à voir tes mains danser sur un clavier ou à t'applaudir derrière des écrits philosophiques. Je refusais pour ton avenir l'ignorance d'un mari. Je souhaitais que le monde entier salue ton passage. Je voulais...

Isabella, les yeux au sol, ne disait pas un mot. Sans qu'il s'en doutât, elle amenait son père vers ces champs bénis qu'elle avait d'innombrables fois éternisés sur le papier. Au fond de la grange, elle ouvrit une valise usée dans laquelle il y avait ses créations, puis elle étala un à un devant son père les dessins qui occupaient toute sa vie.

Emilio essaya de deviner dans la pénombre les œuvres de sa gamine. Trop heureux d'avoir réalisé ses moindres vœux, extasié devant ces feuilles qui représentaient des panoramas qu'il connaissait sans les avoir vraiment regardés, il oublia le soir même sa promesse et courut au bordel vider de nombreuses bouteilles et s'empiffrer de pâtes épicées. Il exhibait les dessins de sa chérie aux prostituées, clamait bien haut qu'Isabella deviendrait un grand peintre, que ses tableaux seraient un jour dans les meilleures expositions comme dans les musées les plus célèbres...

La semaine suivante, Emilio Guerti écrivit aux Beaux-Arts de Paris pour annoncer au directeur sa visite. Il débarqua donc dans la capitale française peu de temps après afin d'y inscrire Isabella. Pour l'administrateur des lieux, il n'était pas question qu'une femme devînt membre de la gent estudiantine, mais au fur et à mesure qu'Emilio étendait les liasses de francs sur le bureau, le principal voyait son opiniâtreté fléchir. Emilio fut à peine rentré de voyage que sa fille reçut son acceptation, convaincue par une lettre que son dossier lui ouvrait les portes de Paris. Son père lui remit l'adresse d'une maison d'ateliers que les peintres louaient le temps de leurs études et Isabella prit le train avec en poche ce qui lui était nécessaire pour entreprendre une autre vie.

À la gare, une vingtaine de ses frères s'étaient déplacés pour assister au départ du joyau de la famille. Chacun son tour, en une file interminable, sous les yeux des Napolitains qui bien qu'avertis n'en finissaient pas de se laisser surprendre, ils y allèrent d'un conseil, d'un peu d'argent mais surtout ils la rassurèrent. Peu importait les milliers de kilomètres entre Naples et Paris, elle n'avait qu'à communiquer avec la *Rosa prena* si quelque chose clochait et un homme arriverait dans les plus brefs délais.

Elle embrassa d'un regard et d'un sourire le groupe et monta dans le train. Elle crut voir quelques-uns de ses frères essuyer une larme, mais elle remarqua surtout son père. Il avait vieilli, comme si les années qui l'évitaient depuis des décennies venaient de s'abattre sur lui. Elle lui envoya un baiser du bout des doigts et comme les autres voyageurs, elle agita son mouchoir blanc dans le vent. Le train n'était plus qu'un souvenir depuis longtemps lorsque Emilio se laissa convaincre qu'Isabella, sa *bella Isa*, venait de le quitter pour une ville si éloignée de lui.

Isabella, sagement assise sur la banquette, leva les yeux sur la campagne qui l'entourait. Elle suivit le vol d'une vague d'oiseaux et se sentit aussi légère qu'eux. Elle ouvrit la fenêtre et huma l'air frais à pleins poumons. Elle réalisa alors qu'un extravagant sentiment de liberté l'habitait et que de toute sa vie, c'était bien la première fois qu'il la visitait. Elle examina ses mains, crispées sur les rebords de la fenêtre et leur sourit. Ensemble, elles créeraient Paris, referaient la ville et aussi, pourquoi pas, le monde. La jeunesse lui appartenait.

Des coups frappés à sa porte tirèrent Isabella du sommeil. Surprise, elle se demanda qui venait la réveiller. Il y avait presque un an qu'elle vivait à Paris, mais elle ne connaissait personne, excepté l'homme sur le seuil lorsqu'elle ouvrit.

— Raymond! Que faites-vous ici? s'enquit-elle avec empressement.

Il tenait le café-bistro Ronnet au coin de la rue, l'unique endroit qu'Isabella fréquentait en dehors de l'école. Souvent, les soirs où elle voulait se changer les idées, elle allait prendre un verre de vin avec lui et assise au comptoir, elle partageait ses questionnements, ses angoisses et ses ambitions.

— Je viens vous prévenir que les notes sont affichées, commença-t-il. Vous devriez vérifier si vous êtes reçue en deuxième année.

— Comment le savez-vous?

— Comment je le sais? Si vous vous rendiez au café, vous y verriez une troupe d'assoiffés réunis pour fêter leur réussite.

Elle n'avait pas refermé la porte qu'elle l'entendait descendre les escaliers. Elle s'habilla en hâte, parcourut les quelques rues qui la séparaient du bâtiment et rendue dans la cour, elle courut jusqu'au grand hall. Essoufflée, elle s'appuya sur une colonne le temps de reprendre son souffle. Partout autour d'elle, il y avait des visages rayonnants ou malheureux. Elle percevait des rires soulagés et des sanglots discrets. Prise entre ces deux mondes, elle n'avait plus aucune hâte. Que ferait-elle si elle était recalée ? Elle ne pourrait retourner en Italie et annoncer à son père qu'elle n'avait aucun talent. Elle approcha du babillard où un attroupement d'étudiants consultait les résultats. Craintive, elle se fraya difficilement un chemin. Lorsqu'elle trouva sa note, elle étouffa un cri. Non seulement elle était reçue en seconde année, mais elle avait terminé troisième de sa faculté. Excitée, elle se rendit au Ronnet partager son bonheur.

Au café, elle prit un tabouret qu'elle traîna jusqu'au comptoir.

— Tenez, ma belle. Buvez cet excellent bordeaux à ma santé. Je vous félicite moins que je ne félicite vos professeurs qui savent reconnaître le talent lorsqu'ils le rencontrent, et ce, au risque d'être effacés bientôt par lui.

Il déposa une bouteille de rouge devant elle.

— Merci, monsieur Raymond, fit-elle avec sa douceur habituelle.

Il riposta d'un clin d'œil.

Le vin vainquit sa timidité et, malgré les quelques élèves qui saluaient le tenancier, Isabella anima la conversation avec ses projets de création, avec son rêve de peindre enfin des corps humains.

— Je sens que je ferai des miracles, monsieur Raymond. Avec une peau peinte de mille couleurs comme le font les impressionnistes, je saurai dévoiler les âmes et peut-être même découvrir les auras, les vies antérieures, l'avenir. Je crois que je suis un génie.

Elle éclata de rire, toute en jeunesse, en rêve et en beauté.

En une nuée d'oiseaux sauvages, les canards s'envolèrent au-dessus des eaux de la Seine. Ils émigraient, fuyaient la famine de l'hiver et les intempéries. Comme une muse se perd à travers les âges, cet essaim musical se noya dans l'horizon. Il s'en allait à tire-d'aile guidé par l'instinct vers un pôle plus chaud, loin de Paris.

Robert Letellier, en ce crépuscule d'automne, avait regardé ses amis le quitter. Il les connaissait tous, un à un. De ce banc où il s'ennuyait déjà d'eux, il n'avait jamais eu la prétention de les baptiser. Il se contentait d'appeler les canards « oiseaux » pour sentir qu'il leur parlait. Leur départ annuel le chagrinait et leur retour l'emballait. Aux fastes de la ville, il préférait l'humilité des splendeurs de la nature. Elle l'écoutait et il la respirait. Ils se respectaient sans imposer leur volonté. Le fleuve sans majesté suivait son cours et lui, sans beauté, faisait son chemin. Pour les unir, il y avait ce banc de bois où encore une fois, en cette fin septembre, il se reposait.

Autour de lui, l'activité du temps qui presse lui ordonnait de mettre un terme à cette contemplation oiseuse pour retourner à la cordonnerie réparer des bottillons promis pour la veille. Il n'en avait pas envie, pas aujourd'hui. Il ajusta ses lunettes afin de mieux caresser du regard ce spectacle admirable du soleil couchant. Encore quelques minutes au bord du fleuve, juste le temps d'abreuver son âme d'images qui s'envolaient comme des feuilles mortes, telle la fin de l'été.

— Bon, émit-il à voix haute pour se convaincre de retourner travailler. Au lieu de cela, il s'étendit sur le banc, ferma les yeux, se laissa voler avec les sarcelles et les colverts jusqu'à ne plus se souvenir de Paris.

Ses yeux d'azurite brillaient comme les bras du soleil sur la mer. Ses cheveux de nuit se partageaient entre le noir de l'ébène et celui des ténèbres. La délicatesse de son teint n'avait d'égal que les doux reflets de la lune et le rose de ses lèvres, que celui des fraises sauvages. Satisfaite, Isabella salua d'un signe de tête son image dans le miroir. Elle ajusta le nœud de satin fuchsia sous son menton, vérifia le chapeau de paille au large bord derrière sa tête, remonta le col de sa veste, retoucha son corsage puis lissa les plis de sa robe. Elle enfila ensuite une paire de gants blancs, prit sa bourse qui tinta et referma la porte de son atelier. Le visage heureux et la mine haute, elle se rendait à la foire louer les services de son premier modèle. Elle marchait donc, flâneuse et rêveuse, coquette de cette séduction brute et naïve, charmante, amoureuse de sa liberté d'être. Elle s'en allait choisir non pas un modèle mais bien *son* modèle, celui avec lequel elle apaiserait un peu le feu de peindre qui tyrannisait ses doigts.

Elle perçut un fracas de battements d'ailes, leva les yeux sur la migration d'oiseaux. Éblouie par tant de force et de volonté, elle bifurqua de sa route pour descendre près de la Seine. Extasiée par le paysage, elle se laissa tomber mollement sur un banc, sans se méfier.

Alors, deux êtres sursautèrent. Le premier avait été expulsé du sommeil par Isabella qui n'avait pas pris garde en s'asseyant et le second avait été propulsé hors de ses réflexions par un homme surpris qui avait perdu ses lunettes dans la stupeur et qui maintenant les cherchait à tâtons en balbutiant des reproches et des injures.

— Je suis vraiment désolée, s'excusa Isabella. Voici vos lunettes.

— Vous en avez plus besoin que moi, reprocha-t-il.

Furieux, il réalisa que l'étourdi qu'il était avait dormi, oublié l'heure et qu'il ne pouvait essuyer davantage de retard, sans quoi il devrait réparer des bottillons une bonne partie de la nuit.

— Aussi sot qu'elle, se disait-il en courant gauchement vers le commerce familial, retenant de la main gauche sa kippa noire qui dansait avec la brise.

Isabella s'assit en riant. Quel homme étrange ! Peut-être eût-il été un modèle intéressant ? Elle se ravisa en le revoyant retenir sa calotte, en imaginant à nouveau une de ses tsitsit sortie de sa chemise battre contre sa fesse.

BIBLIOTHÈQUE PUBLIQUE
ANNULÉ / CANCELLED
D'ALFRED ET PLANTAGENET

Elle se leva, reprit sa promenade méditative vers son rendez-vous avec l'avenir. Choisirait-elle un homme ou une femme? Un homme, c'était peut-être trop risqué? Mais voir une femme nue devant elle la rendait mal à l'aise. Elle maudit soudainement ses principes. Frustrée contre la morale, déçue de ne pas avoir le courage de renier la société, elle se faisait la leçon. À chaque pas vers l'émancipation de son corps de peintre, ses jupes lui rappelaient son corps de femme. Peut-être valait-il mieux pour elle devenir religieuse? Il y avait tant de beaux couvents en Italie! Puis, sans raison, elle changeait d'idée et revenait à ses idéaux. Pourquoi abandonnerait-elle? Parce qu'elle n'avait pas de barbe et pas de pénis? Quelle absurdité! Et puis, entrer en religion ne l'avait jamais intéressée!

Elle grimpa dans un tramway jusqu'à Montmartre où, sur Pigalle, elle descendit. Elle longea l'avenue et entra dans une arrière-cour. Nerveuse, elle se convainquit qu'elle avait pleinement raison. Lorsqu'elle entra dans la foire, saluée par quelques visages connus aux Beaux-Arts, elle fut saisie d'un étourdissement. Elle était chez elle, dans son milieu, dans son élément. Adieu couvent! Adieu mariage! Elle afficha une assurance factice et avança.

Quelques arbres procuraient une ombre appréciée en ce septembre très chaud. Les murs de pierre qui cernaient le décor avaient connu des jours meilleurs. Les gens causaient de bonne humeur. Il y avait des hommes qui discutaient en se perdant dans le décolleté des belles dames protégées par des ombrelles de dentelle aux couleurs pastel. Certains buvaient un verre de vin, d'autres mangeaient une soupe dans laquelle ils trempaient un morceau de pain. Elle dut s'avouer que les artistes ne vivaient pas richement. Si le couple qui possédait cet immeuble ne les avait pas accueillis et nourris, plusieurs seraient déjà morts de faim. Comme eux, elle s'en moquait. Il n'avait jamais été question de peindre pour vivre, mais toujours de vivre pour peindre. Elle se dirigea vers le groupe parmi lequel elle reconnut quelques visages.

— Mademoiselle Guerti, interpella un homme qu'elle connaissait sans se rappeler son nom. Vous cherchez quelqu'un ?

Elle le combla de son plus ensorcelant sourire avant de
répondre :

— Oui, je viens me chercher un modèle.

Quelques têtes se tournèrent vers eux. Certaines la dévisageaient ouvertement, d'autres l'épiaient du coin de l'œil. Tout le
monde avait une réaction.

— Un modèle. Pour vous ?

Elle ne s'occupa plus des gens autour d'elle. Le combat se
jouait entre eux. Lui, de ses principes machistes et elle, de sa
féminité fragile.

— Bien sûr, pour qui d'autre ?

Le ton de la conversation commençait à lui déplaire. Elle avait
cru que ces gens seraient heureux qu'elle peignît et contents de
l'aider. Sa jeunesse lui donnait une telle naïveté.

— Que désirez-vous faire ?

Comme si la question se posait lorsqu'un peintre s'amenait
ici, au carrefour des corps à louer, comme si l'on demandait cette
question à un homme.

— Mais un nu, naturellement ! Si j'avais voulu peindre un
paysage, je ne serais pas venue ici !

Le silence des tables non loin d'eux, plus lourd de reproches
que les grossièretés du Juif inconnu, lui firent regretter sa robe
pourtant jolie. En réalité, elle se sentait mal préparée pour la
bataille, prête à concéder la partie.

— J'imagine que vous plaisantez, continua l'homme qui ne
lui laissait aucune chance.

Isabella n'avait plus le choix. Elle retournerait aux fourneaux,
aux marmots ou au couvent italien.

— Non, je ne plaisante pas, affirma-t-elle sans plus de politesse.

Elle n'avait aucun soupirant ni aucun penchant pour la religion.

— Je cherche un modèle masculin, ajouta-t-elle par bravade.

Aux tables, quelques rires la firent frémir d'impuissance.

— Je ne crois pas que quelqu'un ici acceptera de travailler pour une pucelle! lança-t-il d'un ton railleur.

Aux tables, on salua la réplique de quelques applaudissements et sifflements.

Isabella le fixait, méprisante. Elle imagina au flanc d'une montagne un couvent, une religieuse qui se perdait en rêverie sur les vallons, le vague à l'âme d'admirer le vide, d'adorer l'absence. Elle reprit :

— Sachez, Monsieur, que ni la barbe ni le sexe ne déterminent le talent. C'est dommage puisque ce sont vos uniques arguments. Je ne vous demande pas la charité. J'ai ce qu'il faut pour payer. Pour ce qui est de votre étroitesse d'esprit, je vous en sais gré. J'ai ainsi la preuve que misogynie, hypocrisie et idiotie vont de pair!

Les tables se consultèrent en silence, puis s'esclaffèrent à nouveau. Isabella comprit alors qu'elles n'avaient aucun parti pris, qu'elles n'étaient que le public. Elles attendaient pour voir qui abdiquerait le premier, elle de sa fausse assurance ou lui de son semblant de prestance. La scène semblait devoir durer quand un homme âgé sortit des bosquets et se joignit à eux.

— Moi, j'accepte.

Elle le déshabilla un instant, le trouva sale, âgé mais intéressant. L'autre homme, insulté de perdre une bataille qu'il avait crue facile, tourna les talons avec au moins la satisfaction de ne pas voir en ce clochard malpropre un modèle de création.

Le clochard, mal à l'aise, lui sourit. La bienveillance qu'elle lut lui donna confiance. Ensemble, sans mot dire, ils quittèrent la foire qui ne se moquait ni ne parlait plus.

— Je suis jardinier, affirma-t-il simplement pour se présenter.

La jupe, le corsage et le chapeau de paille, accompagnés de la salopette crasseuse et des souliers troués marchèrent vers l'atelier d'Isabella. Sur la route, lorsqu'elle croisa une fois de plus son sourire, elle dit adieu aux couvents d'Italie.

Isabella poussa la porte de chez Ronnet. Raymond, ravi, l'accueillit avec chaleur de derrière son comptoir.

— Alors, exclue de la société, vous vous souvenez enfin de votre ami ? Mon peintre préféré se reposerait-il un peu ?

Il haussa ses sourcils roux et lui lança le regard moqueur qu'elle adorait. Au bar, il lui servit une coupe de bordeaux qu'elle huma avant de la porter à ses lèvres.

— Venez, Isabella, je vais vous présenter un brillant ami. Il peint de mots le monde que vous écrivez en couleurs. Il vous plaira.

Elle le suivit en toisant l'homme qui les observait s'approcher avec impassibilité.

— Robert Letellier, voici Isabella Guerti.

— Nous nous connaissons déjà ! coupa-t-il.

Elle eût préféré être n'importe où ailleurs, même dans un couvent italien, plutôt que d'entendre Raymond rire de sa balourdise racontée sans ménagement par un Robert qui usait du verbe avec une adroite concision sans enlever un gramme de panache.

— En fait, conclut Robert sur un ton taquin, si elle n'avait pas tenté de s'asseoir sur moi, je dormirais encore au bord de la Seine.

Isabella se décrispa et prit place à la table du Juif. Raymond leur servit une quiche lorraine, du pain et des fromages qu'ils arrosèrent plus que nécessaire. Le bordeaux faisant son effet, Isabella ôta son chapeau et Robert enleva son veston. De loin, Raymond réalisa qu'il n'avait jamais vu Isabella se départir ainsi de sa réserve ni Robert perdre son air taciturne et ranger sa plume. Du plus profond de son être, il s'avoua que ces deux-là se ressemblaient intimement.

Robert Letellier, chez Ronnet, retournait entre ses mains le chapeau de paille d'Isabella. Elle était rentrée depuis une quinzaine de minutes et tout ce temps, il l'avait contemplé en se disant qu'il faudrait bien qu'il aille le lui rendre. Cette drôlesse ne devait pas en posséder plusieurs et sortir le jour sans couvre-chef la gênerait certainement. Il soupira, enfila sa veste, paya Raymond sans s'éloigner du comptoir. Au contraire, il le fixait avec insistance comme si son silence avait de l'éloquence. Perspicace, Raymond s'approcha.

— Elle habite au bout de la rue, dans la maison de chambres, au second étage. C'est la porte de gauche, à côté de l'escalier. Impossible de la manquer.

Robert gratifia Raymond d'un sourire et partit. À l'extérieur, le long du trottoir qui le menait chez Isabella, le chapeau fatidique à la main, il lui semblait entendre les conseils de sa mère :

— Les femmes, Robert, elles sont la tentation du diable. Préserve ton âme pure de ces pécheresses.

Il y avait aussi la voix de Raymond, moins fidèle qu'une abeille pour une fleur, qui lui causait des délicieux plaisirs du fruit défendu.

— Prends ça comme ça vient, Robert. Les femmes sont des roses qu'il faut cueillir adroitement si l'on ne veut pas se blesser avec leurs épines. Sache les respirer et elles soupirent. Leur parfum, Robert, leur parfum saoule à en devenir dingue.

Autant de voix pour un chapeau féminin. Autant de conseils judicieux et pourtant contradictoires. Lui, il avait toujours eu peur des femmes. Leur corps étrange, différent, l'inquiétait et le tourmentait à la fois. Il en avait admiré dans des expositions impressionnistes, peints sur des toiles magnifiques, mais jamais il n'en avait connu un. À vingt-trois ans, son expérience de la chair se résumait aux quelques plaisirs solitaires qu'il s'était offerts en fantasmant avec remords sur des œuvres de Renoir. En fait, il avait toujours eu peur de tout, des humains comme des objets, et ce, depuis le jour atroce de sa naissance.

Voilà, il arrivait devant l'immeuble. Les mains moites, le chapeau de la tourmente féminine entre les doigts, il ouvrit la porte. L'escalier, face à lui, lui coupa le souffle. Les escaliers avaient été, dans sa vie, cause de bien des souffrances. Dans le vague d'une myopie découverte par ses parents tardivement, tout ce qu'il croisait, les meubles comme les escaliers, le surprenait assurément. Combien de chaises renversées? d'escaliers déboulés? Chaque blessure lui revenait à chaque marche. Et puis ses lunettes. À l'école, le clown qui se cognait partout demeura la risée de tous avec ses quatre yeux. Ainsi, lorsqu'il avait découvert la compréhension des livres, il ne les laissa plus. Il avait lu et lu encore, puis il avait écrit. Sa mère, les livres et les animaux n'usaient jamais de cruauté envers lui. C'était pour cela qu'il les vénérait. Il avait adopté la solitude, car elle ne se moquait pas de lui. Il adorait la nature, car sa beauté n'insultait pas sa laideur. Il écrivait, car les feuilles ne ridiculisaient pas ses rêves.

Il baissa les yeux sur le chapeau et frémit. Désarroi, rancune et tristesse. Il avait une montagne de souffrances à porter et entre ses cris inaudibles et ses pleurs contenus, il tentait de comprendre le sens de sa vie mais n'affrontait que ses chimères.

Il frappa à la porte d'Isabella en souhaitant se sauver. Des pas approchèrent. Il prit une grande respiration pour s'encourager. Il craignait tout d'elle : la femme, les mots et la beauté.

— Robert? s'enquit-elle étonnée en ouvrant.

Elle enfilait une robe de chambre.

— Vous...

Il bégaya. De la sueur roulait sur son dos. Comme d'habitude, une douleur atrophiait ses cordes vocales et le rendait muet.

— Vous avez oublié votre chapeau, lança-t-il d'un trait pour se faciliter la tâche.

— Merci !

C'est alors qu'il les vit, là, derrière elle, par-dessus son épaule. Des tableaux superbes, regorgeant de la virilité fragile d'un homme âgé, ployant sous les forces énigmatiques d'une nature sans scrupule, d'une société sans morale.

Des rouges éclatants, écarlates, grenat et vermeils, offerts sur une même peinture, liés les uns aux autres sur un fond de brasier ardent, sur un corps brûlé par les affres des travaux de la terre.

Isabella ressentit l'emportement de Robert. Elle le conduisit, silencieuse, vers une deuxième toile, mais Robert était déjà ailleurs, avec cet homme de la peinture – ou peut-être était-ce lui-même sur la toile? – et il sentait le feu brûler sa chair sans ménagement, comme si la nature se tournait contre lui et le chargeait de tous les maux de l'humanité.

Sur l'autre tableau, il décela des verts obscurs, émeraude, glauques, olivâtres et céladon, plus vivants qu'une forêt dense d'été, plus percutants que l'ensemble des herbes des plaines. Sur ce visage, le sien? le cramoisi dégageait le miasme pestilentiel d'une vie pourrie par des monstres obscurs de droiture et de règles qui détruisaient l'instinct de penser. Aucun espace de la toile ne procurait l'illusion d'une sortie, aussi étroite fût-elle. Hors des normes, point de salut.

Il regarda une autre peinture. Une éclaircie le fit reculer d'un pas et il s'apprêta instinctivement à plisser les yeux. Des jaunes lumineux, chamois, fauves, citron et safran. La chaleur du fond ensoleillé l'insolait, lui donnait des vertiges. Il s'imaginait au sommet d'un amoncellement de neige qui réfléchissait la clarté jusqu'à l'aveugler – lui ou l'homme? – qui tous les deux dans un même corps se sentaient éteints, endormis, disparus.

Sur le tableau suivant, des bleus glacés, azur, céruléens et marins. Des cieux si éloignés qu'ils touchaient le paradis et si grandioses que les eaux s'y perdaient. La silhouette se tenait sur un océan de glace, submergée par la terreur du froid, de la solitude et par la morsure du vent nordique qui, habillé de verglas, tournoyait autour d'elle jusqu'à la faire mourir gelée.

Sur la dernière, une averse de couleurs tombait en désordre sur un homme consterné par une pluie de douleurs. Des filets de rouge flagellaient son visage. Des éclairs de jaune l'embrochaient.

Des vents de bleu le cinglaient. Des montagnes de vert s'affaissaient sur lui. Tous les cataclysmes s'acharnaient sur son corps usé. Lave de volcan, mistral obstiné, tourbillons de sable, tremblements de terre.

— Elles sont stupéfiantes !

Isabella, transportée de gratitude, de joie et d'ivresse, ne savait que dire. Robert, admiratif, déambulait dans la pièce d'une toile à l'autre. Ces jardiniers lui ressemblaient tant ils étaient accablés par la vie.

— Vous avez créé des chefs-d'œuvre, Isabella. Ces couleurs, ces couleurs...

Lui, l'amateur de verbe, avait perdu son abécédaire. Il plongea ses yeux dans ceux d'Isabella et dans le regard de Robert, sur ce visage quelconque, Isabella se révéla femme et peintre. Leurs lèvres timides se rencontrèrent. À ce contact, leurs âmes d'artistes s'unirent à leur chair humaine et pour la première fois les deux parties de leur être ne firent qu'un.

Une semaine. Une seule et unique semaine de retard pour une seule et unique nuit. La pucelle n'existait plus et Isabella avait éprouvé du soulagement à perdre sa virginité, mais elle ne s'attendait pas à payer si cher sa libération. Devant la glace, elle examinait son ventre. Des larmes longues en regret coulaient rageusement. Comment avait-elle pu imaginer un instant pouvoir faire l'amour sans concevoir un bébé alors qu'elle était la descendante d'Emilio Guerti ? Comment avait-elle pu croire un instant que la légendaire fertilité d'Emilio ne s'était pas transmise de père en fille ?

Isabella s'habilla, décidée à affronter la réalité. Elle était enceinte, grosse d'un homme qu'elle avait apprécié parce qu'il comprenait le peintre, non parce qu'il s'intéressait à la femme. Elle noua son chapeau et le défia avec hostilité. Si elle ne l'avait pas oublié, aussi ! Elle se rendit au cours d'histoire de l'art, le suivit distraitement sans y participer, sans oublier l'heure. Quand le cours fut terminé, elle se traîna d'un pas lent jusqu'au café Ronnet, croyant que marcher lentement éloignerait son destin.

— Dites-moi, Isa, quelles circonstances provoquent chez vous autant de tristesse ? interrogea Raymond qui la dévisageait depuis quelques minutes. Soulagez-vous à mon oreille. Vous savez bien que vous pouvez compter sur moi.

Elle ne lui jeta pas même un regard. Elle attendait : il viendrait ce soir, comme chaque jour, chatouiller le papier en quête d'une idée remarquable.

La porte du café s'ouvrit. Robert entra. Isabella le considéra gravement. Il s'approcha d'elle. Dans ses yeux bleus, il lut plus de désarroi et de trouble qu'il sut en avoir enduré et pourtant, il jugeait qu'il avait énormément souffert. Sans mot dire, il la serra contre lui.

Raymond, intrigué, suivait la scène de derrière son comptoir. Jamais il n'avait vu Robert aussi expressif ni Isabella aussi démunie.

— Isabella, voulez-vous m'épouser ? demanda Robert d'une voix agréable.

Il avait relevé le menton d'Isabella pour qu'elle découvrît sa sincérité.

— Oui, Robert.

Raymond échappa une coupe sur le sol. L'éclat du verre le surprit moins que ce qu'il venait d'entendre.

Quelques jours avant le mariage, Isabella renia sa foi et se convertit au judaïsme. Pendant la sobre cérémonie de la tevilah, immergée dans l'eau du bain rituel, elle réentendit chacun des enseignements donnés par les femmes juives. Désormais, chacun de ses gestes quotidiens serait rythmé par la Michnah. Dès qu'elle se lèverait, ses actions et ses pensées se régleraient d'après de très vieilles lois qu'elle devait apprendre à connaître et à suivre. Comme elles le lui avaient expliqué, en tentant de sonder son âme pour comprendre les motifs de sa conversion, sa vie se divisait à partir de ce moment-là entre le pur et l'impur, entre le permis et le défendu, entre les prières, les bénédictions et les célébrations. Tout, de l'alimentation, de l'habillement et de l'éducation demandait un instant de réflexion et en cas d'hésitation, mieux valait s'abstenir que de pécher par ignorance. Au son du doux clapotis de l'eau tiède, bercée par la prière hébraïque du rabbin, confiante, Isabella se soumit aux commandements de Moïse et aux innombrables préceptes halakhiques. Lorsqu'elle sortit de l'eau, elle leva les yeux pour entrevoir cette nouvelle vie où chacune de ses inspirations appartenait à un Dieu dont elle ne prononcerait jamais le nom et sourit. Son enfant serait un fils du peuple élu.

Puis, quelques jours plus tard, Robert Letellier et Isabella Guerti s'unirent pour le meilleur et pour le pire dans une petite synagogue bondée d'invités.

D'un côté il y avait les Hébreux, avec leur kippa, leur châle de prière et leur allure pieuse ; de l'autre, les Napolitains, avec leur ventre rond, leur visage bruni de soleil et leurs yeux incrédules. Tout au long de la cérémonie religieuse, les membres des deux communautés s'échangeaient des sourires. Il y avait, pour cette union, une atmosphère de paix, comme si sous les regards d'un dieu, il faisait bon d'aimer.

Robert et Isabella s'observaient poliment pendant le mariage. Ils se tenaient la main, s'encourageaient. Lorsque enfin Robert brisa sous sa chaussure neuve un verre de cristal, pour commémorer la destruction du temple de Jérusalem, ils se sourirent et s'embrassèrent chaleureusement. Entre eux, le destin était scellé. Les invités s'essuyèrent les yeux. Seuls Emilio et madame Letellier ne bronchèrent pas de toute la cérémonie.

Madame Letellier gardait les yeux rivés sur Isabella et manifestait son ressentiment. Elle abhorrait la prétention de l'art et l'éducation féminine. Les femmes n'avaient pas leur place dans les écoles supérieures. Elle en était convaincue. Sans émettre de commentaires déplacés, elle était contre ce mariage qu'elle savait damné.

Emilio, de sa perspective, regrettait chacune des roses de sa terre. Il aurait apprécié y ramener Isabella et l'y préserver, mais il avait préféré une grande école pour accomplir son don. Ce jour-là, devinant toutes les rebuffades que sa fille avait endurées à Paris, il sentait que la culpabilité tentait de le prendre au piège, mais il ne se méprit pas longtemps. Isabella n'avait pas eu tort de croire qu'elle avait le talent pour étudier aux Beaux-Arts. S'il l'avait gardée avec lui en Italie, il aurait dû la marier à un Napolitain. Mieux avait valu la sacrifier à Paris. L'erreur ne venait ni de lui ni d'Isabella et il regretta avoir imaginé un instant s'être trompé. Il était fier de chacun de ses enfants. Aucun des Guerti ne manquait de respect aux êtres vivants, plantes, hommes ou bêtes. Même la nouvelle génération continuait de pratiquer ses principes. La famille en priorité. L'amour. Le travail honnête. La réalisation du potentiel de chacun. Le respect. Pas toujours dans cet ordre mais chaque fois, ce grand principe du droit à la vie. Il se dirigea vers la mariée qui lui sourit avec douceur en se jetant dans ses bras. Il la tint longuement contre lui, comme cette première nuit où, sous les étoiles, il l'avait baptisée au nom de sa terre et de ses croyances.

— Un jour le monde entier saluera ton talent, *bellissima mia*, assura-t-il en napolitain. N'en doute jamais, même si aujourd'hui tes heures de création semblent vouloir prendre fin.

Elle essuya une larme du revers de la manche de sa jolie robe.

— Tu peux venir accoucher à la *Rosa prena*, souffla-t-il à son oreille. J'en serai enchanté.

Elle rougit.

— Isabella, *bella mia*, comment as-tu pu croire que je ne devinerais pas, simplement en te regardant, que tu es enceinte ?

Elle baissa les yeux.

— Tu es éblouissante et tu as du talent. Les dieux t'ont bénie et les gens qui ont des grâces aussi particulières que les tiennes sont hués par les autres. Que ta nouvelle foi t'accompagne, *bella* ! Nous retournons au paradis, la famille et moi. Paris n'est pas une ville pour nous. Si tu le désires, vous avez une place à la maison de Naples, toi, Robert, ton enfant et tous les Juifs aussi si tu y tiens.

Elle éclata de rire. Robert la rejoignit et lentement, il la guida vers la voiture qu'ils devaient prendre pour se rendre là où un repas gastronomique serait servi en leur honneur. Alors, elle l'envisagea d'un nouvel œil. Cet homme était maintenant son époux. Ce soir, elle dormirait avec lui et bientôt, ils auraient leur premier enfant. Elle avait déménagé ses effets personnels dans le logement qu'elle et Robert louaient près du lieu où habitait sa belle-famille. Là-bas, elle espérait se refaire une vie et prendre doucement sa place dans la communauté. Là-bas, tout pourrait être différent.

Il la dévisageait avec tendresse lorsqu'il nota une expression d'incrédulité et de surprise sur le visage d'Isabella.

— Qu'est-ce que tu as? s'enquit-il avec inquiétude.

Elle battit des cils et des larmes attendries effleurèrent son visage.

— Notre bébé a bougé.

Il colla l'oreille à son ventre mais plus rien ne se manifesta. Il demeura ainsi longtemps, à simplement chercher à toucher cette vie. Il se sentait fier de lui, d'elle et d'eux.

Abraham Letellier naquit fin juin 1905 et fut circoncis huit jours plus tard. Madeleine, Ruth et Théophile lui succédèrent. Isabella, enceinte annuellement, n'eut plus de temps pour le café Ronnet et rarement pour de nouvelles toiles. Un jour, elle céda même les peintures de la collection *Jardins parisiens* à Raymond qui venait parfois la dérider un peu.

Robert partait écrire au café Ronnet tous les soirs, comme à son habitude. Il rentrait de la cordonnerie fatigué, saluait à peine Isabella, mangeait en silence et s'enfuyait chez Raymond. Rarement s'informait-il de sa journée, de ce qu'elle avait fait, de l'apprentissage des petits. Elle se demandait même comment il pouvait lui faire l'amour sans se préoccuper d'elle le reste du temps. Elle comprit avec tristesse que les pulsions sexuelles masculines n'avaient rien à voir avec l'amour et accepta son sort comme toutes les autres femmes.

Lorsque les enfants dormaient et que Robert était au café, en raccommodant des vêtements ou en chatouillant une toile, elle rêvait à ses heures de création et d'étude dans son atelier. Elle retrouvait aussi l'Italie et la *Rosa prena*. Elle retournait dans les rangs d'oliviers et de vignes, dans les parterres de tournesols et de roses où les odeurs riches et abondantes lui montaient au nez. Nostalgique, il lui arrivait de pleurer, de remettre en question les choix qu'elle avait faits, puis elle revoyait le visage de ses enfants et plus aucun souvenir n'importait.

Dehors, un orage violent balayait les rues sales et puantes. Des roulements de tambours retentissaient des cieux. Des éclairs zébraient de lumière le salon. Les rideaux montaient sous le vent. Elle ferma la fenêtre. Une crampe lui coupa le souffle.

— Pas ce soir, intima-t-elle à voix haute à son ventre rond et dur.

Elle crut que son utérus l'écoutait, puis il refit des siennes.

— Je viens de te dire que ce n'est pas le moment. Robert va rentrer tard, car il a congé demain et les enfants dorment.

Elle marchait de la cuisine au salon, tentait de se calmer, elle et son ventre. Il ne lui donna pas raison. Les contractions s'amplifièrent et se rapprochèrent. Elle prépara des bassins d'eau chaude, des serviettes et le lit. Elle allait s'y étendre lorsque le liquide amniotique s'écoula. Terriblement fatiguée, complètement épuisée, elle retenait des cris qui lui arrachaient la gorge, haletait sous les contractions, suait dans la chaleur humide de la chambre.

Un autre roulement de tonnerre résonna. Madeleine hurla de sa chambre, se mit à pleurer, suivie de Ruth et Théophile. Isabella se peignit un visage calme malgré ses douleurs et, pas à pas, atteignit la chambre de ses chéris. À travers ses yeux larmoyants, elle leur sourit.

— Voyons, Madeleine, ce n'est qu'un orage. Bientôt, le ciel se calmera.

Une contraction l'assaillit. Les bambins, devant la grimace maternelle, restèrent figés, interloqués.

— Qu'as-tu, maman ? s'enquit Ruth.

Isabella se mit à bercer Théophile qui pleurait encore. Une fillette de chaque côté d'elle, elle tenta de les rassurer mais une autre crampe lui coupa le souffle. Elle souffrait tellement qu'il lui sembla que les douleurs duraient depuis des heures et que jamais elles n'avaient ressemblé à ce qu'elles étaient ce soir-là.

— Madeleine ?

Isabella paraissait paniquée.

— Réveille Abraham.

La fillette exécuta la demande sur-le-champ, assurée que parce que son frère était l'aîné, il saurait quoi faire. Lorsqu'elle revint avec son frère vers le lit, Isabella était couchée sur le côté. Théophile hurlait sur son gros ventre et les petits doigts de Ruth caressaient son front en sueur.

— Allez chez Ronnet chercher votre père. Dites-lui que...

Elle perdit conscience. Ruth prit le jeune Théophile dans ses bras, le berça pour se bercer aussi, terrorisée par sa mère qui gémissait dans l'inconscience.

Abraham et Madeleine enfilèrent un manteau et des bottes, coururent dans la nuit orageuse le long de la rue Montmartre jusqu'au café Ronnet. Dès que Robert les vit, il comprit ce qui se produisait chez lui. Il les confia à Raymond et se mit en route.

Lorsqu'il entra dans la chambre, Ruth avait réussi à calmer son frère en le tenant contre elle mais lorsque Robert les prit, elle resta pétrifiée. Ses vêtements étaient maculés de sang.

Robert traversa le corridor pour réveiller la voisine qui accueillit ses deux enfants, compréhensive. Son mari s'esquiva immédiatement pour aller chercher un médecin afin que Robert pût retourner auprès de sa femme.

Dans la chambre, Isabella respirait faiblement, mais avait repris connaissance.

— Les enfants? souffla-t-elle difficilement.

— En sécurité. Le médecin s'en vient. Détends-toi.

Elle ferma les yeux, se crispa, cria. Il lui tenait la main, priait. À cet instant, il eut un terrible pressentiment qu'il chassa comme l'on rejette une mauvaise idée.

— J'aimerais qu'elle s'appelle Judith, souffla-t-elle au bout de quelques minutes.

— Je te le promets : si c'est une fille, elle s'appellera Judith.

Il regardait avec tendresse son épouse en souffrance. Il cajolait son visage avec mansuétude. En lui-même, quelque chose qu'il n'avait jamais reconnu se brisait. Une sorte d'amour obscur mais immense, une gratitude à la mesure d'un être formidable bien que négligé. En sept ans de mariage, il n'avait pas admis aimer Isabella et pourtant ce soir, il saisit que ce qu'il vivait correspondait à une forme de cette étrange émotion humaine. Il comprit alors qu'il y avait mille manières d'aimer.

Robert avait laissé la porte ouverte afin que le médecin pût entrer. Quand il arriva, qu'il pénétra dans la chambre, il constata combien la situation était alarmante.

— Le bébé se présente mal, monsieur Letellier. Vous devez m'aider. Il faut faire vite.

Robert apportait ce que le médecin commandait, exécutait chaque ordre, impatient que l'accouchement se terminât. Il servait de l'alcool à Isabella pour qu'elle supportât mieux le travail, épongeait son front, chuchotait à son oreille que tout serait bientôt fini. Elle criait les yeux fermés, déchirée, scindée en deux, tranchée par le corps d'un être qu'elle adorait déjà. Elle se crispa. Le médecin retira alors le nouveau-né à l'aide des forceps puis le tendit à Robert après avoir coupé le cordon ombilical.

— Allez vite me laver cette merveille, monsieur Letellier.

Robert prit le poupon ensanglanté dans ses bras et admira cette œuvre de création. Ému, il le lava dans une bassine tiède, sous les conseils méticuleux du médecin qui le guidait de la pièce voisine.

Heureux, Robert examinait sa Judith, ce petit monstre qui pleurait de joie de venir au monde. Soudain, il s'aperçut que dans la chambre, il n'y avait plus aucun bruit. Soulagé qu'Isabella se fût endormie, il reprit sa session de nettoyage attentif. Le médecin pénétra dans la cuisine.

— Elle dort? s'informa Robert.

— Non, assura le médecin sans détour. Je suis sincèrement désolé, monsieur Letellier, je n'ai pas pu la sauver.

Il baissa les yeux.

Robert envoya un télégramme à Emilio et à tous les Guerti, leur expliquant en détail, malgré le prix de chacun des mots, qu'Isabella avait pris congé d'eux. Il leur offrit ses sincères sympathies et annonça sa venue prochaine à la *Rosa prena*.

À ses parents, peu après l'aube, il annonça le décès d'Isabella. Il s'attendait à les entendre lui remonter que Dieu ne pouvait pas mieux faire pour expier les péchés d'Isabella que de lui ôter la vie, mais il n'en fut rien. Au contraire, madame Letellier déchira la manche gauche de sa robe en signe de douleur et son père garda le silence en faisant de même. Il enfila ensuite son châle de prière, couvrit les miroirs d'un voile noir et enleva ses chaussures.

— Elle avait mal commencé sa vie, fit madame Letellier la larme à l'œil, mais elle a été une bonne épouse et une bonne mère. Je prierai pour elle.

Robert comprit par cette phrase qu'avec les années, Isabella s'était tracé un chemin dans le cœur de ses parents, un itinéraire étroit et sinueux sans doute, mais plus long que le sien, quoi qu'il fît.

— Elle a rapidement appris nos lois et je dois admettre que souvent, je la donnais en exemple, avoua le vieux paternel. Sa grandeur d'âme n'avait d'égal que l'amour qu'elle portait à vos enfants.

Madame Letellier massait les épaules accablées de Robert. Sa jolie femme d'intérieur lui manquait. Troublé par sa mort, il la regrettait. Il se leva, dévisagea ses parents à travers ses larmes, revécut toutes les douleurs de sa vie et hurla, d'un cri profond et sauvage, en déchirant la manche de sa veste, puis il s'effondra sur une chaise, anéanti.

— Que comptes-tu faire après l'enterrement? s'enquit son père, pragmatique. Pour lui, les épanchements émotifs ne devaient pas prendre le pas sur la réalité.

Robert passa une main dans ses cheveux avec découragement.

— Pars quelques jours, conseilla sa mère. Après l'enterrement, les enfants viendront ici pour quelques semaines. Va te reposer pour ensuite revenir prendre ta vie en main. Retrouve la prière dans la solitude et elle te guidera vers ton accomplissement. Et va chez cet Italien. Il aimait tellement sa fille. Offre-lui nos respects et notre sympathie.

— Et pour Judith?

— J'engagerai une nourrice et tout ira très bien.

Il hocha la tête et accepta. Chez lui, elle aida les gamins à faire leurs valises en expliquant qu'ils venaient en vacances chez leurs grands-parents Letellier jusqu'à ce que papa revînt de voyage. Ils firent ce que madame Letellier demandait sans rouspéter, sans réellement comprendre la situation. Depuis cette nuit d'orage, plus rien n'était comme avant.

Lorsqu'elle voulut retirer le nouveau-né du berceau, après avoir parlé à la nourrice, Robert la devança. Il prit Judith dans ses bras, lui sourit tendrement et la colla contre lui. Sous les yeux des deux femmes surprises, il berça le poupon d'à peine un jour qui semblait pourtant lui sourire.

— Au revoir, belle Judith, lui chuchota-t-il à l'oreille. Je te serai bientôt de retour !

CHAPITRE DEUX

PAVLOVITCHI

1897-1911

Il y avait, au début des temps, un fleuve immensément long qui parcourait des rivages sinueux sur plusieurs milliers de kilomètres de distance. Les hommes le baptisèrent Volga lorsqu'ils tracèrent des cartes, mais le fleuve ne se reconnaissait pas à cet appel. Il était simplement un cours d'eau qui longeait inlassablement des rives vers la mer.

Un matin, l'eau du fleuve s'éveilla d'humeur changeante. Lasse de parcourir ce lit qu'elle sillonnait depuis des siècles, elle commença à jeter ses vagues au même endroit afin de créer une nouvelle rivière. L'érosion se fit lentement, sans presse. Les roches étaient ainsi. Sachant qu'elles avaient l'éternité, rien ne les bousculait. L'ardeur de l'eau eut pourtant raison d'elles, vague après vague. Personne n'observa ces changements. Pourtant, on parcourait ces berges à l'époque. L'Europe vivait de multiples migrations. Mais les hommes étaient pressés. L'aspect éphémère de leur existence leur faisait oublier que les pierres, qu'ils piétinaient en se croyant supérieurs, leur survivraient jusqu'à la fin du monde.

Les roches cédèrent leur place les unes après les autres. Rien ne résistait à l'eau. Sa patience était sans limite. Essayait-on de la retenir qu'elle finissait par fuir. D'abord elle s'infiltrait, puis elle inondait, mais elle reprenait toujours possession de ses terres.

Elle s'insinua donc dans la steppe. Elle abattit quelques arbres en noyant leurs racines. Ces arbres-là étaient sans importance pour elle puisque trop chétifs pour survivre. Intransigeante, elle ne pardonnait pas la faiblesse.

Un matin, l'eau rencontra des arbres têtus au beau milieu du chemin qu'elle se traçait. Ils étaient plusieurs, réunis en bloc, les branches liées les unes aux autres, affirmant que leur union serait leur force. Obstinée, l'eau tenta de les abattre. Quelques migrations humaines passèrent par là. Un groupe dormit même au pied du chêne qui dirigeait l'organisation. Personne ne crut que cette eau, à laquelle ils se désaltéraient et au son de laquelle ils s'endormaient, battait fortement sur les troncs des arbres parce qu'elle voulait les faucher. Tout au plus pensaient-ils qu'elle poussait ainsi parce que tel faisaient les vagues. L'eau s'entêta, les arbres résistèrent. Ils regardaient l'eau se battre pour assouvir ses désirs d'expansion et de domination. Au lieu de mourir sous ses attaques, ils se nourrissaient de ses vagues. Eurent-ils raison de l'eau – ou l'eau cessat-elle de résister? – du moins signèrent-ils un armistice qui se lit encore aujourd'hui sur le site de l'entente. Les arbres sont au milieu de la rivière, plus gros, plus riches et plus forts que les autres arbres de la région, et la rivière les parcourt, plus sage et plus belle que les autres rivières de la Volga.

Rapidement par la suite, des déplacements humains successifs y conduisirent des hommes. Ils séjournaient au bord de la rivière à l'endroit même de l'entente, s'y abreuvaient sans qu'elle désirât sincèrement les désaltérer. L'un d'eux, né de Pavel, ne quitta plus l'endroit. Comme certains parlaient d'atteindre la terre promise, Pavlovitch découvrit la sienne lorsqu'il admira pour la première fois l'endroit du siège. Ainsi, lorsque le groupe partit, il demeura là, accompagné d'une femme qu'il disait sienne.

La rivière vit leur venue comme une aventure. Ne voulant point que ces intrus perturbassent ses habitudes, elle raconta aux poissons qu'il n'était plus sage de fréquenter ces rives. Pavlovitch et sa femme pêchèrent ainsi la famine pendant plusieurs semaines. L'hiver arriva. La rivière, assurée qu'ils étaient morts avec le froid, reprit ses habitudes, mais au printemps, quelle ne fut pas sa surprise de les revoir, amaigris mais vivants. L'eau se souvint alors que l'union de certains êtres suffisait pour vaincre le mauvais sort, surtout à cet endroit. Ces arbres qu'elle contournait le lui rappelaient régulièrement. Elle ramena donc les poissons, cédant aussi devant ce couple.

Pavlovitch et sa femme eurent des enfants. Lorsque passaient des migrations, ces enfants choisissaient parmi eux leurs époux. Le rêve de Pavlovitch devint un village et le village devint Pavlovitchi. C'est du moins ce que raconte la légende et, en 1897, tous les villageois de ce coin de la steppe russe la croyaient.

Pavlovitchi se situait près d'une *Reka*[1] sinueuse dont la longueur se calculait difficilement et dont l'identité variait selon les détours. Assez profonde, claire, on pouvait la traverser aisément non loin du village. Il y avait des arbres centenaires qui trempaient leurs racines dans les eaux, qui en jaillissaient de manière surprenante alors que d'autres, immenses, la cachaient. De Pavlovitchi, on ne pouvait la voir pas plus qu'on ne pouvait l'entendre. Seuls les habitants de la région la connaissaient. Ils allaient y pêcher, le dimanche, et plusieurs s'y baignaient avec joie les jours de canicule. Il n'était pas rare d'apercevoir des gamins pendus aux arbres groupés au milieu de la rivière sauter allègrement dans l'eau accueillante.

Le point central du village, là où s'échangeaient les nouvelles, était le marché. Petit mais assez complet, il avait lieu le matin, dès l'aube. Devant l'auberge, les fermières s'échangeaient des fruits, des légumes, des œufs, du lait et séparaient à l'occasion des pièces de viande. Elles se racontaient les faits passés ou les projets futurs, les prouesses de leurs enfants ou, rarement, les histoires rapportées à l'auberge par les voyageurs. Après le souper, les hommes, à leur tour, se réunissaient à l'auberge où ils répétaient les mêmes histoires que leurs épouses en buvant de la vodka. Vers vingt heures, vingt et une heures au plus tard, ils rentraient chez eux dormir. Demain, le coq les éveillerait tôt, encore.

---

1. « Rivière », en russe.

Le village avait plus de trois siècles de ce quotidien. Les familles se connaissaient depuis des générations. Les amitiés de longue date finissaient par un mariage et les querelles légendaires ne se pardonnaient jamais.

Pavlovitchi servait de halte à ceux qui voyageaient de Saint-Pétersbourg à Moscou. Personne n'y séjournait longtemps. Ce n'était qu'un arrêt entre deux points, le temps d'une nuit ou d'un repas. Contrairement aux autres villages du même genre, perdus sur les plaines nord-européennes, Pavlovitchi apprenait les nouvelles de la ville avec un retard de pas plus de deux jours. Son emplacement stratégique avait offert différents loisirs aux habitants, notamment de voir la famille royale, des troupes de théâtre ou des amuseurs et des magiciens. Ils avaient aussi croisé un nombre important de charlatans de tout acabit qui avaient en commun la qualité inestimable de fournir aux villageois des souvenirs pour les années à venir. Peu de voyageurs trouvaient un attrait à Pavlovitchi et pour cause : les villageois leur adressaient rarement la parole et leur souriaient à peine. On aurait pu croire qu'ils cachaient aux étrangers la vie harmonieuse de leur coin de pays comme pour s'assurer que nul ne dérangerait leurs habitudes. Ils disaient qu'ils tenaient ce caractère de l'eau qu'ils buvaient. Aucun passant n'avait entendu parler de la Reka, encore moins des délicieux poissons qu'on y pêchait ou des arbres qui vivaient au beau milieu de l'eau.

Une robuste silhouette, qui semblait pourtant frêle dans son désespoir, étouffait ses plaintes dans la nuit humide. Couché sur le sol, entre ses sanglots, un homme mordait sa chemise sale et usée, déchirée par l'injustice de la vie. Au loin, de la maison, les cris stridents de sa femme lui transperçaient le cœur à la suite des heures pénibles de son premier accouchement. Une brise légère caressait le champ où il se cachait de son malheur en frissonnant. Ce costaud fermier pleurait depuis de longues minutes et les flots de larmes ne voulaient toujours pas se tarir; au contraire, ils s'alimentaient de la souffrance de son épouse en travail. Désespéré, presque anéanti par les souvenirs qui le tiraillaient plus que le bébé qui agressait les entrailles de celle qui enfantait, il se collait à la terre nourricière pour qu'elle l'engloutît et l'apaisât. Il frappait le sol de ses poings puissants, essayait de se reprendre ou de se contenir sans y parvenir. Derrière ses paupières closes et embrouillées par les chagrins du passé, il crachait des insultes au ciel qui se moquait bien de lui.

Des nausées lui broyaient la gorge, l'étranglaient. Entre ses brumes, il revivait des lunes secrètes où une douce Irma l'écoutait, où cette femme se donnait à lui, ensorcelée par l'amour. Comme elle était belle les lèvres entrouvertes, murmurant son prénom, emportée par l'ivresse des caresses passionnées. Il était fou d'elle! Dès qu'il avait vu son regard fragile, il s'était senti conquis par sa présence. Il lui avait donné des rendez-vous secrets et lui avait fait de longues déclarations. Un soir, n'en pouvant plus de se perdre dans leurs admirations, ils avaient découvert ensemble l'intimité tendre des couples et avaient béni cette nuit en lui donnant un fruit qui avait grossi le ventre d'Irma. Au début, fier et dingue, amoureux, il la serrait dans ses bras en rêvant, mais les dures vérités brisèrent rapidement leur bonheur. Irma était la fille d'un propriétaire terrien, d'un bourgeois du village voisin, et était vouée à s'unir à un riche marchand qui la comblerait de cadeaux avant de convoler en justes noces. Youri, lui, ne possédait que ses bras vigoureux pour travailler un petit lot de terre qui ne lui appartenait pas, que son caractère de batailleur pour demander la main de celle qu'il adorait. Lorsque le père devina la cause des déformations du corps de sa fille, il la cacha dans sa demeure, l'emprisonna. Youri alla maintes fois le supplier de le laisser voir Irma mais il ne voulut rien entendre. Il le faisait chasser comme un mendiant, le mettait à la porte en le sommant d'oublier leur existence qu'il avait salie à perpétuité. Mutilé puisqu'il avait perdu son cœur,

Youri erra en détresse dans les bois autour de chez lui, attendant patiemment la servante d'Irma qui jouait le rôle de facteur. Un soir, alors qu'elle accusait un retard de plusieurs heures, elle apparut enfin, les traits tirés.

— Monsieur Ivanov?

Youri sortit de sa torpeur. Fania Kholodova, la sage-femme du village, le réveillait. Il la dévisagea comme s'il ne la connaissait pas, puis revint à la réalité.

— Vous êtes l'heureux père d'une belle fille énergique et en santé.

Il sourit, un peu. Ses yeux avaient continuellement une ombre d'infinie tristesse et comme si la petite fille qui venait de naître avait eu dans ses gènes cette peine d'amour de son père, elle aurait aussi toute sa vie cette ombre dans son regard bleu.

— Comment va ma femme? s'informa-t-il en se levant.

— Très bien. Elle se repose.

Il marcha jusqu'à l'isba où il habitait. Imitant un air joyeux, il entra dans la chambre en criant :

— Où est cette enfant que je la contemple?

Dans les bras de sa mère, elle dormait déjà paisiblement. Youri se pencha pour admirer le visage rose de sa fille. Blottie dans les bras de celle qu'il avait épousée pour oublier, elle arborait une mine déconfite, mais jolie.

— Elle est superbe!

Il la prit à son tour. La petite ouvrit les yeux sans se mettre à pleurer.

— Quel gentil caractère! Elle tient cela de toi, continua-t-il. Pourquoi ne lui donnerions-nous pas ton prénom?

Katia sourit à son mari.

— Qu'en penses-tu, petite fille? Katia Yourivitch Ivanova, c'est très bien, non?

L'épouse fatiguée acquiesça avant de s'endormir. Youri, silencieusement, remercia la sage-femme et alla bercer l'enfant près de la cheminée. Il se demandait, en se faisant violence, si le bébé d'Irma avait été aussi beau que celui qu'il tenait présentement. Il pria Dieu, malgré les doutes qu'il avait sur Son existence, d'épargner à sa fille ces peines qui endurcissent et détruisent le cœur. Il espérait la protéger de sa bénédiction.

Katia vieillit lentement dans ce paisible quotidien réglé par les saisons. Son visage, aux traits fins, exprimait fidèlement ses humeurs. D'une grande douceur, la sensibilité à fleur d'âge, quoique espiègle parce que toujours avec son père, elle affirmait un drôle de caractère, moitié féminin, moitié masculin. Son instinct et sa curiosité insatiables compensaient l'absence de sa culture et ses manières, qu'elle ne tenait de nulle part, auraient pu venir d'une certaine éducation.

Une fille et quatre garçons la suivirent au nombre des enfants de la famille, mais elle ne fut jamais traitée avec les mêmes égards que les autres. Youri se la réservait jalousement. Dès qu'il le put, il l'amena avec lui dans les champs pour lui montrer les bontés de la nature. Comme les Ivanov ne possédaient pas de terre, Youri échangeait ses bras contre de la viande ou des fruits et légumes qu'il ne produisait pas.

Dmitri Ivanovitch Markov, le voisin et copain d'enfance de Youri, adorait Katia et les deux hommes se promettaient de la marier à l'aîné de ce dernier lorsqu'elle aurait l'âge. En attendant, ils la regardaient apprendre à marcher puis courir et grimper aux arbres avec agilité. Elle les écouta chanter de longs moments puis chanta pour eux d'une voix chaude. Elle les étudia manipuler les outils, puis les aida avec vigueur. Elle les faisait rire lorsqu'ils s'arrêtaient un instant de travailler, usant de cabrioles ou de grimaces grotesques, mais elle, elle souriait peu. Elle conservait cet air las depuis le jour de sa naissance et chacun se plaisait à dire que si elle avait les yeux aussi bleus, c'était qu'elle ne pleurait jamais.

Seul Youri aurait pu deviner la réelle provenance de ce regard troublé, mais il n'avait pas vraiment le loisir de s'y attarder.

À force de bûcher avec les hommes, Katia se retrouva avec des mains solides et calleuses, des épaules larges, des bras aux muscles saillants, mais sans ressembler à un homme. Ses hanches fortes et son opulente chevelure blonde lui permettaient de rivaliser avec les autres filles du village. Tout ce que Youri trouvait amusant, c'était les plaintes de sa femme qui devait raccommoder les robes de son enfant trop musclée.

Parmi ses frères, Katia resta incontestablement le chef et si l'un d'eux ne la respectait pas, elle utilisait les poings. Les mesquineries et les jalousies qu'elle s'attirait, elle les fit taire de la même manière. Non qu'elle refusât son futur destin de mère et de femme au foyer, mais l'odeur des champs, le réconfort du vent, l'ardeur du soleil et les récompenses de la terre lui plaisaient davantage que l'étouffante chaleur des fourneaux. De toute façon, elle n'avait pas encore l'âge de voir dans les hommes autre chose que de vaillants cultivateurs pour qui elle chantait en travaillant :

Kalinka, c'est demain que dans la joie tu te maries.
Kalinka, tout est beau sous le soleil de Géorgie.

Elle fauchait le blé qui tombait sous les coups réguliers. De la sueur perlait sur son front et ses joues. Elle passait parfois la langue sur ses lèvres sèches et le goût salé de sa sueur lui plaisait. Il signifiait que son corps produisait comme la vie le demandait. Elle était fière d'elle.

Chez toi, c'est la fête, partout, l'on s'apprête.
Les fleurs, les chansons, embellissent ta maison.

Elle fêtait ses quatorze ans. Ce soir, elle savait que son père l'amènerait à la Reka, là où les arbres avaient poussé au milieu, qu'il passerait la soirée avec elle à parler. Il faisait cela chaque année, le jour de son anniversaire. Il lui racontait une légende, un conte, lui apprenait les origines de leur immense pays.

Kalinka, tes parents, tes frères, tes sœurs et tes amis,
Kalinka sont heureux pour le plus beau jour de ta vie.

Le soleil se couchait. L'horizon enflammé annonçait aux hommes la fin de leur journée. Ils allèrent offrir leurs vœux d'anniversaire à Katia, lui souhaitèrent une année remplie de joie, l'embrassèrent sur les lèvres. Gênée, elle subissait ces assauts avec des manières gauches et des rougeurs. Quand son père la prit enfin par la taille, la conduisant lentement vers leur isba, elle soupira d'aise. Son bonheur approchait la perfection.

Le souper ressembla à tous les soupers qu'elle avait connus. Il y avait cependant un dessert, luxe rare, que tous apprécièrent. Madame Ivanova se leva de table dès qu'elle eut terminé son assiette. Youri, souriant sans conviction, invita Katia à faire leur promenade annuelle. Avant de sortir, il regarda sa femme et lut dans son regard qu'il n'y avait rien à redire. Il devait, aujourd'hui, satisfaire la demande qu'elle lui avait faite la nuit précédente. Bien que déçu, il n'eut d'autre choix qu'admettre qu'elle avait raison.

La Reka les attendait. Ils s'assirent au pied d'un arbre, silencieux. Complices, ils écoutaient le cours d'eau fredonner sa constante mélodie. La nuit, tendre amie, les recouvrait de ses voiles noirs, propices aux confidences.

— Tu es déjà une femme ! soupira-t-il.

Elle tourna la tête vers lui avant de la poser sur son épaule.

— Je t'ai volée à ta vie et je n'ai plus d'autre choix que de te la rendre, maintenant. Quand tu es née, je m'en voulais d'avoir abandonné un enfant et j'ai voulu compenser par mon dévouement envers toi l'amour que je n'avais pu lui offrir. Je t'ai gardée contre moi et j'ai prié pour t'épargner ce que j'avais fait à une autre. C'est peut-être pour cela que je t'ai traînée dans les champs. Je t'ai cachée des courtisans en te camouflant entre des hommes mariés.

Katia l'écoutait. Elle savait ce qui suivrait. Fini les champs, les labeurs, les chansons et les cultures. Les fourneaux, les tricots et le marché l'appelaient. Elle maudissait les transformations de son

corps. Ces seins qui grossissaient, ce sang qui s'écoulait mensuel-
lement, ces jupes épaisses pour faire oublier ses jambes. Pourquoi
n'était-elle pas un homme ?

— À partir de maintenant, tu resteras avec ta mère et ta sœur.
Elles t'apprendront à cuisiner, à...

Il ne put continuer. Il ne savait pas ce que sa femme faisait à
longueur de jour.

— Tu apprendras un tas de choses intéressantes, j'imagine.

Il lui lança un œil et devina, aux sursauts de ses épaules, qu'elle
sanglotait en silence. Il n'avait jamais vu sa fille pleurer, ne l'avait
jamais entendue se plaindre.

— J'ai une idée, lança-t-il d'un ton faussement enjoué, comme
s'il ignorait ses pleurs. Vu que je t'ai élevée avec des hommes, que
je t'ai bâtie comme un homme et que tu as travaillé avec nous, je
peux bien, ce soir, te permettre de partager nos loisirs, une seule
fois. Je t'amène à l'auberge boire de la vodka. Prends cette soirée
comme la paie de tes années dans les champs et au diable ce que
dira ta mère.

— Elle sera scandalisée ! s'exclama Katia avec entrain.

Elle riait. Il remarqua son rire. Pourquoi, la veille d'une séparation, des détails nous deviennent-ils soudainement si chers ?

À l'auberge, les hommes s'échangeaient des histoires grivoises
ou anodines en buvant. Leurs éclats de voix résonnaient jusqu'à
l'extérieur. Lorsque Youri ouvrit la porte, accompagné de Katia,
ils se turent brusquement et attendirent ses explications. Ils connaissaient tous Katia mais cherchaient la raison qui poussait Youri à
infiltrer une femme dans leur sanctuaire.

— Mon épouse m'a rappelé hier que Katia n'était pas un
homme et que les champs n'étaient plus sa place. Nous avons
partagé avec elle notre dernière saison. Alors je me suis dit que je
pouvais bien lui offrir un verre en notre compagnie.

Les hommes sourirent. Youri et Katia s'installèrent au bar
mais les buveurs eurent tôt fait de l'asseoir sur une table où ils

chantèrent avec elle. Elle but sec, comme eux, et s'enivra rapidement. Elle les regardait, autour de sa table, se voyait unie à eux par des heures de communion avec la terre.

— Katia, cria Dmitri Markov du comptoir, près de Youri, chante pour nous *Kalinka*.

L'alcool aidant, nullement intimidée par tous ces yeux braqués sur elle comme des projecteurs, oubliant les convenances, emportée par sa joie d'être enfin une part entière de leur vie, elle se mit debout sur la table en les dévisageant et, agrippant à deux mains ses jupes, elle balança les hanches en chantant :

Kalinka, c'est demain que dans la joie tu te maries.

Des talons martelaient le plancher de bois et des mains claquaient entre elles, battaient la cadence des mouvements et des paroles de Katia.

Kalinka, tout est beau sous le soleil de Géorgie.

Elle sauta de la table, jolie gaillarde, se promena entre eux en brassant ses jupes qui valsaient autour d'elle. L'un des hommes, plus brave ou plus saoul que les autres, l'attrapa au passage et se mit à la faire voler dans les airs. Ses cheveux tournaient avec elle, s'emmêlaient sur son visage en sueur et sur celui de son cavalier.

Chez toi, c'est la fête partout, l'on s'apprête.
Les fleurs, les chansons, embellissent ta maison.

Un regain d'énergie souffla sur l'auberge. Plusieurs, munis d'un instrument de musique, jouaient l'air pendant que les autres dansaient. Les plus âgés continuaient de battre le rythme et de boire à la fin de *l'homme le plus séduisant de Pavlovitchi*.

Katia riait, haletait, mais personne ne le remarquait. Sa voix suave, mêlée à son haleine avide d'alcool, ne cessait de chanter ce folklore russe.

Kalinka, tes parents, tes frères, tes sœurs et tes amis,
Kalinka sont heureux pour le plus beau jour de ta vie.

Au milieu de la piste de danse improvisée, deux hommes se faisaient face. Un genou fléchi, l'autre jambe raide, ils passaient d'une jambe à l'autre en restant accroupis, frappaient des mains avant de sauter haut dans les airs et de toucher avec leurs mains le bout de leurs laptis. Ils semblaient suspendus dans l'atmosphère endiablée si bien que tous avaient le temps de remarquer la hauteur de leurs acrobaties, la souplesse de leurs mouvements et la facilité avec laquelle ils les exécutaient.

Et toi, ton sourire, déjà semble dire,
Qu'au fond de ton cœur tu as trouvé le bonheur.

Les deux compères quittèrent la piste pour prendre un verre. Mouillés, leurs vêtements collaient sur leur corps musclé. Ils avaient le regard tourné vers l'endroit où tous regardaient.

Katia, dans les bras de son père, dansait à son tour au son des ocarinas, des balalaïkas et du chœur enivré.

Partout on croirait que c'est dimanche.
Chacun a mis ses plus beaux habits.
Et toi, dans ta belle robe blanche
Tu es la plus belle fleur de ton pays.

Youri fixait ardemment sa fille en songeant au lendemain. Il manquerait une voix et deux bras dans les champs.

Kalinka, ton cœur bat car aujourd'hui tu te maries.
Kalinka, c'est la joie sous le soleil de Géorgie.
Et tout le village salue ton passage.
On danse et on rit depuis deux jours et deux nuits.

Youri l'attrapa et la fit tournoyer. De bras en bras, elle se promena. Ils y allaient tous d'un *Joyeux anniversaire!* ou d'un *Bravo!* L'auberge tremblait. Les mains, si elles ne tenaient pas un verre, un instrument de musique ou Katia, battaient l'air. Les voix chantaient, riaient. Les yeux, rougis par l'alcool et la fatigue, s'obstinaient à rester éveillés. Cette fête-là, personne ne l'oublierait.

Kalinka, depuis hier ton trousseau est bien fini.
Kalinka, tu rêvais de tout cela
Mais aujourd'hui, tu vois, le mariage,
T'apporte en partage, autant de bonheur
Que peut espérer ton cœur.

Tous épuisés, de nouveau autour de Katia sur la table, ils l'écoutaient une ultime fois. Ils savaient que dès qu'elle refermerait derrière elle la porte de l'auberge, ils devraient oublier qu'elle avait jadis été des leurs pour la saluer avec respect, d'assez loin, en enlevant leur casquette ou leur bonnet défraîchi. Ils ne pourraient plus lui crier, comme dans les champs, « Salut, Katia ! » en lui envoyant la main. Ils devraient attendre d'être près d'elle pour lui dire : « Bonjour, mademoiselle Ivanova ! » À partir du moment où elle refermerait la porte derrière elle, il n'y aurait plus de pont. Cette nuit partagée, ils n'y feraient jamais allusion, mais elle resterait la plus joyeuse que Pavlovitchi ait connue.

Kalinka, tu seras toujours fidèle à ton mari.

Youri, au comptoir à côté de Markov, admirait sa fille. Quelle ardente lumière de vie sauvage bouillait dans ses veines ! Quel feu éblouissant animait ce corps ! Quel danger, pour une femme, d'être habitée par ces deux pôles dévorants !

Dmitri Markov se leva et salua en tenant son verre :

— Aux plus beaux yeux de la Russie.

Tous trinquèrent. Le brouhaha, en vérité presque assommant, plaisait.

Kalinka, c'est la joie car aujourd'hui tu te maries.

Markov s'approcha du visage d'Ivanov. Moqueur, il s'enquit :
— Tu crois pouvoir en faire une femme ?
Youri lui sourit.
— Je l'espère, oui.
Il lui fit un clin d'œil.
— ...et non.

— Je me demande de quel genre d'homme elle tombera amoureuse ?

— Moi aussi, je me le demande, reprit Youri. Ça serait rassurant si c'était ton fils.

Markov hocha la tête en pointant du menton son aîné et ajouta :

— Regarde-le la dévorer des yeux dans son coin.

Youri lorgna le jeune homme ivre en lui enviant son avenir.

— Est-ce que je peux lui annoncer qu'il peut entreprendre sa cour ? s'informa Markov.

— Non, coupa sèchement Youri. Je veux bien qu'elle devienne une femme mais je ne veux pas la voir partir maintenant. Elle n'a eu que quatorze ans !

Markov baissa les yeux, compréhensif. S'il avait eu une fille comme Katia, lui aussi aurait éloigné le plus possible la séparation.

— Une chose est certaine, conclut Markov à Youri qui s'était levé pour partir, même si elle a la force d'un homme, elle est très belle. Même si elle est plutôt carrée, certaines formes prometteuses ne mentent pas. Même si ce soir elle a bu, chanté et parlé comme nous autres, elle deviendra une demoiselle respectable, une épouse correcte et sera mère plusieurs fois. J'envie l'homme qui la possédera.

Ils vidèrent un verre à la santé de cet inconnu.

Kalinka, tu le vois c'est le plus beau jour de ta vie.

Youri passa le premier, puis Katia referma la porte de l'auberge derrière elle.

CHAPITRE TROIS

NAPLES – PAVLOVITCHI
1912-1914

LA LÉGENDE

Robert Letellier remonta ses lunettes, puis reprit sa lecture. Quelquefois, entre les lignes de son manuscrit, des images d'Isabella dansaient. Alors, un souffle nouveau l'envahissait. Quelque chose d'abstrait et d'inconnu s'insinuait en lui, un genre de désir de vivre, de s'épanouir et de croître au soleil de ses rêves. Mais, rapidement, une buée obscure refoulait ce désir de bonheur qui disparaissait alors dans les brumes de sa personnalité troublée. Le seul sentiment qui persistait en lui ressemblait à un remords pénible face à l'ensemble de son mariage, à ses enfants qu'il avait oubliés, jusqu'à son épouse, peintre remarquable qu'il avait gaspillé. Comment avait-il pu l'ignorer à ce point? Il ne comprenait plus l'homme qu'il était encore hier, détaché de l'enterrement comme si Isabella n'avait été qu'une connaissance, loin de sa progéniture comme si elle provenait de quelqu'un d'autre. Sauf Judith. Il sourit béatement à son souvenir. Ce bébé n'avait pas supporté d'autres bras que les siens tout au long du kaddish, alors que ses autres enfants le regardaient avec chagrin et crainte pendant la mise en terre.

Robert détourna la tête vers l'extérieur. Le paysage défilait doucement au rythme de la locomotive. Autour de lui, les Alpes vertigineuses lui offraient une vue imprenable sur l'immensité de Dieu. Avec leurs sommets près des nuages, elles avaient un air gêné, comme si leur beauté surnaturelle les dérangeait un peu. Comme Isabella.

On le réveilla à la frontière italienne. Après quelques vérifications, longues formalités, il changea de train pour parcourir ce pays qui avait vu naître Isabella. Il ne savait pas pourquoi il se rendait chez Emilio, ni pourquoi la *Rosa prena* l'appelait depuis les tréfonds de son âme. Par contre, il sentait qu'à Naples, dans le repaire surprenant de son beau-père, des secrets se révéleraient à lui simplement à admirer les roses.

Au bout d'une semaine de voyage, il rejoignit finalement Napoli. À la gare, lorsqu'il prononça le nom d'Emilio Guerti et celui de la *Rosa prena*, quelques gens sourirent, d'autres rirent ouvertement et se gorgèrent entre eux de mots qui ne signifiaient rien pour lui. Finalement, quelqu'un s'offrit à l'y conduire sous un couvert de moqueries que Robert savait de mauvais goût. Son bienfaiteur fit taire les lazzis d'une réponse sans équivoque puisque personne n'insista plus. Robert, soulagé, lui sourit. L'homme lui tendit la main. La paume ouverte révéla qu'il ne s'attendait aucunement à rendre ce service gratuitement. Robert lui donna des lires jusqu'à ce qu'il parût satisfait, puis il se laissa conduire aveuglément comme il venait de se faire berner.

Devant les grilles de la ferme Guerti, l'autre descendit pour actionner la clochette et un grand gaillard s'approcha en criant des injures impatientes. Lorsqu'il jeta un regard sur lui, il le dévisagea un instant puis sourit en prononçant son nom comme une question, d'une voix accueillante.

— Robert Letellier ?

Robert acquiesça et les grilles s'ouvrirent. L'homme de la villa héla d'autres bras et bientôt, des dizaines d'hommes, de femmes, d'adolescents et d'enfants coururent vers lui pour prendre son unique sac et le conduire vers l'intérieur en riant. On le pressait de questions qu'il ne comprenait pas, le dévisageait sans retenue, riait de sa venue avec joie. Robert ne comprit jamais que sa kippa avait révélé qui il était, d'autant plus que son télégramme l'avait annoncé, mais il apprécia cette atmosphère chaleureuse et familiale et sentit presque qu'il rentrait chez lui.

Emilio Guerti l'attendait sur l'immense véranda. Sur une chaise confortable, il se balançait les yeux fermés, les bras croisés sur son ventre rebondi de plaisirs. De l'énorme bouquet de roses devant lui émanaient des parfums délicieux. Il les humait avec gourmandise sans tenter de les admirer. Ces roses étaient sa création et il était convaincu que l'on portait en soi ses créations bien avant de les réaliser, comme une gestation. Ainsi, il n'avait pas besoin de voir ses roses pour se remplir de leur beauté, pas plus qu'il n'avait besoin de sa fille pour se remplir de sa présence éternelle. Il pouvait savourer son monde les yeux clos, assuré que ce qu'il ressentait était plus présent que le monde sensible.

Lorsque Robert s'approcha du vieil homme de quatre-vingt-cinq ans, il se sentit nerveux. Que dire à un père qui venait de perdre sa fille ardemment désirée? Malgré qu'il eût préparé de nombreuses phrases de circonstance, en voyant le paternel blotti au creux de ses rêves, Robert choisit le silence. Au début, il trouva la situation inconfortable puis, doucement, il se détendit. Il admira longuement les montagnes éloignées, le Vésuve endormi, les parterres de culture, les roses dans le vase, puis ferma les yeux à son tour pour ne plus percevoir que les odeurs. Dans le ciel, des oiseaux chantaient, des mouches tournoyaient autour de sa tête et des abeilles s'acoquinaient avec les fleurs. Au loin, il distinguait la voix des travailleurs dans les immenses champs et en lui, un calme inconnu s'infiltrait. Doucement, la *Rosa prena* faisait son effet et il somnola paisiblement. Lorsqu'il ouvrit les yeux, une heure plus tard, Emilio lui souriait.

— Alors, mon fils, raconte-moi, invita-t-il en napolitain.

Robert répondit en français. Bien sûr, il n'avait pas compris réellement ce que venait de dire Emilio, mais le ton, le regard et le visage l'avaient convié à la confidence aussi sûrement que s'ils avaient partagé la même langue.

Robert parla longtemps. De lui, de sa famille stricte, de son désir continuel d'évasion mais de sa réalité de cordonnier. Il lui expliqua sa passion pour l'écriture mais l'impossibilité de s'y consacrer à cause de sa condition financière. Il lui dit sa jeunesse difficile, les railleries méchantes dont il avait été victime, puis il lui expliqua Isabella. D'abord ses toiles, inexprimables tant elles étaient sublimes, puis sa beauté qu'il avait aimé embrasser, sa fuite personnelle vers une littérature qui n'en valait pas la peine, et le décès d'Isabella, événement cruel qui le privait de quelqu'un qu'il venait seulement de rencontrer. Robert pleurait, de souffrances et de regrets. Sur Isabella mais aussi sur lui, sur les ambitions non réalisées de son épouse et sur les siennes qui ne verraient jamais le jour. Robert pleurait sa vie, portait le deuil de ses désirs et le noir pour Isabella qui ne vivrait plus.

Autour, chacun avait dressé les tables silencieusement, respectant Robert et sa peine. Ils avaient tous compris, du plus jeune des enfants au plus vieil adulte, que Robert venait de prendre rendez-vous avec son âme et que ce qu'il voyait le consternait.

Emilio, pendant que Robert parlait, avait continué de se bercer. Ponctuellement, il lui avait tendu son mouchoir, puis son verre d'eau, lui avait pris la main puis l'épaule et l'avait caressé du regard tout au long de sa difficile confession. Les mots n'avaient pas traversé son esprit en phrases formulées mais plutôt en émotions sincères, et ce fut de ce même langage que Robert lut sur le visage d'Emilio que ce dernier avait tout saisi.

Ils se sourirent. Le vieux sage se leva pour prendre dans ses bras le rebelle juif qui se découvrait. L'affection que Robert ressentit au contact de cet octogénaire vénérable le transporta de reconnaissance. Il y avait bien sûr la compréhension d'Emilio qui le touchait, mais surtout son pardon d'avoir été un aussi piètre mari. Lorsque Robert se détacha d'Emilio, ce dernier fit signe à l'un de ses petits-fils de venir les rejoindre. Il baragouina quelques phrases et le jeune de vingt ans sourit à Robert.

— Grand-papa m'a fait chercher à l'université, fit-il en français. Je serai votre interprète pendant votre visite ici. On m'appelle André, chez vous.

— Je suis enchanté, André.

Ils prirent un bout de table, André et Robert s'installant de part et d'autre du paternel. Sitôt terminé le repas frugal, au cours duquel tous s'étaient empressés de questionner Robert sur Paris, sur sa vie d'écrivain, sur Isabella et leurs enfants, Emilio se retira, laissant Robert profiter de sa jeunesse pour veiller toute la nuit.

Le vin de la *Rosa prena* leur tint compagnie, puis lentement les familles se retirèrent. Elles pénétraient à tour de rôle dans la villa comme si la demeure croissait au rythme de la population. Robert se demanda où tous ces gens dormaient, mais il semblait le seul à réaliser qu'ils étaient si nombreux.

— Combien êtes-vous? demanda-t-il finalement à André lorsque les derniers se furent évanouis dans la demeure.

— Ces temps-ci, aux alentours de cinquante, mais au moment des récoltes, nous sommes plus d'une centaine. Nous avons tous un espace dans la maison. Je vous ferai visiter. Vous verrez, c'est un vrai manoir, avec des dédales de corridors où se perdre. Heureusement, grand-papa a fait installer des plans sur les murs.

Il éclata de rire, de ce rire honnête et ouvert que Robert s'empressa d'imiter, de ce rire familial et fraternel où il se sentait si bien.

— Il a fait accrocher des plans après s'être perdu lui-même dans sa maison, reprit-il.

Il rit encore, les larmes aux yeux en imaginant son grand-père englouti par des pièces qui poussaient au rythme de ses conquêtes et de sa progéniture.

— Il y a tellement de rallonges que je pense que même moi je n'ai jamais fait le tour de la propriété.

Il rit encore un peu puis sourit tendrement en ajoutant :

— Mon grand-père est un fou que je vénère. Il n'obéit qu'à ses lois. Je l'admire pour ce qu'il est. Sa sagesse vient des fleurs. Vous comprenez, Robert. La nature lui parle parce qu'il l'aime et la respecte. Il lui a consacré sa vie. Demain, lorsque vous verrez les champs, vous trouverez tout ce que vous devez savoir sur Emilio Guerti. Vous constaterez l'ordre de sa passion. Vous apercevrez des tournesols parfumés comme des roses. Vous trouverez même certaines roses jaunes comme des tournesols. Grand-papa est convaincu qu'elles sont le fruit d'une union mixte. Il les a baptisées les *Isabellas*. Elles sont sa fierté et elles lui rapportent une fortune. Dodues et duveteuses, jaune tournesol, elles sont uniques au monde comme l'était ma tante.

Il cessa un moment, puis conclut :

— En vérité, grand-papa se fout pas mal de sa maison hétéroclite. Toute sa vie a été consacrée aux roses. Ses notions d'architecture désolaient les grands bâtisseurs, mais moi je crois que sa villa lui ressemble. Accueillante et généreuse. Vibrante. Vivante. Elle croissait avec nous.

Robert avait fermé les yeux. Dans le conte de fées qu'il vivait, le château du roi Guerti grossissait d'après le nombre des enfants et les roses se mariaient avec les tournesols. Il sourit. La *Rosa prena* n'avait en fait de réalité que sur la galerie, lorsque toute la famille mangeait les fruits de sa terre en contemplant des *Isabellas*.

— Grand-papa croit que vous devriez lire ces lettres, fit André en les sortant de sa veste.

Robert ouvrit les yeux et les prit. Il découvrit l'écriture napolitaine d'Isabella. Il les rendit à André pour qu'il les lui traduisît. André prêta sa voix à sa tante, fier d'être son écho. Dans chacune des lettres, Robert entendit la reconnaissance d'Isabella. Sa fierté à l'égard de ses enfants, son bonheur de vivre à Paris et même son admiration pour un mari absent qui tentait de composer un roman qui serait sûrement magnifique même s'il ne le lui lisait jamais. Isabella n'avait formulé aucun regret. Elle louangeait chacun de ses petits et se disait heureuse d'en attendre un nouveau. La maternité la comblait davantage que la peinture, affirmait-elle. Il y avait le premier sourire de chacun, les premiers pas, les premières erreurs, les premiers mots, quelques maladies inquiétantes

76

mais toujours ces bordées d'amour pour des êtres qu'elle adorait. Elle parlait de lui, de ce mari éloigné qui l'aimait sûrement puisqu'il n'élevait jamais la voix contre elle ni contre les enfants, qu'il lui offrait ce qu'elle demandait sans rien lui reprocher. Il lui laissait décorer leur intérieur à son goût et elle avait peint les murs avec de l'aquarelle, avait donné un pinceau aux enfants pour qu'ils s'exprimassent aussi dans la fresque de leur salon. Elle avoua être aussi fertile que son père, ce qui la troublait un peu. Outre ce détail intime, aucune plainte ne le blâmait, ni lui ni sa famille juive. Au contraire, elle affirmait se sentir réconfortée à la lecture de la Bible, trouver dans les textes des histoires d'amour merveilleuses, des guerres atroces et aussi un océan d'espoir. Elle disait aimer le rythme des shabbat, le repos de l'âme qu'il procurait, et ajoutait que les pratiques quotidiennes de la vie juive la calmaient comme un grand silence. Elle remerciait aussi Robert pour cela.

André se tut. Il venait de terminer la dernière lettre. Il les tendit à Robert en souriant puis se retira. Robert les ouvrit à nouveau, devinant dans certains mots cousins la signification de ces derniers, reconnaissant dans les courbes régulières la sensualité de son épouse. Il embrassa les lettres. D'outre-tombe, Isabella venait le rassurer. Encore. Il devait maintenant parcourir lui-même les chemins de son pardon jusqu'à se donner l'absolution. Il ne pouvait plus se blâmer d'avoir abandonné une épouse qui le vénérait même dans la mort. Sincèrement, Isabella l'avait toujours connu mieux que lui-même et il alla pleurer son épouse dans les roses, les tournesols, les oliviers et les vignes, sur cette terre qui l'avait portée et l'accueillait lui aujourd'hui, si généreuse et riche d'abnégation.

Robert séjourna un mois à la *Rosa prena*. La plupart du temps, il passait la journée avec Emilio et les fleurs. Lorsque André venait les visiter, Robert et Emilio en profitaient pour se parler, mais la plupart du temps, ils se montraient l'un à l'autre, en gestes et en expressions, ce qu'ils voulaient partager.

Robert apprit ainsi à cultiver les roses, à les tailler, à les nourrir, à les arroser et à les aimer. Il ressentait tant de fierté à être là dans les champs, à intervenir dans le miracle de la vie, que doucement le temps fit taire ses angoisses et enterra ses remords.

Un matin qu'à l'aube Robert sirotait un espresso fumant, une énorme toile posée sur ses genoux, André s'assit près de lui.

— Déjà debout ? s'enquit Robert avec surprise.

— J'aime regarder le soleil se lever.

Robert fit un signe de tête puis s'informa :

— C'est toute la famille ?

André acquiesça et sourit.

— Isabella est venue ici, il y a près de dix ans, avant de vous rencontrer, et elle a réalisé ce portrait. Il est impressionnant, n'est-ce pas ?

Robert contempla tous les visages. Quelle fierté dans leur sourire et quel bonheur dans leurs yeux ! Il dévisagea André qui lui sourit avec chaleur. Et s'il faisait désormais partie d'eux ? et si, en épousant Isabella, il avait fait d'elle une Letellier et elle, un Guerti de lui ?

— Vous êtes une famille extraordinaire, André.

— Vous êtes un homme extraordinaire, Robert.

Il se leva et retourna à l'intérieur suspendre la toile au mur de l'entrée. Lorsqu'il se rassit, André lui tendit une enveloppe.

— C'est un cadeau de mon grand-père, expliqua-t-il.

Robert l'ouvrit d'un air interrogateur. À l'intérieur, il y avait plus de billets qu'il n'en avait jamais vu. Il la referma comme si elle contenait un poison dangereux.

— Je ne peux pas accepter, fit-il en la lui redonnant.

André ne la prit pas non plus, laissant la main de Robert tendue dans le vide de son refus.

— Je pense que vous devriez, contredit-il. Grand-papa m'a dit que vous étiez un excellent écrivain, mais que vous aviez besoin de fonds pour exécuter votre première œuvre. Ainsi, il ne vous fait pas la charité, il vous encourage vers votre propre vie. Offrez-vous ce pourquoi vous êtes né, Robert. Offrez-vous votre destin. C'est ce qu'Isabella a fait en partant à Paris, en vous épousant et en ayant ses enfants. C'est ce qu'elle a toujours voulu pour vous. Devenez cet écrivain qu'elle aimait. Nous serons tous tellement fiers de vous.

André le laissa, descendit le long escalier et disparut dans les champs cultivés. Lorsqu'il revint, une heure plus tard, il n'y avait qu'une rose sur la berçante d'Emilio, une *Isabella* avec un merci inscrit sur un bout de papier. La chambre de Robert était vide et rangée, comme s'il n'y était jamais venu, mais André, Emilio et toute la famille savaient que maintenant le cœur du Français était rempli de la *Rosa prena* et qu'il volait vers sa vie, vers cette vie qu'Isabella, vivante puis morte, lui avait donnée comme le plus grand cadeau du monde : son destin et la liberté d'être qui il était.

Robert souriait. Il souriait aux arbres et aux fleurs, souriait à la mer Tyrrhénienne au loin et bénissait la vie. Lorsqu'il monta dans le train, au cœur de Naples, il sourit aux étrangers qu'il croisait, aux vendeurs de billets et au contrôleur. Il sourit aussi au couple qui prit place devant lui. Il salua même d'un sourire son image sur la vitre sale du wagon, et lorsqu'il ferma les yeux, ce fut en souriant qu'il s'endormit.

Robert ne sut jamais où cette idée avait germé. Peut-être dans le rêve qu'il fit pendant le voyage de retour vers la France ou peut-être en voyant quelqu'un lire Tolstoï. Quoi qu'il en fût, étrangement, à la frontière qui le séparait de chez lui, il ressentit le désir de voir la Russie. La force de cette envie l'impressionna tellement qu'il ne put y résister. Il monta dans un autre train, laissant le poste de douane français disparaître derrière lui et se remit à sourire. Sur lui, il avait assez d'argent pour se perdre n'importe où en Europe pour des années à venir et écrire ce qu'il rêvait de créer. Il reviendrait en France écrivain. Sans cette certitude, la vie perdait son sens. Et il se mit à croire, en Dieu peut-être, en Emilio sûrement, mais surtout en lui, en lui qu'il apprenait à aimer.

Au bout du long périple, Robert découvrit Saint-Pétersbourg avec bonheur. Il parcourut les rues étroites et les perspectives immenses, longea le fleuve et les canaux innombrables. Il visita les musées où il admira les grands conquérants, les icônes et les toiles magnifiques. Il admira longtemps le palais d'Hiver fabuleux et flâna dans le port des jours durant. Il ne parlait à personne et cette solitude nouvelle, qui lui offrait tant de libertés, traçait en lui son chemin. Pourtant, un matin qu'il mangeait un sandwich, assis sur un large parapet, les pieds au-dessus de l'eau et le regard perdu vers le golfe de Finlande, un bourgeois sympathique et cultivé lui adressa la parole. Ravi d'avoir quelqu'un avec qui communiquer, il fréquenta l'homme quelques jours.

— La Russie aime la France depuis toujours, salua-t-il devant la surprise de Robert qui l'entendait parler français. Nous aimons la culture. Plusieurs, ici, parcourent toujours *L'Encyclopédie*. Personnellement, Diderot me laisse froid, mais je me prends encore pour un fils des Lumières et je marche dans les pas de Voltaire.

Ainsi Robert se fit-il un ami. Étrange homme pour le moins que cet importateur. Né à Saint-Pétersbourg, il avait étudié à Paris l'architecture mais sitôt revenu dans le giron familial, il s'était empressé de devenir financier comme son père et tous ses ancêtres.

L'homme s'empressa de lui vanter sa ville et de lui raconter son histoire.

En deux siècles et demi, trois cent quatre-vingts ponts avaient surgi par-dessus la Neva ou au-dessus des canaux, unissant des rives infranchissables en appelant une débauche de décorations.

La ville entière s'était ordonnée autour du fleuve majestueux. De part et d'autre, on avait établi des édifices gouvernementaux, des appartements luxueux et des quartiers sordides, créant dans la Venise du Nord de Pierre le Grand un royaume à la beauté inégalée.

— En hiver, six mois par an, l'eau se fige sous une âpre couche de glace et la terre semble arrêter de tourner, continua-t-il. Le soleil, devenu paresseux comme le peuple, oublie de se lever, lui qui l'été, ne se décide pas à se coucher.

Ils marchaient ensemble à travers la ville, empruntaient le tramway de temps à autre, circulaient parmi la foule bigarrée et s'arrêtaient pour continuer les explications.

— Les châteaux sont la fierté des tsars. Chacun tente d'édifier le sien pour marquer la ville de son passage. C'est leur soif d'éternité, leur manière de se déifier. La Grande Catherine a construit des châteaux à ses amants. Les aristocrates se sont offert des palais inspirés d'Italie ou de France. On peut même retrouver une réplique de Versailles.

Ils étaient tous incroyables, surchargés par une folie de colonnes, de statues et de tourelles, ruisselants d'or et de couleurs. Ils cernaient les nombreux bras de la Neva comme s'ils désiraient l'embrasser.

— La Russie est un pays immense où tout doit être à sa démesure. Souvenez-vous de cela, mon ami. Tout ici est démesuré. L'amour et la haine, la passion et la guerre, les défaites et les victoires. La pauvreté est démesurée. La richesse est démesurée. On meurt par millions et on vit par millions. Pour comprendre mon pays, il faut comprendre la démesure.

L'homme partit comme il était venu, par hasard au bord d'un parapet, appelé par une tâche importante qui ne pouvait plus attendre.

Robert resta seul pour constater la démesure du règne tricentenaire des Romanov. Ce fut seul, à marcher dans les rues, qu'il vit comme la royauté ruinait son peuple. La pauvreté était gravée partout, sur les visages émaciés comme sur les maisons petites, surpeuplées et mal isolées. Elle était le chômage dans les rues ; les salaires faméliques des usines ; les enfants mal habillés, mal nourris, bandits de grands chemins pour une bouchée de pain ; les pères désespérés qui buvaient des roubles de vodka ; la prostitution ; et elle était la mort, anonyme, ramassée dans des chariots et enterrée dans des fosses communes. Elle était l'assassin familier des misérables.

Robert observa aussi l'autre Saint-Pétersbourg, la célébrissime vantée par d'orgueilleux visiteurs. Elle miroitait son opulence sur les canaux et contemplait sa vanité sur la mer. Il espionna la richesse derrière la clôture forgée, les bals, les réceptions, les banquets de la cour, les robes et les bijoux coûteux, entendit la musique fuser des salles de danse, perçut les éclats de rire des fenêtres ouvertes et eut mal au cœur de voir les restes jetés négligemment dans des poubelles interdites d'accès, sauf aux téméraires.

L'espace entre ces deux mondes était comblé d'une rumeur qui circulait parmi le peuple, chuchotement à peine audible qui s'exprimait dans tous ces yeux usés que personne ne regardait. Si la révolution de 1905 avait réussi ? Question sans réponse, murmure d'espoir pour des gens sans ressource qui combattaient le quotidien comme un ennemi intraitable.

Robert décida en avoir assez vu. Saint-Pétersbourg était un chaudron en ébullition et le trop-plein de frustrations ne tarderait pas à exploser jusqu'aux confins de l'empire des tsars. Il décida donc de foncer vers l'horizon, de s'éloigner de la pauvreté et des Romanov. Il descendit vers le sud, heureux de remarquer que les maisons s'espaçaient jusqu'à ce qu'il n'en vît plus aucune. Bien après que Saint-Pétersbourg eut disparu derrière lui, il ralentit sa marche. Il caressa alors du regard les plaines russes et s'avoua être le plus chanceux des hommes.

Robert eut la patience de plusieurs jours de marche avant de ressentir le besoin de confier son chemin à un inconnu croisé par hasard. Sur une route déserte, il perçut le son d'une charrette qui roulait lentement vers lui. Un paysan apparut, portant du blé. Il lui fit signe de monter. Robert grimpa à côté de l'homme. Le paysan le dévisagea avec curiosité et tenta de dire quelque chose. Robert haussa les épaules.

— Je ne parle pas russe, fit-il en croyant mettre fin à une conversation impossible.

Le paysan reprit autrement. Il porta une main vers lui et dit :
— Markov.

Il pointa Robert d'une mine interrogatrice. Robert comprit et sourit.

— Robert, fit-il avec la fierté d'avoir saisi sa première phrase russe.

Le paysan eut l'air satisfait mais ne cessa pas pour autant de parler. Robert soupira. Dans quelle aventure s'était-il lancé en venant se perdre en Russie ?

Enfin, surgissant de nulle part, un village se découpa dans la pénombre. Robert trépigna d'impatience en s'agitant sur son siège. Le Russe sourit. Lui aussi avait hâte de rentrer chez lui.

— Pavlovitchi ! annonça le paysan avec joie.
— Pavlovitchi, répéta Robert.

Il le déposa devant l'auberge. Robert regarda le Russe en souriant pour le remercier. Le Russe lui retourna son sourire, lui fit au revoir de la main et lui dit en s'en allant :
— *Da svidania*[1].

Robert redit les mots pendant un certain moment, pour que la musique de cette nouvelle langue lui devînt un refrain quotidien.

Un frisson réveilla Robert. Un vent d'été doux pénétrait par la fenêtre ouverte et réchauffait sa chambre. Il se leva, s'habilla et

---

1. « Au revoir », en russe.

descendit manger un peu. L'aubergiste lui sourit et lui servit un plat d'un mélange brunâtre appétissant, puis s'assit en face de lui :

— Robert Letellier, fit Robert pour se présenter.

L'aubergiste hocha la tête avec entendement.

— Igor Starkovitch Denissov.

Il pointa une femme qui remuait le contenu d'une marmite.

— *Mi gena, Olga*[2].

Robert sourit faussement. L'effort qu'il devait faire pour deviner ce que les gens disaient lui donnait mal à la tête. Il leva les yeux de ses pensées, rencontra le visage bienveillant de son hôte. Dans ce regard, il lut que le Russe réalisait les difficultés qu'il affrontait et l'encourageait à continuer. Robert termina son bol et le lécha avec gourmandise de sa mie de pain. Il remercia l'aubergiste d'un signe de tête. Igor baissa les yeux en souriant, reprit avec satisfaction l'assiette vide et retourna travailler.

Revenu à sa chambre, des bruits attirèrent l'attention de Robert. Il regarda par la croisée qui donnait sur la place centrale. Il y avait des cris d'enfants qui jouaient et des femmes qui discutaient entre elles. Il vit une fontaine jeter son eau. Autour d'elle, les femmes emplissaient leurs cruches, lavaient leurs vêtements dans le réservoir ou guettaient les jeunes qui s'échangeaient un ballon. Comment avait-il pu ignorer une fontaine ? Un souffle d'inspiration s'empara de lui. En ses mains bouillait un sang de création. L'eau d'une source, les pleurs d'une fontaine, les larmes d'un puits : il avait besoin d'écrire.

Il descendit, avec son porte-documents, attrapa une chaise de bois dans la salle à manger de l'auberge et s'installa à côté de la fontaine. Il suivait le jeu des bambins, imaginait la conversation des femmes, écrivait des esquisses de roman en jetant pêle-mêle ses idées. Au début, les femmes russes le dévisagèrent, se formalisèrent de sa présence mais, le voyant gribouiller, elles le jugèrent sans intérêt et reprirent leurs activités.

---

2. « Mon épouse, Olga. »

Brusquement, le soleil l'aveugla. Les femmes, comme si elles venaient de recevoir un signal, récupérèrent les vêtements mouillés, les cruches pleines et leurs bambins, puis retournèrent chez elle. Robert nota alors que le soleil plongeait sur la fontaine peu avant l'heure du souper. Il s'apprêta à partir aussi, mais intrigué, il regarda dans sa direction. Subtilement, un corps de femme aux jupes valsantes se distingua de la lumière, silhouette noire fantomatique venue d'ailleurs. Le soleil en guise d'aura, la femme évoluait vers lui. Plus elle approchait, plus ses courbes se détachaient de l'astre, comme si elle était un de ses satellites qui venait explorer la terre. Une cruche qu'elle retenait d'une main sur la tête, des jupes tenues par l'autre, un voile qui volait avec ses cheveux dans le vent, Robert resta muet devant tant de poésie féminine, incapable de bouger. L'air niais, figé, il se sentait pétrifié. Autant de splendeur à ses yeux ne pouvait provenir que du paradis. Autant de perfection, de douceur et de bonté ne pouvaient se réunir que sur le visage d'un ange.

Rendue à ses côtés, elle posa la cruche dans le réservoir et attendit patiemment que l'eau l'emplît. Elle se tourna vers lui. Le voile tomba sur ses épaules, offrit à ses cheveux le loisir d'onduler avec le vent. Le soleil plomba dans ses yeux bleus, les illumina de ses flammes ardentes et balaya sa chevelure de ses rayons. Elle lui sourit sans tenter de lui parler. Gracieusement, elle remonta le voile sur sa tête.

— Que vous êtes belle, ma muse! s'exclama Robert en soupirant.

Un visage pâle, des yeux profonds, des lèvres aux fraises et des joues crémeuses de santé : Robert ne cessait de l'admirer. Elle laissait son regard embrasser celui du Français, ne se gênait pas de le caresser comme il le faisait. Elle découvrit beaucoup de troubles sur ce visage, beaucoup de découragement sur ces épaules mais un soupçon de joie sur ces mains.

Le silence, brisé par la chute du liquide à proximité, devenait obsédant. Yeux dans les yeux, leur passé et leur avenir se confondaient en un maintenant insupportable. L'enchantement se rompit quand la cruche déborda en éclaboussant les jupes de la jeune femme. Mal à l'aise, elle la posa sur sa tête et partit vivement en se demandant ce qui arrivait à son cœur et à son estomac.

Robert la suivit des yeux. Elle fondit dans le soleil comme elle en était venue.

Robert contemplait la lune de son lit. L'inconnue l'avait bouleversé. Il n'avait pas eu peur de sa beauté et n'avait pas craint de la regarder à satiété. Tout en elle harmonisait ses propres sentiments.

— Soleil.

Il se parlait à haute voix.

— Oui, elle se nommera Soleil et lui...

Il hésita à peine :

— Alexandrescu.

Ravi de son génie, il reprit :

— Le Soleil d'Alexandrescu.

Il se leva, alluma l'unique lampe de sa chambre, sortit les notes qu'il accumulait depuis des années, les étala devant lui et entreprit :

« Alexandrescu contemplait la lune de son lit. L'inconnue l'avait bouleversé ! »

Robert ressentait Alexandrescu, vivait les sentiments d'Alexandrescu, était l'âme, l'esprit, la chair d'Alexandrescu. Il composa la naissance de sa muse comme la venue d'un astre nouveau, s'élança dans une poésie fiévreuse qui n'avait de sens qu'à travers une passion amoureuse survoltée. Il insista sur chacun des sillages de sa beauté, stupéfait de s'étendre une page sur ses lèvres, quatre paragraphes sur ses cheveux et inlassablement sur ses yeux. Soleil naissait en lui et en Alexandrescu. Sa fureur d'écrire lui fit mieux rêver à la femme de la fontaine.

L'obscurité céda sa place à la lumière, Robert écrivait toujours. La routine du village reprit, Robert continuait de composer ses pages. Puis, un silence. Il cessa de bouger. Ses doigts, rendus au repos, se révoltèrent contre les heures de travail. Il les massa en se rendant à la fenêtre regarder la fontaine : le soleil tombait directement dessus. Comme un fou, il prit une chaise dans l'auberge pour aller s'asseoir près d'elle. Il scruta l'horizon, la chercha. Rien. Il s'impatientait lorsqu'elle apparut.

Katia le devina au loin. Elle accéléra le pas, étonnée par sa hardiesse mais enchantée de son audace. Elle avait pensé à lui le jour durant. En pétrissant le pain, en coupant les légumes, en nourrissant les poules et en mangeant, le visage de Robert lui parvenait toujours. Aussi, lorsqu'elle le vit au bord de la fontaine, elle ne put retenir ses jambes de la précipiter vers lui.

Elle posa rapidement sa cruche dans le réservoir, puis se tourna vers lui et sourit. La candeur du sourire le toucha. Sa muse n'était qu'une enfant ! Ils se dévisageaient, s'imprégnaient l'un de l'autre jusqu'à ce que l'eau débordât de la cruche. Lorsqu'elle eut rejoint le soleil, il remonta à sa chambre. La fatigue s'empara de lui et il s'endormit. Alexandrescu devait attendre à demain, Soleil aussi.

Quelques journées se ponctuèrent ainsi. Le rendez-vous tacite à l'heure du soleil couchant les réjouissait davantage au fil des jours. Ils ne vivaient que pour ce court moment sans oser franchir le mur du silence.

Un soir, elle déposa sa cruche, prit une tasse accrochée par l'anse au contenant de poterie et la lui tendit. Il but le liquide frais lentement, savoura l'eau et la femme sans savoir laquelle des deux l'étourdissait le plus. La cruche pleine fendit leur unique moment d'intimité. Elle ne partit pas. Elle but elle aussi une tasse d'eau, repoussant son départ. Complices des quelques minutes qu'ils volaient aux convenances, ils dégustaient avec conscience l'eau froide, perdus quelque part sur la même île.

Dans le village, on s'habituait lentement à lui. Si, au début, personne ne lui souriait, on lui offrait maintenant un signe de tête courtois lorsqu'on le rencontrait. Personne n'avait tenté de lui parler, mais tout le monde demandait aux aubergistes d'où il venait et ce qu'il faisait ici. Igor et Olga auraient bien voulu dévoiler les secrets de l'étranger, mais ils n'en savaient pas beaucoup, sinon qu'il était français, juif et écrivain, un drôle d'homme solitaire, peu bavard mais très poli.

Un jour, au coucher du soleil, Robert alla à côté de la fontaine une heure avant la venue de Katia. Les femmes le saluèrent de la tête et parlèrent de lui sans gêne. Elles savaient qu'il n'entendait que quelques mots russes. Elles le regardèrent installer sa chaise et se mettre à écrire, puis elles retournèrent à leurs propres travaux.

Un ballon arrêta à ses pieds. Robert laissa son travail, considéra les garçons en souriant, se leva et frappa le ballon. Trop étonné pour jouer avec cet étrange homme, l'un des enfants l'attrapa au lieu de le botter à son tour. Robert s'enquit :

— Pourquoi l'as-tu rattrapé avec tes mains ? C'est avec les pieds qu'on joue !

Les enfants se regardèrent interloqués puis se mirent à rire. Qu'est-ce que l'homme avait dit ? Ils s'attroupèrent autour de lui, curieux. Robert comprit que son français les amusait.

— Pourquoi me regardez-vous comme cela ?

Les enfants rirent de plus belle. Il fit de même. Il partageait leur gêne mais aussi leur surprise. Avec un ballon, plus personne ne se fait vieux.

— Robert, fit-il en se montrant de la main, puis il pointa un garçon au hasard qui le fixait avec attention.

— Toi, tu t'appelles comment ?

— Jurik, répondit-il.

Il lui tendit le ballon en disant son nom et l'enfant le lui rendit en butant sur les deux syllabes françaises. Robert prit le ballon à nouveau et le lança au suivant. Tous les gamins se présentèrent ainsi. Ils s'échangeaient le ballon avec lui, parlaient en russe sans saisir encore qu'il ne maîtrisait nullement leur langue. Robert ne cherchait pas à les comprendre, il ne désirait que s'amuser, que partager des rires avec eux. Pour quelques instants, il chassait sa solitude pour se nourrir de leur jeunesse et aucun mot en aucune langue ne l'aurait comblé autant que leur présence.

Le soleil éclaira la fontaine. Les mères appelèrent leurs gamins qui s'en allèrent en riant, en parlant du voyageur qui avait joué avec eux. En les regardant partir, une pointe de nostalgie s'empara de lui. Il avait aussi des enfants, en France, dans un autre monde. Il ferma les yeux, revit Judith. Dans un autre monde. Quand il les rouvrit, Katia se tenait devant lui, intriguée par son expression de mélancolie. Il la rassura d'un sourire tendre.

Le lendemain, les enfants l'accueillirent avec joie. Robert tenta de leur expliquer à l'aide de gestes et de quelques mots qu'il ne parlait pas le russe mais qu'il désirait l'apprendre. Les garçons se consultèrent du regard, puis échangèrent un discours parsemé de rires et d'exclamations. Ensuite, s'étant mis d'accord, ils guidèrent Robert vers un chemin en retrait. Ils s'assirent sur la terre, Robert au milieu d'eux, et armés d'une branche d'arbre, ils entreprirent de lui enseigner le russe. D'un air grave et sérieux, ils ne le laissèrent pas partir avant qu'il ne récitât les trente-six lettres de l'alphabet plusieurs fois sans erreur ni oubli.

Le surlendemain, ils le firent récapituler, puis lui montrèrent tout ce qui les entourait. *Chto eta*[3]? *Eta akno*[4]. *Chto eta? Eta*

---

3. « Qu'est-ce que c'est ? » Si *chto* dans cette phrase signifie bien « qu'est-ce », le *eta* n'est qu'un démonstratif parce que le verbe être n'existe pas en russe. Le *eta*, qui se traduirait par « c'est », n'est que la meilleure traduction de l'idée, non pas du mot. Certains le traduisent aussi par « voici ».

4. « C'est une fenêtre. »

istotchnik[5]. *Chto eta*? *Chto eta*? *Eta... eta...* Le vocabulaire s'accumulait au rythme des oublis de sa mémoire, mais les enfants répétaient. «Femme, mère, arbre, sable, école, cimetière, chemin, auberge». Le paysage s'exprimait dans sa tête. À l'aide de dessins sur le sable, ils lui montrèrent «chaise, table, bureau, lit» et son décor quotidien devenait plus réel. Avec des mines expressives, ils démontrèrent «heureux, triste, malade, froid, chaud» et ses émotions prenaient corps dans son esprit. En mimant, ils lui montrèrent des verbes, «dormir, manger, jouer au ballon» et son existence prenait vie.

Jour après jour, les enfants lui apprenaient des mots et jour après jour, Robert revenait vers eux avec des questions. Comment dire «Bonjour? Merci? Au revoir? J'ai faim? Il fait beau? Il pleut? Quand le soleil se couchera-t-il?» Quelques fois, il fallut toute l'heure et des centaines de mimes pour exprimer ce qu'il voulait savoir. Certains jours, il avait tout oublié et d'autres après-midi, il en savait plus que la veille sans avoir rien demandé.

Les gamins étaient fiers de lui.

— Tu es mon meilleur ami.

Tous les enfants le lui chuchotaient à l'oreille. À Robert, ils pouvaient tout dire. Il était le frère, le père, mais surtout celui qui savait tant de choses puisqu'il écrivait un livre.

— Ceux qui écrivent des livres connaissent tout, n'est-ce pas?

Robert riait. Il avait beau faire non de la tête, les petits ne le croyaient pas.

Sa vie se résumait à cela, univers restreint mais rempli. Son roman la nuit, son sommeil le matin, ses cours de russe l'après-midi, l'amitié des enfants et la tasse d'eau échangée avec sa muse en fin de journée, moment sublime et inégalé.

Comment dit-on «Je t'aime» en russe? Comment faire saisir à des enfants qu'il n'y avait que cette phrase qu'il désirait apprendre?

---

5. «C'est une fontaine.»

La réponse vint spontanément, un jour heureux d'été. Sans qu'il eût à rien demander, simplement en montrant à chacun d'eux à quel point il était unique et important, un jeune la lui donna dans un élan d'amour.

— *Ya tibia lioubliou*[6], fit Jurik en se jetant dans ses bras à la fin d'une leçon.

Robert lui caressa les cheveux, doublement comblé. Pavlovitchi le transformait.

Par un beau dimanche de juillet, adossé à un tronc d'arbre, Robert lisait son roman. Depuis qu'il avait découvert la rivière près du village, il venait s'y détendre. Le bruit calme de l'eau lui racontait des souvenirs parisiens. Il y avait déjà deux mois qu'il vivait à Pavlovitchi et il ne s'ennuyait ni de sa ville, ni de ses enfants, sauf de Judith. À elle, il consacrait quelques pensées quotidiennes. Des pas le firent regarder par-dessus son épaule. Surgie d'entre les arbres, sa muse avançait vers lui. Quand elle l'aperçut, elle sourit et courut. Elle s'assit à son côté en riant de bonheur.

— Je m'appelle Robert Letellier, fit-il en russe. Et vous?

— Katia Ivanova.

Il pouffa de rire à son tour. Elle était enfin là, près de lui. Il lui parlait. Le Soleil d'Alexandrescu venait d'être baptisé.

— C'est votre livre? demanda-t-elle en le lui prenant des mains. Tout le monde en parle au village. Un écrivain, vous comprenez, c'est rare à Pavlovitchi.

Elle le feuilleta, déçue de n'y voir que du français.

— Vous allez me le traduire, un jour?

— Bien sûr.

Que dire encore? Tous les mots d'amour du monde auraient dû pleuvoir de sa bouche pour ruisseler sur ce visage et l'embrasser; toute sa passion contenue aurait dû se propulser sur elle et

---

6. « Je t'aime. »

l'étreindre; tout ce qu'il ressentait en sa présence aurait dû s'exprimer, mais il se taisait, étouffé par ces années où l'amour avait oublié de lui apprendre à aimer.

— Vous savez, entreprit-elle, il y a plusieurs dimanches que j'essaie de venir vous rejoindre, mais il m'a fallu trois semaines pour trouver comme raison que j'allais me promener. C'est ridicule, non? Trois semaines pour justifier aussi simplement une sortie. Avec vous, tout est compliqué et tout est simple. Vous me faites un drôle d'effet.

Elle parlait, disait ce qu'elle ressentait aussi, dévoilait sans gêne, sans pudeur, que quelque chose d'abstrait mais de terriblement fort la bouleversait. Il suivait le mouvement de ses lèvres en perdant la plus grande partie de son discours. Il entendait sa voix et cela le contentait pleinement.

— Mon père est mon meilleur ami. Par contre, je ne peux pas lui parler de vous. J'imagine sa tête en apprenant que sa fille s'est éprise du Français du village. Il me marierait sur-le-champ avec le premier Russe du coin.

Elle se tut, sourit et le regarda fixement sans gêne.

— Vous êtes si belle et si jeune, Katia.

Elle rougit de plaisir. Elle posa sa tête sur son épaule. Il lui caressa les cheveux. Elle n'avait plus envie de parler. Elle dégustait la tendresse qu'il lui offrait. Dans ses yeux, il se sentait plus libre et plus beau. Elle le transfigurait.

L'été salua la venue de l'automne. Les dimanches avaient chambardé la vie de Robert. D'abord, il rêvassait tellement qu'il composait beaucoup moins. Ensuite, avec les garçons, il se pressait d'apprendre des mots d'amour en justifiant qu'ils étaient pour son roman. Finalement, avec le froid qui s'installait, leurs rendez-vous à la fontaine et à la rivière se réduisaient au minimum. Même le soleil se couchait plus tôt et faisait la grasse matinée. L'hiver s'emparait de leur île déserte comme un voleur. L'année 1912 se termina sur un baiser échangé un dimanche de la fin d'octobre.

Le mois de novembre, accompagné de nombreuses chutes de neige, s'éternisait. Robert s'ennuyait trop pour écrire. Il apprit, pour tromper le temps, à jouer aux échecs avec Igor, l'aubergiste.

Décembre, recouvert de la blancheur hivernale, gela la Reka. Katia laissait son regard voler vers les toits du village jusqu'à l'auberge qu'elle devinait, lasse de l'hiver qui commençait à peine.

Janvier, glacial, interminable, ne voulait pas finir. Robert gagna sa première partie d'échecs par un curieux concours du hasard, vexant le Russe qui n'y comprenait rien. Il ne ressentit aucune joie. Sans Katia, le bonheur n'existait pas.

Février, long, s'incrustait. Katia se languissait, espérant que vînt la fonte des neiges pour retourner à la fontaine, revoir Robert, revivre.

Mars, intuable, soufflait son vent des steppes nordiques. Robert terminait la première partie de sa fresque.

Avril, intolérable, lança ses derniers froids. Katia se découvrait peu à peu de ses vêtements de laine, allait au bord de la rivière sans avoir peur de la grande débâcle des glaces.

Mai et le printemps, saison des renaissances, permirent au soleil de fondre complètement l'hiver. Robert et Katia s'impatientaient de se rejoindre pour fondre aussi.

La vase embourbait les chemins du village. Les paysans n'y prêtaient point attention. Ils pouvaient désormais aller où ils le désiraient sans craindre une neige meurtrière.

Le cycle de l'été reprit. Les femmes réapparurent avec leurs bambins qui avaient vieilli d'un an, eux aussi. À l'échelle de leur vie, les changements surprirent agréablement Robert, comme s'il n'avait jamais eu d'enfants.

Puis le soleil descendit sur la plaine et plongea sur la fontaine. Les mères hélèrent leurs garçons et Robert retrouva la fontaine. Il y avait si longtemps qu'il n'avait vu Katia. L'aurait-elle oublié? Elle apparut, femme de lumière issue de l'astre, démarche dansante et un peu pressée. Il sourit. Elle se souvenait de lui. À ses côtés, elle se retint de sauter dans ses bras. Dans sa tête, rien n'avait changé. Aucun doute n'avait éclos avec les premières fleurs. Elle retrouvait Robert, son Robert, et même l'hiver glacial n'aurait pu geler ce qu'ils ressentaient l'un pour l'autre. Elle lui sourit de sa jeunesse amoureuse, beauté naïve, enjôleuse, et il se laissa séduire, maturité conquise. Elle lui offrit une tasse d'eau, trop froide pour être bue rapidement, trop importante pour ne pas l'éterniser. Elle but ensuite, l'eau et son regard, puis retourna chez elle à peine rassasiée. À dimanche.

Le dimanche suivant, premier du mois de mai, par une journée nuageuse, Robert se rendit à la rivière. Il apporta son livre pour tenter de tuer le temps. Dans sa poche, il avait une lettre d'amour pour elle. Une parmi des centaines qu'il avait jetées, une, la dernière, qu'il s'était promis de lui donner. Il était impatient de la revoir, et le cours d'eau ne réussit pas à le calmer. Le moindre bruissement de feuilles le faisait se retourner. Il avait l'oreille au guet, le corps fébrile. Elle se glissa derrière lui dans un froissement d'herbes et leur coin de terre devint le jardin d'Éden.

Puis il y eut la ronde des baisers, cette course des lèvres; puis il y eut des caresses, ce langage des mains; et il y eut des soupirs, des murmures, des rires et des regards brûlants. Robert le reconnut. C'était bien le paradis.

— Je vous ai cherché quand j'allais au village avec ma mère. Je ne vous ai jamais vu. Mon père m'a dit que vous aviez battu une fois Igor Denissov aux échecs. Un exploit! Il est le champion du village, vous savez.

Comme si le village était aussi grand que le monde. Il sourit.

— Je t'ai écrit plusieurs lettres. Au début, je les écrivais en français mais je les ai jetées. J'ai réussi à en composer quelques-unes en russe, mais je les ai jetées aussi. Celle-ci, c'est celle d'hier. Je ne sais pas si c'est la plus belle, mais elle est pour toi, sur toi. Tu es mon égérie, Katia. Fille de Zeus, tu m'as été donnée par les dieux.

Elle le dévisagea tendrement puis posa ses yeux comblés sur les lettres cyrilliques malhabiles.

« Je ne suis pas capable de passer avant toi. C'est tellement beau que j'en pleure d'amour. Je ne suis plus capable de vivre sans toi. Tu as su me faire découvrir dans mon métier d'écrivain ce que tu es pour moi. Je ne suis plus capable de me cacher derrière mes écrits. Ce sont tous des lettres d'amour pour toi. Mais... tu n'es pas capable de lire Alexandrescu alors que lui aussi t'aime à en devenir fou. J'ai fait de toi la tsarine de la grande Russie. Tu ne le sais pas. J'ai fait de toi le centre de mon univers. Tu ne le sais pas. Je t'aime démesurément, ma Katia. Tu ne le sais pas ! »

Elle se blottit contre lui, émue. Il humait le parfum de son cou en caressant ses cheveux blonds ; puis il l'embrassa, brasier ardent, fragile, entre la flamme déchaînée de la passion et la cendre chaude des souvenirs, elle était le plus doux baiser du monde.

L'été était revenu.

La nature verdoyait, resplendissait dans les yeux de Katia. Dans les bras l'un de l'autre, jouant des pieds dans l'image reflétée sur la rivière, ils s'enivraient de la richesse de l'instant. Les bruits de la forêt, devenus familiers, les rassuraient. Loin de Pavlovitchi, à des kilomètres de la réalité, ils laissaient le bonheur les étourdir.

Contre Robert, Katia fredonnait une chanson. Vieux folklore russe, il lui rappelait cet anniversaire, ce souvenir de sa seule soirée à l'auberge. De cette voix qui n'appartenait qu'à elle, à la fois grave et féminine, elle se laissa emporter par les paroles.

Kalinka, c'est demain que dans la joie tu te maries.
Kalinka, tout est beau sous le soleil de Géorgie...

Il chantait après elle, apprenait le texte, écoutait l'histoire et souriait. Épouser Katia. Cette idée lui traversa l'esprit pendant que les phrases franchissaient ses lèvres.

— C'est une belle chanson, n'est-ce pas? fit-elle.

— La plus belle du monde.

— En échange, apprends-moi une chanson française.

Décontenancé, rien ne lui venait qu'une chanson idiote.

— Pour que je puisse te parler en français, insista-t-elle.

N'importe quoi pour lui faire plaisir, même se sentir ridicule.

Alouette, gentille alouette, alouette, je te plumerai.
Je te plumerai la tête. Je te plumerai la tête.
Ah, la tête. Ah, la tête. Ah...

Il riait en chantant, incapable de demeurer sérieux en prononçant des paroles aussi grotesques. Il les lui traduisit et elle éclata de rire à son tour.

— Pauvre oiseau, fit-elle avec une moue délicieuse.

Robert sourit béatement, profondément amoureux.

L'été passait. Septembre apparut, prépara la neige. Les feuilles jaunirent, tombèrent. Octobre allait bientôt s'installer. Un autre hiver allait blanchir la Russie et les séparer.

— Bientôt, entreprit-il, j'aurai terminé mon roman. Je devrai partir, retourner à Paris.

Elle ne disait mot, retenait son souffle. Elle avait toujours redouté cet instant. Subtilement, elle se colla étroitement contre lui pour s'assurer qu'il n'était pas encore parti.

— J'aimerais que tu viennes avec moi, Katia. Je voudrais...

Il l'écarta de lui pour fixer ses yeux noirs dans le bleu des siens et demanda :

— Katia, veux-tu m'épouser?

Elle lui sauta au cou, trop heureuse pour étouffer sa joie, trop soulagée pour encore réaliser ce que cela impliquait.

— Oh oui! Robert. Oui, oui et oui encore!

Il riait de la voir s'énerver, danser sur place, sautiller. Il la laissa un instant à son bonheur, puis fit le rabat-joie.

— Ce ne sera pas facile, Katia. Il te faudra apprendre le français d'abord, puis vivre avec mes cinq enfants.

Elle continuait de faire oui de la tête, chassant ces objections comme des détails négligeables.

— Oui et oui, j'ai dit, refit-elle. Tu as appris le russe en un an. Je peux bien en faire autant. J'adore les enfants, comment ne m'aimeraient-ils pas? J'ai tant entendu parler d'eux que je crois les connaître. Abraham, Madeleine, Ruth, Théophile et Judith, cette chère enfant que tu as mise au monde. Oh! mon Robert, le feras-tu aussi pour nos enfants?

— Bien sûr, ma muse.

— C'est vrai?

— Je suis juif aussi.

— Pas moi, est-ce que l'on s'aime moins?

Qu'ajouter? que répondre? Il ne se sentait plus vraiment juif. Il y avait des mois qu'il ne portait plus sa kippa, ne récitait plus aucune prière et ne respectait plus aucun shabbat. Ce n'était pas qu'il refusait sa religion, c'était simplement qu'il avait épousé celle d'Emilio. Il ne croyait plus qu'au pouvoir de la vie et la vie ne demandait aucune oraison, seulement du respect. Il était passé d'un religieux passif à un respectueux actif, convaincu d'être plus près de Dieu ainsi que lorsqu'il psalmodiait dans les synagogues.

— Je t'aime, lui dit-elle. Rien, jamais, ne changera mon amour pour toi.

Le froid confisqua leur bonheur jusqu'à l'été. Un dernier baiser, une ultime caresse, un regard final sur une folle saison.

Novembre et les vingt-deux brochures de Léon Tolstoï détruites par la justice de Saint-Pétersbourg; décembre et l'inauguration du tronçon ferroviaire liant Blagovechtchensk à Saint-Pétersbourg; janvier et la Légion d'honneur remise à Sarah

Bernhardt; février et les suffragettes qui tentèrent, en Angleterre, de s'inscrire sur les listes électorales; mars et la première de médecine réalisée par le docteur Filliâtre qui sépara deux siamoises; avril et la nouvelle mode printanière parisienne avec ses capes, ses hauts talons et ses jupes qui suscitèrent de nombreuses critiques; et mai...

Robert termina son roman. À l'auberge, Igor et Olga fêtèrent royalement le joyeux événement. Olga lui concocta un festin de roi. Igor lui offrit un jeu d'échecs taillé et ciselé à la main. Robert les remercia pour leur patience et leur générosité. Il n'avait qu'une hâte, les quitter pour retrouver Katia.

Elle le vit passer une demi-heure plus tard. À la hâte, elle enroula un foulard autour de ses cheveux, vérifia son visage dans le miroir et s'enfuit de chez elle. Elle emprunta un sentier dans la forêt, bifurqua vers la gauche en longeant la rivière. Heureuse, fière de cette femme qui vieillissait en elle, elle s'assit près de lui.

— Robert, enfin...

Leurs bouches s'entrecroisèrent, emportées de désir et de joie.

— Katia! Oh! Katia! ma douce Katia...

Il tomba sur elle. Ils roulèrent sur le sol tendre, se déshabillèrent fous d'envie. Ils s'embrassaient, riaient, se caressaient, se découvraient dans un univers de plaisirs sans fin. Ils se délectaient de leur corps sans rien assouvir. Ils se voulaient trop pour apaiser les cris de leur cœur. Ils gémissaient et soufflaient sous les bruits du courant fort.

La Reka les épiait, charmée. De tous les couples enlacés qu'elle avait vus, aucun n'avait les yeux plus brillants que ces deux-là pendant qu'ils faisaient l'amour. Leurs sourires trahissaient tant de bonheur que la rivière, voyeuse, se réjouissait d'assister à leur passion. Les mains affectueuses de l'homme caressaient le visage de jeune femme apprivoisée et comme la course du temps ne tournait plus autour d'eux, ils passèrent de longues minutes à se noyer chacun dans le regard de l'autre, à se dire comme l'hiver avait été long. Il approcha ses lèvres des siennes, délicatement, comme s'il allait déguster le meilleur fruit du paradis et elle ferma les yeux sous l'avidité de sa bouche. Elle le retourna sur le dos, posa sa tête sur son torse, et elle huma son corps comme l'on sent une fleur inestimable. Il avait clos les paupières un instant, juste le temps de mieux ressentir cette bouche délicieuse parcourir son ventre, juste le temps de mieux s'abandonner, de se laisser transporter par cette langue et ces lèvres habiles qui, sous le lourd poids du désir, de la passion et de l'amour, se délectaient de ses frissons. Katia le caressait autant de ses cheveux que de ses mains et l'appelait autant de ses yeux que de son corps. Lorsqu'elle mendia le plaisir de ses chairs humides, la Reka eut envie de se faufiler ailleurs, honteuse de violer leur intimité, mais leur chemin croisait ses berges et l'un de l'autre, ils étaient témoins. Le spectacle qu'ils lui offrirent regorgeait d'une sensualité extrême, d'une passion démente, d'un tiraillement qui secouait même ses vagues houleuses, et bien qu'elle s'en voulût terriblement de ne pouvoir les laisser seuls, elle s'attarda sur leurs mains avec plaisir. Elles étaient bavardes de possession de l'autre et de don de soi. Lui, il tenait ses cuisses, emporté par le désir de mener vers des extases chéries cette jeunesse brûlante qui se découvrait sous sa langue curieuse. Elle, elle crispait ses doigts dans la terre, cherchant à s'attacher à elle alors que le ciel la convoitait. Lorsque Robert s'allongea sur elle, la rivière déborda de bouleversement. Elle sentait leurs frissons au point de frémir de toutes ses eaux. Elle perdit la tête avec eux.

— Katia, fit-il en souriant, les yeux larmoyants de bonheur, tu me rends fou.

Ils restèrent enlacés étroitement, les yeux fermés, la tête de Katia sur l'épaule de Robert. La Reka, à côté d'eux, s'apaisa aussi.

— Katia, veux-tu toujours m'épouser?

Elle leva la tête vers lui, amusée du doute qu'elle devinait dans ses yeux.

— Mais, naturellement ! Quelle question !

— Alors, en juillet, nous nous marierons.

Il embrassa son cou, joua avec ses cheveux. Il la serrait tendrement pour la confondre à son passé et la coller à son avenir.

— Tu es ma plus grande richesse, Katia !

Youri Ivanov, le père de Katia, buvait de la vodka à l'auberge. Épuisé par sa journée de labour, il s'était isolé dans un coin, près de la fenêtre. Il regardait la fontaine couler, la tête vide. Cet instant qu'il s'offrait quotidiennement lui semblait le plus précieux. Parfois, il s'installait avec les autres consommateurs, discutait de tout et de rien, simplement pour s'amuser. D'autres fois, par contre, lorsqu'il avait l'âme nostalgique comme aujourd'hui, il s'assoyait là, contre la baie vitrée qui donnait sur la place centrale et laissait ses souvenirs revenir à lui. Irma. Il ne pensait plus à elle avec amertume. Il avait cessé de s'en vouloir. Maintenant, elle n'était plus que la meilleure part de sa vie et il revenait souvent la déguster comme il l'avait fait lorsqu'il était jeune.

Au comptoir, il n'y avait que l'aubergiste avec deux autres consommateurs, de vieux fainéants qui tentaient de convaincre le village qu'ils travaillaient terriblement fort tout en étant toujours là à boire. Deux êtres que Youri exécrait. Heureusement, il n'avait pas envie de parler, seulement de rêver. Il s'adossa au mur et disparut dans ses réflexions.

L'un des deux hommes jeta un œil sur Youri et sourit malicieusement. Il fit un signe en sa direction à son compère et l'autre opina du chef. Igor, curieux, suivit leur manège, puis les écouta avec attention.

— Elle est drôlement bien nantie ! s'exclama le premier consommateur, et elle sait quoi faire pour exciter un homme, croyez-moi.

L'aubergiste et l'autre buveur éclatèrent de rire grassement. Youri, qui aurait voulu les ignorer, ouvrit les yeux pour suivre la suite qui n'allait pas tarder.

— Si tu avais vu ce que nous avons vu dimanche dernier, continua le raconteur, tu aurais fait comme nous et regardé, Igor. Ils donnaient tout un spectacle.

Igor s'approcha pour en savoir davantage et le conteur se fit un plaisir de chuchoter le reste de son histoire. Lorsqu'il recula, il se léchait les lèvres.

— Un fantasme, Igor. Rien de moins.

Les trois buveurs trinquèrent en levant leur verre vers Youri, non sans ajouter un sourire de mépris. Youri se leva d'un bond et partit. Avant qu'il ne refermât la porte, le mécréant ajouta :

— Il faut croire qu'elle a vieilli, ta fille, Ivanov.

Youri crispait les poings. Irma puis sa Katia. Jamais, jura-t-il au ciel. Il marchait vers la demeure de son ami de longue date qui rêvait de marier son fils à son aînée. Entre deux vodkas, les paternels préparèrent l'union de leurs familles. Dmitri Markov apprit sur-le-champ à son fils Andreï qu'il pouvait courtiser la fille de Youri puisqu'ils allaient convoler en justes noces à la fin de juin. Le fils sauta de joie et but avec eux. Il y avait longtemps qu'il la convoitait.

Lorsque Youri fut de retour chez lui, ivre et déçu par la vie, il apprit à son épouse les noces prochaines de leur aînée. Elle acquiesça en se demandant ce qui avait bien pu se produire pour décider son mari à se séparer de sa fille. Elle n'apprit jamais la vérité.

Katia regarda Robert passer chaque dimanche sans pouvoir aller le rejoindre. Andreï, son voisin, lui volait toutes chances de retrouver son amour et s'il ne se présentait pas, son père l'occupait à différentes tâches qui lui demandaient toujours trop de temps. Elle voyait bien qu'une activité intense se déployait dans la maison, que l'on chuchotait derrière son dos, mais bien qu'elle se doutât que son histoire avec Robert avait commencé à faire du bruit, elle imaginait que cela s'arrangerait puisqu'elle allait l'épouser en juillet.

— Vous verrez, Katia. Nous aurons une belle vie avec de nombreux fils.

Katia baissa les yeux, découragée, impuissante. Andreï lui faisait la cour maladroitement. Il lui disait des phrases qu'il voulait douces mais qu'elle trouvait absurdes. Il tentait de la complimenter, mais après les éloges de Robert tous les autres mots devenaient taciturnes. Pendant qu'il parlait, elle pensait à la fontaine où sa mère ne voulait plus qu'elle allât, à la forêt, défendue par son père, où l'attendait son amour, et à Robert qui finirait bien par se manifester pour mettre fin à cette mascarade.

— Je rêve déjà à notre nuit de noces.

— Notre nuit de noces! reprit-elle scandalisée de l'entendre s'imaginer qu'elle serait un jour dans ses bras.

Il crut qu'elle le reprenait par scrupules, parce que sa virginité lui interdisait de faire allusion à ce genre de chose. Sa pudeur lui plut.

— Vous avez raison, Katia, je n'en parlerai plus. Je vais attendre au 27 juin. Ce n'est pas si loin.

— Le 27 juin, pourquoi?

— Oui, ma chérie, c'est le 27 juin que nous nous marions. Votre père vous a promise à moi, ma belle. Tout est organisé entre nos familles depuis quelques semaines déjà.

Elle le considéra en reculant, puis courut à sa chambre y pleurer. Acculée au mur de la réalité, elle ne voyait plus d'issue.

Il faisait nuit blanche. Les volets tirés de la chambre de Katia ne cachaient pas le ciel encore clair. Elle réfléchissait, les pensées embrouillées par sa peine. Sa sœur ronflait près d'elle. Comment pouvait-elle dormir aussi calmement ?

C'était le 24 juin. Dans trois jours, le cauchemar qu'elle subissait une heure quotidiennement durerait chaque jour jusqu'à la fin de sa vie. Elle ne pouvait pas le croire. Puis, elle eut une idée. Tant que Robert ne savait rien, il n'y avait aucun moyen de changer le cours des choses, mais dès qu'il l'apprendrait, tout redeviendrait comme avant. Il la courtiserait à la maison, lui apprendrait le français, puis ils se marieraient et partiraient pour Paris. Pourquoi n'y avait-elle pas pensé avant ? Doucement, sans faire de bruit, elle descendit du lit, enfila une robe, mit ses laptis et fonça vers l'auberge, décidée.

Rendue là, elle vit de la lumière dans une chambre. Naturellement, Robert écrivait. Elle lança une pierre sur les carreaux, attendit. Robert apparut à la fenêtre, l'ouvrit. Lorsqu'il la vit, il prit une veste et la rejoignit. À la course, en silence même s'ils avaient tant à se dire, ils se rendirent près de leurs complices.

Au pied d'un arbre à côté de la rivière, à l'instant où Katia vint pour parler de son projet, elle réalisa qu'il était impossible. Son père ne reprendrait jamais sa parole. Même si elle quittait le village mariée et respectable avec Robert, lui et sa famille demeureraient là, soumis aux regards hostiles parce qu'ils avaient trahi leur promesse. Plus personne ne ferait affaires avec eux. Personne ne leur accorderait plus d'aide. Il faudrait que tôt ou tard ils se résolvent à déménager, à changer de village où un jour leur réputation les rejoindrait. De plus, personne n'avait encore provoqué la colère des Markov. Au contraire, on tentait de conserver des liens étroits avec eux parce qu'ils possédaient la terre, qu'ils avaient plus d'animaux pour labourer, qu'ils abattaient des bêtes et qu'ils revendaient la viande à prix honnête tout comme ils fournissaient du grain lorsque les récoltes avaient été trop pauvres pour semer l'année d'après. Si Youri tentait de briser son entente avec les Markov, tout Pavlovitchi se tournerait contre lui.

Assise sur le sol, contre Robert, Katia pleura sa tourmente. Elle versa toutes les larmes de son impuissance. Robert la cajolait, incapable de supporter le malheur de sa muse qui perturbait leurs rendez-vous. Il lui caressait les cheveux, lui disait des mots doux, malheureux de ne pouvoir l'apaiser.

— Douce muse, raconte-moi ce qui t'arrive. Pourquoi ne viens-tu plus à la fontaine? Pourquoi je t'attends en vain dans la forêt? Dis-moi, nous trouverons bien une solution.

Elle lança d'un trait d'une voix désespérée :

— Mon père m'a donnée en mariage au voisin. Les noces auront lieu samedi.

Il reçut la nouvelle droit au cœur. La Reka cessa quelques secondes de couler. L'arbre secoua ses branches pour se dégourdir de ce qu'il venait d'entendre. Même la terre arrêta de tourner.

Robert la prit dans ses bras si fortement qu'elle crut ne jamais plus respirer, heureuse de mourir contre l'homme qu'elle aimait, mais il desserra son étreinte et elle prit une autre respiration.

— Ne puis-je pas voir ton père et lui demander ta main? Si nous lui expliquons la situation, il comprendra. Tu dis qu'il est ton meilleur ami, il ne voudra que ton bonheur.

Elle fit non de la tête.

— C'est impossible, Robert. Mon père m'a promise et à Pavlovitchi, on ne reprend pas ce genre de parole sans le payer de sa réputation. Ma famille sera honnie, détestée, bafouée. Je ne pourrai jamais le supporter, même si je suis partie. Toute ma vie je penserai à eux et je saurai que j'ai brisé leur univers. Ma sœur ne trouvera jamais de mari. Mes frères ne pourront jamais travailler une terre ou même rêver de posséder la leur. Ma mère sera seule à la fontaine, aucune femme ne lui adressera la parole. Et mon père... Non, Robert, on ne peut rien contre ce fait. Je me marie samedi avec Andreï Markov et rien ne peut plus changer mon destin.

Elle se remit à pleurer. Il embrassait les larmes qui ruisselaient des yeux de sa belle. Découragé, il ne voyait au lointain horizon que des jours sans soleil.

— Je ne sais pas ce que deviendra mon ciel sans toi, Katia.

Il collait ses lèvres aux oreilles de sa douce, criait en chuchotant son cœur broyé. Elle pleurait silencieusement sur son épaule. Il ne voulait pas la voir ainsi geindre et gémir de douleur alors que c'était la dernière fois qu'ils se voyaient dans cette forêt. Il l'éloigna un peu de lui et lui tendit une feuille.

— Une lettre d'amour? fit-elle en grimaçant un sourire défait.

Il acquiesça doucement. Elle l'ouvrit. À la lecture, toutes ces heures merveilleuses partagées remontaient dans sa tête.

« Les douces folies sensuelles de l'amour nourrissent mon âme de ton corps, abreuvent ma soif du doux nectar de ton plaisir. J'aime respirer ton plaisir fou. Je me veux, je te veux, je nous veux. Le bonheur se conjugue ainsi dans tous les temps. L'amant fou que je suis regarde les mots, les verbes et il ne voit que ton nom, ne sent que ta peau, ne chante que tes paroles, n'entend que les cris de ton cœur. Je ne veux vivre que sous ton regard amoureux, puisque dans tes yeux, je suis la perfection, je suis la beauté, je suis la sagesse, je suis l'idéal des hommes. Je serai ta maison et tu seras la mienne.

Ya tibia lioubliou, Robert
24 juin 1914 »

Il hocha la tête. Devant la fatalité, que pouvait-on ajouter, sinon une promesse d'amour éternel?

— Je t'aimerai toujours, Katia.

Elle retourna pleurer contre son épaule. Pour la bercer, il lui fredonna *Kalinka*. Ironique histoire, s'il en était. Malgré cela, elle suggérait le bonheur qui peut-être saluerait sa vie, qui sûrement serait mieux que si elle vivait à Paris avec le poids de tant de remords. L'amour ne survit pas aux regrets.

Un faible sourire traversa le visage en pleurs de Katia.

— Moi aussi, je t'aimerai jusqu'à la fin de mes jours, promit-elle.

Ils savaient, l'un comme l'autre, qu'il ne pourrait en être autrement. Résignée, elle le dévisagea tendrement et caressa amoureusement son visage en chantant à son tour :

Alouette, gentille alouette, alouette, je te plumerai...

Il lui sourit, l'embrassa. Leurs lèvres, salées de larmes, se dégustaient. Leurs mains cherchaient à se croiser, leurs doigts, à s'unir. Leurs corps se rencontrèrent une dernière fois, passionnés de désespoir. En criant, en gémissant, ils se plaignaient du destin cruel. En s'embrassant et en s'aimant, ils se dirent adieu.

Devant chez elle, ils s'embrassèrent une dernière fois, difficilement. Ce furent leurs mains qui se détachèrent les dernières, emportant sur elles la brûlure de l'adieu.

La femme de la fontaine retourna chez elle en chantant dans sa tête cette histoire ridicule d'un oiseau qui se faisait plumer. L'écrivain, désorienté, entendait sa muse chanter la joie de Kalinka qui se mariait demain. Seul dans sa chambre, seul au monde dans son univers de feuilles et de composition, sans le soutien d'Alexandrescu qui, lui, avait épousé Katia, il pleura.

Katia revêtit la robe nuptiale de sa mère. Devant le miroir, elle se parlait, demandait à cette femme blonde aux yeux tristes de tenir le coup, de trouver le courage.

Youri passa devant la chambre de sa fille et vit Katia. Sa pâleur le surprit. Il entra sur le seuil, étudia cette dernière qui fixait sur sa longue chevelure un voile de soie qu'il reconnaissait.

— Tout le village sera présent, fit-il pour encourager sa fille qui manquait d'entrain. Cette noce marquera l'histoire de Pavlovitchi.

Katia se retourna vers lui et fit avec espoir :

— Tout le village ?

— Oui.

— Le Français aussi?

Elle se moquait de trahir son amour maintenant qu'il était perdu. Elle ne voulait que le revoir, encore et encore, toujours. Poser les yeux sur lui, savourer sa beauté, échanger des regards, le frôler peut-être. N'importe quoi pour un moment avec lui, sa vie pour un baiser et son âme pour une journée d'amour.

— Oui, il vient avec l'aubergiste.

Le père comprit à ce moment qui était l'homme qui allait à la rivière avec sa fille. Il maudit la destinée, frappé par ses souvenirs. Doucement, un remords amer commença à s'introduire en lui. S'il s'était trompé?

— Tu l'aimais?

— Nous nous aimions, corrigea-t-elle courageusement. Il allait te demander ma main quand tu m'as promise à Andreï.

Il y avait un peu de provocation dans le ton mais aussi un soupçon de reproche.

— Pourquoi ne m'en as-tu rien dit? s'informa-t-il. Tu pouvais me faire confiance.

Elle sourit tristement avant de lui dire :

— Je croyais que si tu le savais, tu me marierais avec le premier Russe venu.

Ironie. Ils se regardaient, deux amis devenus inconnus. Plus aucune explication n'avait lieu d'être. Elle se remit à pleurer, même si elle s'était promis de se contenir. Youri fit de même, malgré qu'il se fût retenu pendant tellement d'années. Il le faisait sur la peine de Katia, bien sûr, mais aussi sur son propre amour impossible, chagrin qu'il pleurait le jour même de la naissance de sa fille qui portait le bleu de ses larmes dans ses yeux. Ils se consolèrent en sachant que rien ne réparerait leur blessure.

— Il part ce soir pour Saint-Pétersbourg, ajouta-t-il. Il retourne en France. Je comprends mieux pourquoi.

Elle pleura de plus belle, s'effondra sur le sol.

— Je ne pourrai pas vivre sans lui, papa.

Youri la rejoignit et la berça.

— Vivre sans lui, papa, c'est vivre morte. Ça ne se peut pas.

Youri lui caressait les cheveux, partagé entre le sentiment d'être un monstre et celui d'être un ami.

— C'était un amour impossible, Katia. L'amour heureux n'existe pas, ne dure pas. C'est pour cela que les contes finissent le jour du mariage. La suite, personne n'ose l'écrire. On se résigne. On se soumet. Tu as connu l'amour, Katia, c'est déjà le plus beau cadeau de la vie. Si la vie a repris ton amour aujourd'hui, dis-toi qu'elle l'aurait repris de toute façon.

Katia regarda Youri pour la première fois, non comme un père mais comme un homme. Sous les yeux bienveillants mais incrédules de sa fille, Youri découvrit une femme. Katia ne serait plus jamais une enfant. Il essuya ses joues et l'aida à se relever.

— Allez, Katia, tu te maries aujourd'hui. Tu verras, ce sera le plus beau jour de ta vie. Le soleil brille sur Pavlovitchi. C'est un signe favorable des dieux.

Ils se sourirent. En entendant ces mots, un folklore russe, une chanson d'amour, se mit à tourner, nostalgique, dans sa tête.

Robert, habillé de son costume de voyage français, s'assit avec l'aubergiste et sa femme sur un banc. La petite église débordait. L'encens fumait. Le village festoyait.

Andreï se tenait à l'avant, nerveux. Il lui semblait que Katia n'avait pour lui aucun sentiment. Résolu, il admit qu'il ne fallait pas d'amour pour faire des enfants et que c'était tout ce qu'il lui demandait. Elle avait un corps solide, donc elle offrirait beaucoup de descendants à sa famille. Que pouvait-il demander de plus?

Katia entra. L'assistance la regarda. Magnifique, elle avança vers Andreï. Pendant un bref instant, un trop court moment, elle posa le regard sur Robert et il crut que c'était à lui qu'elle allait donner sa vie.

Pendant que la cérémonie se déroulait devant Robert, il pensa à Katia et à lui. Quel choix restait-il à leur amour que de chercher ailleurs un lieu pour s'épanouir puisqu'il n'avait pas sa place sur terre ? N'est-ce pas la raison invoquée par de nombreux amants en se suicidant ? Pourquoi ne pas mourir aussi ? Quelle puissance que l'amour pour aider à surmonter mille embûches en échange de quelques minutes d'un intense bonheur ? Quelle parodie, quel mensonge et quelle hypocrisie que de dire ne pas vouloir aimer alors que l'ivresse ultime ne s'obtient que dans les yeux chéris ! Que de fins et d'infinis mouvements ne ferions-nous pas pour croiser son regard et capter son attention ! Que de mots et de milliers de pages à écrire qui se résument en une seule phrase proche du délire, souvent bafouée et salie, mais qui résonne dans l'écho des montagnes à provoquer la plus brutale avalanche ! Une simple phrase, douce à l'oreille. Un simple et unique « Je t'aime » de la voix de l'amour et les frontières s'effondrent, et le parfum des nuits d'amants ensorcelle, et l'aurore de la jeunesse, l'aube de la vie, la naissance de l'existence apparaissent enfin. Quelles couleurs ne peint-il pas sur son passage ? Quels visages ne sourient pas derrière ses couleurs ? Et quels destins ne changerions-nous pas pour une nuit, une dernière nuit ?

— Oui, je le veux, affirma Katia faiblement.

Andreï embrassa son épouse.

Autour de la fontaine, les invités fêtaient. Robert, au lieu de suivre le cortège, s'enfuit à cheval à Saint-Pétersbourg. Tête baissée, sans un regard sur la place centrale, il fonçait vers une ville qu'il avait jadis rejetée. Maintenant, il la désirait. C'était un village nommé Pavlovitchi qu'il ne pouvait plus souffrir. En route, il revit Paris. Là-bas, avec ses enfants, il réapprendrait à aimer la vie. Là-bas, avec son roman, loin de Katia, de leur arbre et de leur Reka, peut-être qu'il pourrait lentement oublier.

Au moment où Katia ouvrait la danse au bras de son époux, elle décela à l'horizon une silhouette à cheval. Tristement, du revers de la main, elle essuya une larme que les invités prirent pour une larme de joie. Tous savaient que les femmes pleurent le jour de leur mariage.

CHAPITRE QUATRE

PARIS, 1914-1919

Robert fixait le plafond. Étendu sur un lit, l'esprit à mille lieues de Paris, il contemplait sur un écran blanc les sept cents jours de bonheur qu'il avait vécu. Les enfants, dans la pièce voisine, n'avaient pas très bien compris qui était l'homme qui avait dîné avec eux. En silence, ils s'étaient épiés sans dire un mot. D'ailleurs, personne n'avait parlé. Seul le bruit des ustensiles qui percutaient un bol ou une assiette avait retenti durant le vide du repas. Madame Letellier avait à peine posé des questions à Robert lorsqu'il avait ouvert la porte. Elle devinait, dans l'absence prolongée de son fils, une femme pire encore que la peintre qu'il avait épousée. Monsieur Letellier, patient, avait attendu que les jeunes allassent au lit avant d'entamer son interrogatoire. En attendant cet instant, il avait conseillé à Robert de se reposer.

— Je peux m'asseoir?

Robert s'adressait à son père au salon. Madame Letellier, sur une berçante près de lui, tricotait. Elle ne leva pas les yeux. C'était une affaire d'hommes.

— Où étais-tu?

La question ne surprit pas Robert même si son père la posa avant qu'il ne fût assis.

— En Russie.

Il avait soufflé le nom du pays avec une telle passion que sa mère le dévisagea.

— La Russie, reprit le paternel, c'est un grand pays.

L'affirmation était une question.

— Oui, un grand et magnifique pays. Je suis d'abord allé à Naples, chez Emilio, tel que convenu, mais à l'heure du retour, au lieu de débarquer ici, je suis descendu du train à Saint-Pétersbourg. J'y suis demeuré quelques semaines. En vérité, j'ai passé les deux dernières années à Pavlovitchi, un minuscule village qui ne doit même pas apparaître sur les cartes.

Il semblait rêver en parlant. Nul n'osa l'interrompre.

— J'ai reçu ma liberté d'Isabella, mon destin d'Emilio, le russe des enfants du village, les échecs des aubergistes et l'amour d'une muse.

Les parents sourcillèrent légèrement.

— J'ai composé un roman tel que j'ai toujours voulu en écrire un. Je suis écrivain. Je n'ai jamais espéré être quelqu'un d'autre. L'écriture me grise et je sais qu'elle me saluera un jour. Mes actes n'ont plus à être jugés par vous ni par personne d'autre. J'ai appris que la vie se charge d'enseigner ses leçons. J'ai oublié une femme que j'avais épousée. J'ai tué le peintre en elle au nom de je ne sais quelles mœurs barbares. Nous aurions pu être heureux mais je ne le savais pas. Elle avait tout abandonné pour moi, même sa religion. Avec Katia, j'ai découvert l'essence de la vie et j'espère qu'il n'est pas trop tard pour la transmettre à mes enfants. Je serai journaliste pour nourrir ma famille et écrivain pour satisfaire mon âme. Dès demain, je pars à la recherche d'un appartement. Je ne sais pas où. J'ai par contre la certitude qu'il ne peut pas être près de chez vous, pas dans la communauté. À chacun ses dieux.

Il se leva.

— Je vous souhaite bonne nuit!

Ses parents étaient stupéfiés. Avant de les quitter, il reprit pour sa mère :

— Maman, je vous remercie de m'avoir donné la vie et d'avoir gardé mes enfants durant ces deux longues années. Ne dites pas de moi que je suis ingrat. J'ai été égoïste assez longtemps pour savoir que je ne le suis plus. Pensez plutôt que je vole de mes propres ailes, que j'ai trouvé ma voie et que je suis enfin heureux.

Il sortit. Un lourd silence suivit son départ. Madame Letellier le brisa la première.

— Tu crois qu'il est devenu fou?

L'époux ne répondit pas, incertain lui-même. Comment renier la foi des patriarches sans être dément?

Deux charrettes se suivaient depuis l'appartement du cordonnier dans Montmartre. Elles avançaient péniblement, chargées à ras bord de meubles, de vêtements et de jouets d'enfants, traînaient lourdement le chambardement de la vie de cinq gamins dont Robert ne savait que le prénom.

Impressionnés par l'homme qu'ils devaient appeler père, les enfants ne produisaient pas un son. Assis à l'arrière des charrettes, les pieds ballants dans le vide, ils ne savaient s'ils devaient être heureux ou tristes. L'idée de quitter leurs grands-parents sévères et stricts ne leur déplaisait pas, mais ce père, qui était-il? Abraham affirmait qu'il n'était jamais à la maison à l'époque où maman vivait. Les laisserait-il seuls, la nuit, dans le noir? Serait-il là le matin? Abraham savait Madeleine trop petite pour les fourneaux, alors ce père pouvait-il faire la cuisine, au moins? D'ailleurs, son estomac gargouillait déjà.

Madame Letellier, Judith dans les bras, Ruth et Théophile à ses côtés, avait étudié les réactions de Robert. Comment ferait-il pour comprendre des enfants, lui qui n'en faisait toujours qu'à sa tête? Qui s'occuperait d'eux quand il irait travailler? Que ferait-il pour gagner de l'argent? Il ne savait que réparer des chaussures et disait ne plus vouloir être cordonnier. Et puis, outre se loger et se nourrir, saurait-il s'occuper seul de ses enfants, les éduquer correctement, les guider dans la religion même s'il semblait maintenant la renier? Et ses filles, les préserverait-il de l'impureté?

Robert, assis à l'avant avec le conducteur de la première charrette, ne parlait pas non plus. Le poids des questions silencieuses de la troupe le muselait. En lui, tout confirmait sa décision de quitter ses parents et son métier. Certes, quelques angoisses le déstabilisaient, mais comparées aux motivations qui guidaient ses pas, elles ne représentaient qu'une bourrasque contre la solidité de sa vocation d'écrivain. Restaient ses enfants qu'il devait apprivoiser et apprendre, le plus beau défi. Son cœur de père le rassurait et faisait taire ses inquiétudes. Il n'avait qu'à les regarder pour sentir à quel point il les aimait. Il y avait Abraham qui singeait déjà ses comportements, qui tentait de lui ressembler le plus rapidement possible pour hâter les âges de le vieillir; Madeleine, mélange suave de la féminité de sa mère et de sa propre austérité qui, du haut de sa prime jeunesse, tentait de contrôler ses peurs et celles de ses jeunes frères et sœurs; Ruth, chaste et réservée; Théophile, qui se chamaillait avec Judith et Judith, sa petite, dans les bras de sa mère à lui, absente de conscience mais, telle une éponge, sensible à ce qui l'entourait, humains et sentiments. Sa famille, le miracle de lui-même. Ému, il présenta son visage au soleil chaud et se mit à rêver. Sa douce, sa belle, que faisait-elle aujourd'hui? Peut-être était-elle à la fontaine, entourée des femmes et des enfants, pleinement choyée par son mari. Il l'espérait.

Il ouvrit les yeux brusquement en entendant deux hommes se crier des injures. Au rythme des charrettes, il eut largement le temps d'écouter leur altercation bruyante et grossière.

— Vous n'êtes qu'un profiteur sans talent et sans envergure. Vous avez enfin ce que vous méritez : la rue.

Ce disant, l'homme cloua une affiche sur le mur à côté de la vitrine d'un journal.

— Vous pouvez bien me jeter dehors, répondit le futur chômeur, votre argent ne vous donnera jamais le centième de mon talent. Triple idiot de bourgeois! Vous n'êtes qu'un amoncellement d'hypocrisie, de lâcheté et d'ignominie.

L'homme à qui s'adressaient ces insultes émit un sifflement admiratif.

— Diantre ! Germain, si vous saviez écrire des articles comme vous chantez des bêtises, vous seriez le propriétaire du journal.

Il éclata de rire. Robert sourit. Ce rire était à ce point sarcastique et sardonique qu'il faisait frémir. Il s'intéressa encore davantage à la scène alors que sa mère tentait sans y parvenir de détourner l'attention des petits.

— Mécréant ! fit l'autre.

Il tira rageusement sur l'annonce, la déchira et la lança au visage du propriétaire d'un air hautain et dédaigneux.

— Lorsque l'homme utilise la violence physique, répliqua l'autre, c'est qu'il est à court de verbe ! Vos ressources s'amenuisent rapidement. Vous êtes d'une telle pauvreté !

Rouge de fureur, l'employé partit. Le propriétaire, amusé, balaya d'une main son veston et sortit de sa poche intérieure une seconde affiche. Il riait en la clouant. Il recula pour vérifier l'effet qu'elle produisait et fonça dans Robert qu'il n'avait pas vu descendre de la charrette.

— Excusez-moi, fit l'homme, je ne vous avais pas remarqué.

Il sortit alors de sa veste d'autres annonces qu'il jeta dans la poubelle sur le trottoir. Il riait de sa prévoyance et de la piètre performance de son interlocuteur congédié. Il allait rentrer dans l'immeuble du journal mais Robert le retint.

— Permettez que je me présente, fit-il, je me nomme Robert Letellier.

L'homme tourna la tête et regarda par-dessus l'épaule de Robert. Les deux charrettes pleines d'enfants s'étaient arrêtées devant eux. Il éclata de rire devant cette vision apocalyptique. Robert fit mine de ne rien remarquer et continua :

— J'ai entendu votre dispute et j'ai lu que vous cherchiez un journaliste. Je suis écrivain et je me cherche un emploi. Je suis revenu hier de Russie et il me faut travailler rapidement car j'ai cinq enfants à nourrir.

L'homme souriait toujours. De temps à autre, il jetait un œil aux enfants, puis revenait sur Robert. Il se gratta l'arrière de la tête.

— Eh bien, mon vieux, commença-t-il d'un regard coquin, comment douter de vos paroles?

L'homme lui tendit la main.

— Vous vous appelez comment, déjà?

— Robert Letellier.

— Je suis Walid Rabbath.

Walid regarda à nouveau le convoi. Ces cinq mômes et cette vieille, qui réprouvait visiblement que Robert parlât à un homme si peu discret, à un grossier individu aussi extravagant que son ventre était excessif.

— Où est votre femme? demanda-t-il.

— Décédée.

— Je suis désolé, s'excusa l'homme.

— Moi aussi, répondit Robert.

L'homme le dévisagea attentivement. Il voyait bien que Robert était désespéré.

— Je veux bien vous prendre à l'essai.

Il décrocha l'affiche et la remit dans son veston.

— Venez dimanche prochain, vers dix-neuf heures, nous verrons alors ce que nous pouvons faire.

Il lui tendit la main. Robert ne la prit pas. Il ravala son orgueil et s'obstina.

— J'ai terriblement besoin d'argent, monsieur Rabbath. J'ai bien des parents, mais ils ne comprennent pas que je désire vivre de ma plume. Vous savez, nous sommes cordonniers de père en fils depuis deux siècles et je suis le premier Letellier qui tente de percer dans les lettres. Si au moins j'écrivais pour commenter le

Talmud! Je désire au contraire composer des romans et pour mon père religieux, tous les artistes sont des gens immoraux.

— Votre père n'a pas tort. La plupart des artistes sont des êtres non pas privés de morale, mais dépourvus de la morale populaire. Ils se basent sur leur propre conscience. Cette autonomie perturbe bien des gens. Vous êtes autonome, donc?

Il n'attendait pas la réponse. Robert suivait les pensées de ce patron qui visiblement ne négligeait rien du discours de ses interlocuteurs.

— Mais, dites-moi si j'ai bien compris, Letellier, vous êtes juif?

— Plutôt, oui.

L'homme éclata de rire.

— Je suis plutôt musulman pour un Walid Rabbath.

— D'où venez-vous?

— Du Liban. Beyrouth, la plus belle ville du monde. Le Paris du Proche-Orient, mais revenez ce soir, nous parlerons plus calmement.

— Merci beaucoup, salua Robert.

Walid retourna dans l'édifice et regarda par la fenêtre Robert, ses cinq enfants et sa mère prendre la route vers une nouvelle vie.

Les deux charrettes étaient enfin vides. Avec les conducteurs, Robert avait monté à son nouvel appartement au troisième les multiples caisses, les meubles et les autres objets offerts par des parents qui avaient bientôt su qu'il manquait de tout. Chacun leur tour, ils étaient venus. Des oncles et des cousins qu'il n'avait plus vus depuis son mariage lui avaient donné des chaises, des lampes, des tapis, des fauteuils, des serviettes, des draps, des vêtements, de la vaisselle et même une copie du Talmud de Jérusalem et du Talmud de Babylone. Pire qu'un dépôt de bric-à-brac ou qu'une boutique de brocanteur, son appartement ressemblait à un capharnaüm. Robert, découragé de voir les enfants courir autour des caisses, d'entendre Judith hurler de faim et de fatigue, s'était assis contre un mur. Il avait envie de pleurer aussi. Non, mieux encore, il désirait s'enfuir à la campagne où Katia saurait s'occuper de tout.

Par où commencer? Pour se donner courage, il ouvrit une boîte en érable sculpté et sortit son jeu d'échecs. Il le déposa sur la table du salon. En disposant les pièces comme s'il allait jouer, il mettait en place son propre univers. Ce geste effectué, il étudia le dessus des caisses où il s'était tenu apitoyé. Des casseroles dépassaient, des livres s'empilaient, des assiettes disparates s'entassaient entre des tableaux et des rideaux offerts par il ne savait plus qui. Il éclata de rire. Son rire résonna si fort que les jeunes cessèrent de courir et Judith arrêta de pleurer. Il vivait une expérience sordide, totalement loufoque. Il était d'un ridicule burlesque de le voir lui, le voyageur qui n'avait pas eu peur de se terrer au centre de la Russie, qui n'avait pas craint d'affronter une autre langue ni une autre culture, se battre contre le désespoir d'un déménagement. Une mer de volonté le submergea et il délégua :

— Abraham, va chez la propriétaire et demande-lui si elle a quelque chose pour nourrir Judith.

Il descendit sur-le-champ.

— Madeleine, trouve des draps pour faire les lits de cette nuit. Il faudra bien dormir quelque part.

Elle s'exécuta.

— Théophile, Ruth, trouvez vos vêtements et ceux de Madeleine et d'Abraham et rangez-les dans les bonnes chambres.

Ils allèrent à leur tour vers les caisses.

— Et toi, Judith.

Il prit le bébé dans ses bras en lui souriant.

— Nous allons aussi t'occuper jusqu'au souper mais avant, nous allons restreindre ton terrain de jeu.

Robert prit quelques chaises droites, les posa sur le côté au sol afin de former un parc pour sa fille. Satisfait de ne plus craindre de lui marcher dessus, il se mit à déballer les boîtes.

— Voilà le souper pour Judith, salua Abraham de retour. Madame la propriétaire te demande aussi l'argent du loyer.

Robert se gratta la joue. L'argent du loyer. Comme s'il avait la chance d'oublier de payer ce fouillis.

— Bien, soupira Robert. Maintenant, va faire les lits et dis à Madeleine de faire manger Judith.

Le gamin lui lança son plus beau sourire et s'éloigna.

— Abraham, refit Robert.

Le petit rebroussa chemin et se planta à nouveau devant son père.

— Range ta kippa et tout ce qui se rapporte à la religion de grand-père.

— Pourquoi? répondit le petit, incertain de bien comprendre.

— Parce que la religion se porte dans le cœur, pas sur la tête.

L'enfant réfléchit un moment et se dit que cette idée n'était pas fausse.

— Je prends aussi celle de Théophile?

Robert acquiesça et reprit la caisse qu'il vidait. Abraham le quitta en ôtant cette calotte qu'il portait depuis tellement d'années. Son père était décidément un être très étrange.

Au bout d'une minute de calme, Madeleine apparut à son tour.

— Père?

— Oui, Madeleine.

— Je ne trouve pas assez de couvertures.

Robert hocha la tête d'entendement. Comment discuter avec des enfants de moins de dix ans? Comment les faire devenir adultes alors que lui-même, à ce moment, aurait bien voulu être un enfant?

— Ce n'est pas grave. Va aider Abraham à nourrir Judith ou aide Ruth et Théophile avec les vêtements.

— Bien, père, je vais aller rejoindre Abraham.

Il lui sourit tendrement. Derrière la timidité de sa fille, il avait vu de la bravoure et du courage, comme dans les yeux d'Isabella. Il chassa le souvenir et enfouit ses bras dans la boîte.

Il s'écoula alors un nombre surprenant de minutes sans que rien ne survînt. Un calme silencieux, entre les rires des gamins et les gazouillements de Judith, rôdait dans la pièce et comblait Robert de joie. Enfin ! Il dégustait ce moment de paix lorsqu'un cri suivi de pleurs lui parvinrent de la chambre adjacente. Robert courut vers ses plus jeunes. Il découvrit Théophile tombé d'une chaise en essayant de suspendre des vêtements dans une armoire. Ruth, minuscule, le tenait dans ses bras maternels et tentait de le consoler. Robert s'approcha d'eux, s'assit sur le sol et les berça tous les deux, les réconfortant du mieux qu'il pouvait. « Dites, se demandait-il, comment apaise-t-on un cœur d'enfant ? Que faut-il pour consoler un môme dépaysé ? Quel est le secret pour calmer un gosse brisé par la chute d'une chaise ? » Il entendit alors Ruth murmurer :

— Ça va, Théophile, la méchante chaise ne te fera plus de mal. Cesse de pleurer, je suis certaine que les gros bobos partiront. Ça va, mon beau, Ruth est là.

Robert laissa un frisson de tendresse l'emporter. À son tour, il chuchota :

— Mes petits. Mon beau Théophile, ma belle Ruth, papa ne vous laissera plus jamais. Vous verrez, nous serons heureux ici. Ne vous inquiétez plus, papa est revenu. Papa est là.

Une larme amoureuse longea sa joue et tomba sur celle de Théophile. Le petit homme leva la tête vers ce géant de papier qui pleurait. Il s'était calmé. Confiant en ce père qui les tenait, lui et Ruth, il lui donna un baiser et lui sauta au cou. Robert sentit son cœur fleurir.

— Je t'aime, mon grand garçon.

Instinctivement, Théophile posa sa tête sur l'épaule réconfortante de son père pendant que Ruth, rejetée par celui qu'elle protégeait depuis sa naissance, jugeait Robert comme un voleur. Elle s'écarta sans qu'il ne s'en aperçût.

— Père, père! s'écria Abraham en courant vers la chambre.

— Oui, Abraham, qu'y a-t-il?

— Judith a vomi son repas.

Les jours s'égrainaient rapidement dans le sablier de Robert. Au fil du temps, Katia devenait un portrait dans sa mémoire, une image de bonheur qu'il sortait de sa poche au gré du moment. Lorsqu'il voulait revivre son amour, il lisait des passages de son roman et alors, Katia renaissait, plus belle et plus vivante.

L'appartement avait perdu ses airs de bazar. Bien que meublé de façon hétéroclite, il était propret et franchement bohème. Comme l'ameublement provenait de partout, chacun des enfants avait choisi ce qu'il désirait. Ainsi, les plus âgés, plus rapides, avaient pris ce qui leur permettait de s'exprimer le mieux, alors que les plus jeunes s'étaient contentés de ce qui restait. De même, chaque espace du logement dénotait son propriétaire.

La chambre de Robert n'avait d'une chambre que le lit d'ailleurs toujours défait. Des montagnes de livres encombraient le bureau et le plancher. Une vieille machine à écrire aux touches usées, placée à côté d'un cendrier sale, trahissait les heures de réflexion et de composition. Par-dessus, éparses dans la chambre comme dans l'appartement, il y avait des feuilles de roman raturées, barbouillées, annotées. Personne dans la maisonnée n'osait y toucher. Robert appelait cet univers son monde de rêve et aucun des enfants ne voulait le réveiller.

Abraham et Madeleine habitaient la même chambre. Ils formaient un couple harmonieux. À l'école comme à la maison, ils se suffisaient l'un à l'autre. Lorsqu'ils jouaient, ils s'amusaient ensemble ; lorsqu'ils discutaient, ils parlaient ensemble ; lorsqu'ils étudiaient, ils apprenaient ensemble. Même la nuit, si l'un faisait un cauchemar, l'autre le réconfortait. Ils donnaient l'impression que l'un sans l'autre, ils s'effondreraient.

Ruth, Théophile et Judith se partageaient la dernière chambre. Théophile, en fait, l'aménageait davantage que sa sœur. Il empiétait volontiers sur le territoire de son aînée sans qu'elle ne protestât. Comme elle ne disait jamais un mot, elle en vint à ne plus avoir qu'un lit, deux tiroirs et un minimum de cintres dans la penderie. Un berceau, près de la porte, appartenait à Judith. Elle ne demandait rien de plus. À son âge, elle s'emparait de ce qui l'entourait sans s'encombrer des convenances. Là encore, Ruth ne disait pas un mot. Présente mais invisible, elle était un fantôme qui ne bougeait pas ou qui se mouvait si silencieusement qu'elle semblait apparaître, venue de nulle part. Contrairement aux autres qui avaient rapidement adopté Robert et son rythme de vie, sans se montrer ouvertement hostile, elle n'extériorisait pas d'intérêt, comme si tout lui était égal. Chacun pouvait lui parler, jamais elle n'exprimait son opinion. Judith lui faisait ses sourires enchanteurs de bébé, Abraham et Madeleine lui offraient de s'amuser, elle ne manifestait rien d'autre que de l'indifférence. Il y avait Théophile, qui jadis recevait son affection, mais depuis que Robert l'avait consolé au pied de la chaise, depuis qu'il était devenu son dieu, Ruth se complaisait dans le silence, dans un mutisme provoqué par une nuit d'orage où elle avait perdu une mère adorée, où elle avait reçu une sœur non désirée et où elle avait protégé son frère Théophile de ce sang de l'enfantement meurtrier de sa mère. Elle avait osé, un soir, demander à sa grand-mère d'où était provenu ce sang qui l'avait souillée. La grand-mère, sachant qu'il ne fallait rien divulguer des secrets de la naissance à une enfant, de la conception à l'accouchement, lui avait répondu que c'était la faute de Robert, la faute de tous les hommes.

Marguerite Bouvard habitait au deuxième, sous la famille Letellier. Elle vivait modestement et esseulée depuis la mort de son mari. Sans enfant, elle occupait son temps à coudre et à tricoter. L'arrivée des Letellier lui offrit non seulement de la compagnie, mais aussi un emploi. Elle montait tôt le matin pour nourrir Judith et préparer Abraham et Madeleine pour l'école, puis elle occupait Ruth, Théophile et Judith jusqu'au retour de Robert. Elle cuisinait des festins que tous adoraient, leur fabriquait des vêtements et leur tricotait de chauds chandails qui les protégeaient des intempéries. La fin de semaine, elle montait régulièrement les aider. Depuis qu'elle venait chez eux, tout tournait rondement. Rapidement, les enfants se confièrent à elle, l'appelèrent affectueusement Mamie Bouvard et dès que quelque chose n'allait plus à la maison, ils descendaient le raconter à cette grand-mère qui avait toujours de bons mots pour les réconforter.

Au-dehors de ce douillet petit monde et de la terre de France se profilaient des conflits au destin incontrôlable. Deux guerres balkaniques, encouragées discrètement par les principaux empires, provoquèrent l'éclatement de l'attentat de Sarajevo qui suscita un émoi mondial. Tous voyaient tomber l'équilibre de l'Europe maintenu difficilement jusqu'alors. Ces deux dernières semaines de juillet, le destin basculait. La paix européenne chancelait. Déjà, depuis des mois, les pays européens participaient à une course aux armements. L'Allemagne occupait la première place, suivie de la Russie, de l'Angleterre et de la France. Chacun suivait le vieil adage que pour maintenir la paix, il fallait préparer la guerre. En réalité, chaque pays ne pensait qu'à agrandir son territoire, ne voyant plus où il pourrait encore trouver des terres à coloniser. L'Allemagne désirait des ports pour avoir accès aux mers et lancer sa flotte. La Russie s'intéressait à une expansion dans les Balkans. La France désirait récupérer l'Alsace-Lorraine. L'Angleterre, dotée de son vaste empire, soutenait les vues de ses alliés. Chacun avait quelque chose à soutirer de cette guerre imminente. Elle aurait pu ne pas avoir lieu, elle aurait pu être plus courte et moins meurtrière, mais chaque pays attendit patiemment l'heure H où il aurait la victoire, les honneurs et les nouveaux territoires, et ce, à n'importe quel prix.

En août, ce fut le début. Chacun était prêt. Le premier, l'ordre de mobilisation générale en France fut lancé tandis que l'Allemagne déclarait la guerre à la Russie. Le 2, l'Allemagne envahit le Luxembourg et adressa un ultimatum à la Belgique. Le 3, en déclarant la guerre à la France, l'Allemagne envahissait la Belgique. Le 5, sur l'autre continent, les États-Unis proclamèrent leur neutralité. Le 6, l'Autriche déclarait la guerre à la Russie puisqu'elle était l'alliée de l'Allemagne pendant que la Serbie, en souvenir de l'union des deux empires, déclarait la guerre à l'Allemagne. Le 12, la France et l'Angleterre, alliées de la Russie, déclarèrent la guerre à l'Autriche-Hongrie. L'Europe éclatait et les morceaux de nation demeureraient suspendus dans les mémoires pour des décennies à venir.

Robert sirotait tranquillement une tasse de café. Ses enfants dormaient depuis une heure. Marguerite avait laissé l'appartement propre, il pouvait déguster son breuvage lentement, presque sans inquiétude. Devant lui, la première page du journal indiquait que le monde était devenu fou. La France était en guerre. Quelle absurdité! Naturellement, il était patriote mais sa lucidité le faisait souffrir d'avance pour ces jeunes hommes qui allaient déserter Paris afin de mieux mourir.

Il but une gorgée. La Russie aussi était mobilisée. Katia, seule devant ce déluge d'inconscience humaine, devait certainement penser à lui. Que faisait-elle à cette heure? Dormait-elle? Il lui aurait volontiers posté les dizaines de lettres qu'il lui écrivait chaque semaine, mais son mariage le lui interdisait. Dieu qu'elle était belle à l'église ce jour-là! Sa robe longue soyeuse moulait sensuellement ses hanches, son voile camouflait délicatement son visage, et ses cheveux, si légers, habillaient son dos de la couleur des prés.

Avec ennui, il se servit un dernier café. Il regarda la cuisine autour de lui. Il devait admettre qu'il vivait confortablement. Il commençait à se faire au métier de père de famille. Ces moments avec ses petits le remplissaient de joie. La curiosité d'Abraham le gonflait de fierté. Madeleine, maternelle et responsable, prenait soin de chacun d'eux. Théophile, qui le regardait avec admiration, lui donnait l'impression d'être un grand homme. Judith, coquette, lui parlait de plus en plus comme si elle se pressait de vieillir pour enfin vivre sa vie. Et Ruth. En pensant à elle, il remarqua qu'il ne pouvait rien en dire. Elle lui échappait complètement, lui coulait entre les doigts. Ils étaient si merveilleux.

Il laissa ses songes quitter l'appartement et se mit à rire en silence. Odile Doyet. Cette femme l'amusait beaucoup. Elle tenait un salon de thé où Robert allait, une fois par semaine, cueillir les potins juteux des milieux artistique, politique et royaliste.

Odile le présentait comme un solitaire intellectuel en oubliant de spécifier que le diadème de son célibat s'ornait de cinq précieux enfants. Elle le disait charmant et distingué en ignorant tout de lui. Elle le mettait en valeur dès que ses invités parlaient de la guerre en faisant valoir qu'il avait vécu deux ans en Russie, qu'il parlait cette langue couramment, qu'il maîtrisait cette politique aisément puisqu'il avait fréquenté Nicolas II, naturellement! Gentille poltronne, Odile Doyet n'avait rien d'une sotte. Elle choisissait avec soin ses invités, les recevait royalement dans son salon luxueux, leur parlait adroitement de sujets délicats tout en offrant le loisir à ses convives de jouir d'une oreille attentive. Avec Robert, c'était différent puisqu'elle lui faisait ouvertement des avances.

Lorsqu'il était entré la première fois dans son somptueux salon, elle avait tenté d'obtenir des informations. Elle avait réussi tout au plus à apprendre qu'il était veuf, qu'il avait cinq mômes âgés de deux à neuf ans et qu'il avait séjourné en Russie ces deux dernières années. Robert n'avait soufflé mot ni de sa défunte épouse, ni du village où il avait habité, encore moins du roman qu'il se proposait de faire éditer. Désorientée par ce personnage discret, elle avait fait de lui son confident et comptait aussi qu'il deviendrait son amant, poste convoité par de nombreux invités car Odile avait un charme peu commun.

Aristocrate jusqu'au bout des doigts, pétillante comme le champagne qu'elle servait, cultivée par les érudits qu'elle fréquentait, ce mélange suave d'intelligence et de féminité faisait d'elle une femme enviée. Pourtant, Odile Doyet n'avait pas une beauté remarquable. Elle coiffait ses cheveux mi-longs au-dessus de la nuque pour amincir son visage rond, maquillait ses lèvres à chaque instant pour les redessiner et portait des robes savamment coupées pour avantager sa taille. Ses yeux verts brillaient de sagacité, ses cheveux roux luisaient d'une propreté laquée et l'ensemble de sa personne plaisait. Elle ne manquait pas d'orgueil mais n'avait rien de hautain, et ce fut cette simplicité accueillante qui avait fait la renommée de son salon.

Robert déposa sa tasse au fond de l'évier, puis s'étira pour stimuler son corps alangui. Il fit le tour de la place des yeux et constata qu'il s'ennuyait mortellement. Ses mains avaient envie d'écrire, ses jambes de se dégourdir et sa bouche de se divertir d'un bon vin rouge. Il décida de demander à Marguerite de garder ses chéris endormis le temps qu'il allât se distraire dans un café. Elle accepta avec bienveillance.

Sur le seuil de la porte, l'air frais le libéra du poids de sa solitude. Il se mit à marcher à vive allure vers un café inconnu qu'il devait découvrir avant de se perdre à nouveau dans ses pensées et ses souvenirs. Il longeait le boulevard Montparnasse lorsqu'il s'arrêta étonné devant une enseigne de bois sculpté : « CAFÉ RONNET ». Bien certain que ce n'était qu'un imposteur, il entra. L'odeur lui affirma qu'il avait retrouvé une racine, un lien amical avec les pavés parisiens. Derrière le comptoir, une tête rousse, une silhouette forte et vive, des éclats de rire et des manières familières envers deux jolies clientes lui assurèrent que Raymond n'avait pas changé. Des consommateurs buvaient un peu partout dans le café, parlaient entre copains du sujet de l'heure : la guerre. Sur les murs, comme des œuvres de collection, cinq toiles signées Guerti lui rappelèrent l'immense talent de la femme peintre qu'il avait épousée. Les *Jardins parisiens* ornaient les murs, donnaient de la fierté aux superbes boiseries. Il se souvenait de les avoir admirées chez Isabella. Il se rappela le chapeau, les toiles fraîchement peintes, la nuit de la conception d'Abraham et sa demande en mariage devant Raymond, dans un café Ronnet moins attrayant que celui qu'il voyait présentement.

Robert avança vers le comptoir sans que Raymond ne le regardât. Il n'avait d'yeux que pour les deux jeunes femmes qui minaudaient. Comme il ne semblait pas s'apercevoir qu'un client avait soif, Robert l'interpella :

— Monsieur, puis-je avoir à boire ou faut-il que je porte une jolie paire de nichons pour me faire servir ?

Raymond répondit sèchement sans le regarder :

— Qu'est-ce que vous voulez ? Un cocktail Molotov ?

Il s'étrangla de surprise lorsqu'il reconnut le consommateur qui l'avait interrompu. Il passa de l'autre côté du comptoir et ils se serrèrent les mains amicalement en riant.

— Eh bien, mon vieux, fit Raymond, il y a des lustres. Où étais-tu ? Comment m'as-tu retrouvé ?

— Par hasard.

— Je ne pensais pas te revoir un jour, continua Raymond. Comme j'avais déménagé, je me disais que nous nous étions perdus.

Robert souriait, heureux. Lorsque Raymond lui eut servi son verre, ils allèrent s'asseoir sur un banc. Ils avaient tant de choses à se raconter.

— Où as-tu été? demanda Raymond.

— En Russie.

— Tu as passé deux ans en Russie? Comment s'appelle celle qui t'a tenu dans ce monde de famine aussi longtemps?

Dans l'esprit de Raymond, seule une femme pouvait réussir cet exploit.

— Katia. Katia Ivanova. Je suis arrivé à Saint-Pétersbourg mais je ne voulais plus d'une ville. Je rêvais du calme de la nature. Je voulais écrire un roman, une fresque amoureuse.

— Et puis?

— J'ai eu beaucoup plus que cela. J'ai appris à jouer aux échecs avec un aubergiste. J'ai appris le russe avec des enfants. J'ai appris l'amour et la passion avec Katia et j'ai écrit pour eux tous une histoire qui rend honneur à leur magnifique pays. Elle était si belle, Raymond.

Raymond se souvenait parfaitement de la beauté d'Isabella. Pour que Robert dît de la Russe qu'elle était incroyable, elle devait l'être extrêmement.

— Pourquoi n'est-elle pas avec toi?

— Parce que son père l'a mariée à un homme du village.

Robert confia enfin à un ami sa passion débordante pour une fontaine de Pavlovitchi. Il raconta leurs rencontres au bord de la rivière. Il lui dit quelle muse elle fut et lui exposa l'énorme roman qu'il avait composé à ses côtés.

— Elle est le Soleil d'Alexandrescu, conclut-il.

Le café s'était vidé. Les consommateurs avaient payé un à un leur verre, avaient salué le propriétaire en dévisageant l'inconnu qui avait occupé Raymond toute la soirée.

Derrière le dernier client, Raymond ferma le café et alla s'installer à une table devant une autre bouteille de vin. Assis face à face, ils se regardaient comme s'ils se rencontraient pour la première fois après avoir entendu parler l'un de l'autre pendant des années.

— Et toi, reprit Robert, que fais-tu à Montparnasse?

— Je vis, mon cher. Les artistes ont quitté Montmartre. Je les ai suivis. Partout autour, des peintres, des poètes et des écrivains exploitent leur imagination. Il faut bien quelqu'un pour les écouter et les nourrir quand ils sont fauchés, ce qui ne tarde jamais! Tu sais que j'aime les créateurs. J'envie leur talent et leur courage d'affirmer qui ils sont. Je suis un sentimental, que veux-tu!

Ils se turent. Au-delà des souvenirs, il y avait la réalité.

— Tu n'es plus juif? s'informa Raymond.

Robert éclata de rire.

— Je ne sais pas si on peut ne plus être juif. J'ai surtout abandonné les colifichets. Je me plais à penser que ce fut la voie vers ma liberté bien que je n'en sois pas certain.

— Que fais-tu pour gagner ta vie? demanda-t-il encore.

— Je suis journaliste. Je travaille au *Journal français*, pour Walid Rabbath. C'est un drôle de type mais il est sympathique.

— Tu parles que c'est un drôle de type. Je l'ai rencontré à quelques reprises, dans des lieux plus ou moins recommandables. Je ne sais pas ce qu'il a mais les filles se l'arrachent.

— C'est une question de portefeuille, Raymond, réconforta Robert en riant. Une simple question d'épaisseur de portefeuille.

Ils burent ensemble jusqu'aux petites heures du matin. Entre eux se tissaient des liens plus étroits qu'ils ne l'avaient jamais été.

Judith, affamée, tira Robert du sommeil tôt le lendemain matin. Il la nourrit en jouant avec elle. Elle riait entre deux bouchées, offrait son sourire comme le joyau qu'il était. Il aimait cette enfant peut-être plus que les autres. Il l'avait mise au monde, avait entendu son premier vagissement et l'avait langée tendrement après avoir appris la mort de son épouse. Il lui semblait que leurs âmes se complétaient.

Marguerite se leva peu après. Habillée et coiffée, elle pouvait commencer sa journée. Elle entra dans la cuisine et étudia Robert avec gravité. Elle prépara du café, mit quelques petits pains dans une corbeille, apporta des confitures puis alla s'asseoir face à lui.

— Vous avez l'air d'avoir peu dormi, fit-elle en s'assoyant.

Elle lissa machinalement une mèche de ses cheveux argent.

— Et vous devriez changer de costume, remarqua-t-elle. Il trahit le trouble de vos pensées.

Robert toisa son regard. Il prit un pain pour détourner son attention, ajouta de la confiture et y mordit sans appétit. Il cuvait encore son vin. Seule Judith parlait. Elle courait dans la cuisine, venait près de Robert demander une bouchée sucrée, puis elle repartait, reprenait sa course autour du monde de la cuisine, la longue exploration de l'appartement.

— Vous avez l'air lugubre, ce matin, dit-elle en lui versant une seconde tasse de café.

Comme s'il en avait besoin, Marguerite s'obstinait à lui retourner son image, à lui rappeler sa mauvaise mine et ses mille questions.

— Je ne suis qu'une vieille pie, Robert. Vous ne me devez que ma pitance. Je suis une femme sèche et stérile, mais j'ai l'intuition parfaitement développée. Cessez de vous cacher derrière vos lunettes et avouez-moi que votre vie ne vous satisfait pas. Je puis comprendre.

Il confia son œil triste à sa bienveillance et se laissa aller. À qui pouvait-il crier son insatiabilité, son goût constant pour la nouveauté si ce n'était à elle, le miroir de l'insatisfaction, elle, le reflet des rêves enterrés.

— C'est la fin, Marguerite. L'Europe est en guerre et je ne peux rien y faire. Je reste assis ici, au chaud, devant un café et un petit pain à la confiture. J'attends que mes enfants se réveillent pour partir travailler. Au journal, je gribouillerai des articles sur le salon d'Odile, sur les expositions et les pièces que j'ai vues. Ce n'est pas une vie pour moi. Je veux sentir mon pouls battre contre mes tempes et c'est avec la mort que je le trouverai.

— Essayez-vous de me dire que vous voulez aller dans les tranchées ?

— Je ne sais pas ce que je veux. Chose certaine, les salons de thé et les premières peuvent se passer de moi tandis que la France m'appelle.

Compatissante, presque sympathique pour son désir, elle prit sa main dans la sienne, la serra maternellement.

— Peu importe ce que vous ferez, Robert Letellier, je serai là pour m'occuper de vos enfants.

Du regard, d'une pression de la main, il la remercia. Il alla changer de costume, se peignit et partit rapidement vers le journal. Sans avertir, il entra dans le bureau, s'assit devant son patron. Walid déposa son crayon, prit un cigare, en mastiqua le bout puis l'alluma. Robert commença alors à lui exposer son désir :

— Je m'ennuie, Walid. J'ai parcouru des horizons éloignés et je m'y suis senti plus Français qu'à Paris. Je peux soutenir la France avec ma plume. Je veux suivre les troupes et leurs déplacements. Je saurai faire frémir les articles que je vous enverrai. Je saurai émouvoir. J'ai le cœur en tempête et les mains avides de transmettre les ouragans bravés par les soldats. Je ne veux plus être le spectateur de la vie. Je désire l'affronter.

Walid le regardait, le comprenait. Bien sûr, il n'avait personnellement aucun désir de voir mourir de jeunes hommes, encore moins de subir la pourriture des tranchées, l'odeur infecte de l'humidité, du sang et de l'urine, ni non plus de supporter les poux et la vermine. Malgré cela, il saisissait le besoin de Robert et acquiesça :

— Je crois que vous ferez un excellent courrier. J'ai toujours su que vous seriez un reporter hors du commun. J'ai deviné beaucoup plus de force en vous que vous n'en soupçonnez vous-même.

Il prit une bouffée de cigare en réfléchissant, puis fit d'un air sérieux.

— Je connais les hommes, Letellier. Allez à la guerre et vous les connaîtrez aussi. Allez à la guerre voir mourir et vous saurez le prix de la vie. Allez à la guerre et vous admettrez ensuite, comme moi, que le rire est la solution à tous les maux.

Robert sourit.

— Non, ne souriez pas ainsi. Riez, Letellier, riez d'un vrai rire du fond des tripes. Riez chaque jour et alors bien des soucis disparaîtront sans vous donner de cheveux blancs. Si vous me promettez de rire des bombes qui sautent, de rire des jeunes qui meurent en souffrance, de rire de la balle qui vous blessera, alors je vous laisse partir ; mais si vous savez que vous pisserez de peur au son des bombes, que vous braillerez pour les jeunes morts en souffrant et que vous crierez de douleur lorsqu'une balle vous réduira en infirme, alors je vous garde dans les salons de thé et aux premières de théâtre.

Il y eut un silence et beaucoup de réflexions.

— Je vous promets de rire, Walid, fit Robert.

Pour combler de ridicule son absurde promesse, il éclata de rire, se sentant complice de sa vie puisqu'il prenait son destin en main.

Robert regardait ses mains. Elles étaient sales, calleuses, blessées à maints endroits. Ses ongles crasseux, rongés, en piteux état, racontaient les travaux physiques, le manque d'hygiène, l'angoisse et l'inactivité. Il avait creusé des tranchées avec les soldats, avait dormi collé à eux, cherché, corps contre corps, la chaleur qui tuerait l'humidité insupportable des longues nuits dans la boue. Lorsqu'il s'asseyait sur une caisse, les bottes dans l'eau sale et visqueuse, démoli par le froid et la faim, il prenait son crayon et confiait au papier le désespoir d'un autre lever de soleil. Chaque fois que le découragement s'emparait de son cœur, il se mettait ainsi à écrire. On le prenait pour un original, pour un fou qui s'offrait des vacances en enfer. On le disait étrange mais on appréciait sa compagnie. Au cœur du mal, la folie est un doux paradis pour survivre.

Les champs se couvrirent subitement d'un tapis jaune gazeux. Avant que les soldats ne comprissent ce qui arrivait, la nappe toxique s'empara de leurs poumons : ils s'effondraient, du sang autour des lèvres. Ils essayèrent de se sauver, mais le gaz chloré poursuivait les fuyards. Les soldats tombaient par centaines, arrachaient leurs masques enfilés trop tard, décollaient la peau de leur visage, puis mouraient. Sur six kilomètres, l'assassin jaune fit rapidement des milliers de victimes. En attaquant avec les gaz, les Allemands se découvraient un nouvel allié : le vent. Plus fort que les hommes, immortel, il transportait le chlore meurtrier, pénétrait les poumons jusqu'à ce qu'ils éclatassent. Les poilus, vaillants et vigoureux, tombaient comme des mouches, attaqués par un ennemi plus redoutable que la bombe ou le fusil. Ce mois d'avril 1915 confirmait aux Allemands que les armes chimiques dévastaient davantage que les grandes batailles.

Robert arriva sur les lieux en même temps que les infirmières de la Croix-Rouge. Au milieu des cadavres, il regardait autour de lui le désastre. Les corps étendus à ses pieds, la peau en loques, la bouche noircie par le sang séché lui donnaient la nausée. Tous ces hommes morts le faisaient rager d'impuissance. Sur chaque visage subsistaient des yeux horrifiés d'avoir vu la mort foncer. Il aurait voulu rire mais sa promesse ne tenait plus. Il aurait voulu pleurer mais il n'avait plus de larmes. Tout ce qu'il faisait, c'était prier. Il parlait à Celui que l'on disait Dieu, à ce supposé Divin qui n'avait pas empêché ce gâchis.

Robert s'assit dans le champ de barbelés. Devant lui, des soignantes et des soldats administraient les premiers soins à ceux qui avaient survécu pendant que d'autres récupéraient les cadavres. Personne n'exprimait d'émotion. Chacun exécutait son devoir sans réfléchir à ce qu'il faisait. L'horreur dépassait la fiction. La réalité terrassait la conscience et le cerveau déployait des forces surhumaines pour amortir le choc.

— Comment écrire cela ? s'interrogea Robert. Comment dire au monde qu'un nuage jaune a assassiné en quelques minutes plus d'hommes qu'une grande bataille ?

Il entendit surgir de sa conscience :

— Riez, Letellier. Riez et vous admettrez que le rire est la solution à tous les maux.

Il était absurde de rire des jeunes en loques autour de lui, mais il était aussi absurde d'envoyer des gaz pour tuer la jeunesse que d'éclater de rire parce qu'on l'avait fait. Et Robert sourit. D'abord timidement puis franchement. Et Robert rit. D'abord doucement puis fortement. Il rit de mépris pour ceux qui avaient lâché ces gaz sur les enfants de la France. Il rit de désespoir devant les yeux apeurés des jeunes qui ne riraient plus. Robert riait de rage, de peine et d'amertume. Robert rit puisqu'il vivait plus la mort que si elle l'avait emporté.

Deux infirmières, inquiètes pour ce fou qui riait au cœur de la mort, le prirent chacune par un bras pour le supporter jusqu'à l'infirmerie de fortune. Là, elles lui offrirent un café, mais il ne demanda que des feuilles et le courage qu'il fallait pour raconter quelles visions dansaient aux loges de l'enfer. Il composa son article, plus comme une lettre à la paix que comme un reportage, raconta aux Parisiens de se méfier du vent venu d'Allemagne. En écrivant, Robert exorcisait ce qu'il avait vu, se libérait l'esprit, un peu. Puis, lorsqu'il eut posté l'article, il songea à Katia. Il se rappela leurs marches au bord de la rivière, leurs baisers passionnés et leurs tendres caresses. Dans les bras imaginaires de celle qu'il aimait, il se détachait des doigts de la guerre qui l'étranglaient.

Paris ne se ressemblait plus. L'entrée en guerre et presque un an de combats l'avaient transformée, vieillie. Comme un adolescent qui muait, elle changeait de voix. Sur quelques murs « Vive la grande France!» se lisait encore, souvenir du mois d'août dernier où à la gare de l'Est et partout autour la foule criait : «À Berlin!, On les aura!», comme si les paroles de courage, *Le chant du départ* ou *La Marseillaise* suffisaient pour gagner, comme si une guerre se gagnait. Les organisations patriotiques avaient brisé les vitrines des magasins allemands et autrichiens. Maintenant, tout était plus français, mieux français. Le métro tournait au ralenti. Les cafés et les restaurants fermaient tôt. Quelques lignes de tramways fonctionnaient, conduites par des femmes. Des fiacres tirés par de vieux chevaux remplaçaient les taxis-autos réquisitionnés. Les Français se refaisaient cuisses et santé en ressortant leurs bicyclettes.

D'accord, Paris ne se ressemblait plus mais elle gardait ses grands airs. Malgré les combats, le deuil, le couvre-feu et les bicyclettes, les Parisiens s'amusaient. Bien qu'ils dussent aller au théâtre, au cinéma et à l'opéra en tramway ou à pied, les différentes salles de divertissement affichaient «complet». La Comédie-Française ressortait l'humour, suivie par le théâtre de la Porte Saint-Martin et par le théâtre Antoine-Gémier, mais c'était aux Bouffes-Parisien que le rendez-vous se donnait. Sacha Guitry, dans *La Jalousie*, jouait un mari qui poussait sa femme dans les bras d'un autre car il ne se sentait rassuré que lorsqu'il était cocu. Côté chanson, on chantait *La Madelon* et au cinéma, il fallait voir *La Dame aux camélias* de Gustavo Serena.

Paris ne se ressemblait plus, mais elle ressemblait à cela lorsque Robert revint dans ses rues vers la mi-mai de 1915.

Walid Rabbath aperçut Robert de la fenêtre où il se tenait en fumant. Il sourit. Cet homme lui avait manqué. Il s'assit derrière son bureau. Robert frappa à sa porte.

— Entrez, Letellier.

Ce que Robert fit. En revoyant le visage moqueur de ce bedonnant patron, il se sentit heureux d'être chez lui, de bientôt rejoindre ses enfants pour quelques jours.

— Alors, s'informa Rabbath, comment allez-vous ?

— Mieux. À force de rire, on oublie.

Robert alla vers la bibliothèque et se prit un verre d'alcool qu'il vida d'un trait.

— Allez-vous y retourner ?

— Oui.

Robert tendit à Rabbath son dernier reportage puis sortit. Le patron baissa les yeux et se mit à lire :

« Au cœur de la dévastation, jusqu'à l'horizon, il n'y a que le mal. Sous toutes ses formes, il règne tel un roi. Le mal de vivre assène les jeunes qui se crispent sous des soubresauts avant que la fin ne vienne. Le mal d'amour assomme les survivants alors qu'ils regardent mourir leurs frères, leurs cousins, leurs amis. Le mal de l'âme attaque les civils des alentours qui rêvent, pour combattre la réalité, des anciennes joies quotidiennes. Le mal du corps emporte ses fils vers des fosses communes où l'anonymat les réduit en valeureux et courageux soldats morts au combat pour la gloire d'un pays égoïste qui enfante et assassine sa propre chair. Le mal s'habille en mouches et en moustiques qui s'abreuvent de sang jeune et frais. Le mal vit de la mort, de la peine et des cris. Et au loin, derrière ce mal, des lamentations. Un couple fortuit appelle la paix en faisant l'amour à côté d'un mur en ruine. Le mal isole aussi l'amour. »

Rabbath hocha la tête. Letellier n'était pas journaliste, il était écrivain.

Robert monta les étages à la course et poussa la porte en souriant. Il entendit alors une voix fluette qui semblait expliquer à une poupée qu'il ne fallait pas crier, que papa n'aimait pas cela. Robert sourit. Sa plus belle, sa Judith. Il alla vers elle. Comment les enfants pouvaient-ils changer autant en cinq semaines ?

— Salut, coquine !

La petite leva les yeux vers son père, resta étonnée quelques secondes avant de se jeter dans ses bras.

— Papa !

Robert la berça, lui dit des mots doux, amoureux d'une gamine au cœur tendre comme ces joues qu'il avait envie de croquer.

— Alors, ma belle, que s'est-il passé durant tout ce temps ?

La petite raconta à son père que Théophile avait brisé sa poupée, voilà pourquoi elle s'amusait avec celle aux cheveux bruns ; que Ruth ne voulait jamais jouer avec elle, même lorsqu'elle ne faisait rien ; que Madeleine ne parlait plus à Abraham depuis quelque temps mais qu'elle ne savait pas pourquoi.

Marguerite entra dans le salon.

— Oh ! bonjour Robert.

Il se releva du sol.

— Bonjour, Marguerite. Comment ces semaines se sont-elles passées ?

— Bien. Vos enfants sont des anges, ou presque. Soyez tranquille.

Elle sourit. Ils allèrent à la cuisine, suivis par Judith et sa poupée. Pendant que Marguerite lui préparait un café et un sandwich, Robert prit Judith sur ses genoux et étudia les feuilles éparses sur la table.

— Qu'est-ce que toutes ces lettres et toutes ces photos ? demanda-t-il.

— Ce sont les garçons de Mamie Bouvard, papa, répondit Judith à son oreille. Lui, c'est Marcel. Et André, et Alphonse, et...

Marguerite s'assit face à lui. Elle remonta une mèche invisible dans son chignon, mal à l'aise. Robert la considéra gravement, amusé par son trouble apparent.

— Je suis une vieille folle, vous savez. Ces garçons sont à la guerre. Je leur écris. Je leur fais quelques tricots, quelques vêtements. Ils sont seuls et... moi aussi. Je leur raconte mes jours et ils me lisent car ils n'ont pas d'autre famille que moi. C'est pour cela qu'ils m'écoutent. Ils sont un peu les fils que j'aurais eus à la guerre.

— Vous êtes la marraine de beaucoup de soldats ?

— J'ai dix fils.

Elle avait répondu avec fierté, la tête haute. Elle contribuait à l'effort de guerre, soutenait la France. Elle en faisait son orgueil. Elle les présenta à Robert un à un. Robert, pris de sympathie pour sa vieille gardienne, s'exclama devant la dernière photo :

— Mais c'est Marcel !

Judith le lui avait présenté plus tôt.

— Oui. Vous le connaissez ?

— Bien sûr. Il m'a même parlé de sa marraine qui lui a tricoté des chaussettes.

Il avait si souvent vu des poilus en recevoir.

— Oui, de belles chaussettes chaudes. Il vous en a parlé ? Ça alors !

Il lut tant de plaisir et de fierté dans ses yeux qu'il se félicita d'avoir menti. En la voyant aussi heureuse parce que quelqu'un, au loin, parlait d'elle, il décida de correspondre avec cette marraine qui accepterait bien un onzième fils. Lui aussi, au fond, était terriblement seul.

— Vous savez, Robert, ce Marcel, il était déjà mon préféré !

Les enfants au lit depuis une heure, Robert somnolait dans son fauteuil. Ses vacances avaient passé beaucoup trop rapidement. Chaque jour, ils avaient visité un nouveau coin de Paris, au plus grand plaisir des jeunes. Ils étaient allés au zoo, étaient montés dans la tour Eiffel, avaient fait une balade sur le canal Saint-Martin, avaient joué dans le jardin du Luxembourg et avaient pique-niqué dans le bois de Boulogne. Des jours de rêve pour les petits et pour le grand.

— Vous repartez bientôt ?

Il ouvrit les yeux.

— Oui, Marguerite. Au plus tard, mercredi. Hélas ! je n'ai aucune idée du moment de ma prochaine visite.

— Vous allez manquer aux enfants.

— Ils vont me manquer aussi.

— Vous devriez vous amuser, ce soir.

Il ouvrit les yeux et surpris, se tourna vers elle.

— Voyons, Robert, allez boire quelque chose, allez voir une femme, allez au théâtre mais de grâce, ne restez pas dans ce fauteuil comme une vieille gardienne d'enfants. Il faut vous changer les idées. Je n'ai jamais vu un homme amuser autant ses petits. Vous êtes un père merveilleux mais vous êtes aussi un homme.

— Et vous, Marguerite, vous êtes surprenante.

Il l'embrassa sur le front puis enfila une veste. Dehors, la nuit sentait bon. Une femme pour la nuit. Drôle d'idée ! Boire ? Il ne faisait que cela depuis les gaz, depuis Katia, depuis toujours. Aller au théâtre ? Il ne savait pas ce qui s'y jouait et il avait envie de rire. Sans s'en apercevoir, ses pas le menaient vers cet endroit où il s'amusait plus qu'ailleurs.

Il s'arrêta devant un hôtel particulier. D'une des grandes fenêtres de la façade, il devina un groupe d'invités triés sur le volet. Comment réagirait-elle ? Il frappa à la porte. Un domestique lui ouvrit.

— Je désire voir Odile Doyet.

Il se sentit soudain gêné et mal élevé d'arriver ainsi sans avertir.

— Elle reçoit des amis. Vous êtes invité ?

Il baissa les yeux.

— Non, il n'a pas été invité, coupa Odile en allant vers lui.

Robert la dévisagea, rougit. Quelle idée avait-il encore eue ?

— Monsieur Letellier n'a jamais besoin d'invitation pour se joindre à moi.

Il la regarda, soulagé puis ravi. Beauté, classe et élégance. Ses mèches rousses tombaient folles sur ses épaules dénudées. Sa robe noire ajustée lui donnait des allures de feu et ses yeux brillaient comme des saphirs.

— Vous êtes très belle, ce soir, Odile.

Elle sourit sans minauder. À quarante ans, elle pouvait se passer des convenances. Veuve, riche et bien née, elle faisait fi de la vertu, ce qui lui permettait de jouir de son intelligence avec des financiers, des artistes, des scientifiques et des penseurs qui venaient l'instruire.

— C'est parce que je fête mon anniversaire.

Robert se sentit confus.

— Ne soyez pas gêné, Robert. Mes quelques amis de ce soir sont venus sans présent. C'est leur compagnie que je désirais pour franchir le cap de la quarantaine.

— Vous êtes bien aimable, Odile.

— Ce n'est pas de l'amabilité, Robert. Vous êtes l'une de mes faiblesses. En vérité, je profite de vous.

— Profitez, Odile. Cela me plaît grandement.

Elle lui prit le bras et le guida vers le salon où quelques illustres personnages conversaient pour le plaisir de l'art. Les groupes se tenaient dispersés. Les femmes portaient leur plus belle robe de l'année dernière et les hommes, leur smoking. L'atmosphère était à la détente et aux belles manières.

— J'aurais dû me changer, souffla-t-il en entrant dans le salon.

— Ne mentez pas. Avouez que vous vous moquez de ce que vous portez.

Ils firent le tour de la pièce. Odile ne laissa pas le bras de Robert de la soirée et tous l'observèrent. Elle lui accordait beaucoup d'attention et la majorité de ses regards allaient vers lui. Elle ne manquait aucune de ses paroles, riait ses traits d'esprit exagérément, mais lui semblait ne rien remarquer. À la fin de la soirée, lorsque le dernier couple eut quitté la réception, Robert soupira et se tourna vers Odile.

— Vous étiez la plus belle.

— Vous avez l'air sincère.

Elle retournait au salon où elle s'assit. Robert la suivit. Elle ôta ses chaussures et étendit ses jambes sur un fauteuil. Elle le dévisageait. Il prit ses pieds qu'il massa habilement.

— Qu'êtes-vous venu faire chez moi ce soir, Letellier?

— Je suis venu vous fêter.

Elle le gronda du regard.

— J'avais envie de rire et de m'amuser. Et puis, vous êtes ma seule amie.

À l'aube, lorsque le soleil s'étira à l'horizon, Robert s'habilla, remit sa veste. Devant le miroir, en étudiant son image, il nota que quelque chose venait de changer. Bien sûr, il s'agissait d'une subtilité et personne d'autre que lui ne pouvait le voir, mais dans ses yeux il y avait une étincelle nouvelle, la première lueur de l'abandon. En ayant fait l'amour à Odile cette nuit-là, il s'était permis de vivre encore après Katia. Il se sourit et accepta.

— Ce fut divin, soupira Odile.

Au lit, les cheveux étendus sur l'oreiller, elle lui souriait. Il lui répondit à travers le miroir.

— Je ne crois pas être un amant très divin.

Il alla vers le lit.

— Vous l'êtes, Letellier, vous l'êtes. Vous manquez seulement un peu de passion. Je suis par contre certaine que vous en avez déjà fait preuve.

Il plongea son regard amusé dans le sien.

— Oui, Letellier. Vous savez comment faire l'amour à une femme et pour le savoir, il faut avoir déjà aimé beaucoup. À la folie.

Il ne disait toujours pas un mot.

— Comment s'appelait-elle? demanda Odile. Je sais qu'elle n'est pas à Paris sinon vous seriez allé vers elle au lieu de venir chez moi. Où est-elle? Racontez-moi votre folie.

Elle semblait presque le supplier. Robert l'embrassa sur le front. Avant qu'il ne sortît de la chambre, elle ajouta :

— Alors, écrivez-la, Letellier. Ne gardez pas pour vous la plus belle folie des hommes.

Il n'était déjà plus là.

« Verdun, février 1916

Chère marraine, j'ai besoin plus que jamais de vos bas de laine et de vos lettres encourageantes. Ici, les combats sont violents. Ce matin, un de mes amis est décédé et comme si ce n'était pas assez, il m'avait fait promettre de prévenir moi-même sa femme. C'est pourquoi il y a une autre lettre dans cette enveloppe. Remettez-la-lui, s'il vous plaît.

Von Falkenhayn veut nous réduire en miettes. Oh ! marraine, j'ai la trouille. Une zone fortifiée, enfoncée en pointe vers le front, cernée sur trois côtés, sera difficile et coûteuse à défendre. Je me dis que cette fois, je vais y rester. Ici, marraine, je me demande si je ne vis pas l'apocalypse.

Hugues »

Robert colla l'enveloppe destinée à madame Bouvard. Presque un an qu'il n'avait pas revu Paris. Il s'ennuyait de la vie de la capitale. Il composa son article puis se coucha, épuisé. Il y avait quatre jours qu'il n'avait pas dormi. Sans même le réaliser, il s'endormit et resta au pays des songes une quinzaine d'heures. Lorsqu'il ouvrit les yeux, on lui conseilla de dormir encore, les zones de combat ne bougeaient pas. Il retourna voir Morphée à qui il raconta la bataille.

Du village d'Ornes à la Meuse, sur douze kilomètres de front, les Allemands pilonnèrent chaque mètre carré puis allongèrent leur tir. Ils détruisirent les ponts sur le fleuve et mirent hors d'usage les voies ferrées. Ils tentaient d'isoler Verdun et réussissaient, du moins partiellement car le quartier général français n'avait plus de liaison avec ses combattants. C'était la pagaille. Les pluies d'obus, les gaz asphyxiants, la boue : le moral des hommes était aussi mort que les milliers de cadavres qui jonchaient la terre des tranchées.

« Verdun, mars 1916

Chère marraine, la guerre est plus brutale que les coups que j'ai reçus plus jeune. Vous comprenez, un coup de poing, ça fait mal quelques jours, puis le mal s'en va. Mais la guerre, elle, elle est comme les insultes. Elle joue et rejoue dans l'esprit jusqu'à la démence. Je croyais, au début de Verdun, que c'était le froid le pire. Je me trompais. Le froid, on s'habitue. C'est le bruit, marraine. Le bruit des bombes qui explosent autour de nous ; le sifflement des balles qui nous frôlent les oreilles et le cri des hommes qui tombent, morts. C'est le bruit qu'on ne peut pas oublier. Les tranchées puent. Je pue. La terre pue. Les champs d'ici ne donneront plus jamais de blé blond. Il sera rouge sang. Alors, le pain goûtera la guerre, goûtera la mort. Je dois être devenu fou.

Saluez les enfants pour moi.

Hugues »

Robert embrassa le papier avant de poster la lettre. Tellement de temps sans ses petits.

« La Somme, juillet 1916

Chère marraine, envoyez-moi des dessins d'enfants, des lettres d'enfants, des rires d'enfants. Je suis vieux, de plus en plus. La guerre m'use. Envoyez-moi la jeunesse et ses rires, juste pour oublier que les Anglais n'ont pas réussi à nous aider à éloigner ces maudits Allemands de ma mère patrie.

Hugues »

« La Somme, septembre 1916

Chère marraine, aujourd'hui, des tanks ont franchi les lignes ennemies. Si vous aviez vu avec quelle facilité ils surmontent les grandes dénivellations, les trous d'obus, les tranchées et les barbelés. Ils sont invincibles.

Hugues »

On commençait à l'appeler la guerre infinie, la guerre aux combats interminables. Verdun, la Somme puis encore Verdun pour reprendre le fort de Douaumont et atteindre des objectifs plus importants. Les batailles tuaient tellement d'hommes que même les victoires faisaient pleurer. Les Français reprirent aussi le fort de Vaux, mais tant que la fin des privations, du deuil et du bruit ne venait pas, personne ne fêtait les bonnes nouvelles.

« La Somme, mai 1917

Chère marraine, la France tue ses fils aussi au tribunal militaire. Demain, 412 condamnés mourront pour mutinerie. Quel fouillis ! Et puis, à la tête, les généraux aussi jouent dur. L'an dernier, lors des échecs à Verdun, Nivelle avait remplacé Pétain. Aujourd'hui, c'est l'inverse et c'est ce même Pétain qui a pris ces mesures draconiennes pour conserver ses troupes intactes. Mais marraine, 412 hommes, c'est beaucoup pour nous garder dans le droit chemin de l'armée française.

Hugues »

« Verdun, août 1917

Chère marraine, je suis encore à Verdun mais cette fois, les Allemands se sauvent. J'ai foi en Pétain. Nous allons gagner la guerre, je le sens, je le sais.

Hugues »

« Paris, octobre 1917

Cher Hugues, voici des bonbons pour te sucrer le bec. Je te les ai gardés spécialement pour toi. Marcel est mort. J'ai reçu sa dernière *lettre hier, dans laquelle il me disait qu'il était découragé. Je ne sais pas si c'est une balle allemande qui l'a tué ou s'il s'est suicidé mais je sais que, d'une manière ou d'une autre, c'est la guerre qui l'a assassiné. Je suis très affligée par son décès, pourtant je ne le connaissais pas.*

J'aurais voulu t'annoncer de belles choses de Paris, mais plus rien n'est beau, ici. Les femmes travaillent dans les usines et soignent les milliers de blessés qui arrivent à Paris tous les jours. Même Odile Doyet, la riche veuve que Robert allait voir lorsqu'il travaillait à Paris, même elle a transformé son hôtel particulier et son salon de thé en hôpital. Tu imagines les soldats mutilés au milieu des tapisseries et des boiseries luxueuses? Je suis allée voir, juste par curiosité, eh bien, la riche rousse, elle a seulement gardé sa chambre et nuit et jour, elle soigne les soldats. C'est une brave femme. Je me demande pourquoi elle est encore seule.

Tu sais ce que l'Académie de médecine préconise pour lutter contre la dépopulation? Elle parle de réprimer l'avortement et d'attribuer des allocations aux familles nombreuses. Mais c'est le comble. Les femmes, elles ne peuvent pas tout faire. Elles font rouler l'économie et fournissent la guerre en costumes, en armes, en munitions en plus de s'occuper des enfants jeunes qu'elles ont déjà. Elles n'ont absolument pas le temps d'être enceintes. Non mais. Et puis, pour faire un bébé, il faut un homme et les hommes, ils sont tous à la guerre, du moins, ceux qui peuvent encore faire des bébés. Ils sont irréfléchis ces médecins!

Marguerite Bouvard »

Robert referma la lettre après avoir admiré les dessins que ses enfants avaient faits pour Hugues. Il aimait beaucoup lire Marguerite. Il avait une autre enveloppe d'elle sur les genoux mais celle-là, elle était adressée au journal puis à son nom. Il l'ouvrit :

« Paris, octobre 1917

Cher Robert, voici des bonbons pour te sucrer le bec. Je te les ai gardés spécialement pour toi. Marcel est… »

Robert éclata de rire en comparant les deux lettres. Elles étaient identiques à ceci près que pour celle de Robert, elle ajoutait un paragraphe sur les enfants et que les dessins étaient différents. Chère Marguerite, elle le surprendrait toujours.

Marguerite Bouvard tenait les cinq enfants collés contre elle, autour de sa jupe. Sur le quai, l'humidité et le froid les faisaient grelotter, mais ils ne voulaient pour rien au monde manquer l'arrivée du train qui ramenait leur père auprès d'eux. Impatients, ils se chamaillaient pour oublier le temps, oublier qu'il y avait trente et un mois qu'ils n'avaient pas vu leur père, ce père qui les quittait toujours, un jour ou l'autre.

Théophile prit Judith dans ses bras, la fit danser.

— Papa arrive. Papa arrive.

Judith riait sans comprendre ce qui valait à son frère autant de joie.

— C'est papa, Judith.

Elle haussa les épaules en signe d'incompréhension. Elle savait qu'elle avait un papa à la guerre, mais elle ne se souvenait pas de lui, ou très peu : de vagues images au zoo, et du zoo, elle se rappelait davantage les singes que le papa.

Le train s'immobilisa devant le quai. Les gens s'empressaient, heureux de retrouver leur fils éclopé ou sur un brancard, du moins en vie. D'autres militaires descendaient des wagons sur leurs jambes, en permission. Souriants, ils couraient vers leurs femmes qui avaient peine à les reconnaître tant la crasse et la barbe les défiguraient.

Les quais de gare soutenaient ainsi toutes les joies et les peines du monde. Ils se remémoraient qu'hier et avant-hier d'autres soldats blessés avaient circulé sur les quais, d'autres épouses, d'autres mères et d'autres sœurs avaient crié au monde la folie des combats. L'effervescence des retrouvailles ternissait au son des crises de larmes provoquées par le retour d'un homme entre quatre planches. Les regards heureux soupiraient hargneusement d'aise en suivant la tombe anonyme d'un inconnu. Contrairement aux humains, les quais de gare se souvenaient longtemps.

Robert descendit du train. Dans la foule, il ne chercha pas les siens plus d'un instant, car ses enfants bousculaient les passagers pour arriver à lui. Il sourit et courut vers eux. Abraham l'atteignit le premier.

— Papa !

Robert le prit dans ses bras, empoigna aussi Madeleine qui les rejoignait, suivie par Théophile. Calme, Ruth tenait la main de Marguerite Bouvard, laquelle avait les joues rouges d'excitation.

— Robert, de retour à Paris. Enfin !

Il regarda chacun d'eux, les yeux brillants d'émotion.

— Mais, Abraham, tu es presque un homme ! Et toi, Madeleine, quelle beauté tu deviens ! Et toi, Théophile, tu as grandi. Je suis certain que tu es devenu très fort.

Robert souriait. Ce petit monde, son petit monde. Il se tourna ensuite vers Ruth qui tenait la main de Marguerite.

— Bonjour, Ruth.

Il ne savait que lui dire. Cette enfant n'avait jamais été une enfant.

— Bonjour, père, je suis contente de vous voir de retour.

Qu'ajouter ?

— Moi aussi, Ruth, je suis heureux d'être à Paris.

Il l'embrassa sur le front et la sentit frémir. Il admit qu'il ne la comprenait pas.

— Où est Judith ?

Tous regardèrent autour d'eux en cherchant la cadette.

— Judith ? cria Robert.

Chacun appela son prénom, espérant dénicher la fillette. Rien. La gare se vida, la petite n'était toujours pas en vue.

— Elle ne peut pas être bien loin, fit Robert pour se calmer.

Il sentait son cœur battre la panique.

Il prit sa valise, fit le tour de la gare, avertit le contrôleur, s'informa à quelques personnes s'ils n'avaient pas vu une petite fille seule, en pleurs, chercher son père. Tous firent signe que non.

Robert manquait de souffle. Son estomac se comprimait. Sa Judith. Il marcha le long des rails, bifurqua vers chez lui. À quelques mètres du pont, il devina une minuscule silhouette aux cheveux noirs qui, assise sur la rampe, regardait courir l'eau. Il se précipita, soulagé. Rendu près d'elle, il remarqua qu'elle ne semblait pas apeurée, qu'au contraire, elle était très détendue, heureuse. Il se calma à son tour, s'approcha encore davantage et enjamba le bord pour s'asseoir à ses côtés. Ils regardèrent l'eau en silence. Ce fleuve l'avait accueilli si souvent, sa fille l'avait-elle ressenti en allant vers lui? en le regardant ainsi? Il passa un bras autour de ses épaules :

— Regarde le fleuve.

Elle leva les yeux vers lui, puis les abaissa à nouveau sur le fleuve.

— L'eau est noire tandis que l'écume est blanche.

Il parlait lentement pour lui laisser le temps de comprendre ses paroles.

— Le noir et le blanc forment du gris. Pourtant, la noirceur de l'eau et la blancheur de l'écume restent distinctes. C'est cette distinction, cette différence qui les rend inséparables car qu'est-ce qu'un courant sans écume et qu'est-ce que l'écume sans l'eau?

La fillette fixait son papa. Ce monsieur lui plaisait car il parlait si bien.

— Entre eux, reprit-il, il n'y aura jamais de gris, comme entre le ciel bleu et ses nuages.

Elle fit signe que oui.

— Quelquefois, reprit-il, c'est cette différence et ce besoin de s'unir qui créent des liens invincibles.

Il raconta à sa fille la fontaine de Pavlovitchi. Il lui dit Katia, la rivière, la forêt et il lui chanta *Kalinka*.

— Cette chanson, ma fille, c'est le lien qui unit l'eau et l'écume, les nuages et le ciel, une Russe et un Français.

Une fontaine et une chanson. L'imagination d'enfant à l'œuvre, Judith voyait cette belle légende comme l'on feuillette les contes de fée. Elle décida qu'elle aimait son papa. Entre elle et Robert, comme entre l'eau et l'écume, entre le ciel et les nuages, entre une Russe et un Français, il n'y aurait plus de gris.

— Viens, ma belle. Rentrons maintenant. Les autres doivent être inquiets.

Judith prit la main de son père, de cet artiste qu'elle vénérerait à présent sa vie durant.

D'abord, ce fut un roulement lointain semblable au tonnerre, puis un grondement menaçant de moteurs en trombe. Ensuite les vrombissements se transformèrent en bruits assourdissants. Des sirènes hurlèrent, des gens crièrent et des bombes se déversèrent, tombèrent sur Paris. Des immeubles volèrent en éclats sur les passants paniqués. Les vitres éclataient. La terre tremblait. Les pleurs et les cris de fuite envahissaient les rues. Les Allemands bombardaient. Dans le ciel, entre les nuages calmes et pacifiques, flottaient dans la brise légère plus d'une cinquantaine d'avions Gotha. La mort pleuvait du ciel sous un beau soleil printanier de mars. Ses doux rayons n'amusaient plus personne. N'existaient désormais que ces sirènes affreuses qui annonçaient le désastre, le deuil, le feu, la fin. Les bombes broyaient Paris, la réduisaient en cendres. Entre les flammes éparses, Notre-Dame priait. Sous la fumée dense, la Seine parcourait ses rives. L'Arc de triomphe portait son nom avec ironie et la tour Eiffel semblait fondre dans le brasier de l'horizon.

Robert, assis sur un fauteuil, rassembla ses petits autour de lui, contre lui. De la fenêtre, il voyait la fumée et les flammes. Judith pleurait dans ses bras. Théophile, petit géant, bravait ses tremblements en restant figé, les mains sur ses oreilles pour taire les sirènes. Ruth, à genoux, priait, demandait à Dieu d'épargner les Parisiens des bombes allemandes. Abraham et Madeleine, aux pieds de Robert, se serraient l'un contre l'autre. Aucune larme ne coulait sur leur visage, seule la peur se lisait mais une peur qui venait du ciel, qui tombait du ciel. Une vraie peur sortie des nuages qui réduisait le paysage en cendres, en décombres, en poussières et en débris.

Puis le silence vint, surgissant aussi rapidement que le bruit. Il fit peur aussi.

Madame Bouvard entra dans le salon en les surprenant tous. Elle était aussi grise que ses cheveux. Elle alla vers Abraham et Madeleine, s'assit sur le sol et ils restèrent ainsi longtemps. Ensemble peut-être qu'ils trouveraient le courage d'affronter leur ville dévastée.

— Je vais préparer quelque chose pour le repas, annonça Marguerite en se levant après un moment. Allez, il ne nous est rien arrivé, alors bougeons.

Robert la regardait fixement.

— Nous ne sommes pas pour arrêter de vivre avant même qu'une bombe ne nous tombe dessus. Remuez-vous !

Elle avait bien raison. Les enfants se séparèrent de leur père petit à petit, allèrent à la fenêtre. De là, ils virent la guerre pour la première fois.

— Allons, les enfants, éloignez-vous de là.

Robert les poussait vers l'intérieur.

— Pourquoi ils ont fait cela, papa ? demanda Abraham.

Cinq têtes se levèrent vers lui, attendaient une réponse. Dix yeux cherchaient à savoir.

— Pourquoi, papa ?

Il aurait bien voulu avoir son père à qui poser la même question.

— Je ne le sais pas.

— Mais pourquoi tu ne le sais pas ? On ne leur a rien fait aux Allemands. Pourquoi ils font brûler notre ville ?

Robert ne sut que répondre.

— Je pourrais vous dire qu'ils sont fous mais ils ne le sont pas. Une guerre, Abraham, ça rend les hommes pourris. Ton voisin devient ton ennemi. Une guerre, c'est le rejet des différences alors que ce sont les différences qui font la force d'un pays. Une guerre, c'est de l'incompréhension : l'incompréhension de deux pays différents, de deux langues différentes, de deux religions différentes et même de deux sexes différents. C'est un manque de respect pour la différence.

Abraham ne comprit pas les explications de Robert, les quatre autres non plus d'ailleurs, mais il se dit que lorsqu'il serait grand, il saisirait le problème des guerres et les expliquerait à son père qui ne savait pas tout, finalement.

Après le repas qu'ils mangèrent du bout des lèvres, les enfants se mirent au lit sans se plaindre, sans sommeil et sans aucune envie de dormir. Ils entendirent Robert sortir sur la pointe des pieds. Ils ne fermèrent pas l'œil avant son retour, plusieurs heures plus tard. Au moins, quand papa était là, la guerre ne les tuait pas.

Dix-sept jours plus tard, les avions revinrent. On aurait cru revoir les mêmes scènes d'horreur, mais ce n'était pas le même quartier qui brûlait. La panique, les pleurs et les cris étaient semblables, mais ils venaient de nouvelles victimes qui s'ajoutaient au nombre des morts.

Avec la même peur mais plus calmement, les enfants, madame Bouvard et Robert attendirent que le bombardement cessât. Les uns contre les autres, ils fixaient le mur, le regard vide. Au retour du calme, ils devancèrent madame Bouvard et allèrent dans la cuisine se chercher quelque chose à faire pour oublier que là-bas, non loin d'eux, la mort avait frappé.

Faubourg Saint-Honoré. Devant chez Odile, des brancardiers transportaient des blessés. Deux infirmières causaient avec une religieuse près de l'entrée. Robert scruta le magnifique hôtel particulier d'Odile qui n'étincelait plus au soleil. La poussière des explosions avait grisaillé le paysage parisien. Il passa à côté des trois femmes en les saluant puis entra. Partout dans le hall, autour du bel escalier, des couchettes et des blessés jonchaient le sol, ne laissant qu'un étroit espace pour circuler d'une pièce à l'autre. Plusieurs victimes gémissaient en se tordant de douleur alors que d'autres dormaient d'épuisement.

Odile l'aperçut du salon.

— Robert ! s'écria-t-elle joyeusement en s'élançant vers lui à grandes enjambées. Ils tombèrent dans les bras l'un de l'autre.

— Vous êtes superbe ! complimenta-t-il. La guerre vous sied à ravir.

— Ne mentez pas, poltron, le blanc fait ressortir mes taches de rousseur.

Bien qu'elle eût raison, il ne trouvait pas que cela la désavantageait. Même vêtue en infirmière, elle avait fière allure.

— Voulez-vous boire quelque chose ? Je crois qu'il me reste un rouge agréable quelque part dans mes appartements.

— J'accepte volontiers. Il y a bien longtemps que je n'ai bu un bon vin.

— Alors, montons.

Elle passa devant lui. Elle ne paraissait nullement importunée par tous les corps étendus, par l'infecte odeur ou par le sang qui avait souillé ses tapisseries de luxe, ses tapis d'orient et sa jupe de garde-malade. Sa prestance l'impressionnait.

— Arrêtez de me regarder ainsi et venez.

Il monta les marches deux à deux et la rejoignit. Dans sa chambre, dont elle avait transformé une partie en salon, elle déboucha la bouteille en lui demandant :

— Qu'est-ce qui vous a fait venir ici, aujourd'hui ? Je sais que vous avez regagné Paris il y a quelques mois déjà. Pourquoi n'êtes-vous pas venu me voir avant ?

Il haussa les épaules.

— Je suis étrange, Odile. Je pense souvent à vous, mais il me faut beaucoup de courage pour venir vous voir. Vous êtes le mystère de ma vie. Je vous fuis mais je vous reviens toujours.

— Je me demande si ce que vous venez de dire est très flatteur.

— Ni flatteur ni désobligeant, croyez-moi. Je vous ai simplement exposé mes sentiments ambigus.

L'après-midi fut agréable, comme chaque fois qu'il en passait un avec elle. Les heures s'égrainaient comme si elles eussent été des minutes. Elle lui fit part de ses dernières lectures et de ses récentes sorties. Elle lui parla de ses rencontres et lui raconta les scandales qui continuaient à occuper le Tout-Paris malgré les bombardements. Il l'écoutait, ravi d'oublier la guerre.

— Vous êtes un baume pour mon cœur, Odile.

— Peut-être, Robert, mais pendant que je panse votre cœur, les blessés en bas attendent que je bande leurs plaies. Je suis désolée de mettre fin à cette rencontre charmante, mais on a besoin de moi.

Ils se levèrent, se firent face. Yeux dans les yeux, leurs tempes faillirent éclater.

— Je n'ai hélas pas le temps pour des futilités, dit-elle en rompant le charme. Peut-être après la guerre.

Il l'embrassa sur les joues.

— Sûrement après la guerre, redit-il en refermant la porte de l'hôtel particulier d'Odile Doyet.

D'avril à juin, ce fut la *Grosse Bertha* qui bombarda Paris. Avec une portée de plus de cent kilomètres, elle dévastait des quartiers entiers. Seules les îles du centre de la Seine et certains coins comme le douzième arrondissement furent peu ou pas touchés. Partout ailleurs, les tirs firent rage, démolissant des immeubles, saccageant des rues, tuant. Lorsque le dernier canon à longue portée, posté sur le Mont-de-Joie, tira son dernier obus, Paris, détruite, soupira de soulagement. Les Allemands perdaient du terrain et avec leur recul, la guerre aussi finissait.

Des grèves poussèrent un peu partout. À bout de souffle, les femmes ne fournissaient plus la guerre des hommes. Elles cessèrent toute production. Les confectionneuses militaires, les employées de banque, les vendeuses de l'alimentation, les serveuses de restaurant, les cheminotes, les employées de la Caisse d'épargne et celles des usines Renault et Salmson. On avait trouble à dénombrer les conflits tant ils étaient nombreux. Lasses de tout fournir, les maris, les fils à tuer et les multiples produits militaires, fatiguées par les longues journées d'ouvrage et les courtes nuits de repos, ennuyées par les nombreux impôts et par les inévitables taxes, découragées par plus de mille jours de guerre, les femmes revendiquaient le retour à la vie ou elles rendaient leur tablier.

Comme si la *Grosse Bertha* et les grèves ne suffisaient pas, un autre cataclysme s'abattit sur Paris et sur le monde. Venue d'Espagne, une grippe meurtrière s'attaqua aux citadins, se mit à assassiner en un temps record autant de monde que la guerre en avait tué en quatre ans. Ce fut avec les chaleurs de juillet que la voyageuse se profila en ville. D'abord, on ne parla que de quelques cas isolés, mais bientôt on dénombra quatre cents nouveaux malades par jour. Chaque matin, des chariots ramassaient les cadavres. Des fosses communes s'improvisaient sans réussir à engloutir tous les corps. Il était presque impossible d'assister à une messe mortuaire unique. Plus aucune famille qui n'accusât au moins une victime de la guerre, de la grippe ou des deux. Paris portait le deuil de ses vestiges et maintenant, celui de ses enfants.

Sitôt qu'il fut de mise de porter un masque à gaz pour sortir dans les rues, quelques Parisiens réagirent en personnalisant le leur. Officiellement de couleur sombre et neutre, on vit apparaître sur les visages des masques criards, fantaisistes ou totalement de mauvais goût. Comme la mode s'adapte à tout, les bourgeois et les aristocrates portaient le leur griffé. Cela donnait à la ville un drôle d'air. Les femmes bien vêtues sortaient de l'Opéra Garnier la tête haute mais la coiffure plate. Les hommes en complet-cravate arboraient une mine de science-fiction. La terre entière se masquait, honteuse de ces heures de guerre à peine terminées.

Madame Bouvard attendait Robert avec impatience. Madeleine et Abraham geignaient près d'elle. En sueur, la forte fièvre les faisait délirer. Au salon, Ruth occupait Judith avec des poupées pendant que Théophile surveillait l'arrivée de Robert.

— Le voilà, Mamie Bouvard. Le voilà !

Il traversa le salon à la course vers la chambre.

Pour confirmer l'annonce, Robert entra et enleva son masque. L'air déprimé, d'une démarche abattue, il alla vers ses deux aînés et Marguerite. Théophile et Ruth le suivirent, laissant Judith au milieu de la salle de séjour à jouer avec insouciance.

— Qu'a dit le médecin ? s'informa madame Bouvard.

Robert la dévisagea les yeux défaits. Il tomba assis au pied du lit d'Abraham et éclata en sanglots. Il pleura comme il avait rarement pleuré. Ses épaules tressautaient. Son corps entier tremblait. Ses petits. Il les revit chez ses parents, à la table du dîner lorsqu'il était revenu de Russie. Abraham et Madeleine le scrutaient avec curiosité par-dessus leur bol de soupe, s'interrogeaient l'un l'autre pour savoir qui il était. D'aussi loin qu'il se souvenait d'eux, il les voyait ensemble, étroitement unis. En fait, ils étaient si près l'un de l'autre que même la mort ne les séparait pas.

Robert lança un cri d'animal traqué. Pas ses enfants. Madame Bouvard le prit dans ses bras. Théophile lui caressait la main. Même Ruth, si peu expressive d'habitude, posa sa main d'enfant sur ses genoux. Judith alla vers le groupe, se fraya un chemin jusqu'aux cuisses de son père. Elle se mit à pleurer. Tous l'imitèrent longtemps.

L'un après l'autre les plus jeunes dirent adieu à Abraham et Madeleine. Chacun à sa manière comprenait que plus rien n'était pareil depuis la guerre, depuis les bombardements, depuis l'influenza. Madame Bouvard boucla leurs valises et quitta Robert avec les trois jeunes vers la fin de l'après-midi. Walid Rabbath avait accepté de les accueillir chez lui jusqu'à la fin de l'enterrement. Malgré le drame, Théophile et Judith profitèrent de ce séjour pour se lier d'amitié avec Bachir, l'unique fils de Rabbath. Peut-être voulaient-ils se prouver que la vie continuait.

Robert veilla ses deux enfants nuit et jour. Il leur donnait de la soupe, les obligeait à boire et à manger. Abraham faiblissait à vue d'œil. Madeleine ne s'éveillait presque plus. Il leur parlait. De leur mère d'abord, du peintre qu'elle était, puis il leur raconta les nuits au café Ronnet, le roman qu'il avait écrit en Russie, à Pavlovitchi. En se rappelant ces jours heureux, des larmes lui vinrent aux yeux. Si Katia avait pu être avec lui pendant ces heures noires, peut-être n'eussent-elles été que grises.

Madeleine rendit son dernier souffle. Dépassé par la mort de sa fille de douze ans, il la tint longtemps contre lui à chanter des chansons joyeuses d'enfants vivants. Il lui caressait les cheveux, lui disait combien il l'aimait. Il récita machinalement le Qaddich, déchira la manche de son veston et enleva ses chaussures. Pour lui, le deuil ne s'exprimait que de cette façon. Lorsqu'il se calma un peu, qu'il permit à la réalité de s'installer, il leva les yeux au ciel.

— Je te rends ta fille, Isabella. Prends bien soin d'elle. Je te la confie.

Épuisé, il s'endormit contre le corps de Madeleine. Dans ses rêves perturbés, les rires et les pleurs se succédaient, se confondaient. Tristesse et joie ; vie et mort. Madeleine n'était plus.

Lorsqu'il ouvrit les yeux, la nuit était tombée. Il alluma une chandelle en guise de veilleuse, alla voir Abraham. Son fils de treize ans ne respirait plus. Dès lors, Robert sombra. Son petit était mort durant son sommeil. Il piqua une colère. De rage, il arpenta de long en large la chambre comme s'il était en cage, blasphémant contre Dieu, jurant contre les hommes. Il maudit le monde entier, se damna lui-même. On lui avait volé ses enfants, volé une partie de lui mieux que lui, plus que lui. Il se laissa tomber sur le sol. Il n'avait plus de forces, plus de courage, plus rien. Rien. Il ne lui restait qu'un néant au cœur que personne ne pourrait remplir. Il se figea contre un mur, ne bougea plus. Le jour pointa à la fenêtre puis déclina : il n'avait fait aucun geste. À peine s'était-il étendu sur le tapis pour attendre que l'ange de la mort passât encore et l'emportât, mais l'ange ne voulut pas de lui.

Walid Rabbath le découvrit le lendemain matin. Il le fit se lever, l'aida à marcher et à descendre l'escalier. Il l'amena chez lui où madame Bouvard s'en occuperait. Il retourna ensuite chez Robert, se chargea des cérémonies d'enterrement des enfants et de la désinfection de l'appartement. Lorsque tout fut à nouveau en ordre, il rejoignit madame Bouvard.

— Je ne savais pas trop comment les faire enterrer, lui dit-il. Robert est sa seule religion. C'est un peu embêtant. J'ai organisé un sage mélange. Le rabbin du quartier récitera les prières nécessaires, il ne fait déjà que cela pour des centaines d'autres. J'ai aussi semé des fleurs sur la terre qui recouvre leurs deux petites tombes. Des vivaces. Je pense que c'est ce que Robert aurait fait, s'il avait eu toute sa tête. Les fleurs, c'est comme la *Rosa prena* je pense. Au fait, comment va-t-il ?

— Mieux. Il a mangé un peu. Il s'est rasé. Il reprendra sa vie en main bientôt.

— Il aimait tellement ses enfants.

— Je lui ai justement rappelé qu'il en avait trois autres bien vivants, fit Marguerite.

— Vous avez eu raison.

L'influenza fit vingt millions de morts sur les cinq continents. Il s'agissait de la pire manifestation de pandémie mortelle que la race humaine eût jamais connue.

Cinq ans jour pour jour après l'attentat de Sarajevo, dans la galerie des Glaces à Versailles, Clemenceau, Lloyd George et Wilson ratifiaient le traité de Versailles. En vainqueurs, ils firent le tour des bassins du parc sous les acclamations de la foule en liesse. L'Allemagne n'avait plus aucune puissance : le monde pourrait vivre en paix. Pendant ce temps, à Berlin, André-François Poncet, visionnaire ou simplement réaliste, écrivait : « Les Allemands briseront les chaînes dont on les charge aussitôt qu'ils le pourront. »

CHAPITRE CINQ

ATHÈNES – ISTANBUL – ÉRIVAN
1900-1915

S'il n'avait fallu choisir qu'un mot pour décrire Samuel Derderian, ce mot eût été « histoire ». Non point tel un conte pour enfant, mais plutôt comme on se souvient car Samuel Derderian refusait d'oublier. Il tenait peut-être ce caractère de son état d'orphelin. Sans racines connues, il avait passé son enfance à chercher ses origines. Adopté par un oncle cultivé, il n'avait eu de cesse de lui poser maintes et maintes questions, comme si dès sa venue au monde il fallait tout savoir. Hélas, sitôt que ses pensées s'ordonnèrent, l'oncle lui avoua être dépassé. L'origine des inégalités, les preuves de l'existence de Dieu, l'éternité de l'âme : malgré l'amour et la reconnaissance que Samuel témoignait à son tuteur, il réalisa que Hagop ne détenait pas toutes les réponses même s'il était professeur. Aussi il était parti. Il avait non seulement quitté cet oncle qu'il adulait, mais aussi l'Arménie, cette terre de pierre sèche et aride qui lui avait pourtant donné naissance.

Après avoir déambulé jusque dans les Balkans, Samuel s'était levé un matin au cœur de la Grèce, croyant naïvement que l'un des berceaux de la connaissance et de la réflexion occidentale détenait ses raisons de vivre.

Il avait fréquenté l'université. Éternel insatisfait, il avait étudié toutes les écoles de pensée. Ainsi, il pouvait se dire et se dédire avec art, émettre des hypothèses et des antithèses jusqu'au délire, perdre quiconque ne pouvait ingérer comme lui autant de phrases à la minute, autant de livres à la semaine ou avoir autant de réflexions à la seconde. La nuit dans les cafés, avec quelques érudits insomniaques et alcooliques, le teint anémique mais les yeux exaltés, il conversait. Il contredisait pour le plaisir ses interlocuteurs même s'il partageait leur opinion, fouillait des jours entiers pour saisir un sujet s'il n'avait pas réussi à faire changer d'idée son vis-à-vis.

Par contre, s'il tint sa culture de ces journées interminables, ce fut de ses cours d'été qu'il retira l'enseignement qui allait le transformer.

Lárissa, située entre les monts du Pinde et le golfe de Salonique, était une vieille ville reconnue pour quelques vestiges romains de grande valeur. C'était là-bas, dans une villa cossue inspirée de l'architecture de Pompéi, que Constantin Orfanoudakis, un historien octogénaire retraité de l'Université d'Athènes, recevait tous les étés huit étudiants qui, en futurs érudits, désiraient profiter des vacances pour parfaire leur savoir. Il possédait une vaste demeure et y donnait ses classes dans la cour intérieure. C'était tout ce que savaient les étudiants qui patientaient à la gare depuis plusieurs heures.

Théodora Orfanoudakis détestait se soucier, s'inquiéter ou s'interroger. Elle exécrait les nuits perturbées par les problèmes personnels. Elle avait horreur des explications interminables qui ne menaient nulle part. Les conversations intellectuelles abstraites lui déplaisaient particulièrement et les grandes questions politiques, économiques ou sociales la laissaient complètement froide. Aux élans de passion, aux folies passagères et aux soubresauts de l'esprit, elle préférait la continuité, les longs mouvements et la stabilité. L'immobilité, loin de lui déplaire, la rassurait. Elle s'était mariée sans sentiment et avec raison. Constantin lui procurait son confort habituel et le luxe qu'elle désirait. Il se préoccupait d'elle suffisamment et ne lui inspirait que de l'affection. Sa vie était rythmée par ses propres règles et lorsqu'elle rencontra Samuel, elle ne les avait jamais trompées.

Samuel soupira longuement puis se reprit. Mieux valait faire contre mauvaise fortune bon cœur et tenter de passer le temps en s'occupant. Il tenta de prendre un livre, mais son sac de voyage s'éloigna de lui dès qu'il tendit la main pour le saisir. Il haussa un sourcil narquois et continua le jeu. D'un geste brusque, il essaya de nouveau. Le sac agile s'éloigna de lui d'un seul bond. Samuel, nullement dupé par son sac acrobate, s'élança à sa poursuite et d'un élan, s'écroula dessus. Le sac s'avoua vaincu et Samuel sourit de contentement. Sa conquête fut accueillie par un rire fort auquel il répondit avec entrain.

— Tu ne vas pas encore lire ? provoqua celui qui avait noué une ficelle aux sangles du sac, tu n'as fait que cela dans le train.

— Je pensais...

— Penser, penser, tu n'arrêtes jamais. Sois drôle, j'ai envie de m'amuser.

Samuel dévisagea son ami d'un air conciliant. S'il avait vaincu le sac, comme Napoléon l'Italie, devant Paul, il vivait toujours son Waterloo.

— T'amuser, rigoler, perdre ton temps, tu ne sais faire que cela.

Paul Caramanlis haussa les épaules et exprima une moue qu'il savait irrésistible. Adonis paresseux, unique héritier d'une famille de commerçants bourgeois, il n'avait d'autres intérêts dans la vie que la séduction. Doué, il étudiait à l'université afin de mieux dénigrer le métier pourtant respectable de ses ancêtres et allait à Lárissa suivre des cours d'été pour éviter de vivre chez ses parents.

Des hurlements joyeux remplirent la gare. Tous les autres étudiants s'agitaient en apercevant la voiture qui s'en venait. Heureux, ils reprenaient vie, récupéraient leurs paquets et s'élançaient en faisant des signes joyeux de la main.

Découpée à l'arrière-plan par un boisé et par les magnifiques monts du Pinde, une superbe demeure blanchie à la chaux fit naître des cris enthousiastes chez les étudiants. Enfin, ils pourraient se reposer. Ils descendirent de la voiture et portèrent leurs bagages jusqu'au portail en fonte blanc où des lettres de bronze annonçaient le nom du propriétaire. On vint leur ouvrir et ils traversèrent une arche haute et longue qui donnait sur une galerie en pourtour de la cour intérieure.

Pendant que les autres se poussaient pour entrer, Samuel regardait la maison. De sa vie, il n'avait vu pareille résidence. Deux étages, sertis de nombreuses fenêtres closes par des volets bleus, s'étendaient sur des mètres et des mètres et malgré l'entrée imposante, aucune maison à l'horizon n'occupait un autre terrain. Toute cette région appartenait à ce professeur richissime. Samuel soupira d'envie. Si des valeurs profondes de justice régnaient dans son esprit, ses ambitions personnelles l'imploraient d'appartenir un jour à l'élite pour s'offrir un tel paradis.

La maison scintillait, majestueuse au milieu de cette verdure impressionnante. Les autres étudiants ne le remarquèrent même pas. Venant de familles nanties, ils agissaient comme s'ils entraient chez eux. Samuel passa en dernier. Il traversa l'arche où la fraîcheur de l'ombre lui redonna quelque énergie après son long séjour au soleil. Comme il marchait lentement pour profiter de ce répit, il vit apparaître la cour intérieure comme une oasis se dessine à l'horizon. D'abord, pour cacher le mur du fond, il y avait des vignes qui grimpaient le long du rempart. Au centre, entre des arbres regorgeant de feuilles lourdes et de fleurs vives, un bassin d'eau fraîche où coulait une fontaine sculptée. Plus près de lui, non loin de l'entrée, des feuillus gigantesques jetaient de l'ombre sur un pavé où des chaises, autour d'une longue table, accueillaient déjà les étudiants. Juste à côté d'un des arbres magnifiques de la véranda, il y avait une carcasse d'agneau embrochée qu'un cuisinier rôtissait lentement au-dessus d'une braise ardente. L'odeur l'allécha. Il avança un peu et remarqua alors que, de chaque extrémité, deux escaliers cachés sous la galerie permettaient d'accéder à l'étage à partir de la cour. Quelques colonnes blanches retenaient le toit incliné de grès rouge, des voiles légers suspendus aux portes ouvertes ondulaient sous la brise douce.

Lorsque Constantin Orfanoudakis remarqua Samuel Derderian pour la première fois, à travers le brouhaha de la cavalerie, il ressentit une pointe d'intérêt, cas rarissime s'il en fût. Alors que certains étudiants s'étaient affalés à l'ombre sur des chaises, que d'autres tentaient de séduire son épouse, le jeune homme, ému et extasié, n'avait d'yeux que pour cette cour que lui-même affectionnait tendrement.

— Monsieur Derderian? interrogea le professeur.

Samuel réagit enfin.

— Votre ami a choisi la chambre du fond, là-bas, en haut du balcon. Allez le rejoindre le temps de vous rafraîchir. Nous ne servirons le méchoui que dans deux heures.

Samuel détala à la course et se retrouva vite devant la porte ouverte de leur chambre. Il jeta un œil sur la cour, pour avoir une vue aérienne, et émit un sifflement d'admiration. D'où il était, il voyait parfaitement la cime des arbres, les fleurs sauvages et il entendait le doux clapotis de l'eau de la fontaine. Il remarqua alors les poissons tropicaux qui naviguaient calmement entre des nénuphars fleuris. C'était le plus bel endroit du monde.

— Qu'en penses-tu? s'informa Paul qui l'avait rejoint.

Samuel se retourna pour faire face à celui qui partageait ses études depuis qu'il vivait à Athènes.

— C'est formidable!

Un sourire moqueur, presque imperceptible, parut sur son visage.

— Pas la cour, espèce de bougre, la femme d'Orfanoudakis.

— Madame Constantin Orfanoudakis? souligna Samuel malicieusement.

— Oui, madame Constantin Orfanoudakis, reprit Paul exaspéré.

Samuel fit semblant d'hésiter, question de taquiner la patience précaire de son ami.

— Elle ne déroge pas au paysage non plus.

Paul éclata de rire.

— Tu savais très bien de quoi je parlais.

Ils riaient, encore. Ensemble, il semblait à Samuel qu'ils ne faisaient que cela.

— Effectivement, fit Samuel, elle est un beau spécimen féminin. Tu la veux dans ta collection de papillons ?

Paul, de trois ans son aîné, vantait continuellement ses conquêtes à Samuel qui n'en avait cure mais qui en riait avec joie.

— Oserais-tu douter de mes facultés ?

— En histoire, non, mais en matière de chasse aux papillons mariés...

Une heure plus tard, après s'être lavés sommairement, Samuel et Paul descendirent rejoindre les autres attablés pour le méchoui.

Théodora, assise sereinement près de son époux, se tenait le dos cambré, voluptueuse, amusée de l'émoi provoqué par ses charmes féminins.

Paul, pendant le dîner, combattit sans succès ses rêveries sensuelles tandis que Samuel se concentra rapidement sur l'aspect de Constantin, bien que de temps à autre un mouvement de Théodora vînt chercher son regard. Les cheveux blancs du professeur se striaient de filets gris. Une barbe, jaunie par la pipe et les cigarettes, bordait une bouche charnue aux lèvres molles. Des rides creuses, aux coins des yeux, accentuaient son regard pénétrant. Il n'était pas très grand, voûté, et semblait s'amuser de voir de jeunes écervelés se laisser émouvoir par des seins qui, même s'il les trouvait ravissants, ne lui inspiraient plus que quelques fantasmes passagers, comme si l'imagination, compréhensive, servait le corps vieilli qui ne répondait plus toujours aux appels primitifs.

Constantin attendit le dessert pour leur expliquer les règles de vie de la villa et les principaux sujets de ses cours. Dès qu'il commença à parler, Théodora se leva, l'embrassa doucement sur le front et se retira au bord du bassin, les pieds dans la retenue pour jouer avec l'eau et les poissons. Elle lui souriait quand il la regardait, mais dès qu'il tournait la tête, elle dévisageait Samuel. De tous les étudiants qu'elle avait connus, il était le premier chez qui elle reconnaissait une éducation. Jamais elle ne se serait avoué s'intéresser à lui parce qu'il l'ignorait. Cela lui eût créé des complexes et des questionnements auxquels elle ne voulait rien entendre. À l'inverse, elle admit lui trouver un minimum d'attrait parce qu'il ne semblait pas avoir été troublé par son charme et l'idée qu'un homme pût faire preuve de retenue la séduisait. Ensuite, elle reprit ses réflexions en le calomniant un peu, ajoutant que sa jeunesse, hélas, le rendait trop exubérant, mais elle lui pardonnait ce travers parce que l'attention dont il avait fait preuve en écoutant Constantin, sa manière de se tenir et la forme utilisée pour leur adresser la parole dénotaient une maturité précoce qui lui plaisait. Elle savait qu'il était le plus jeune des huit étudiants et qu'il s'était mérité une bourse d'excellence pour suivre les cours d'été de son époux, que contrairement à son copain, ce Paul Caramanlis, qui semblait avoir conservé les défauts de l'animal sans acquérir les qualités de l'homme, il avait de ses ancêtres hérité les talents là où l'autre avait pris la fortune. Bref, résuma-t-elle, elle préférait aux rentiers la gent universitaire qui, faute d'être riche, avait le bon goût de se faire valoir agréablement.

Constantin lui sourit. Elle lui rendit son sourire, un peu embarrassée qu'il le lui eût adressé alors qu'elle dévisageait ce Derderian.

Le soir tombé, après que les étudiants eurent regagné leur chambre, Constantin alla rejoindre son épouse, les yeux amusés. Elle était allongée sur le lit, le regard vague.

— Eh bien, Théodora, le jeune Samuel a sensiblement dérangé vos habitudes.

Elle se retourna pour ne pas le voir. Il s'assit près d'elle sur le lit.

— Il est effectivement très intelligent, fit-il encore.

Couchée sur le ventre, le visage enfoncé dans l'oreiller, elle n'osait le regarder.

— Voyons, ma chère, il est normal que sa jeunesse, sa beauté et sa vivacité vous intéressent, quoique je croie que vous êtes loin de ses préoccupations. Il est présentement absorbé par le désir de tout connaître. Laissez-le vieillir! Par contre, Paul Caramanlis vous a préférée au dîner.

Elle tourna la tête vers lui.

— Vous n'êtes pas fâché? demanda-t-elle.

— Non. Vous avez du goût. J'ai en moi la certitude que cet Arménien ira loin. Cela dit, ma chère, passez une belle nuit et cessez de vous torturer.

Il l'embrassa tendrement sur le front et la quitta sans savoir qu'elle ne s'encombrait jamais de ce genre d'émotion.

Sur le pas de sa porte, Constantin se demandait comment il pourrait empêcher sa femme d'admirer des hommes jeunes alors qu'elle n'avait droit à des étreintes et à des caresses que quelques soirs par mois? Il pénétra dans ses appartements, s'assit devant son bureau, prit une plume et prépara son premier cours. Quand il allumait une cigarette, il en profitait pour réfléchir à Théodora. Elle était l'incarnation du charme, de l'élégance et de la beauté. Elle avait une démarche sûre, un port de tête royal et une allure distinguée. Elle gesticulait précisément et ne posait aucun mouvement sans y avoir réfléchi. Il aimait suivre la valse de ses mains lorsqu'elle parlait. C'était ce qui l'avait charmé. Ce soir-là, elle fêtait ses dix-sept ans et trois mois plus tard, il l'épousait.

Il retourna à ses notes, griffonna quelques idées sur le papier. De l'écho de la cour lui parvinrent des pas et des chuchotements. Il sortit et devina, dans l'obscurité, Paul et Samuel qui s'amusaient près de la fontaine. Il remarqua aussi une silhouette, près de lui, qui les regardait, les bras pliés sur le rebord de la terrasse, la tête posée dessus. D'elle émanait beaucoup d'ennui. Il alla la retrouver.

— Vous ne dormez toujours pas ? demanda-t-il à Théodora.

Il lui parlait d'un ton doux et paternel.

— Non, le sommeil ne vient pas, fit-elle en soupirant.

— Chère amie, allez les retrouver et amusez-vous un peu, offrit Constantin qui n'était pour rien dans ses scrupules. Vous avez l'âge de rire et je ne peux dire de moi que je suis très amusant.

Elle ne le contredit pas. Bien qu'il dît vrai, cela ne l'importunait pas.

— Allez rire avec eux, Théodora, et le sommeil, par la suite, ne vous faussera plus compagnie.

Dans la cour, près du bassin, Paul vida l'eau froide de ses mains sur la tête de Samuel. Dos aux escaliers, il ne pouvait voir Théodora approcher. Samuel riait. Il adorait l'eau, la nuit et l'amitié de Paul. Soudain, il s'interrompit.

— Oh ! bon... bonsoir, madame..., bégaya-t-il poliment.

Paul crut d'abord que Samuel se vengeait de lui, puis il se retourna et la vit.

— Bonsoir, madame Orfanoudakis, bredouilla-t-il à son tour.

Il n'avait plus aucune envie de rire même si Samuel avait l'air fou. Théodora, devant tant de troubles, ne put s'empêcher de rire et ils éclatèrent tous les trois.

— C'est vraiment une nuit très chaude, salua-t-elle.

L'écho de leur bonheur blessa les oreilles de Constantin. Il enviait leur jouvence. La nuit appartient à la jeunesse et aux amants, pensa-t-il, et il entra, se déshabilla et se coucha. L'écho continuait de répercuter le plaisir d'une folle soirée. Des éclats d'eau, des cris étouffés, des rires.

Théodora délaça ses sandales et marcha dans le bassin. Le bas de sa robe légère trempait dans l'eau et soudain, le vêtement découpa chacune de ses courbes. La pointe de ses seins nus se dressa et son corps fut parcouru de frissons délicieux. La pénombre ne pouvait étouffer la sensualité aux yeux de Paul et il demeura

171

bouche bée d'admiration. Tout en lui la désirait. Samuel, de son côté, trouva l'idée géniale, enleva ses souliers et ses chaussettes, puis alla dans l'eau à son tour.

— Allez, viens! invita Samuel qui ne saisissait pas l'immobilité de son copain.

Paul, dérangé par sa sexualité que l'obscurité discrète avait la bonté de taire, tiraillé par des millions d'hormones qui ne demandaient qu'à éclater, finit par détacher ses chaussures, oublia ses chaussettes et sauta dans l'eau en s'éclaboussant afin que sa fraîcheur calmât ses ardeurs. Quand il se rendit compte que du tissu encombrait encore ses pieds, il réalisa aussi que Théodora et Samuel se payaient sa tête. Au lieu de s'emporter, beau joueur, il s'assit dans l'eau, puis s'y allongea.

— Ah!!! s'exclama-t-il, moi, je n'ai plus chaud!

Il n'ajouta pas que la chaleur provenait moins du climat méditerranéen que de la Grecque elle-même.

Samuel toisa Théodora et, ensemble, ils se retrouvèrent au fond du bassin. La retenue débordait sur l'herbe, la fontaine s'ébrouait sur eux, les poissons zigzaguaient entre leurs corps tandis que les nénuphars fleuris tanguaient sur les vagues qu'ils propulsaient. En silence, pendant plusieurs minutes, ils savourèrent la magie du moment.

Théodora prenait conscience de son bien-être. L'eau, à la hauteur de ses oreilles, la berçait. Les poissons, aventuriers, la chatouillaient. Le ciel, magnifique, resplendissait. Les deux hommes, à ses côtés, l'amusaient. La crainte l'envahit aussitôt. Tôt ou tard, les êtres aimés trahissaient l'affection qu'on leur portait. Elle se releva d'un bond.

— Je crois, Messieurs, que je suis assez rafraîchie, fit-elle d'un ton qui se voulait sec.

Paul et Samuel demeurèrent trop surpris pour tenter de la convaincre de rester avec eux, et avant qu'ils n'aient le temps de réagir, elle se sauvait déjà en espérant semer la joie, s'éloigner d'elle pour qu'elle l'oubliât et ne la retrouvât jamais.

Paul et Samuel, silencieusement assis dans le jardin le lendemain soir, regardaient la fontaine et le bassin. Derrière le mur du fond de la cour, le soleil disparaissait. Les montagnes lumineuses, devant les flammes du ciel, découpaient l'horizon. La nature étanchait sa soif en buvant la rosée. Des teintes pourpres du spectacle, ils devinèrent que le jour prochain serait torride.

Samuel éclata de rire. Paul se tourna vers lui.

— Je viens de te revoir au milieu de la scène, cet après-midi, lorsque tu priais Athéna dans ces vestiges du théâtre antique. Tu avais l'air complètement absorbé par un rôle que tu improvisais. Tu as été formidable !

Paul tourna son regard avec lassitude et amertume vers la fontaine et sans faire un geste, le quitta et monta à leur chambre. Samuel l'observa sans se douter des tiraillements troublants de son ami, sans imaginer le fondement de cette réaction. Il ferma les paupières et savoura le calme de la cour pendant de longues minutes.

— Vous avez eu bien du plaisir, la nuit dernière, fit Constantin qui interrompit sa méditation.

Samuel parcourait la cour des yeux, s'attarda un instant sur le bassin et revit le papillon de Paul courir jusqu'à la galerie. L'exquise silhouette de Théodora, sous ses vêtements mouillés, n'éveillait pas chez lui la même intensité de désir que chez Paul, mais elle ne le laissait pas non plus indifférent.

— J'aimerais que vous soyez amis, Théodora et vous. Elle est très seule, en vérité.

— Et pourquoi me vouez-vous cette affection particulière ?

— Parce que les autres n'ont pas votre éducation et que Théodora adore vos manières. Elle m'a dit ce matin que vous l'amusiez beaucoup. Elle vous trouve gauche, au premier feu de

173

l'âge et distrayant! Votre fini, c'est l'expression qu'elle emploie pour les bonnes manières, lui est agréable. Et puis, depuis que je reçois des étudiants ici, c'est la première fois qu'elle remarque quelqu'un.

Samuel resta sans voix. Orfanoudakis se hissa de sa chaise douloureusement. Samuel le regarda, compatissant.

— J'ai confiance en vous, Derderian. Je sais que mon épouse sera heureuse en votre compagnie.

Il monta lentement jusqu'à sa chambre.

Samuel, seul, alla à la fontaine, se dévêtit et se coucha dans l'eau. Enfin au frais, nu, il réfléchit aux paroles d'Orfanoudakis en jouant des jambes dans la retenue froide. Théodora. Comment pouvait-elle s'intéresser à lui alors qu'ils ne se connaissaient pas?

Cette dernière, de la galerie, profitait du masque de la nuit pour l'épier et le regarder se déshabiller. Son corps n'avait rien d'athlétique, mais il reflétait la souplesse et la force naturelle de la jeunesse et le voyant étendu dans l'eau, elle avait envie de s'y confier. Qu'est-ce qui la retenait? Quelques minutes plus tard, elle se tenait devant lui.

— Êtes-vous bien, monsieur Derderian? s'informa-t-elle.

Elle le scrutait des cheveux aux orteils, moqueuse.

— Je devrais être choquée! s'exclama-t-elle en savourant cet instant volé à la pudeur.

— À cause de ma nudité? demanda Samuel.

— Que croyez-vous là? Certainement pas! Je devrais être choquée parce que vous ne m'avez pas encore invitée à me joindre à vous.

Elle défit les agrafes de sa robe, la laissa tomber doucement et du pied, l'envoya valser au loin. Nue, sans aucune réserve, elle s'empressa de le rejoindre et ils se mirent à parler. Elle lui confia son enfance perturbée et les arrangements de son curieux mariage, lui dévoila qu'elle s'était bâtie d'indifférence pour survivre dans un monde qu'elle ne comprenait pas. Chaque mot qu'il entendait d'elle criait une injustice séculaire qu'il découvrait seulement maintenant. Implacable, comme s'il était lui-même coupable, Théodora lui parla de cette violence ressentie d'être reléguée au décor de l'Histoire, au butin ou à l'oubli ; du deuil de ses rêves que chaque femme portait car les choix qu'on lui offrait n'en étaient pas vraiment. Elle lui raconta comment elle avait payé son droit d'apprendre à lire en caresses grossières et douloureuses, sa beauté en regards inquisiteurs et jaloux. Comment, révoltée contre ces crimes impunis qui jalonnaient sa vie, elle s'était imposé le châtiment de ne jamais aimer.

Samuel n'avait pas su lui dire comment elle l'atteignit ce soir-là. S'il avait été question d'une autre femme, il aurait pu lui raconter n'importe quoi, mais la fragilité de Théodora obligeait l'honnêteté. Il lui avait donc seulement dit qu'elle s'était saisie de son amitié et que maintenant qu'elle possédait ce jardin, elle pouvait le cultiver tendrement ou le piétiner sans retenue. Il ne pouvait plus rien y faire. Au matin, lorsqu'elle regagna son lit, elle comprit qu'il était trop tard pour s'en défendre, que désormais Samuel possédait une partie de son âme. Elle s'étendit sur son lit et pleura, par avance, en sachant bien qu'il n'avait rien ravi, mais que malgré lui, il s'enfuirait avec comme un voleur.

Un vent de tempête, humide et chaud, balayait les pavés déserts de l'université. Durant son cours d'éthique, assis près de la fenêtre, Samuel écoutait plus le chant des branches que le professeur plagier d'éminents penseurs. Il jeta un œil sur l'espace central. Quelques bancs de bois, un jet d'eau, un monument, des fleurs qui perdaient leurs pétales et plusieurs arbres qui ployaient sous le poids de la tourmente. Il remarqua pourtant, au pied d'un tronc, une silhouette qui avait les cheveux au vent et cette silhouette, il la connaissait bien. Qui d'autre que Paul pouvait s'offrir aux sarcasmes de la tempête sans s'en soucier ?

Il récupéra la feuille blanche devant lui, celle qui aurait dû être noircie de notes diverses et, enfilant son veston, se leva. Quelques étudiants se formalisèrent de son départ pendant que le maître, passionné par ses propres dires, continuait à discourir.

Une bourrasque le gifla lorsqu'il ouvrit l'énorme porte de chêne de l'édifice. Les yeux mi-clos pour se protéger du sable, il fonça à travers les allées vides jusqu'à Paul. Arrivé devant lui, il remarqua ses larmes. En complice, sans un mot, il le rejoignit sur le sol. Pendant de longues minutes, son ami émit des pleurs silencieux et fut parcouru de soubresauts.

Des nuages gris recouvrirent le ciel et une averse violente inonda la ville. Ni la pluie, ni les éclairs, ni le fracas de l'orage ne firent bouger Paul. Ses larmes se mélangeaient à l'eau. Son silence provoquait la tempête. Son malheur dérangeait Samuel.

— Si nous allions prendre un verre ? proposa-t-il. Le vin amortit l'esprit, délie la langue et a bon goût. Qu'en penses-tu ?

Paul suivit Samuel, nullement dérangé par les torrents qui tombaient du ciel. Devant un pub qui s'affichait ouvert, ils entrèrent, trempés. Samuel demanda un litre de vin blanc et, après le premier verre, il n'eut pas à poser de question, Paul entreprit de lui-même :

— Je n'ai plus de famille. Je n'ai plus d'argent. Je n'ai plus rien, qu'un vide trop gros pour être comblé par les papillons de mes chasses.

Samuel le laissa s'expliquer sans intervenir. Il savait que l'ouragan à l'extérieur ne valait pas la détresse qui saccageait son ami.

— Je ne terminerai pas la session et je n'irai pas avec toi à Lárissa cet été. La Théodora sera le seul papillon qui m'aura résisté.

Un sourire ironique se traça sur ses lèvres. Des propos sans suite se succédèrent. Paul parlait de tout puis, de rien. Son ton variait d'après le sujet. Quelquefois colérique, quelquefois douceâtre, souvent entrecoupé de silences. Le litre de vin fut suivi d'un autre.

— Je n'ai qu'une seule passion, Samuel, et c'est le théâtre. Pour mes parents, il eût mieux valu que je sois homosexuel. Lorsque je leur ai dit que j'envisageais d'aller à Paris passer l'été pour m'inscrire ensuite au Conservatoire, ils m'ont assommé de menaces. Mais leur argent, je n'en ai rien à faire. Je sais que je serai un grand comédien. Les langues étrangères, les vieux discours, je préfère jouer la vie que de l'étudier. Les philosophes, je préfère les étudier à travers leur vie plutôt qu'à travers leurs écrits. J'aurais voulu te ressembler, m'emporter de ta vivacité pour la sagesse de leurs messages, mais ce n'est pas moi.

Dehors, le soir était tombé et même le vent dormait. Au comptoir, il ne restait que le propriétaire qui comptait la maigre recette de la journée maussade et un employé qui essuyait les verres pour la énième fois.

Samuel comprit les mystères de son ami, ses fugues lorsqu'il avait essayé de parler de ce jour où, pour le plus grand plaisir d'Orfanoudakis, il avait joué un extrait de théâtre grec. Tant de gestes naturels chez Paul trahissaient son goût de la scène.

— Et quand pars-tu?

— Demain, un peu avant l'heure du déjeuner. Je ne pense pas revenir.

— C'est donc notre dernière nuit?

Il y avait de la nostalgie dans la question.

— Alors, nous ne la dormirons pas.

— Et qu'allons-nous faire? s'informa Paul. Où irons-nous? Tout est fermé par un temps pareil.

— C'est toi qui me demandes cela? fit Samuel, amusé.

Ils prirent leurs vestes qui avaient séché près du feu, saluèrent le propriétaire et sortirent.

— Et puis, reprit Paul en marchant, où allons-nous?

— Mais au bordel, Monsieur. Quant à vivre ma première relation sexuelle, aussi bien que tu me conseilles le papillon idéal.

Paul éclata de rire.

— Avoir su qu'il fallait que je quitte la Grèce pour voir naître ce jour béni de ta révolution sexuelle, je serais parti bien avant. Viens-t'en, l'ami, les plaisirs de la vie sont sur cette avenue.

Enjoués, bras dessus bras dessous et clopin-clopant, ils s'envolèrent vers les abîmes d'une putain réconfortante. Toute la nuit, ils burent et rirent sans penser à l'aube qui finalement se leva, sans imaginer que bientôt, ils porteraient le deuil de leur complicité.

Quelques heures plus tard, le train emporta avec lui l'amitié de deux jeunes hommes qui avaient eu en commun une soif de vivre insatiable et un besoin de se réaliser démesuré. Aucun adieu ne s'échangea en mot, qu'un signe de la main, discret. En eux, une seule certitude les accompagna vers leur destin : ils savaient que sans jamais se revoir, ils entendraient parler d'eux.

L'été suivant, Samuel séjourna à la villa Orfanoudakis avec d'autres étudiants. Constantin lui confia qu'il s'agissait de sa dernière année d'enseignement car il ne se sentait plus la force d'exprimer la grandeur des vieux écrits. Tant qu'à travailler médiocrement, il préférait s'abstenir. Il partagea donc ce dernier été avec Samuel, permettant à celui-ci de faire ses premières armes en pédagogie.

Comme il s'y attendait, Samuel s'avéra un excellent professeur et à la fin de l'été, Constantin lui remit une lettre de recommandation à l'intention d'un de ses amis, lui suggérant d'engager l'Arménien qui non seulement avait un talent indiscutable et une intelligence accomplie, mais qui en plus saurait le soulager des diverses tâches ingrates inhérentes à l'éducation. Samuel se vit ainsi offrir un boulot dont il avait besoin en plus d'une expérience profitable pour le moment où il quitterait les bancs universitaires.

Avec Théodora, sa relation s'enrichit aussi cet été-là. Constantin leur offrit des soirées de danse, d'opéra et de théâtre. Il suggérait régulièrement à Samuel d'accompagner Théodora aux réceptions mondaines dès qu'il ne se sentait pas la force de le faire. Ainsi, lentement, la présence de l'étudiant auprès de Théodora devint une excentricité de plus du vieux professeur, puis les gens s'en lassèrent ou s'y habituèrent et prirent même soin d'ajouter au carton d'invitation que si monsieur Constantin Orfanoudakis les privait de sa présence, monsieur Samuel Derderian serait le bienvenu.

Le troisième été fut d'autant plus différent que Samuel accompagnait Théodora partout. Constantin demeurait chez lui à soigner ses fleurs, à compléter ses écrits, à répondre au courrier, à correspondre avec d'autres chercheurs et à lire ce qui lui tombait sous la main. Il voulait s'assurer que tout serait en ordre lorsque la mort l'emporterait.

De leur côté, Samuel et Théodora vivaient un bonheur presque parfait. Samuel courtisait Théodora délicieusement, savait la flatter et l'encourager, mais refusait systématiquement tout contact sexuel avec elle. Pour lui, bien que son amour crût quotidiennement, il eût été inacceptable de trahir Constantin et la complicité qu'ils partageaient. Au contraire, il aurait vécu cette relation comme une traîtrise et l'idée d'entacher son intimité amoureuse par de la malhonnêteté lui laissait toute sa tête, même lorsque Théodora tentait de la lui faire perdre. Souvent, ils échangeaient des baisers incroyablement longs et sensuels ; souvent, il laissait ses doigts offrir des caresses audacieuses mais inévitablement, il reprenait le contrôle et ne cédait pas. Elle lui faisait alors une crise, de colère, de larmes ou d'amertume. Il la consolait et la priait de demeurer patiente. Il ne s'agissait que de quelques mois tout au plus.

Le quatrième et dernier été avant la remise de son diplôme, leurs rapports furent plus difficiles. Théodora semblait s'irriter plus facilement, d'autant plus que Constantin faisait preuve d'un regain d'énergie qui présageait une longue vieillesse. Sur elle, la cage se refermait puisque l'obstination de Samuel s'accrut avec la santé de Constantin. Il repartit pour Athènes plus tôt que prévu, prétextant des obligations, mais tout le monde savait que l'idylle, qui n'avait pas eu lieu, avait l'air de prendre fin. Malgré cela, Samuel et Théodora correspondirent avec assiduité et on n'aurait certainement pas cru, à lire leurs chaudes missives, que leurs corps ne s'étaient jamais croisés.

Samuel descendit devant la villa majestueuse. La demeure venait d'être repeinte et sa masse blanche luisait sous les rayons ardents. Elle ne le laissait jamais indifférent même s'il s'y habituait lentement au fil des années. Il actionna la clochette du portail. Une silhouette aux longues jupes élégantes traversa l'arche. Malgré l'ombre, il devina Théodora. Entre toutes, il pouvait la reconnaître. Des petits pas, la tête haute, les bras le long du corps, une main qui retroussait un peu ses jupons, elle avait cette allure fière des femmes belles.

— Samuel, est-ce bien vous? demanda-t-elle du milieu de l'arche.

— Oui, papillon.

Elle courut sans réserve jusqu'au portail et ouvrit le loquet.

— Oh! mon jeune ami, comme il est bon de vous revoir.

Il la serra contre lui, la porta à bout de bras avant de l'étreindre à nouveau tendrement. Furtivement, il lui offrit un baiser qu'elle accepta davantage qu'elle ne l'échangeât. Il fit mine de n'avoir rien remarqué.

Il prit sa malle, marcha près d'elle en riant, sans raison de le faire. Il se sentait si heureux malgré cet accueil douteux. Dans la cour, assis à la table, quelqu'un que Samuel n'avait jamais vu parlait avec Orfanoudakis. Étrangement, un sentiment de jalousie lui serra la gorge.

— Constantin, chéri, regarde qui nous arrive d'Athènes.

Orfanoudakis tourna le corps puis son regard brilla d'émotion.

— Mon cher Derderian !

Il se hissa de sa chaise avec les difficultés de son vieil âge et tendit les bras vers ce fils qu'il avait adopté. L'inconnu, de son fauteuil, bourra sa pipe en regardant plus Théodora que la scène de retrouvailles qui se jouait devant lui.

Constantin, remis de sa surprise, dévisagea Samuel.

— Vous avez vieilli, constata-t-il. Où avez-vous trouvé ces nouveaux muscles ?

— Ne vous moquez pas de moi ! rougit Samuel. Ils ont toujours été là ; discrets, mais présents. Je les ai seulement réveillés.

Il aidait le vieux professeur à retrouver son fauteuil lorsque l'inconnu les rejoignit.

— Oh ! excusez-moi, fit Orfanoudakis, je ne suis pas à la hauteur de mon devoir d'hôte. Samuel, permettez-moi de vous présenter Ludwig Westhausen, un capitaine de la valeureuse armée allemande. Ludwig, mon cher ami, voici Samuel Derderian, un homme aussi jeune qu'intelligent, une tête d'avenir.

— Je suis enchanté, dit Westhausen d'un ton froid qu'il voulait cordial.

Théodora, en retrait, les comparait. Son époux allait fêter sous peu ses quatre-vingt-neuf ans et, avec ses maladies de plus en plus fréquentes et sa lenteur de plus en plus marquée, elle s'était mise à songer sérieusement à son avenir. Certes, depuis longtemps, Samuel tenait la première place dans son esprit, mais usée par les nombreux étés de promesses, elle commençait à déchanter.

De son côté, Constantin aussi cherchait un homme pour prendre soin d'elle lorsqu'il ne vivrait plus et il tentait par tous les moyens de mettre en valeur la grandeur de Samuel. Elle admettait que le jeune Arménien possédait de magnifiques qualités, mais elle réalisait qu'il lui manquait un brin d'insouciance essentiel à son prochain mari. En réalité, après des années de cohabitation avec un homme âgé, elle rêvait maintenant de folie. Elle désirait rire et s'amuser pour le reste de ses jours et elle avait compris que Samuel chercherait à accomplir de grandes choses avant de penser aux jeux. Or les réalisations d'importance demandaient du temps et du temps, elle n'en disposait plus. Constantin s'obstinait à vivre et elle ne pouvait rien y faire, sinon attendre sa mort avec lui.

Puis Ludwig était survenu. Il l'intriguait. Elle ne savait qu'en dire et son ignorance augmentait d'autant son intérêt. Il ne s'emmitouflait pas de scrupules face à son mariage et lui lançait des œillades gourmandes, presque perverses. Il avait de belles manières, comme tous les hommes qu'elle affectionnait, mais il avait surtout un corps athlétique, des cheveux châtain pâle, des yeux bleus-mauves et de longs cils noirs qui intensifiaient son regard. Il aurait pu ressembler à un jeune premier s'il n'avait pas eu aussi cette voix volontaire et ce ton vindicatif qui l'excitaient curieusement. Elle se joignit finalement à eux pour ne pas attirer trop l'attention de son époux.

C'était la dernière soirée du mois de septembre 1908. Il faisait frais car un vent d'orage, humide et parfois violent, soufflait dans la cour. Des feuilles énormes fouettaient l'air, les arbres ployaient sous les bourrasques et les fleurs se cramponnaient à leurs tiges pour ne pas voler en éclats.

Théodora, le vague à l'âme, était assise dans le jardin. Dans sa main, une lettre qu'elle caressait distraitement du pouce inspirait cette rêverie.

Ludwig Westhausen était reparti en Allemagne à la mi-juin, trois semaines après l'arrivée de Samuel à la villa. Malgré les efforts de Théodora pour qu'ils s'entendissent, les deux hommes ne s'apprécièrent jamais. Déçue, elle réalisa que le fondement même de leurs valeurs était différent. Comment pourraient-ils discuter ensemble sans se sembler complètement incohérents ? Ludwig croyait à la suprématie de la nation allemande ; Samuel, à l'égalité humaine ; Ludwig avait foi dans les politiques de son pays ; Samuel ne voyait que les faiblesses de la monarchie de Guillaume II ; Ludwig louangeait l'armée comme un pilier formateur ; Samuel la comparait à une chaîne infinie d'irresponsables où personne ne réfléchissait aux actes qu'il posait, remettant l'acte de penser à son supérieur hiérarchique qui faisait de même à son tour ; Ludwig considérait la guerre comme une solution ; Samuel la jugeait inutile. En fait, pour Ludwig, l'homme était l'instrument de sa propre gloire alors que Samuel trouvait sa gloire à sauver l'homme.

Théodora lançait des regards chauds vers la fontaine. Les rires innocents de ses nuits avec Samuel ne provoquaient pas cette humidité entre ses cuisses. C'était Ludwig, de la vigueur de son corps qui pénétrait le sien, qui la dérangeait encore. Elle soupira, relut la lettre pour la cinquième fois puis la cacha dans son corsage, à la chaleur de son cœur. Elle adossa sa tête, ferma les yeux et grisée par le vent, caressée par ses cheveux, elle se rappelait la succession de leurs rencontres jusqu'à cette folle nuit volée à la fidélité.

Constantin Orfanoudakis avait enseigné à Ludwig Westhausen à Athènes. Bien plus qu'une relation entre professeur et étudiant, une amitié suscitée par l'intelligence les avait unis. Même s'ils ne partageaient pas les mêmes convictions, de nombreuses passions intellectuelles communes leur offraient nombre de sujets de conversation.

Ludwig avait quitté Athènes fier de son éducation. Il était rentré en Allemagne et avait revêtu l'uniforme de la prestigieuse armée comme tous les hommes de sa famille l'avaient fait avant lui. Ambitieux, il avait gravi les échelons de la hiérarchie militaire puis, devenu capitaine, avait décidé de prendre les premières vacances de sa carrière. Il avait pris un mois de congé et à Athènes, avait retrouvé la trace de son mentor. Sans avoir donné de ses nouvelles au professeur depuis plus de vingt ans, il était débarqué à l'improviste à Lárissa.

La superbe demeure ne l'avait pas surpris. À connaître l'histoire comme Orfanoudakis la maîtrisait, il était naturel de deviner un mélange savant des plus belles architectures. C'était Théodora qui lui avait ouvert. Il avait cru avoir devant lui la fille de Constantin, mais elle se présenta comme son épouse. Enchanté d'une aussi divine apparition, encore davantage de l'absence temporaire du professeur, il fit sa connaissance, charmé par sa féminité.

— Que faites-vous ainsi aux quatre vents, ma douce? Vous devriez rentrer au chaud.

Constantin se tenait devant elle et l'invitait à le suivre jusqu'au salon. Il l'avait observée ainsi de longues minutes et ce qu'il avait vu l'avait ramené à sa propre passion pour elle. Théodora était amoureuse, il n'en doutait pas, et ce sentiment n'était pas pour lui.

Elle lui prit le bras et marcha près de lui, consciente que le trouble de ses pensées se lisait aisément dans ses yeux. Pour lui mentir, elle lui sourit et pour perpétuer le mensonge, il annonça en feignant l'ignorance :

— J'ai reçu une lettre de Ludwig.

Elle n'avoua pas à Orfanoudakis qu'elle en avait reçu une bonne douzaine depuis qu'il était retourné en Allemagne. Constantin ne lui dit pas qu'il savait que Ludwig lui écrivait régulièrement depuis son départ. Ils se sourirent. Entre eux, malgré le brouillard, tout était clair.

— Il nous remercie pour son séjour et m'annonce qu'il viendra passer les Fêtes de Noël avec nous. J'aimerais que vous en parliez avec Samuel afin qu'il se conduise avec plus de courtoisie. Je sais bien que Ludwig a des idées tranchantes, mais Samuel doit apprendre la diplomatie. Il est votre ami, Théodora. Il vous écoutera.

Elle haussa les épaules.

— Je veux bien essayer une autre fois, soupira-t-elle.

Trois longues tables, dressées pour les quarante-huit convives de la réception, parallèles les unes aux autres, n'attendaient plus que les invités. Des guirlandes et des serpentins de couleurs vives entouraient les colonnes de la galerie. Des lustres de lumière aux teintes claires dessinaient des ombres sur le sol. Les arbres, lourds de fleurs, rivalisaient entre eux de tons pastel et la fontaine coulait de plus belle. Sur une scène improvisée, non loin d'elle, des musiciens répétaient. Les domestiques, aussi astiqués que l'argenterie, vaquaient à gauche et à droite aux derniers préparatifs. Dans moins d'une heure, le vin fuserait au flot des rires et les plats appétissants se videraient au son des paroles.

Lorsque Théodora descendit rejoindre son époux, plusieurs invités étaient déjà arrivés. Elle reconnaissait quelques professeurs de l'université, des écrivains, un groupe d'archéologues, mais celui qu'elle se mourait de revoir n'était pas encore là.

— Vous êtes magnifique, s'exclama Samuel.

Elle rougit de plaisir, espérant que l'homme de ses secrets serait du même avis. Elle n'ajouta rien, se promena de groupe en groupe, tel le papillon qu'elle était, pour souhaiter Joyeux Noël à ses convives. Du coin de l'œil, elle épiait l'arche où d'autres invités arrivaient, mais pas celui pour qui elle avait mis tant d'heures à se faire belle.

— Joyeux Noël, madame Orfanoudakis.

Elle frémit au son de sa voix. Comment avait-elle pu ignorer sa présence ?

— Ludwig, mon très cher ami...

Subtilement, ils se retirèrent de la troupe en quête d'un semblant d'intimité.

— Je n'ai cessé de penser à vous, souffla-t-il en lui frôlant les doigts.

Elle mangeait ses paroles avant qu'elles ne fussent prononcées.

— Vous êtes tellement extraordinaire, Théodora. Depuis que je vous ai vue, je suis damné et je ne pense plus qu'à vous.

Il ne put continuer, Constantin s'approchait d'eux :

— Joyeux Noël, Ludwig !

— Joyeux Noël, Constantin !

Il y eut un bref silence.

— Votre fête est une vraie réussite, à ce que je vois. Toute l'élite intellectuelle semble s'être rassemblée.

— Toute, je ne le crois pas, mais celle que je préfère, je n'en ai aucun doute.

Samuel, près de l'orchestre, surveillait Théodora. Ses yeux trahissaient ce qu'elle ressentait pour Ludwig. Il cracha par terre puis se décida à aller les retrouver.

— Nous enterrons la hache de guerre pour ce soir, mon jeune ami, demanda Westhausen à Samuel après les salutations d'usage.

— Noël est le soir idéal pour un cessez-le-feu, non ?

Théodora sourit à Ludwig, ravie, oublia Constantin qui le remarqua. Il se sentait vieux parmi eux. Ses rides lui faisaient mal, sa lenteur l'incommodait et ses faiblesses lui faisaient horreur.

Le repas fut servi. Les convives s'empiffrèrent à satiété. Les conversations rimaient à tout et à rien, selon les voisins. Après le festin, des groupes se formèrent à nouveau, le temps que l'on dégage une aire de danse. Quelques dames en profitèrent pour se poudrer le nez et plusieurs hommes fumèrent. De part et d'autre de la cour, Ludwig et Théodora se dévisageaient. Ni le bruit ni la foule ne contrariaient leur regard. Aussi marchèrent-ils l'un vers l'autre dès qu'une première note de musique s'envola dans la nuit et ils se mirent à danser avant même que personne n'y eût été convié par les hôtes. Un silence, lourd de reproche, fit que l'orchestre cessa de jouer. Chacun attendait, certains escomptant un scandale, d'autres pestant contre l'épouse scandaleuse. Tout le monde dévisageait Constantin.

Théodora ne riait plus, embarrassée. Ludwig blêmit. Orfanoudakis, sachant très bien que cette entrave à l'étiquette révélait ce qu'ils éprouvaient l'un pour l'autre, maîtrisa la situation comme le vieux sage qu'il était. Il avança vers la piste de danse, prit la main tremblante de Théodora et l'offrit à Ludwig qui recouvra lentement ses couleurs.

— Ne cessez pas de vous amuser, mes amis, fit-il face au couple à lapider, je n'ai plus les capacités de valser avec ma jeune épouse, aussi ai-je demandé à Ludwig d'ouvrir le bal à ma place. Je suis désolé d'avoir oublié de vous prévenir.

Il laissa passer un court moment avant d'ajouter pour l'orchestre :

— Reprenez cette valse du début, maestro.

Constantin traversa la piste jusqu'à Samuel toujours près de l'arche. Il souriait mais ses yeux trahissaient son impuissance et son chagrin.

— Vous avez sauvé la situation.

Constantin acquiesça.

— Je pense que c'est un art que vous pratiquez avec adresse, continua-t-il.

— Alors, pratiquez cet art, mon jeune ami. La foule, même une foule d'amis, est comme une prostituée. Elle vendrait son corps pour entendre ce qu'elle désire.

Plusieurs autres couples dansaient autour de Ludwig et de Théodora. Quelques-uns s'excusèrent, ajoutant qu'ils auraient dû comprendre, mais la majorité s'interrogeait. Tous connaissaient assez Constantin pour savoir qu'il sauverait son épouse des pires bévues.

— Je ne crois pas, reprit Samuel. Les prostituées sont payées pour dire aux clients ce qu'ils veulent entendre et non l'inverse.

Constantin se mit à rire.

— Ainsi, vous avez visité les mêmes bordels athéniens que moi. Ils rirent d'une grande complicité.

Le long des rues étroites et cahoteuses, Samuel considérait les immeubles et les boutiques. Un soleil indolent l'accueillait. Le Bosphore brillait sous les rayons déjà chauds du printemps. Il adoptait du plus profond de son être la Turquie. Il ne savait pas combien de temps il resterait à Istanbul, ni où il irait en quittant la ville ; il suivait simplement ses pulsions du moment.

Samuel, terrassé par la chaleur humide et le poids de sa caisse de livres, arriva chez l'amie du capitaine du navire pour lequel il avait travaillé ces derniers mois. Il toqua à la porte d'un immeuble et attendit en épiant autour. La ruelle fourmillait. Des fenêtres, des parfums sucrés et appétissants lui parvenaient, du pavé sale, des relents nauséabonds. Dans la rigole du bas-côté, un liquide douteux courait vers la mer alors qu'au ciel, des nuages duveteux jouaient avec le soleil. Samuel sourit et frappa à nouveau sans impatience.

Une femme lui ouvrit, souriante, délicate, presque petite. Elle avait de grands yeux verts rieurs, des cheveux châtains montés en chignon et une frange collée à son front en sueur. Elle s'écarta pour le laisser entrer comme si elle l'attendait.

— Je suis Nadya Venizelos, fit-elle en refermant la porte.

— Je sais, répondit Samuel.

Il lui baisa la main comme seul Paul aurait su le faire et lui offrit un sourire envoûtant.

— Je m'appelle Samuel Derderian.

Il lui lançait son plus doux regard. Elle recula un instant pour le dévisager, haussa narquoisement les sourcils en essuyant doucement son front humide.

— Laissez votre malle à l'entrée, dit-elle, vous la monterez plus tard.

Il la déposa péniblement à gauche de l'escalier.

— Elle me paraît bien lourde pour une malle de marin, le taquina-t-elle. Allez, venez avec moi à l'ombre des cyprès de la cour boire une citronnade. Ça nous rafraîchira. Des jours comme aujourd'hui, même se reposer demande des efforts.

Elle le guida à travers sa demeure vers un jardin ombragé par des arbres immenses cernés de fleurs aux couleurs enchanteresses. Une table dressée de verres et de citronnade s'appuyait contre le tronc d'un cyprès magnifique tandis que non loin, un arbre aux grappes de fleurs mauves se balançait avec la brise chaude. Samuel s'assit dans un fauteuil.

— C'est mon refuge, fit-elle en lui servant un verre. La cour est minuscule, je le sais bien, mais elle m'accueille le matin, m'offre tous ses parfums et me chante ses ballades. Elle me réconforte aussi lorsque je me sens seule.

Samuel prit le verre qu'elle lui tendait, effleura ses doigts graciles et sentit son estomac vaciller. Dans ce regard, il voyait ses rêves les plus doux, sur ce corps, il lisait chacune de ses prières. Nadya était sa cour intérieure et il avait eu rendez-vous avec la Turquie parce qu'Istanbul la détenait, telle une huître sa perle. Comme les émotions ne s'expliquent pas mais envahissent, il se laissa submerger avec tremblements et délice.

— D'où venez-vous? s'informa-t-elle.

Elle avait bredouillé sa question comme l'on griffonne une note sans importance, cherchant à meubler un silence qui la troublait trop pour persister. Depuis tant d'années, elle recevait ainsi des hommes qui la courtisaient le jour pour partager sa nuit. Elle n'avait jamais échangé de sentiments ou d'espoirs avec eux. Ils venaient comme les bateaux au port, vendre des salades et partir avec des fruits. Elle ne leur laissait que le minimum de sa récolte. Elle n'avait jamais cru à l'amour. Les hommes n'étaient que des marchands, que des marins. Ils avaient du respect pour la mer parce que jamais ils ne la maîtriseraient, que toujours elle les gouvernerait. Nadya leur ouvrait sa porte pour ne pas s'enfermer dans sa solitude, elle, l'étrangère grecque qui avait fait l'erreur d'épouser un marin turc, elle, délaissée pour voir son mariage englouti par sa rivale méditerranéenne. Elle avait porté le deuil comme l'on arbore le noir, par principe, sans laisser l'ébène assombrir son âme. Elle était demeurée au centre d'Istanbul parce qu'il était difficile de quitter ce pont entre l'Europe et l'Asie, parce qu'entre ces deux cultures, elle s'épanouissait douloureusement avec joie. Elle était ce paradoxe, une île sur la terre de deux continents grandioses, sise entre deux cultures, l'ennemie au cœur de l'ennemi, femme forte dans la fragilité mouvante des hommes.

Samuel ressentait son mystère. Elle était son histoire et aucun mot dans aucune des langues qu'il parlait ne lui permettait d'exprimer ce qui s'épanouissait en lui.

— De la Grèce, répondit-il finalement, mais peu importe. Je sais maintenant que j'ai vécu ma vie, de ma naissance jusqu'à cet instant, parce que nous avions rendez-vous ici, aujourd'hui, en ce moment.

Elle s'offrit à ses yeux bruns, lèvres entrouvertes, délicats pétales à humer doucement et lui sourit. Devant l'aveu de cette réalité nouvelle, elle ne pouvait que demander :

— Qui êtes-vous, Samuel Derderian ? Vous n'êtes pas un marin.

— Je n'étais rien avant de vous rencontrer, belle Nadya. Peut-être étais-je un voyageur, un nomade en quête d'absolu, d'éternité et de plénitude. On disait de moi que j'étais un fou d'idéaliste. Mes confrères de cours croyaient que j'étais un érudit qui ne vivait le jour que pour les études et la nuit que pour les femmes. Par contre, je sais aujourd'hui qui je suis. Je suis un amoureux, Nadya. Un amoureux de vous.

Il baissa les yeux. Son corps tremblait d'émoi. Tout son être témoignait de ce frisson qui parcourait chacune des vertèbres de son dos, coulait dans ses veines, du bout de ses orteils à la pointe de ses cheveux.

— Un amoureux, souffla-t-il une seconde fois avec le vent.

Il gagna ses yeux, y reconnut son propre trouble et se leva pour se lover contre ses jambes et poser la tête sur ses cuisses. Dérangée par la chaleur et par les émotions, elle lui caressa les cheveux et ferma les paupières. Samuel avait toujours été pour elle, créé dans ce monde pour l'accompagner, même si ce n'était que l'espace d'un rêve. Lorsqu'il leva la tête pour croiser son regard, ils se sourirent timidement. Il se leva, l'entraîna dans son mouvement et lorsqu'ils se firent face, dans le fracas des fleurs qui tournoyaient avec leur tempête amoureuse, ils s'embrassèrent avec fougue. Des bourrasques de brise douce balayaient le sol et emmêlaient les jupes légères de Nadya aux jambes de Samuel. Ils s'envolèrent ainsi doucement jusqu'à se perdre, jusqu'à se retrouver l'un dans l'autre. Il y a des âmes qui sont ainsi : dans le corps de l'un, elles n'appartiennent qu'à l'autre.

L'après-midi tombait. La nuit se préparait à couvrir de ses voiles la ville, à rafraîchir l'atmosphère étouffante. Samuel et Nadya, nus au pied de l'arbre violet, se contemplaient en souriant. Ils avaient bu à la source de la jouvence et avaient maintenant tout leur temps.

— As-tu faim ?

— De toi seulement, répondit-il. Ton odeur, ta saveur, ta sueur. Le jardin est rempli de toi, maintenant.

Il huma l'air, les yeux clos.

— Tu es un grand amoureux.

— Je suis ton grand amoureux.

Il alla servir deux autres verres de citronnade chaude et amère et revint près d'elle.

— Bois, ma belle. Aujourd'hui, ce nectar nous a rendus immortels.

Elle se blottit contre son épaule, amante délaissée désirant retrouver le havre de leurs ardeurs, et caressa son torse presque imberbe.

— Tu es si jeune.

Samuel lui sourit.

— Pas tant que cela. J'ai vingt-trois ans.

Elle le dévisagea, suivit ses traits que les années allaient durcir, parcourut son corps que le temps allait user.

— J'ai trente-deux ans.

Son ton était presque triste. En ce moment, elle aurait tout donné pour en avoir vingt.

— Tu es magnifique.

Ce disant, ses mains se baladèrent sur sa peau chaude et humide et il lécha ces rides qui la perturbaient tant.

— Je ne crois pas au temps, Nadya. Dans ma vie, il n'y a que l'éternité. Tu es à moi. Je suis à toi. Depuis le début des temps jusqu'à ce que le soleil cesse de briller. Tu es née avant moi. Je suis né après toi. Ce n'est que de la chronologie, aucunement de l'ordre. Si tu avais été autre, tu ne serais pas toi. Or Nadya, de tout mon être, je t'aime et pour rien au monde je ne voudrais que tu sois différente. De ce nombril mignon que tu possèdes, de ces rides délicieuses que j'embrasse avec amour, et même de ce petit grain de beauté que tu as su cacher avec finesse. Tu es mon cadeau des dieux.

Une bibliothèque imposante couvrait entièrement un mur du salon alors que les autres s'ornaient de peintures et de photos de bateaux. Des meubles confortables s'ordonnaient autour d'une table basse où des recueils attendaient qu'on les consultât.

— J'adore les bouquins, fit Samuel en prenant un livre de photos.

— Ce sont des portraits. Seulement des visages de gens d'autour du monde. Mon père me l'a offert il y a longtemps. Je n'ai jamais osé le ranger dans la bibliothèque.

Samuel feuilletait l'ouvrage. À travers les visages aux mille sourires, aux mille regards, il y avait des vies et des vies à comprendre. L'humain l'interrogeait. Tant de microcosmes entraient en contact avec d'autres sans vraiment les connaître; souvent, sans même le savoir; tant d'influences motivaient chacun d'eux et tant de fois ils s'influençaient en l'ignorant. Malgré les apparences, il y avait tant d'ordre dans ce chaos.

Elle lui tendit un verre de vin puis s'assit près de lui.

— Le repas sera prêt bientôt. Juste le temps de se mettre en appétit avec ce vin d'Anatolie.

— J'adore ta curiosité. Tu as cette même soif de savoir que moi. Tu es une merveille.

— La majorité des hommes ont peur des femmes instruites. Ils croient que nous devrions tenir des broderies, pas des livres.

— Il est plus facile de se croire intelligent que de l'être.

Elle se cala contre lui, croisa les jambes, satisfaite.

— Tu as tellement d'assurance quand tu parles.

— Je n'ai d'assurance que lorsque je te parle. Dès que je me tais, je tremble de peur. Je sais si peu de choses. La preuve, je ne savais pas que tu existais avant de venir ici.

Il embrassa son front et la serra étroitement contre lui. Il y avait si longtemps qu'il la connaissait. Elle sourit.

— Qu'es-tu venu faire à Istanbul?

Il la dévisageait excessivement, semblait vouloir tout prendre d'elle mais aussi, tout donner de lui.

— Je suis venu découvrir ton monde. Je suis venu cueillir ton miel. Je partirai ensuite, te laisserai seule avec des livres de souvenirs, puis un jour tu me retrouveras, ailleurs. Tu viendras à ton tour découvrir mon univers.

Elle fit non de la tête.

— Je ne partirai jamais d'ici. On ne quitte pas Istanbul.

— Tu fais fausse route, Nadya. On ne quitte jamais rien ni personne. On les emporte en soi. C'est pour cela que tu viendras me retrouver, parce qu'entre des souvenirs du Bosphore et des souvenirs de moi, tu préféreras rêver du Bosphore mais m'embrasser, moi.

Elle le bouscula un peu, comme pour le gronder.

— Tu es prétentieux.

— Tu dis cela parce que tu sais que j'ai raison, fit-il, moqueur.

Elle termina son verre d'un trait.

— Viens manger, jeune homme trop convaincu. Il n'y a que huit heures que nous nous connaissons et déjà tu parles de me quitter. Pire, tu affirmes que je partirai d'ici pour te rejoindre.

— Oui, Nadya. Je dis seulement ce que ton cœur sait déjà. Un jour, tu l'entendras aussi.

La lune miroitait, orgueilleuse, sur le Bosphore. Un halo azuré dansait autour d'elle. Les étoiles apparaissaient une à une. Le ciel se donnait en spectacle et ses feux s'animaient sur les vagues du fleuve. Des navires traversaient le détroit en provenance de la mer de Marmara ou de la mer Noire, affichant leurs pavillons fièrement. Toutes les terres du monde voguaient devant Istanbul, sur ce cours d'eau turquoise qui divisait l'Europe de l'Asie. Des dômes, des minarets, des maisons et des arbres découpaient l'horizon d'une guirlande qui décorait le panorama.

— Je crois que c'est la plus belle ville du monde, soupira Samuel.

Nadya acquiesça, elle aussi contemplative. La nuit les caressait de son vent, mêlait leurs cheveux, soufflait sa mélodie accompagnée par la mort bruyante des vagues sur la berge et les quais.

— Je crois entendre de ta bouche les secrets de la ville. Tu ressens ses passions violentes et elles te ressemblent. Istanbul t'a façonnée, t'a sculptée et ta beauté n'a d'égal que ses splendeurs. Tu es sa déesse, Nadya.

Leurs lèvres se rencontrèrent avec fièvre. Leurs mains se croisaient au hasard d'une caresse. Ils se levèrent du banc, coururent, empressés par l'ivresse de la dernière nuit de mars.

Nadya ouvrit les rideaux de la chambre à coucher. Un soleil aveuglant atterrit inopinément sur le visage de Samuel qui se réveilla brusquement. Il protégea ses yeux des rayons pour la regarder. Elle irradiait de bonheur encore plus que Phébus.

— Allez, Samuel, paresseux! Ce n'est pas en dormant que tu vas découvrir mon monde! Voici un café pour consolider tes idées avant de partir.

Il s'assit sur le lit en grimaçant.

— Je suis désolé, mon beau narcisse du matin, mais j'ai horreur du café.

Elle le dévisagea, plus surprise que déconcertée.

— Tu n'aimes pas le café, refit-elle pour s'assurer de l'existence d'une aussi incroyable déclaration.

— Non, c'est trop amer pour moi.

Sans s'avouer vaincue, elle lui tendit la tasse.

— Le café turc est un rituel auquel tu ne peux pas échapper. Un proverbe dit : « La grâce d'une tasse de café dure quarante ans », c'est une bonne raison pour en boire. De plus, notre café a une préparation amoureuse qui te ressemble. Le café turc est fumé, pas amer!

Samuel accepta la tasse. Une sorte d'écume sur le dessus l'amusa. Ce café avait un aspect aussi irrégulier que son histoire. Il le but à petites gorgées, incertain d'apprécier le goût mais incapable de résister au regard contenté de Nadya.

— J'avais oublié de te dire, lumière de mes yeux.

Il lui rendit la tasse vide.

— J'ai un faible pour ton café turc!

Elle sourit en reprenant la tasse qu'elle renversa dans la soucoupe. Samuel suivit son manège avec curiosité. Qu'inventait-elle encore? Elle étudia attentivement le marc sur la soucoupe en la tournant délicatement.

— Je m'en doutais, fit-elle simplement.

— Tu te doutais de quoi?

Il plongea ses yeux sur la soucoupe pour comprendre ce qu'elle avait vu.

— Je savais que ton avenir serait brillant. Tu vois ces circon-
volutions ? Elles me dévoilent ton avenir et il est brillant.

Il eut l'air déçu. Elle éclata de rire.

— Qu'est-ce qui te désappointe dans un avenir brillant,
Derderian de mon cœur ?

— De ne pas savoir tous les détails immédiatement.

Elle haussa les épaules en lui souriant tendrement.

— Tu apprendras la patience, Samuel. Tu verras, lorsque tu
seras patient, bien au-delà de ce que la patience peut supporter, tu
seras alors sur le chemin brillant de ton avenir.

Lorsque Nadya se retrouva seule chez elle le lendemain, elle
arpenta la maison dans l'espoir de découvrir quelque chose
appartenant à Samuel, quelque chose qu'il aurait oublié pour s'en
faire un souvenir. Il ne restait plus rien de lui, que l'ombre d'un
homme dont elle savait le destin brillant. Elle se rendit au port,
pleurer avec les eaux du Bosphore et même si elle ne boucla pas
valise sur-le-champ, elle sut qu'il avait raison. Elle quitterait ce
fleuve, ces merveilles et tout ce qu'elle avait parce que les baisers
de Samuel Derderian ne pouvaient demeurer seulement des
souvenirs.

Samuel dormait. Sous la chaleur écrasante de la fin d'avril,
bercé par le train, en route vers Adana, il rêvait. Le fleuve miroitait
ses marches nocturnes sur les quais avec Nadya, la complicité de
leur silence, leurs rires, leurs confidences. La beauté de Nadya
s'offrait amoureusement à ses yeux qui s'imbibaient de chacune
des images. Puis le dieu onirique transformait ses songes en
cauchemars érotiques où Samuel surprenait Théodora à faire
l'amour avec Ludwig. La belle adultérine gémissait avec la brise
jusqu'à ce qu'elle croisât son regard horrifié. Puis Samuel courait
et courait, fuyait cette traîtresse qu'il condamnait à son tour,

maudissait vertement cet Allemand qu'il avait détesté dès le début. Il faisait ses bagages, ramassait ses livres et ses quelques vêtements en écoutant Ludwig lui promettre qu'il lui rendrait son silence plus tard, comme un échange de services. Derrière eux, il y avait Théodora en larmes qui le suppliait de lui pardonner. Il l'ignorait froidement, comme s'il ne l'avait jamais aimée. Il avait fui l'adultère et ses doutes sur un bateau de la mer Méditerranée, avait pleuré sa déception avec l'eau qui l'avait consolé.

Le train s'immobilisa. Soudainement, dans son rêve, tout devint rouge vif. Non pas un rouge de passion mais plutôt un rouge de rage et de vengeance, un rouge qui ne pouvait venir que de l'enfer. Il s'éveilla en nage. Assommé, il sortit lentement de sa torpeur, prit sa lourde malle et descendit. Sa chemise légère frissonna au vent. En remontant les manches, il remarqua qu'il était le seul à descendre à Adana, seul sur le quai.

Il toussa. L'odeur infecte de la gare lui monta à la gorge en nausées. Il renifla dédaigneusement en cherchant d'où provenait cette senteur dégoûtante. Se penchant pour reprendre sa caisse, il constata que le relent venait du sol. Il prit une poignée de sable. Comme la foudre assomme, comme le fracas des tonnerres dans l'écho, il vit la couleur. La boue qu'il tenait en motte dans sa main n'était pas faite d'eau et de terre mais constituée de terre et de sang. Samuel se mit à trembler, accablé par la peur de découvrir d'où provenait ce sang. Il avança vers la sortie d'un pas incertain. Lorsqu'il la franchit, qu'il aperçut devant lui la ville d'Adana couverte de nuages rouges, il comprit qu'il avait eu rendez-vous avec son destin en Turquie, de sa Nadya merveilleuse à cette gare diabolique. Il avança vers l'horizon, terrorisé.

Sur la route, le halo écarlate ne cessa de l'aveugler. Le poids de la haine et de l'injustice l'écrasait jusqu'à le réduire en grain de sable. Il perçut au loin des cris et des pleurs. Au bout de cette route tachée, au loin de ces champs de désespoir, il y avait la vérité vers laquelle il se traînait. Il avançait vers une habitation vétuste, vers une femme en deuil pliée au-dessus d'un cadavre. D'où Samuel était, il ne pouvait deviner le crime qui avait tué l'homme, mais lorsqu'il les atteignit, qu'il constata l'ampleur du meurtre, son univers s'écroula en même temps que lui vers l'épouse. Le corps avait été décapité. Il tomba à genoux à côté d'elle, passa ses bras autour de ses épaules, prit son visage éploré contre son torse et pleura avec elle. Elle défaillit contre lui.

Samuel leva la tête pour regarder autour de lui, pour chercher une explication. Ce fut à ce moment qu'il vit la barbarie sans limite des hommes. Autour d'eux, les animaux morts se faisaient dévorer par des vautours. Des corps sans tête, de bébés et de petits enfants, se retrouvaient entre les moutons et les chèvres, mangés par les mouches et les moustiques qui s'agglutinaient sur lui et sur les cadavres, qui tournaient en rond au-dessus de la scène. Les exhalaisons du carnage empoisonnaient l'air. Les émanations de la tuerie envenimaient la ferme. Il ranima la femme, lui cacha le visage de son bras pour ne plus qu'elle vît sa chair et son sang répandus en victimes innocentes et l'aida à quitter sa demeure.

Ils marchaient lourdement sur la route, chargés des images des meurtres, hantés par les cris stridents des vautours et des carnassiers qui hurlaient en comblant leurs appétits monstrueux.

En passant devant la ferme voisine, la femme leva les yeux pour regarder au loin. Samuel déduisit qu'elle désirait savoir si les habitants avaient survécu. Il l'aida à s'asseoir sur le bas-côté, puis y alla seul. Pendant qu'il cheminait vers la demeure, le cercle de vautours qui dansaient dans le ciel lui répondait déjà. Il n'avança guère plus. Déjà, sur la grange, des hommes étaient crucifiés, d'autres accrochés à l'état de boucherie. Il rebroussa chemin, perdu dans un brouillard obscur où la réalité ne pouvait être qu'un cauchemar.

Samuel reprit la veuve qui l'avait attendu en pleurant et en priant et ils continuèrent leur route vers il ne savait où. Elle ne lui posa aucune question au sujet de ses voisins. Elle se contenta de gémir et de haleter. Elle trébuchait, aveuglée par les crimes. Il la retenait contre lui. De ferme en ferme, dès qu'ils apercevaient le nuage de charognards crier au-dessus de leur festin macabre, elle se mettait à émettre un son sourd. Il lui cachait alors les yeux jusqu'à ce qu'ils aient dépassé la ferme, mais les oiseaux les suivaient, pilleurs de tombes ou profiteurs de guerre, volatiles nourris par la lie de la terre.

Ils atteignirent la ville où des rus de sang coulaient vers les égouts. Il n'y avait que des morts, que des cadavres jeunes et vieux décapités, d'animaux dévorés par des charognards sans vergogne, que des mouches engraissées par les haines humaines. Des corps gisaient partout, crucifiés, écorchés. Les pleurs et les cris montaient en insultant le ciel. La vie ne vivait plus. Les vivants pleuraient les morts. À Adana, ce 25 avril 1909, seuls les vautours et les mouches fêtaient leur chance. La ville était devenue un bourbier sanglant couvert d'oiseaux affamés.

Un citadin vint vers eux, prit à son tour la femme et la porta vers un café improvisé en salle de pleurs et de larmes qui ne couleraient jamais assez pour laver le sang versé. Samuel les suivit. Le malheur remplace toutes les formes de présentation et d'usage.

Ils se rendirent vers les quelques chaises vides entassées dans un coin. Des gens, autour d'eux, pleuraient, la tête entre les cuisses, les épaules plus basses que les genoux. Ils se prenaient le crâne à pleines mains pour éviter qu'il n'éclatât, se frappaient à coups de poing vengeurs et découragés, à coups de poing qui frappaient l'incompréhension générale. Les lamentations n'avaient pas d'égal, la douleur couvrait même le langage des pensées.

— Que s'est-il passé? demanda Samuel.

Il se sentit stupide de poser cette question. Aucune raison valable ne pouvait expliquer ce qui l'entourait présentement. Le citadin leva les épaules inconfortablement.

— Personne ne le sait vraiment. Des Turcs ont surgi ici, sans raison. Ils ont tué tous ceux qu'ils croyaient Arméniens. Impossible de dénombrer les cadavres. Plus de vingt mille, c'est certain. Il y a des morts partout.

Samuel se mit à pleurer. Ce sang qui couvrait ses vêtements appartenait à ses frères.

— Mais pourquoi ? refit-il encore.

L'homme inspira difficilement.

— Que puis-je vous répondre, jeune homme ? Y a-t-il une explication pour justifier un tel crime ? L'Empire décline. Le sultan vient d'être renversé par son frère. La Turquie bouillonne d'extrémistes dangereux qui rêvent d'agrandir les frontières du pays, de retrouver la force qui a défait Constantinople. On cherche un coupable à l'effondrement de l'État. Les Arméniens subissent les foudres des Turcs depuis des siècles, vous le savez bien, mais depuis 1895, c'est pire. Ils surviennent n'importe où, n'importe quand et ils tuent. C'est comme cela dans tout le pays.

L'homme posa affectueusement sa main sur l'épaule de Samuel et le laissa seul avec le désespoir, le deuil et la tristesse qui l'habitaient. Il retourna à l'extérieur accueillir d'autres survivants pour les guider vers un temple improvisé où ils pourraient maudire le Dieu de leur choix.

Samuel se leva, étudia un moment la femme qu'il avait conduite jusque-là. Elle n'avait conscience de rien. Mortifiée, elle s'était écrasée sur la chaise qu'on lui avait présentée et avait cessé de bouger. Il comprit qu'il ne pouvait rien pour elle, sinon espérer que le temps la guérirait, comme s'il pouvait soigner de telles blessures.

Il retourna à la ferme, retrouva sa caisse de livres inutiles au pied de l'époux mangé par les rapaces. Insulté par ce manque de respect pour la dépouille d'un des siens, il balança un coup de pied aux carnassiers.

— Assassins !

Les oiseaux se déplacèrent à peine. Ils piaillaient dans sa direction, voix stridentes et becs ensanglantés. Samuel, enragé, se mit à les battre à coups de pied, à tenter de les attraper pour les égorger.

— Vous êtes des assassins! Assassins! Assassins!

Il courait d'un corps à l'autre, sautait sur les charognards qui se moquaient de lui. Il criait son incompréhension, hurlait le poids de l'injustice, vociférait contre la nature humaine, rugissait pour les affoler, inutilement. Sa rage ne le rendait que plus impuissant, sa violence, que le décor plus sordide.

— Assassins!

Il s'effondra sur la terre sale, frappa le sable, mordit le sol, pleura. Il pleurait cette femme seule pour supporter la réalité, pleurait pour cette ville endeuillée par les crimes inhumains, pleurait pour ses frères. Du même appétit vorace que les vautours, avec le goût amer du sang mélangé à la terre dans sa bouche, de cette énergie produite par la rancœur et le dégoût, il jura sur la tête de ses frères qu'il rendrait gloire à l'Arménie, que ces crimes cesseraient d'être silencieux.

Devenu furieux par la démence des meurtres qu'il avait vus, il se releva, récolta les têtes des victimes et les rendit, une à une, à leur corps respectif. Il creusa ensuite des tombes pour les protéger des carnassiers et y enfouit les cadavres dépecés. Puis, léthargique, il quitta la scène du crime. Comme un somnambule, à la gare, il se changea, se blottit dans un coin et attendit le prochain train, inconscient du temps.

Ni les magnifiques villes, ni l'Euphrate ne lui rendirent le Samuel qu'il avait été. Il ne se laissait plus apaiser ni par l'eau ni par les vestiges du passé turc ou romain. Les images d'Adana le tiraient du sommeil et le tiraient de l'éveil. Il ne voyait plus rien autour de lui, ne se sentait plus lui-même. Malgré les centaines de kilomètres franchis pour se retrouver chez lui, il ne réalisa pas qu'il roulait vers Érivan. Devant le petit miroir de sa couchette, il ne remarquait que ses cheveux, que tous ses cheveux devenus blancs à vingt-trois ans.

Samuel frappait à la porte. Dans ce quartier où il avait grandi, il connaissait chacune des maisons. Quelques adultes qui avaient joué avec lui gamin l'avaient croisé sur le chemin sans le reconnaître. Ses voisins l'avaient regardé passer sans même lui adresser un signe de tête. Certes, il y avait des années qu'il était parti, mais Adana avait gravé un siècle sur ses traits. Gêné de ne pouvoir saluer personne sans devoir aussi expliquer sa transformation, il tendait l'oreille vers la maison où son oncle s'en venait répondre de son pas âgé. Il ouvrit et écarquilla les yeux de surprise.

— Mon doux Seigneur Jésus! c'est bien Samuel.

Ils s'enlacèrent en riant puis pénétrèrent dans la demeure. L'odeur familière confirma à Samuel qu'il rentrait chez lui. Elle était faite du parfum des livres usagés et du bois humide des vieilles charpentes.

— Pousse-toi un peu que je te regarde, fit celui qui l'avait adopté après la mort de ses parents.

L'oncle l'étudia attentivement et son front se plissa douloureusement. Des larmes coulèrent de ses yeux atterrés.

— Qu'as-tu vu, mon fils?

Il le convia par l'épaule à venir contre lui. Dans les bras de son père qui sentait le tabac de mauvaise qualité, contre cette veste usée qui avait perduré tant d'années, il se mit à gémir. Il pleura comme le petit garçon qu'il avait été, les joues baignées de larmes lourdes, les yeux effrayés de ne jamais guérir, le cœur gonflé de détresse et de haine.

Hagop caressa le dos de son grand fils à la chevelure plus blanche que la sienne en sachant qu'aucun de ses gestes ne l'apaiserait. Il le serra simplement contre lui, endurant par le fait même le dur sentiment de ne pouvoir rien faire sinon l'accompagner dans sa peine.

Ils demeurèrent ainsi unis en silence et en larmes. Lorsque Samuel se poussa un peu, qu'il sourit timidement à son père, Hagop le guida vers sa chambre pour qu'il déposât ses affaires. Samuel ramassa une dernière fois sa malle de livres et la monta. Sur ce lit à qui il avait confié ses rêves de jeunesse, il raconta à son père l'enfer d'Adana. Lentement, au fil du difficile récit, il acceptait son impuissance mais refusait d'abandonner son ressentiment. S'il avait eu l'idée de visiter la Turquie pour comprendre ce peuple, l'expliquer et travailler à la paix, il savait désormais qu'il haïssait les Turcs à pouvoir les étrangler un à un.

Hagop s'était assis face à lui. En silence, il l'avait écouté, comprenant, épouvanté, que son fils n'aurait la paix de l'âme qu'en acceptant que sur la terre, Adana existait même s'il ne le voulait pas. Il avait fait de son fils un idéaliste, mais en le façonnant en rêveur, il ne l'avait pas préparé à affronter la réalité de la vie.

— Samuel, richesse de mon existence, j'espère que Dieu te soutiendra. Personne ne peut rien pour toi.

— Il n'y a pas de Dieu, papa. J'en suis maintenant certain. Il n'y a que la morale mais les hommes n'en ont pas. C'est pour cela que l'on a inventé les dieux. En promettant le paradis éternel, en jurant être le peuple élu, en parlant de réincarnation dans une forme qui traduit la vie que l'on a menée, ce ne sont que des manières de donner une morale à des êtres dépourvus de conscience. L'humain est vil, ignoble et bas et Dieu n'existe pas.

Hagop plongea ses yeux tristes dans le regard de Samuel. Une flamme s'était éteinte.

Samuel commença à enseigner la philosophie à l'Université d'Érivan l'automne suivant. Pendant quelques mois, il emprunta le style de Constantin Orfanoudakis, puis suivit les conseils de son oncle et des autres professeurs pour en venir à créer ses propres méthodes. Il obligeait les étudiants à tout remettre en question, politique, religion, culture et science, leur faisait lire des centaines de pages contradictoires pour qu'ils prissent parti, se fissent une opinion et la défendissent. Dans ses cours, de longues discussions se terminaient le soir devant des bouteilles de vin et de bière et se poursuivaient dans la cour et les corridors le lendemain. En fait, il enseignait simplement comme il avait appris. Jamais il ne se satisfaisait de la médiocrité. Ceux qui réussissaient à réfuter ses arguments se méritaient des notes excellentes et ceux qui le plagiaient se voyaient recaler sans ménagement.

— Pour comprendre le monde, il faut saisir les deux côtés de la médaille. Ainsi, si vous défendez une position, connaissez les arguments qui démolissent ce que vous croyez afin de ne laisser aucune chance à vos détracteurs. Les esprits souples valsent aussi bien avec Dieu qu'avec le Diable.

D'année en année, Samuel défendait d'autres opinions pour éviter que les travaux primés des sessions passées ne fissent à nouveau mention. Il pouvait se faire Dieu ou Diable car il savait danser avec les idées mieux qu'avec les femmes.

Le temps s'écoula au rythme tranquille de ses contradictions. Samuel s'acheta une maison proprette non loin de chez son oncle. Il conviait chez lui des étudiants qui partageaient ses lectures, apprenait des langues au hasard de ses nouveaux intérêts, avait quelques maîtresses peu importantes pour meubler ses nuits et lisait longuement des ouvrages socialistes car il n'y avait qu'en eux qu'il se reconnaissait.

Le soir, lorsque dehors le mont Ararat s'éteignait à l'horizon, il allait marcher le long du fleuve pour penser à Nadya. Il lui parlait en s'adressant aux étoiles, l'imaginait près du Bosphore. Il s'ennuyait énormément mais la sentait à la fois très près de lui. Il rentrait alors lui écrire une lettre et embrassait l'enveloppe avant de la poster. Il lui arrivait aussi de penser à Théodora, mais les années n'avaient pas consolé son orgueil blessé. Il ne prit jamais la peine de lui écrire, ni ne tenta d'avoir des nouvelles de Constantin.

Il ne voulait surtout pas savoir si elle avait épousé Ludwig, elle qui avait préféré un Allemand militaire étroit d'esprit à ses grandeurs de vue.

Un soir que Samuel rentra tard de l'université, Hagop l'attendait sur le pas de sa porte, anxieux. Dans ses mains, le journal du jour le faisait trembler. Samuel ouvrit et le convia à prendre place sur un fauteuil du salon. Il lui servit un verre de vin et le rejoignit.

— La Turquie se fait de plus en plus menaçante, tu le sais bien. Avec la guerre qui gagne l'Europe, elle profite de ce moment pour nous exterminer. J'ai bien peur que ce que tu as vu à Adana en 1909 ne fût rien comparé à ce qu'ils préparent aujourd'hui. Ils veulent nous réduire en poussière, Samuel, nous effacer de la surface terrestre.

— Je sais, papa. De nos jours, avec tous ces troubles, nos alliés défendent leurs propres frontières. Nous devons nous protéger nous-mêmes mais nous n'avons rien. L'Arménie est un pays de pierres sans richesse, comme une légende absurde le raconte si bien. Dieu, chaque fois qu'il bâtit un pays, déposa une pierre à ses pieds. Lorsqu'il eut créé le monde, il se tenait sur un tas de cailloux. Nous sommes ce tas de cailloux, nous le peuple arménien, aux yeux de l'humanité, papa. Mais notre terre chrétienne, entre le monstre vorace russe et les musulmans assoiffés de conquêtes, est stratégique. Il est bête d'être un enjeu politique. L'Arménie ne survivra pas. L'un ou l'autre nous mangera.

— Je le sais bien, Samuel, ce n'est pas pour cela que je suis ici. Écoute-moi bien, fils de mes ambitions, fit-il d'un ton sans réplique, tu ne dois pas rester ici. Pars au plus vite.

Samuel le considéra avec surprise.

— Quitter l'Arménie? Partir encore loin de vous? Qui vous protégera lorsque vous serez vieux? Je ne vais pas vous laisser vous battre seuls contre le monde. C'est l'Arménie ma patrie, pas la Grèce ni nulle part ailleurs.

— Je suis déjà vieux, Samuel. Tu le sais et je le sais. Mais toi, tu as la vie devant toi. Tu es jeune, instruit, intelligent et tu parles russe parfaitement. Gagne Saint-Pétersbourg, va chez ma sœur. Elle m'a écrit et promis de t'aider. Il te faut survivre pour la survie de l'Arménie. Il te faut survivre pour nous qui sommes trop vieux pour nous défendre. Il te faut survivre pour que les massacres cessent un jour. Il faut que tu deviennes quelqu'un de puissant et d'important pour que de ton château, tu entendes nos pleurs et nos requêtes et que tu nous nourrisses. Toi seul peux aider l'Arménie et venger Adana.

Il mit de l'argent dans sa main et lui referma le poing. Il n'y avait plus de mots. Hagop serra son fils contre lui et murmura à son oreille.

— Au revoir, Samuel. Pars vite et n'oublie jamais l'Arménie.

Une semaine plus tard, Samuel Derderian quittait sa patrie pour Saint-Pétersbourg. Quelques sandwiches et quelques vêtements dans un sac, la tête pleine d'idéaux et d'ambitions, il laissa Érivan et son désir de calme pour s'enfuir vers le nord conquérir seul, sans armée, la grande Russie. Il marcha de villes en villages, cueilli quelques fois gentiment par un commerçant ou un paysan qui lui faisait parcourir, sur sa charrette, quelques kilomètres de plus. Il évitait les lignes de combats, écoutait, au hasard d'une auberge, les détails meurtriers des batailles, se souvenait à quel point l'homme pouvait être sanguinaire.

Il avait dépassé Moscou depuis plusieurs jours quand, épuisé, impatient d'aboutir enfin à Saint-Pétersbourg, las de marcher et marcher, découragé, il repensa à Nadya. Six ans depuis Istanbul. Six ans d'enseignement réduits à la fuite pour sauver son pays. Six ans à remarquer chaque matin, devant le miroir, les cheveux blancs qu'il avait depuis Adana. Six ans. Il marcha encore, sur le point d'abandonner la vie qui l'obligeait à quitter cette terre arménienne qu'il avait promis à ses frères d'honorer, puis il réentendit sa voix, cette voix juste de Nadya et il sourit :

— Tu verras, Samuel, lorsque tu seras patient, bien au-delà de ce que la patience peut supporter, tu seras alors sur le chemin brillant de ton avenir.

Faute de prier un Dieu auquel il ne croyait plus, il confia son destin à Nadya, sa déesse d'Istanbul, Istanbul la capitale de ce pays qu'il exécrait.

CHAPITRE SIX

PAVLOVITCHI –
SAINT-PÉTERSBOURG
1914-1933

Katia laissa couler une larme pour apaiser son corps en fleuve et en torrent, pour alléger son cœur lourd, si lourd, plus lourd que ce ventre rond, trop rond. Elle l'essuya du revers de sa manche et exhala un soupir long et lancinant. Que lui restait-il de sa vie ?

Elle se regarda dans l'étroit miroir de sa chambrette, visage pâle aux yeux gris, si différente de cette icône aux couleurs chaudes qui la narguait de sa quiétude insolente. Elle se voyait absente, presque morte. Elle savait qu'il y avait une vie dans ce corps qu'elle observait, une vie plus trépidante et plus forte que la sienne et elle l'aimait malgré elle. Depuis son désastreux mariage, elle croissait, rebondissait ses chemises, gonflait ses seins, enflait ses chevilles et Katia, magnanime, lui prodiguait en échange d'inlassables caresses. Les yeux clos, dès qu'elle s'offrait un moment de détente, les mains en balade sur cet abdomen gorgé d'amour, elle entendait une rivière, deux chansons, un roman et des poèmes. Les murmures de ses souvenirs la réconfortaient et la blessaient. Elle se blottissait au cœur de sa mémoire, écoutait la joie et la passion battre dans son corps, jubilait encore, mais elle devait toujours par la suite, à un moment ou à un autre, ouvrir les yeux et ressentir ce vide, cet abîme que plus rien ne savait combler depuis que Robert était parti. À l'aide de ses souvenirs, lorsqu'elle sentait son enfant bouger dans son ventre, elle se remémorait avoir trop vécu pour survivre à ces longues journées qui n'en finissaient pas de se reproduire.

— Robert, souffla-t-elle à voix basse en fermant les paupières, prête à s'oublier dans un rêve une fois de plus.

Andreï Dmitrivitch Markov, son époux, la considérait du pas de la porte, le visage peint d'une étrange souffrance. Avec le mariage, on lui avait promis une épouse, une vie de couple où chacune des deux parties exécutait des tâches journalières en attendant la nuit qui enfin les réunirait. Il n'y avait eu qu'une nuit, le soir même de ses noces, qu'un échange fugace baigné des larmes de sa femme, des cris de sa propre détresse, et d'un premier coup. Dès le lendemain, elle l'avait évité, puis lui avait confié, quelques semaines plus tard, attendre leur premier enfant. Depuis ce temps, rien ne l'unissait à cette femme. Elle le fuyait et il la poursuivait. Il ne cherchait pas à la terroriser, il ne désirait que la rejoindre, que la prendre, que la posséder comme tous les hommes du village disent prendre possession de leur femme. Mais Katia n'appartenait à personne, surtout pas à lui. L'alcool le soutenait dans sa quête, lui donnait le courage de prendre de force ce que sa faiblesse ne lui permettait pas de conquérir. Le matin, lorsqu'il quittait sa demeure pour travailler les champs, blême de frustrations, les hommes l'accueillaient en se moquant de ses nuits blanches à combler son épouse. Ils se gaussaient de sa gourmandise, vantaient sa virilité, raillaient l'intimité de l'alcôve qu'il n'avait jamais eue, sauf de force. Il les détestait. Il aurait voulu leur crier qu'il ne réussissait à avoir sa femme qu'après un litre de vodka, deux tonnes de violence et une mer d'injures, mais Andreï était un homme et les hommes ne parlaient pas de ces choses-là. Ainsi, plus le ventre de Katia grossissait et prenait de la place, plus ses peurs augmentaient et plus sa violence se déchaînait. Incapable de saisir ce qui lui échappait chez son épouse, il n'utilisait pour la vaincre que ce qu'il connaissait.

— Qu'est-ce que tu as à te regarder comme cela?

Il avait essayé de lui parler doucement en croyant qu'elle lui ouvrirait son âme et peut-être même les jambes, mais elle baissa les yeux et passa à côté de lui sans le voir, comme s'il était un fantôme.

— Tu as encore braillé! Tu ne fais que cela à longueur de journée!

Il y avait du découragement dans son ton, et sûrement des reproches, mais il y avait surtout cette émotion persistante qu'elle le rejetait sans cesse. Il s'assit à la table.

— Qu'est-ce qu'il y a pour souper?

Il monologuait. Katia circulait dans la pièce par automatisme, ne répondant à ses appels que par des gestes commandés par des années de servitude. Elle lui présenta une assiette fumante.

— Encore! s'exclama-t-il colérique, tu ne fais rien d'autre que cette bouillie.

Il cracha par terre, repoussa brusquement le plat qui se renversa et se leva pour foncer sur elle en rugissant. Il avait l'air plus grand dans sa brutalité qu'il était méprisable au regard de Katia. Il la frappa au visage. Elle chancela, se retint de justesse d'une main sur le comptoir.

Il se tenait devant elle la tête haute pour mieux baisser les yeux de dédain. Elle fixait le sol, tremblante de haine et frémissante de peur.

— Regarde-moi quand je te parle.

Elle osa à peine lever les yeux.

— Je vais à l'auberge boire mon malheur d'avoir une aussi minable épouse. J'espère pour toi qu'il y aura quelque chose de mieux à manger lorsque je serai de retour.

Il la poussa pour la quitter. Cette fois, Katia tomba. Satisfait de la voir sur le plancher, une main qui frottait son ventre pour le rassurer, il empoigna son manteau chaud et partit dans l'hiver vers le village en claquant la porte.

Katia se releva douloureusement. Elle ramassa la chaise, nettoya le dégât puis elle alla s'étendre sur le lit conjugal où elle s'endormit d'épuisement. Au moins, dans ses rêves, nul monstre ne venait la déranger.

Katia tomba en bas du lit. En sursaut, elle ouvrit les paupières. Andreï, debout, lui donna un coup de pied.

— Alors, grosse paresseuse, où est mon repas?

Ses yeux, injectés d'alcool, l'effrayaient. Il la frappa encore. Elle cria.

— Ferme-la, grosse truie.

Elle tenta de se lever, mais il la repoussa, menaçant.

— Je t'avais dit de me faire à souper. C'est tout ce que tu as à faire pendant que je me tue pour te faire vivre.

Elle essayait de se protéger, mais les coups pleuvaient à la vitesse des injures et les insultes tombaient en déluge. Prostrée dans un coin de la chambre, les jambes à demi relevées et le dos courbé, elle tentait de couvrir son trésor. Il l'empoigna par les épaules, la renversa sur le dos, la souleva par les chevilles et l'enfourcha.

Katia hurlait. Son corps se révoltait. Une douleur atroce lui monta au cerveau, mal de l'âme étouffé par une terrible déchirure. Son corps se scindait de l'intérieur, pire, se disloquait. Elle tentait d'esquiver les coups de bassin d'Andreï, mais il était devenu fou, plus que d'habitude. Elle ne savait comment se retenir, avec son cou courbé et ses mains tremblantes, son ventre qui frappait ses cuisses et sa tête qui se rapprochait du mur et finirait par s'y percuter. Terrorisée, elle ferma les yeux pour oublier.

Une seconde crampe lui coupa le souffle. Son univers se rompait. Des larmes tristes remplirent ses yeux. Le fruit de son amour le plus pur naissait dans la haine la plus grande. L'enfant de sa poésie, le fils de la rivière ou la fille de la forêt voyait le jour en pleine nuit.

Du liquide s'écoula d'entre ses cuisses. Andreï sentit quelque chose de chaud se répandre sur lui. Surpris, effrayé, il se retira et vit son sexe mouillé et ses pantalons maculés. Il recula, horrifié. Katia s'effondra sur le sol. La colère d'Andreï tomba. Il tremblait d'effroi. Le poids de sa bêtise alourdit ses épaules. Il se leva, homme impuissant misérable, observa Katia qui gémissait sur le sol, femme blessée qu'il avait tellement désirée. Il quitta la scène de son crime comme un assassin honteux et alla dans la nuit froide chercher la sage-femme.

Le front de Katia saignait et dégouttait à l'aveugler. Une autre contraction la fit crier. Elle tenta de se recroqueviller, mais son ventre en travail ne le lui permit pas. Cet orifice qui recevait l'amour et subissait la haine se préparait peu à peu à laisser passer l'enfant. Elle se sentit partir, dériver. Dans son inconscience, sa délivrance était la sienne, sa porte ouverte pour donner la vie la libérait par la mort. Elle était ailleurs, vers l'autre univers, presque heureuse.

— Robert, gémissait-elle, notre bébé...

Andreï arriva avec la sage-femme devant chez lui. Dehors, il faisait silence. Le vent s'était éteint et les nuages avaient recouvert les étoiles. Le décor lui confirmait qu'il s'agissait désormais d'une histoire de sorcière. Il n'avait qu'un désir, partir au plus vite et le plus loin possible.

— Restez dehors, monsieur Markov, ce n'est pas la place d'un homme, fit la sage-femme d'un ton sans réplique.

Il acquiesça en la quittant vers l'auberge. Il ne comprenait rien à ces histoires de bonnes femmes et ne tenait pas à les entendre. Il y avait là-dedans quelque chose de mystérieux qui ne devait certainement pas être sain à savoir. Si cela avait été autrement, les hommes et les femmes auraient été créés pareillement.

La sage-femme entra seule. Lorsqu'elle atteignit la chambre, qu'elle trouva Katia à la renverse, gémissante, elle se mordit le poing avec horreur. Katia avait un œil tuméfié, le front ouvert et le pouls faible. La sage-femme explora davantage le corps de Katia pour s'apercevoir qu'elle avait plusieurs meurtrissures et sûrement des côtes cassées.

— Monstre ! vociféra-t-elle.

Elle alla chercher de l'eau chaude et réanima doucement Katia à l'aide d'une éponge.

— Belle et douce enfant, murmurait-elle.

Difficilement, Katia ouvrit les paupières. Elle entrevit le visage d'une femme qui lui parlait avec délicatesse, puis sentit à nouveau une douleur fulgurante lui transpercer le ventre.

— Viens sur le lit, ma belle, disait-elle. Pauvre petit oiseau blessé ! C'est ton enfant qui veut venir te voir. Ne combats pas la douleur. Laisse-la te guider vers la délivrance. La nature est forte. Fais-nous confiance.

Katia gémit, ouvrit les yeux. La sage-femme lui sourit faiblement.

— Je suis Fania Kholodova. Sois brave, ma belle. Aie confiance. Bientôt, tu auras un fils.

Katia se mit à crier. Elle cherchait la noirceur et son enfant la lumière. Le combat entre eux dura longtemps. Le fils l'emporta. Lorsqu'il émit son premier pleur, que Fania le posa sur le sein de sa mère, Katia sombra dans un sommeil sans repos où la mort avait refusé de l'engloutir.

Le poupon s'endormit. Fania récupéra son manteau et sortit dans l'hiver remplie de dégoût envers ceux qui ne respectaient pas la magie ni le miracle de la naissance. Dès qu'elle referma, elle marcha vers un but précis, décidée. Elle châtiait Andreï, le condamnait pour toutes les incompétences de l'humanité. Elle était révoltée non seulement parce qu'il avait battu une femme enceinte, mais aussi parce qu'il en avait frappé une protégée par un passé qu'elle connaissait, par une histoire qu'elle partageait avec un homme du village. Elle sourit. C'était chez cet homme qu'elle allait chercher de l'aide. Il y avait presque deux décennies qu'ils ne s'étaient parlé, à peine s'étaient-ils regardés lorsqu'ils s'étaient croisés. Cela n'avait rien d'extraordinaire, tous les hommes du village l'évitaient depuis sa naissance.

Enfant, on la disait fille de sorcière. En vieillissant, elle l'était devenue. Peut-être par obligation, peut-être par choix. Il n'y avait donc que trois hommes à Pavlovitchi qui n'avaient pas peur d'elle. Le pope, le médecin et un fermier doté d'un gros bon sens qui valait bien les années d'études des deux lettrés. Elle allait d'ailleurs vers lui chercher ce que les deux autres lui refuseraient certainement.

Devant la maison, elle se retint un court instant. Elle se sentait nerveuse et troublée. Au loin, les arbres crépitaient sous le froid intense. L'hiver avait frigorifié le paysage nocturne en lui donnant une lumière insolite. Elle frappa à la porte. Youri Mikhaïlovitch Ivanov, le père de Katia, lui ouvrit après quelques minutes. Surpris en pleine nuit par un cauchemar terrifiant, il n'avait plus fermé l'œil. Il avait attendu. Les coups à sa porte avaient confirmé ses angoisses. À l'autre bout du village, sa Katia souffrait. Il prit son manteau accroché contre le mur, l'enfila et sortit. Lorsqu'il fut dehors, devant Fania, à quelques mètres de la maison, elle explosa :

— C'est ta fille, Ivanov.

Youri hocha la tête. Des larmes perlaient au coin de ses yeux.

— Andreï a failli la tuer, cette nuit.

Son cœur cessa momentanément de battre. Sa fille, sa Katia. Une émotion qui appelait une rébellion contre des millénaires de diktats absurdes s'installa en lui.

— Il y a plus grave, reprit-elle.

Elle le fixait dans les yeux. Il n'eut pas besoin d'entendre. Il l'avait toujours su. Depuis Irma, depuis sa propre passion, il avait su pour Katia.

— L'enfant n'est pas d'Andreï. Il n'y a que sept mois qu'ils sont mariés et le bébé n'est pas prématuré.

Youri sourit. Cette nuit lui en rappelait une autre ; cette nouvelle, une histoire déjà vécue.

— Il s'en rendra compte, Youri, et je suis certaine qu'alors, il les tuera. C'est un monstre, Ivanov, le pire que j'ai connu. Il n'a aucun respect. Il est dangereux et la vie de ta fille ne tient qu'à un fil. Il l'a tellement battue, ce soir, que je pense qu'il est fou.

Ils se remirent en marche. Dans cette nuit horrible, il se rappelait une vie parallèle. Irma. Sa belle histoire d'amour. Une beauté aux cheveux de terre. Il allait la voir, la nuit, s'échappait des regards curieux pour se blottir dans la forêt autour du village. Ils parlaient ensemble des heures et des heures. Il était tombé amoureux d'elle sous des cieux étoilés. Il n'avait pas oublié non plus comment, après une nuit d'amour, elle lui avait annoncé attendre un enfant de lui. Il aurait dû l'amener loin du village, les sauver. Mais qu'avait-il fait? Dans sa jeunesse insouciante, il s'était attendu à la marier après la naissance du bébé, à recommencer, la nuit, à la courtiser. Il avait causé sa fin, y avait assisté. C'était cette sage-femme qui avait accouché Irma. Elle était la seule dans le village qui savait pourquoi Irma était partie un jour pour une ville lointaine. Lorsque Fania le lui avait annoncé, il avait cru que la démence allait s'emparer de lui. Il venait de ressentir la même chose en ce moment. Sa fille avait aimé et avait conçu un fils de cet amour. Ils vivraient. Jamais ils ne mourraient parce qu'il avait fait l'erreur de la marier à cet individu abject.

— Où allons-nous les cacher? demanda-t-il soudainement.

— Chez moi et dès qu'elle ira mieux, elle quittera le village.

Il sourit amèrement et acquiesça. À eux deux, le pas cadencé, ils ressemblaient à un bataillon. Le rythme de leur marche battu par leurs tempes, ils dégageaient plus de puissance qu'une armée.

Youri lorgnait la maison qui approchait. Rien autour de lui ne détournait son attention. Il n'y avait que Katia et son fils, que des vies de son sang à sauver. En regardant leur logis, mille remords martelaient son âme lourde de regrets.

Youri ouvrit et entra, fauve libéré pour défendre sa chair au prix de sa vie. Il n'eut pas à déployer autant d'énergie. Andreï n'était pas rentré de l'auberge. Youri et Fania passèrent dans la chambre. Katia nourrissait amoureusement son bébé. Lové contre son sein, les poings posés sur les melons juteux, le petit avait les yeux clos de ravissement. Elle puisait dans le bonheur de son nourrisson sa propre joie, lui murmurait des mots doux en français, le berçait. Elle leva les yeux sur eux. Surprise d'apercevoir son père, elle l'interrogea du regard.

— Ne restons pas ici, Katia, fit-il, tôt ou tard, Andreï vous tuera.

Elle n'avait pas bronché, incapable de découvrir en elle un gramme de courage. Son fils tétait. Elle sentait sa chaleur l'habiter. Elle avait déjà réfléchi. Demain, le village la condamnerait. Le fils qu'elle allaitait n'était pas de son époux. Elle n'avait plus d'énergie pour se battre. Elle voulait seulement mourir.

Youri devina son monologue intérieur sans y acquiescer.

— Viens pour ton fils, Katia. Viens pour me prouver que tu me pardonnes. Viens pour les autres puisque tu ne le feras pas pour toi.

Youri s'approcha d'elle et les prit dans ses bras. Elle se laissa faire.

— Où vais-je me cacher?

— Chez moi, répondit Fania, là où ni Andreï ni aucun homme ne viendra vous chercher.

Katia la dévisagea. Elle avait entendu parler d'elle à la fontaine. Certaines femmes disaient qu'elle connaissait la manière de ne pas avoir d'enfant, d'autres qu'elle était guérisseuse, ou encore qu'elle pratiquait la magie noire et qu'elle parlait aux esprits. Cette femme portait avec elle tous les mystères. Katia fixa son visage et ressentit une telle bonté qu'elle s'y confia.

Youri la regarda emmitoufler son fils et sourit. Cette tendresse nouvelle, maternelle, seyait à merveille à sa fille. Ce poupon, si minuscule, le faisait grand-père. Katia le considéra. Son père, habituellement taciturne, se montrait rarement aussi expressif.

— Il est beau, mon fils, n'est-ce pas, papa?

— Oui, ma fille, il est magnifique. Comment vas-tu l'appeler?

— Robert, répondit-elle sans hésiter.

Elle leva les yeux pour chercher son approbation. Il lui sourit tendrement.

— Il s'appellera Robert Ivanov, refit-elle en lui souriant.

Elle constata qu'elle ne connaissait de cet homme que le père qu'il était, comme tous les enfants du monde. Elle étudia ensuite son fils en se demandant si lui aussi, un jour, chercherait à comprendre la femme qu'elle aura été.

Fania empaqueta les quelques effets que Katia désirait conserver, les tendit à Youri puis l'aida à marcher. Lorsque son père referma la porte de sa minable demeure, Katia comprit qu'en se sauvant de son époux, elle déjouait son destin. Alors, elle inspira l'air frais de l'aurore hivernale et se sentit revivre. Elle enlaça étroitement son fils. Chaque parcelle de son être lui disait des mots d'amour et lui redonnait confiance en la vie.

La guerre envahissait les terres russes. À Saint-Pétersbourg, le tsar espérait qu'elle ferait reculer les révolutionnaires qui pullulaient. Trop de manifestations antipatriotiques jaillissaient. Il tentait d'éteindre les feux, mais non loin d'où il déversait ses hommes, d'autres foyers s'allumaient. Que pouvait-il encore faire? Le pays lui glissait entre les doigts.

Les répercussions de la guerre arrivaient aussi à Pavlovitchi. Plusieurs hommes célibataires et valides allaient mourir sur le front. Les nouvelles cultures devaient être envoyées dans les villes pour nourrir l'effort de guerre et les autorités vérifiaient hebdomadairement si les consignes étaient respectées. Les cultivateurs cachaient bien quelques denrées, mais la plus grande partie des récoltes quitta le village et céda le pas aux privations et à la famine. Les villageois semaient et récoltaient le blé pour les autres et à force d'ainsi faire, leur cœur connut la rage. Ils travaillaient à fendre l'âme et leur famille avait faim. Pendant qu'ils semaient pour la ville, des désirs de justice germaient en eux. Et s'ils avaient aussi une place au soleil ? Et si l'essentiel n'était pas seulement une question de sang ?

Quelques semaines après la naissance de Robert, alors que le printemps 1915 s'annonçait, dans la demeure de la sage-femme, Katia avait recouvré ses forces. Elle pétrissait du pain avec la farine que Fania troquait, cuisinait des plats savoureux avec les herbes et les fleurs qui poussaient dans la demeure. Pendant qu'elle s'activait devant la marmite, Fania distribuait ses connaissances aux femmes qui venaient à la maison chercher des médicaments ou des conseils. En voyant Katia, aucune n'émettait de remarques. Le village tout entier connaissait l'endroit où elle se cachait, même Andreï. Simplement, personne ne savait encore comment réagir. Aucune femme n'était jamais partie avant d'être proscrite, aucune n'avait pris le large en emportant des effets personnels et son enfant. Or Katia venait de mêler les cartes. Il en avait toujours été ainsi. Enfant, elle avait travaillé dans les champs ; adolescente, elle avait bu à l'auberge ; adulte, elle avait aimé, et mariée, elle s'était sauvée. Pour eux, Katia n'avait jamais été des leurs. Elle venait d'un autre lieu et désormais, cet endroit la rappelait à lui. Ce n'était qu'une question de temps. Lorsqu'elle quitterait Pavlovitchi, elle disparaîtrait des conversations, mais non des mémoires du village.

— Je pars ce soir, après le repas.

Katia déglutit difficilement. Elle sentait la peur crisper son ventre, mais l'envie de l'aventure s'était emparée de son esprit.

Fania ouvrit une armoire et retira un paquet ficelé qu'elle lui tendit.

— Voici de l'argent que ton père m'a donné pour toi. Il te fait dire qu'il vous aime énormément tous les deux. Il a ajouté qu'il regrettait.

— Dis-lui qu'il ne doit avoir aucun remords. Il a fait ce qu'il croyait être le mieux. J'ai fait de même. Tu lui diras que je l'aime aussi et que nous serons sûrement heureux, Robert et moi.

— Alors, aie confiance, Katia. Ne regarde pas trop derrière toi et avance. La route que tu choisiras sera la bonne.

À la nuit tombante, quelques heures plus tard, Katia s'élança vers son destin, son fils contre elle, un sac sur l'épaule. Elle empruntait des chemins qu'elle ne connaissait pas, des routes dont elle avait ignoré la destination mais non l'existence. Ces voies qu'elle suivait la conduisaient vers une ville, vers la ville où elle n'avait jamais cru aller, vers cette capitale de l'empire où tout pourrait recommencer.

— Viens, Robert Ivanov, chuchota-t-elle à l'oreille de son fils adoré, Saint-Pétersbourg nous attend.

Étrangement, comme s'il voulait encourager sa mère, le bébé esquissa un délicieux sourire.

— Tu es aussi beau que ton père.

Et elle ajouta en français.

— Je t'aime !

Avec la force de la détermination, elle entreprit une longue marche vers la ville. Dans ses yeux, il n'y avait ni chagrin ni nostalgie, à peine une lueur de peur. Convaincue qu'elle avait le devoir de vivre pour que son fils devînt un homme, elle ne laissa aucune crainte dicter sa conduite.

Les jours se suivaient et se ressemblaient. Le temps se résumait à marcher, avancer, ne jamais cesser pour au plus vite arriver. Le soir, épuisée, elle se blottissait au pied d'un arbre, son fils contre elle et s'endormait. Dans ses rêves, elle marchait encore, marchait toujours, lentement, pas à pas. Quelques fois, au contraire, elle dormit en songeant qu'elle se reposait, que le soleil ne se levait pas, que Robert n'avait plus faim et qu'elle pouvait dormir, dormir pour l'éternité. Elle était tellement fatiguée.

Saint-Pétersbourg sur la ligne d'horizon, minuscule point qui grandissait subtilement, Katia se sentit suivie. Embêtée, apeurée par les histoires qu'elle avait entendues au village, elle poursuivait sa marche, mal à l'aise de se sentir épiée. Après quelques longues minutes, elle regarda par-dessus son épaule. Un homme marchait derrière elle à une centaine de mètres. Quand il remarqua qu'elle le regardait, il lui envoya la main, lui cria de l'attendre et courut vers elle. Elle eut envie de se sauver, mais un bébé dans les bras et un sac sur l'épaule, elle eût été rejointe rapidement. Elle l'attendit donc.

L'inconnu aux cheveux blancs, rendu devant elle, se présenta en souriant :

— Je suis Samuel Derderian, fit-il essoufflé.

Il la dévisageait avec sollicitude. Il avait même l'air un peu naïf. Katia le toisa un instant et répondit :

— Je suis Katia Ivanova et lui...

Elle posa un regard tendre sur son fils endormi.

— Il se nomme Robert Ivanov.

Samuel sourcilla légèrement au prénom français mais conserva ses questions pour lui-même.

— Vous allez à Saint-Pétersbourg ? reprit-il.

— Effectivement.

— Voulez-vous poursuivre la route avec moi ?

Pourquoi refuser ? songea-t-elle. Elle acquiesça et ils se remirent à marcher.

— J'imagine que personne ne vous attend à Saint-Pétersbourg ? fit-il en la considérant.

— Vous vous méprenez, réfuta-t-elle en mentant d'un ton léger, j'ai un frère qui vit là-bas. Et vous ?

Samuel arrêta de marcher et tourna vers elle des yeux déçus.

— Écoutez-moi bien, madame Ivanova. Il n'y a pas un frère digne de ce nom qui ferait faire une telle marche à sa sœur et à son jeune bébé. Non, madame Ivanova, ne me mentez pas. Je me doute que vous vous êtes sauvée et que ce bébé est la raison de votre fuite. Vous êtes faite comme les femmes de la campagne, pas comme les citadines, et les scandales dans les villages coûtent la vie aux femmes pécheresses. Loin de moi l'idée de vous condamner, mais je ne peux tolérer les mensonges.

Elle avait les yeux fixes, grands ouverts comme les animaux blessés.

— Alors, connaissez-vous quelqu'un à Saint-Pétersbourg ? redemanda-t-il d'un ton calme. Dans la situation où nous sommes, mieux vaut être honnête l'un envers l'autre.

Hébétée par la franchise de Samuel, désorientée par ses émotions et par ce qui lui était arrivé depuis que Robert l'avait quittée, elle éclata en sanglots. Elle ne pleurait pas à cause de Samuel, elle pleurait sur elle-même, sur sa vie qui ne voulait pas la quitter ou la laisser être une femme de Pavlovitchi, une femme comme les autres. Elle pleurait sur celle qui avait bu et dansé à l'auberge, qui n'avait jamais su entretenir une maison, qui avait follement aimé un homme mais qui en avait épousé un autre.

— Katia, fit doucement Samuel, ne pleurez pas. Il n'y a rien de mal à avoir peur. Moi aussi, je me suis tiré de quelque part pour sauver ma vie. C'était pour d'autres raisons, mais je suis aussi en fuite. C'est pour cela que nous serons amis, Katia. Parce qu'au monde, désormais, nous n'avons que nous deux.

Elle sanglotait silencieusement. Il la conduisit vers le côté de la route et l'aida à s'asseoir. Là, sur la terre, il lui frotta le dos pour la consoler.

— Doux, ma belle, doux. Laissez-moi vous aider un peu. Vous semblez porter sur vos épaules tous les troubles de l'humanité. Ce n'est pas peu dire à notre époque.

Elle esquissa un sourire.

— Voilà, c'est déjà un peu mieux. J'ai une tante qui m'attend. Elle vous accueillera avec plaisir, vous et Robert. Devenez mon amie, à deux, la vie est tellement moins pénible.

— Pourquoi faites-vous cela pour moi? s'informa-t-elle. Je n'ai pas d'argent, pas de bijoux. Je n'ai absolument rien à vous offrir en retour.

— Je sais, fit-il, détendu de la voir calmée. Je n'attends rien de vous. Lorsque je vous ai vue marcher avec votre bébé pour sauver vos vies, j'ai admiré votre force et votre courage. Je me suis dit : « Samuel, si le monde va mal en ce moment, c'est que les hommes n'ont pas de morale. On ne chasse pas une femme et son fils. À rejeter son sang, on perd ses racines. Or il est mauvais pour l'homme de perdre ses racines. »

Surprise par le discours de l'étranger, Katia l'écoutait parler avec attention. Lorsqu'il eut terminé, elle lui sourit sincèrement, quelque peu amusée. Il lui enleva son sac et le porta à sa place. Ils reprirent leur marche les yeux sur l'horizon.

— Merci, fit-elle soudainement, après quelques minutes silencieuses.

Il lui sourit en retour. Elle chercha alors à deviner son âge, sans le pouvoir. Il tenait de drôles de propos, mais il avait le pas alerte et le ton jeune. Il avait beaucoup de cheveux blancs mais aucune ride sur le visage. Il avait des manières élégantes et distinguées mais aussi un regard malicieux et espiègle. Il était sans âge ou les avait tous à la fois.

Ils arrivèrent à Saint-Pétersbourg en fin de journée. Samuel trouva l'adresse de sa tante dans son sac puis s'informa de la route à prendre pour trouver la rue Khalfourine. Elle se situait parallèle à la Neva et adjacente à la place du Palais. En chemin, Katia avançait maladroitement en regardant derrière elle le magnifique château qui scintillait au soleil couchant. Impressionnée par la ville, elle retenait Samuel qui marchait trop rapidement.

— Nous visiterons Saint-Pétersbourg demain. Venez, Katia, ne tardons pas. J'ai faim, le bébé est épuisé et la ville sera toujours là pour vos yeux, ne vous inquiétez pas.

Elle soupira et le rejoignit sans arrêter pour autant de marcher la tête en l'air pour tout voir de la première ville de sa vie.

— Voilà, c'est ici, affirma Samuel devant une grande demeure.

— Mais elle est riche ! s'exclama Katia.

— Bourgeoise mais pas aristocrate, quoique, à voir, il n'y ait pas beaucoup de différence.

Elle ne comprit pas vraiment la raison de son commentaire. Il frappa à la porte, sa tante vint ouvrir.

— Que puis-je faire pour vous ? demanda-t-elle.

Elle les toisait les sourcils froncés. Samuel enleva sa casquette et se présenta :

— Je suis Samuel Derderian.

— Samuel ! Comme je suis heureuse de te revoir.

Elle le prit dans ses bras chaleureusement, puis elle se tourna vers Katia.

— Voici ma femme, Katia, et mon fils, Robert, présenta-t-il.

Elle recula pour leur permettre d'entrer.

— Bienvenue à Saint-Pétersbourg. Katia, ma belle, je suis désolée. Je ne savais pas que mon neveu était marié. Entrez.

Elle les conduisait vers la salle à manger.

— Je me demande pourquoi ton père ne m'en a rien dit dans sa lettre.

Katia aurait bien voulu aussi en être informée.

— Je ne le sais pas, ma tante, fit Samuel avec désinvolture.

Elle haussa les épaules, intriguée et aucunement convaincue. Cette femme était trop blonde pour venir d'Arménie et ce bébé trop jeune. Ils n'auraient jamais fait un tel voyage avec une femme en relevailles et un poupon en lange.

Elle leur fit servir un repas qu'ils engloutirent tant ils avaient faim. Katia mordait la viande et les légumes en se pourléchant, en priant pour que Robert ne s'éveillât pas pendant qu'elle mangeait à sa faim. Samuel levait rarement les yeux car il ne tenait pas à rencontrer le regard de sa tante. Il sentait qu'elle n'avait pas encore avalé son récent mariage.

Après le dessert, voyant Katia retenir un bâillement, la tante alla leur montrer leur chambre. Ils gravirent l'escalier de l'entrée et à l'étage, elle ouvrit une porte.

— Samuel, tu dormiras ici.

Samuel la fixa, décontenancé.

— Venez, Katia, vous devez avoir besoin de beaucoup de repos, vous et Robert. Vous direz à mon neveu qu'il n'a pas besoin de mentir pour que j'héberge une amie. Je l'aurais fait de toute façon. Reposez-vous bien. Votre fils est tellement jeune. Vous avez dû souffrir terriblement durant ces jours de marche. Dormez, maintenant. Reposez-vous. Nous ferons amplement connaissance demain.

Avant d'entrer dans la chambre, Katia se tourna vers Samuel et lui sourit, amusée. Décidément, ils avaient tous un don d'ubiquité dans cette famille.

La tante rejoignit Samuel lorsqu'elle se fut assurée que Katia n'avait plus besoin de rien. Elle lui apporta un thé dans lequel il trempait les lèvres sans conviction et il entreprit de lui raconter les horreurs subies par les leurs. Elle l'écoutait, malheureuse. Elle se souvenait des tueries de la fin du siècle dernier, de ces milliers d'Arméniens assassinés brutalement par les Turcs. Des larmes s'échappèrent de ses yeux.

— Oh ! Samuel, c'est tellement horrible !

Elle prit une gorgée de thé.

— Vous avez bien fait de quitter le pays, fit-il.

Elle acquiesça.

— Bien que ça n'ait pas été facile au début, ton oncle a bien réussi. Mais tu sais, l'Arménie nous manque. Je suis un peu comme une insulaire perdue au milieu d'un continent. Le roc de ma nation me manque.

Ils restèrent sans rien dire. Que pouvaient-ils d'ailleurs ajouter ?

— Et Katia ?

— Je ne connais pas son histoire mais je vous remercie de l'accueillir.

Elle baissa les yeux sur sa tasse.

— Il faut bien s'entraider, entre insulaires.

Elle lui fit un clin d'œil.

— Je crois même connaître quelqu'un qui a besoin d'une femme comme elle pour l'aider. Je pense qu'elle pourra travailler aussitôt qu'elle le voudra.

— Et pour moi ? demanda Samuel.

— Toi, tu trouveras quelque chose de génial, quelque chose qui te ressemble. Avec ta culture et ton instruction, je ne suis pas inquiète.

Elle le quitta perplexe, devant son thé, à se questionner sur ses possibilités.

Le lendemain midi, Katia arriva la dernière à table. Souriante, reposée, elle affichait un meilleur teint et des yeux moins hagards.

— Je vous ai trouvé un travail qui devrait vous plaire, commença l'hôtesse d'un ton invitant. J'ai une connaissance, Valantina, qui n'est pas en très bonne santé. Elle a besoin de quelqu'un pour s'occuper de ses enfants. Elle vous logera et vous nourrira, vous et Robert, en plus de vous payer un salaire décent. Vous serez en sécurité et Robert se fera des amis.

Katia sourit.

— Merci beaucoup !

Ils dégustèrent le délicieux repas. Samuel offrit à Katia de visiter la ville et lui assura que sa tante pouvait garder Robert quelques heures, surtout qu'il dormait. Ils se mirent en route.

Ils traversèrent des ponts, étudièrent leur reflet sur l'eau, rirent et s'extasièrent. Saint-Pétersbourg offrait un décor impressionnant. Il y avait les hautes maisons de plusieurs étages qui se dressaient de chaque côté des rues, des perspectives longues où des artisans présentaient leurs produits de luxe, de douces odeurs de fleurs dans un parc et d'autres amères près du port. Katia ne savait plus où donner de la tête. Tout était tellement différent. Malgré son intérêt pour ce qui l'entourait, elle sentait en elle un sentiment semblable à la peur.

— Tu verras, répondit Samuel à sa crainte, tout ira pour le mieux, maintenant.

— Oui, reprit-elle devant le palais d'Hiver, tout ira pour le mieux. L'avenir nous sourira à toi, à moi et à Robert.

Elle voulait tellement s'en convaincre. Elle admirait l'imposante structure, les innombrables fenêtres, les colonnades, l'étonnante richesse de cette architecture.

Il la prit par la main en marchant. En la tenant ainsi, en l'entendant croire en l'avenir, il étouffa l'envie de lui dire de se méfier. Il sentait le vent troublé souffler sur l'Europe et il savait que ce vent provenait de la guerre.

— Viens, Katia, retournons voir la mer. L'eau redonne courage à ceux qui en manquent et j'en ai besoin pour me trouver un emploi.

Elle le taquina du bout des doigts sur sa nuque en riant.

— Voyons, le philosophe, tu trouveras bien quelqu'un qui payera pour te faire palabrer à longueur de journée !

— Palabrer, hein...!

Ils coururent vers le fleuve sans voir les changements qui s'y produisaient au même moment, bouleversements trop abstraits pour toucher leur monde visible. Pourtant, à cet instant, la paix quittait la Russie pour plusieurs années et des navires qui accostaient débarquaient des batailles, la famine, l'influenza et la révolution. Mais en ce jour tranquille, loin du front, ni Samuel ni Katia ne les voyaient. Ces fantômes terrifiants passaient au-dessus de leur tête sans les déranger, spectres insensés des hommes qui s'installaient dans leur cœur au nom de la religion, au nom de la patrie, au nom de la terre ou au nom de la race, tous pseudonymes de pouvoir.

Une douceur. Une caresse. Comme une main tendre passée dans ses cheveux, le baiser que Robert lui offrit l'apaisa, la détendit et la calma. À ce bref échange, elle confia ses peurs et ses craintes. Elle se donna au baiser comme l'enfant s'abandonne en confiance, sans chercher les raisons de son bien-être.

Robert s'éveilla en larmes. Il criait sa faim et sa couche humide. Katia ouvrit les yeux et toucha sa bouche de ses doigts tremblants d'émotion. Elle aurait désiré retourner à son rêve, mais le fruit vivant de son amour lui demandait du lait et des langes sèches. Elle se leva du lit, souriante. Son enfant était toute sa vie et son amour, toutes ses nuits.

— Alors, Robert, on n'a pas honte de crier comme cela? fit-elle en le câlinant dans son berceau.

Le bébé lui lança son plus beau sourire.

— Il n'y a que les bébés qui soient beaux sans aucune dent.

Robert éclata de rire. Cette musique du rire de son fils enchantait Katia. Bien qu'il pleurât pour signaler son réveil, dès qu'elle se penchait au-dessus de lui pour le prendre, il lui souriait et riait. Elle savait que c'était ses mercis à lui pour chaque jour que le ciel lui donnait, pour les boires que sa mère lui offrait et pour la chance qu'il avait d'avoir un toit, de la chaleur et de l'amour. Les bébés n'étaient jamais aussi innocents qu'on les disait. Dépourvus de cette rationalité qui dévie les sentiments en raisonnements, les enfants prenaient en sachant inconsciemment que la roue de la vie tournerait assez vite pour qu'ils redonnassent un jour ce qu'ils avaient reçu de bon ou de néfaste. En attendant, leurs sourires et leurs rires berçaient les mères qui chantaient des berceuses, patientes, blotties au creux des brumes de la nuit, rêveuses de ce petit qui trop vite devenait grand.

— Bel ange tombé du ciel, lui disait-elle. Tu es ma plus grande richesse.

Robert tétait le sein de Katia les yeux curieux, ouverts sur ce qui l'entourait. Elle lui fredonnait *Kalinka*, un vague sourire sur le visage. La tête appuyée contre le dossier, belle et maternelle, amoureuse jalouse de l'enfant qu'elle nourrissait, elle ne laissait venir à son esprit que les doux souvenirs. Les nuits étaient faites pour le calme puisque chaque jour appelait de multiples combats. Elle avait compris très jeune qu'il fallait confier à l'une les misères de l'autre. Elle prenait donc les heures de lune pour des sinécures, pour une oasis où elle seule et son fils existaient sous les étoiles, loin de la barbarie des hommes.

Au matin, pendant que Katia préparait le déjeuner des enfants et de Valantina, Samuel surgit à la porte de la cuisine.

— Bonjour, mignonne, salua-t-il.

Il affichait la plus parfaite des satisfactions. Comme il y avait plusieurs jours qu'elle ne l'avait pas vu, elle tenta de rester froide, même si elle avait envie de lui sauter dans les bras. Elle avait un minimum d'orgueil.

— Bonjour, Samuel, tu as déjeuné?

Elle ne le regarda pas, croyant ainsi mieux feindre son indifférence. Il haussa les sourcils curieusement. Elle lui en voulait. Il la trouvait comique de s'en faire pour quelques jours d'absence. Les femmes étaient décidément comme les plantes. Elles devaient recevoir quotidiennement de l'eau et du soleil pour croître et porter des fruits. Il alla vers elle et l'embrassa sur le front. Elle continua de le bouder hautainement.

— Écoute, Katia, je m'excuse. Je n'ai pas pu te prévenir que je quittais la Russie pour quelques jours. J'y ai pensé mais je ne le pouvais pas. Pardonne-moi.

Il la suppliait presque.

— Quitter la Russie ? s'enquit-elle comme si elle n'avait retenu que cette partie de l'excuse. Où es-tu allé ?

Elle regarda ses yeux et devina qu'il lui cachait une heureuse nouvelle. À le fixer, elle sentit qu'il se ferait tirailler longtemps avant d'avouer la raison de sa visite matinale.

Ils n'avaient plus beaucoup à se parler pour se comprendre. Les voyant se deviner comme ils le faisaient, un inconnu eût pu croire qu'ils se connaissaient depuis l'enfance ou encore qu'ils étaient amoureux. Or ni un passé longuement partagé ni l'amour ne les unissaient. Leur communication se basait sur le respect et l'écoute, et à force d'avoir respecté l'écoute, ils en étaient venus au langage des yeux. Chacun avait fait du visage de l'autre une carte géographique de sentiments où chaque mouvement des joues, chaque lueur des yeux et chaque sourire exprimait une infinité d'émotions. Ils avaient dû souvent se mettre l'âme à nu l'un devant l'autre, se raconter des secrets plaisants et d'autres moins gratifiants, et au fur et à mesure qu'ils se dévoilèrent mutuellement, le respect de chacun fit taire les scrupules et les gênes de l'autre : chacun n'était plus dès lors qu'un humain devant un autre, avec tout ce que cela signifiait de grandeur, de complexité et de désillusion.

— Je suis allé en Finlande, chez des révolutionnaires, et j'y ai composé cet article.

Il lui tendit une copie du journal la *Pravda* ouverte à la page où il avait paraphé son premier écrit. Elle la déposa sur la table après avoir lu la signature de Samuel avec fierté.

— Je te le laisse pour que tu le lises, dit Samuel. J'en ai plusieurs copies.

Il rayonnait. La passion du défi illuminait ses yeux. Katia y reconnaissait aussi la colère du désir inassouvi de changer le monde qui voyait enfin une occasion de se réaliser. Elle sentait vibrer Samuel au fond d'elle-même comme elle avait senti son fils s'éveiller à la vie. Il lui donna un autre baiser sur le front et mit sa main sur la poignée.

— Je reviendrai bientôt, promit-il.

— Fais attention à toi.

Elle n'avait pu contenir ce conseil même si elle le savait vain. Samuel la quitta. Il avait la démarche légère et la tête haute. Tout son corps chantait la passion et l'envoûtement. Il marchait comme ses idéaux le lui ordonnaient : avec détermination et confiance. Il foulait le sol enneigé comme suspendu au-dessus de ceux qui se contentaient du médiocre quotidien sans tenter de le changer. Il bouleversait la gravité comme il allait chambouler le cours de l'histoire de l'humanité.

Il scrutait l'infini en cherchant plus loin que son champ de vision. Il concevait l'horizon comme une barrière à dépasser de la même manière qu'il fallait surmonter celui de ses pensées. La peur, la haine et les préjugés n'étaient que des horizons créés par l'homme pour justifier son inaction, mais Samuel voyait encore plus loin tandis que Katia le suivait du regard jusqu'à ce qu'elle le perdît de vue. Elle le porta ensuite dans son cœur jusqu'à la cuisine où son odeur continua à lui parler de la puissance révolutionnaire. Pendant qu'elle préparait un plat pour Valantina, elle laissa ce parfum stimuler sa réalité, remplir son corps de détermination et de confiance. Comme pour Robert jadis, Samuel se logeait en elle avec aise.

Katia poussa la porte de la chambre de Valantina d'un coup de hanche. Elle déposa le plateau sur une table près du lit, puis elle tira les rideaux. Un soleil magnifique traversa la fenêtre en lui caressant doucement les joues.

Valantina venait d'avoir trente ans. Elle était mariée à un militaire depuis plus de dix ans. Katia ne l'avait jamais rencontré en sept mois de travail. Malade, Valantina souffrait d'une toux chronique empirée par l'humidité de la ville. De plus, comme rien ne la motivait à guérir, sa santé ne s'améliorait pas, même l'été. Le médecin qui la soignait craignait une tuberculose si elle ne prenait pas du mieux.

— Elle fait de multiples bronchites et ses maladies dépassent ma médecine, avait-il expliqué à Katia la dernière fois qu'il était passé ausculter Valantina.

Katia avait hoché la tête. Rien de ce qu'il avait dit ne l'avait rejointe. Les termes pour définir le mal de Valantina ne tenaient pour elle rien de médical. Il suffisait d'observer sa vie pour comprendre les maux de l'âme que son corps criait. C'est ce que lui avait enseigné Fania Kholodova, la femme sage de Pavlovitchi.

— Bonjour, Valantina, comment allez-vous ce matin? salua Katia.

Devant ce soleil éclatant, quelle douleur oserait perdurer? Pourtant, pour toute réponse, Valantina toussa et ne leva pas les yeux vers la fenêtre. Katia en déduisit que son existence n'était plus éclairée par aucun astre et qu'une telle noirceur ne pouvait venir que de profondeurs insondables. Comme ni l'assiette chaude de céréales ni le soleil splendide n'allumaient son regard, Katia descendit au salon saisir Robert qui dormait paisiblement, puis remonta s'asseoir près de Valantina.

— La jeunesse me fuit.

Katia saisit la phrase sans réagir.

— Je me souviens d'un après-midi, continua-t-elle. Le soleil rouge nous cuisait sur place. J'étais avec mon mari et mes deux enfants, et malgré ce soleil nous étions heureux.

Elle se tut brièvement.

— En sueur mais heureux, spécifia-t-elle en esquissant un sourire. Il y avait un cirque et des jongleurs. Les enfants riaient. Mon mari me tenait contre lui. Je me sentais unique au monde parmi la foule parce qu'il m'aimait, parce que ces enfants joyeux étaient les miens. Ce souvenir, c'est un retour à la jeunesse que j'ai eue. Des moments de bonheur. Moi aussi, avant, j'étais allée au cirque avec mes parents, mais où sont les cirques aujourd'hui que la jeunesse me fuit?

Katia caressait d'une main les cheveux de Robert qui somnolait, et du regard, le visage meurtri d'une femme adulte qui difficilement devenait grande.

— Moi, répondit Katia, j'ai été élevée par mon père. Mes jouets, mes amis, ma vie, c'était la campagne, les champs, les hommes. Ils cultivaient la terre et, miraculeusement, elle produisait des fruits. Je me suis dit que la vie, c'était cela, cultiver et produire des fruits. Ainsi, la jeunesse ne me fuit pas. Elle vit au fond de mon cœur et, lorsque je regarde Robert grandir, il me ramène à mes origines. L'enfance des autres permet à chacun de revivre la sienne. Si la mort est justice, la jeunesse est aussi en chacun de nous. Il s'agit de savoir l'y puiser.

Valantina dévisagea Katia. Elle réalisa alors que ces paroles judicieuses provenaient d'une jeune fille de dix-huit ans. Elle suivit du regard ces cheveux longs et soyeux, ces yeux tendres et décidés, ces traits fins et convaincus. Un visage de caractère. Elle examina ensuite l'enfant près d'elle. Les cheveux foncés et frisés, les yeux grands et bleus, quelques traits d'elle mais d'autres aussi, étrangers. Soudain, le lien qui unissait ces deux vies l'intrigua. Elle remarqua même que dehors, le soleil dardait la ville humide de lumière.

— Que fais-tu ici?

La question surprit Katia. Elle avait bien imaginé différents scénarios de réponse, mais aucun ne correspondait à la réalité actuelle.

— J'ai aimé, avoua-t-elle en reprenant son fils contre elle, et j'aime encore, spécifia-t-elle en l'embrassant sur le front.

Elle descendit à la cuisine sans reprendre le plateau. Les bras chargés de son fils, la tête de souvenirs douloureux, l'objet délaissé perdait ses raisons d'être. Devant les bouleversements du cœur, que valait l'existence des choses?

Le lendemain, au milieu de l'après-midi, au moment où Katia habillait chaudement Robert pour l'emmener avec elle se promener, elle entendit des pas dans l'escalier. Elle tourna la tête et surprit Valantina.

— Où allez-vous ? s'informa-t-elle avec curiosité.

— Nous allons rejoindre vos enfants qui reviennent de l'école, répondit Katia.

Valantina sourit, fixa le sol avec gêne, semblait incapable de demander ce qui, visiblement, l'intéressait.

— Aimeriez-vous venir avec nous ? offrit Katia gentiment.

— Je ne voudrais pas vous retarder, hésita Valantina, mais si vous voulez bien m'attendre...

— Nous serons dehors.

Le lendemain, Katia et Valantina allèrent marcher à nouveau. Elles ne se rendirent pas jusqu'aux fils de Valantina, mais à travers ces efforts, la vie reprenait ses droits et entre elles naissait la connivence d'un début d'amitié.

Le mois suivant, Valantina continua de progresser. Elle toussait profondément mais moins souvent. Son teint prenait du mieux, ses yeux brillaient plus souvent et ses enfants renouaient contact avec elle. Elle les écoutait parler avec patience, suivait leurs histoires avec intérêt, et si en elle subsistait l'ennui, nul n'aurait pu le dire.

— Je boirais bien un thé, fit Valantina pendant un repas.

Le mois de janvier ventait à leur fenêtre, déposait de la neige partout où elle pouvait s'accumuler. Elles étaient seules avec Robert. Les enfants jouaient à l'extérieur.

— Il n'en reste plus.

— Du café alors ?

Elle semblait surprise.

— Valantina, depuis le temps que la guerre dure, nous sommes privilégiées de commencer juste à manquer de thé. C'est Samuel qui nous l'apporte chaque fois qu'il en reçoit par le marché noir.

Valantina baissa les yeux, honteuse.

— Manquons-nous d'autres choses?

Elle regardait la table. Le sucre avait disparu, le beurre aussi. Katia confectionnait un mélange qu'elle colorait pour satisfaire les fils de Valantina.

— De tout, Valantina.

— D'argent aussi?

Elle semblait revenir sur la planète après des années d'absence.

— Il y a des mois que je travaille gratuitement. Moi et Robert avons un toit et sommes nourris, c'est déjà plus que la majorité des gens du pays.

Valantina s'essuya les lèvres, s'excusa et monta à l'étage. Katia, en suivant les pas au-dessus de sa tête, constata qu'elle s'était rendue dans le bureau de son mari. Elle en descendit une demi-heure plus tard avec son manteau sur le dos.

— Je serai partie tout l'après-midi, fit-elle avant de sortir.

Valantina ne rentra pas dîner ni coucher. Katia s'inquiéta même si elle se disait que Valantina était chez des amis. Lorsqu'elle entendit le verrou tourner à l'aube, elle suivit les pas de Valantina dans la demeure. Cette dernière alla dans la cuisine puis jusqu'à sa chambre où elle alluma. Comme Katia ne l'entendit pas se mettre au lit, elle alla frapper à sa porte.

— Entre, Katia. Je suis désolée de t'avoir empêchée de dormir.

Katia s'assit au pied du lit.

— J'ai réglé quelques-uns de nos problèmes.

Elle s'assit à son tour.

— J'ai posté une lettre à mon mari pour lui dire que nous avions besoin d'aide, je nous ai trouvé un emploi de couturière pour l'armée et je suis allée chez un ami m'informer où il se procurait l'essentiel.

Katia réfléchit quelques instants, calculant que faire tout ce qu'elle venait de dire ne prenait pas plus que quelques heures.

— Il est quand même très tard, fit-elle, diplomatique.

Valantina rougit, prise en défaut.

— L'ami en question m'a toujours trouvée séduisante.

Elle sortit une liasse de roubles de sa poche de manteau. Katia sursauta, fixa Valantina les yeux grands ouverts, ne sachant si ce qu'elle pensait était la vérité.

— Ce n'est pas ce que tu crois, dit Valantina en riant. Il avait tellement bu qu'il ne s'est aperçu de rien.

Valantina, poltronne, semblait fière et très amusée de ce qu'elle avait fait.

— Mais tu l'as volé! s'exclama Katia.

— Oui. Il y avait si longtemps que je n'avais pas eu autant de plaisir.

Elles se mirent à rire.

— Il est idiot et riche. Je l'ai laissé aussi idiot mais pauvre! Et puis, regarde.

Elle tendit un sac à Katia. À l'intérieur, il y avait une pièce de viande, une livre de beurre, de la farine, du café et du sucre.

— Je me suis dit que l'argent n'était pas une si bonne idée, mais de la nourriture.

Ainsi firent-elles pour vivre confortablement jusqu'à la fin de l'été 1916. Elles confectionnaient des uniformes pour l'armée l'après-midi et le soir, Valantina revêtait une de ses jolies robes et sortait dans les clubs chics. Katia ne sut jamais si elle se prostituait chaque fois ou si quelques fois les hommes étaient trop ivres pour s'apercevoir de sa supercherie. Elle ne s'en informa pas. Valantina rapportait ce qu'il fallait pour le bonheur de leur maisonnée, ses fils mangeaient quelquefois de la viande et Robert ne manquait presque jamais de lait : cela valait bien des sacrifices et le reniement de la morale.

Le médecin ne venait plus les voir. Valantina se portait définitivement mieux, bien que, parfois, elle toussât un peu.

Katia la surprenait, pendant qu'elles cousaient, à laisser son regard traîner vaguement sur les morceaux de tissus. Elle devinait alors que Valantina se demandait pourquoi son mari ne lui avait jamais répondu.

Samuel venait régulièrement les voir. Il travaillait pour le journal, écrivait des tracts, devait quelquefois disparaître en Finlande le temps que la police tsariste l'oubliât. Plus il fréquentait le milieu bolchevique, plus il changeait. Il n'avait conservé de son côté espiègle que le regard puisque maintenant, dans ses paroles, il y avait cette passion de transformer la société qui se muait en entêtement. Il correspondait avec Vladimir Ilitch Oulianov en Suisse et échangeait ses impressions avec les autres membres du parti. Les principes socialistes réglaient désormais sa vie.

— Comment aimes-tu cette robe ?

— Comme la fortune qu'elle nous rapportera !

Elles rirent ensemble.

Devenues amies, elles partageaient leurs rêves et leurs désespoirs. La nuit, lorsque Valantina revenait, elles parlaient souvent des heures entières. Elles s'étaient tout dit, se connaissaient comme si l'une avait été l'autre quelques années. Elles avaient échangé leur vie comme certaines se prêtent des vêtements, n'avaient échangé que leur vie parce que physiquement, elles ne pouvaient se prêter de vêtements. Katia, demeurée forte depuis son travail dans les champs, ne pouvait enfiler aucune des robes de son amie et si l'enfantement avait épargné les hanches de Valantina, Katia avait perdu son bassin d'adolescente. Les trois garçons avaient ainsi deux mères. En temps de guerre, cela ne perturbait personne. La plupart des pères étaient morts ou sur le front, les autres faisaient l'exception.

— Où vas-tu, ce soir ? interrogea Katia.

Valantina baissa les yeux sur sa robe.

— Pour être honnête, je commence à être à court d'idées. Je crois que tous les hommes célibataires de la ville me connaissent comme une voleuse. De plus, les nouveaux riches, les profiteurs de guerre, les accapareurs de grain et les permissionnaires de l'armée sont de plus en plus difficiles à trouver parce qu'ils fuient la ville. Et puis, partout, les denrées se font rares, même dans les clubs et les hôtels. Je ne crois pas que mon commerce tiendra encore longtemps. De plus, les prostituées envahissent la ville. Toutes les femmes sont pauvres. Leurs souteneurs m'ont remarquée. Ils ne sont pas certains que je pratique le métier, mais tôt ou tard, ils l'apprendront et alors...

Elle se tut. Elle préférait ne pas songer à cette éventualité.

Valantina passa gracieusement une cape par-dessus ses épaules.

— Tu es éblouissante! complimenta Katia.

Elle sourit, prit le repas que Katia venait de préparer et le mit dans un sac.

— À ce soir! salua-t-elle.

L'orchestre jouait des airs de valse depuis une quinzaine de minutes. Des danseurs circulaient sur la piste et des rires fusaient des alentours. Des joueurs, devant les tables, misaient gros. Ils levaient quelquefois les yeux, le regard inquiet, puis replongeaient dans leur jeu de cartes. Les roulettes tournaient au loin, rythmant la soirée de cliquetis. Les gens avaient tellement besoin de se divertir. Les hommes voulaient oublier les combats, les femmes, les privations. Les théâtres, les expositions et les ballets affichaient « complet » et les clubs débordaient de monde. Malgré la pauvreté, les affaires étaient bonnes.

Valantina se tenait dans un coin, parlait avec un homme qui préparait des boissons.

— Tu as vu des étrangers, ce soir? lui demanda-t-elle.

Il fit signe que non de la tête. Elle lui offrit le repas qu'elle avait apporté. Pour de la nourriture, on pouvait acheter n'importe qui en ville.

— J'ai un copain qui m'a dit que les combats étaient devenus trop sévères sur le front. Les permissions se font de plus en plus rares.

— Ce n'est pas bon pour le commerce, soupira-t-elle.

L'homme sourit. Il regarda le fond de la salle par-dessus la tête de Valantina, là où étaient les roulettes, et dénicha, parmi le public régulier, un homme qu'il ne connaissait pas et qui venait vers eux.

— Je pense que tu auras de la compagnie sous peu.

— Comment est-il ?

— Mi-trentaine, militaire gradé, prestance et beau sourire. Une belle nuit d'été.

Valantina se retourna et rougit. Elle chercha autour d'elle une manière de fuir l'homme, mais comme elle n'en trouva aucune, elle lui sourit.

— Bonsoir, belle dame.

Il avait l'œil moqueur.

— Bonsoir.

Elle avait bégayé.

— On m'a conseillé de venir vous voir. On passe toujours une très belle soirée en votre compagnie, paraît-il.

— On vous a dit cela ?

Elle le questionnait d'une voix blanche, terriblement inti-midée par la situation dans laquelle elle se trouvait.

— Oui. On m'a même spécifié de me méfier.

— De vous méfier ?

— Oui, très chère, j'ai entendu dire qu'à leur réveil, tous les hommes sont plus pauvres.

— Plus pauvres, reprit-elle encore.

— On chuchote que vous préférez la viande rouge, le lait et les fruits frais. C'est pour cela que vous êtes aussi belle, je suppose.

Ils avaient quitté la salle de danse et se dirigeaient lentement vers chez elle. Ils s'arrêtèrent sur un pont. Au bord de l'eau, ils admirèrent le port, la flotte militaire battre l'étendard du tsar, prête à affronter le péril allemand.

— Quand es-tu rentré ? demanda-t-elle.

— Hier. Je reste une semaine.

Elle hocha la tête et se mit à pleurer. Alexeï la prit dans ses bras et caressa ses cheveux parfumés. Elle sanglota longtemps ainsi, étroitement serrée contre son mari. À chaque respiration, elle sentait son odeur et alors, les années d'éloignement lui pinçaient plus profondément le cœur.

Il acceptait les reproches de chacune des larmes, les consolait avec compréhension. Il se demandait, en lui-même, pourquoi il était resté absent aussi longtemps.

— Tu ne répondais pas à mes lettres.

Ses yeux bouffis l'imploraient de justifier toute la douleur qu'elle avait supportée.

— Je sais, répondit-il. Je n'avais rien à dire, rien à te dire.

Ses pleurs se calmèrent et le silence s'installa entre eux. Soudain, les motivations de leur séparation remplirent l'espace et les divisèrent.

— Écoute, Valantina, lorsque je t'ai laissée, tu ressemblais à une larve, étendue sur ton lit, incapable d'accepter tes grandeurs et tes limites. Je n'étais plus capable. Je suis parti.

— Pourquoi es-tu revenu ? Pourquoi maintenant ?

Ils s'étaient remis à marcher. À l'horizon, l'aube se levait.

— J'ai un ami officier qui est revenu le mois dernier d'une permission, à Saint-Pétersbourg. À son retour, il n'a pas arrêté de me parler d'une femme superbe, intelligente, amusante, qui volait les hommes avec lesquels elle sortait.

Elle cessa de marcher, honteuse, confuse, perdue. Que Katia sache ce qu'elle faisait pour nourrir sa famille, cela allait, Katia comprenait, mais que son mari l'apprît d'un officier permissionnaire changeait diamétralement les perspectives.

— Il m'a dit que la nuit, tu quittais subtilement la chambre en apportant avec toi les fruits et la viande que vous aviez commandés, que tu prenais un peu d'argent aussi.

Elle se remit à pleurer.

— Écoute, fit-il en essuyant ses larmes. Cela ne me dérange pas. Tu as fait ce qu'il fallait pour nos fils alors que je t'ai laissée avec les problèmes. Je ne te condamne pas.

Elle chercha dans ses yeux un reproche mais n'en lut aucun. Elle osa alors lui demander :

— Comment as-tu su que c'était moi ?

— Je n'en étais pas certain avant de te voir dans cette boîte ce soir, avant que tu ne pleures. Je suis venu parce que j'avais envie de connaître cette femme qui rencontre des hommes pour nourrir les gens qu'elle aime. J'ai toujours eu un faible pour ceux qui se laissent guider par leur cœur. Et puis j'ai parlé à quelques travailleurs des établissements que tu fréquentes. Ils m'ont tous dit qu'en échange de leur coopération, tu leur cuisinais des plats qui leur permettaient de nourrir eux aussi leur famille. J'ai alors trouvé cette femme extraordinaire même si je ne la connaissais pas. J'avais raison.

Il sourit et l'embrassa sur le front.

— Ils m'ont dit que les jeudis soirs, tu étais souvent à cet endroit. J'y suis venu. Voilà.

— Tu me trouvais extraordinaire ?

— Oui, Valantina, tu es une femme extraordinaire.

Ils entrèrent sans faire de bruit dans la maison et montèrent directement à l'étage. Katia ne devina pas, au bruit des pas, que deux personnes étaient entrées. Elle se leva et sans frapper, pénétra dans leur chambre. Elle les surprit au milieu d'un délicieux baiser.

— Oh ! s'exclama-t-elle, excusez-moi.

Elle referma la porte, gênée. Jamais Valantina n'avait ramené d'homme chez elle. Elle se sentit mal à l'aise. Valantina retourna ouvrir pour qu'elle vînt les retrouver. Katia refusa, elle insista. Katia rentra donc dans la pièce où Alexeï avait remis sa veste.

— Katia Ivanova, je te présente mon mari, Alexeï Nicolévitch Plekanov.

Elle eut un mouvement de recul, inquiète pour les secrets qu'elle partageait avec Valantina. Cette dernière devina ses réflexions et lui demanda de s'asseoir.

— D'abord, sache qu'il sait tout, commença-t-elle.

— Tout?

— Tout.

— Tout, tout?

— Oui.

Katia fixa alors Alexeï qui faisait un signe positif de la tête et ils se sourirent.

Bien plus tard, après une longue conversation, au lit sans trouver le sommeil, Katia perçut de la chambre les moindres rires et bientôt, chaque mouvement du lit. Elle se recroquevilla contre l'oreiller. Elle avait mal à leur amour.

Quand Alexeï et Valantina pénétrèrent dans la cuisine le lendemain matin, les garçons bondirent de joie. Robert sembla même prendre part aux retrouvailles. Guéorgui sautait autour de la table tandis que Mikhaïl, assis sur les genoux de son père, ne bougeait plus de là. Katia, en les regardant rire, se sentit aussi emportée de bonheur. Elle avait, avec Robert, une place dans cette famille.

Lorsque Alexeï quitta la maison, Valantina ressembla à une âme perdue. Elle marchait sans voir personne, ne réagissait plus à rien. Il semblait qu'une moitié d'elle était partie avec lui.

Elle ne retourna plus dans les clubs. La famine sévissait trop, maintenant, pour que les hôtels possédassent plus que le peuple et Alexeï avait promis de leur envoyer de l'argent. Les étrangers ne venaient plus en ville se dégourdir. Toutes les permissions avaient été supprimées. Les journaux relataient sans cesse les batailles sanglantes et meurtrières. Le pays souffrait tellement de la guerre qu'il ne faisait plus la fête.

Pour se faire plus d'argent, Valantina et Katia cousaient à temps plein mais, malgré les longues heures, elles ne faisaient pas assez d'argent. Rapidement, tout se mit à manquer. Chacun s'en plaignit peu. On aurait plutôt dit que les enfants comprenaient que leurs mères avaient retardé la misère le plus longtemps possible mais qu'elle les avait rattrapés. Les roubles amassés servaient d'abord au lait de Robert, ensuite à la nourriture pour la maisonnée. Chacun trompait la faim en se changeant les idées, souvent en cherchant à se rendre utile.

Samuel passa chez elles deux mois après le départ d'Alexeï. Il revenait de Finlande où il s'était caché et Katia n'avait pas eu de ses nouvelles depuis lors.

— Samuel!

Elle le prit dans ses bras, l'aida à enlever son manteau, lui ôta son chapeau de fourrure et prit ses mains dans les siennes pour les réchauffer.

— Je me suis tellement ennuyée de toi.

Samuel la garda contre lui puis alla embrasser Valantina. Il la trouva différente, le lui dit et elle lui raconta la visite de son mari.

— Je suis heureux pour vous, Valantina, fit-il tendrement.

Katia le dévisagea et remarqua son visage soucieux. Elle lui servit un breuvage chaud qui voulait imiter le café. Il le but même si d'ordinaire il détestait le café, même s'il supportait encore moins les mélanges de chicorée.

Valantina les avait laissés. Cette amitié-là, elle ne la partageait pas avec Katia. Elle avait cru longtemps qu'ils deviendraient amants, qu'ils auraient au moins une aventure sexuelle, mais il n'en fut jamais question. Le jour où elle comprit cela, elle sut qu'elle ne saisirait jamais ce qui les unissait.

— Le moment est venu, Katia.

— Quel moment ?

Il se leva, marcha vers la bibliothèque et revint sur ses pas. Il refit ce trajet plusieurs fois pendant qu'il parlait :

— Il faut transformer la guerre en révolution.

Son ton était catégorique et douloureux. La sensibilité de Samuel avait toujours surpris Katia. Elle le rendait à ce point passionné qu'elle était dépassée par cette énergie et à ce point vulnérable qu'elle sentait devoir l'en protéger.

— Partout dans le pays, reprit-il, les hommes en ont assez de la guerre. Sur le front, ils n'ont même plus à manger. Nos soldats sont affamés et les généraux, au chaud, dégustent des vins et des viandes du marché noir. Nos soldats, Katia, nous défendent le ventre creux. Ils seraient mieux nourris comme prisonniers de guerre.

Il se tut quelques secondes puis reprit :

— Ils manquent de vêtements en plein hiver. Ils sont dans des tranchées, noyés sous la neige et l'humidité, attaqués par les obus et le vent froid et ils manquent de vêtements.

Katia les imaginait et la révolte montait en elle. Pourquoi ? Soudain, cette question lui fit prendre conscience que Samuel avait raison, que dès ses débuts, la vie n'avait de sens que si on la prenait en main, de ses convictions personnelles aux politiques nationales.

— Ils n'ont même plus de fusils, fit-il dans un dernier souffle. Comment faire la guerre sans armes ? Dis-moi, Katia, comment savoir cela et ne pas avoir envie de tuer les dirigeants qui se foutent de nous comme si nous étions de la poussière ?

Il leva les yeux et les plongea dans les siens. Il se sentait abattu. Il prit une gorgée et grimaça. Il repoussa la tasse d'un mouvement de surprise. Comment avait-il pu ignorer qu'il buvait du café ? Brièvement, le liquide chaud lui rappela un délicieux souvenir qui le fit sourire. Il le chassa de sa mémoire brusquement. L'époque n'était pas à la tendresse.

— Dans les usines, les hommes ne gagnent pas assez pour nourrir leur famille et les femmes ne font pas la moitié de leur salaire. Pourquoi, Katia? Qui sont-ils pour ne point avoir l'essentiel? Les fermiers, qui pourtant cultivent une terre, donnent ce qu'ils récoltent et subissent la famine. Des fermiers affamés. C'est le monde à l'envers. Rien ne va plus dans le pays. Cela doit changer.

— Que peut-on faire? demanda-t-elle.

Il s'enflamma :

— Il faut manifester, faire la grève et anéantir les mouvements pour la guerre. Il est temps de faire la révolution qui sauvera le monde prolétaire. Il faut s'unir, combattre l'autocratie, abattre le tsar, anéantir la monarchie et gagner. Dans cette société-ci, la minorité bourgeoise, aristocrate et riche gouverne une majorité pauvre, illettrée et ouvrière. Pourquoi ne pas laisser la majorité gouverner pour elle-même?

Lorsqu'il la quitta, elle demeura songeuse, troublée par ce qu'il lui avait dit. Elle se demanda si elle n'était pas née pour réaliser comme lui cet idéal, pour rendre aux femmes leur vie. Elle se souvint des coups de son mari, de ses paroles blessantes et chercha à le justifier. Rien ne venait. Elle avait supporté ses manières brutales parce que la société les tolérait, que personne ne les remettait en question. La violence conjugale faisait partie de la vie, comme la faim et les privations, et douter du bien-fondé d'une de ces prémisses conduisait à remettre en question l'ensemble. Devant l'insécurité de la nouveauté, l'humain avait toujours préféré la certitude de son quotidien, même pitoyable.

Une lucidité soudaine lui brouilla la vue, mit l'accent sur les événements qui avaient bousculé sa vie sans qu'elle ne pût rien y faire. C'était son père qui l'avait mariée et ce mariage qui l'avait éloignée du père de son fils. Elle aurait tant voulu épouser Robert.

Elle marchait de long en large dans le salon, se sentait mise en cage par le joug des hommes, les poings et les pieds liés par les coutumes ancestrales, par les fausses croyances qui ne servaient aucune femme même si on tentait de leur faire croire le contraire.

Valantina entra dans la salle de séjour et découvrit Katia perturbée. Sachant ne pouvoir rien pour elle, elle lui prit la main et la conduisit vers un fauteuil où elle lui caressa le dos le temps que l'orage passât.

— Contre les tempêtes ou sous la brise d'été, je serai là. Tu ne seras plus seule contre les vents.

Katia posa sa tête sur l'épaule de Valantina et ferma les yeux.

Dans la maison, tout était calme. Les enfants dormaient depuis longtemps. Valantina coupait du tissu tandis que Katia venait de terminer un bas de pantalon.

— J'ai les yeux qui brûlent, commença Katia. J'ai le bas du dos douloureux. Je suis si fatiguée, le soir quand je me couche, que j'ai du mal à dormir. Je ne vois pas assez Robert. Bref, cette vie ne fait pas mon bonheur et en plus, elle ne rapporte pas assez d'argent pour faire oublier tous les maux qu'elle donne.

Valantina acquiesçait à chaque affirmation.

— Que veux-tu faire ?

Katia leva son visage doux vers elle.

— Je vais faire la révolution, répondit-elle. Il faut absolument que le pays change, et vite. Chaque jour qui passe assassine davantage d'hommes à la guerre, de gens dans les usines, d'enfants. Chaque jour de guerre tue le pays. Chaque jour sans la révolution est un jour de malheur pour le peuple russe.

Valantina parcourut les traits de son amie et admit que la douceur de Katia ne lui enlevait aucunement son caractère obstiné.

— Que comptes-tu faire ?

— Samuel m'a parlé des usines, expliqua-t-elle. Il faut d'abord parvenir au mouvement ouvrier pour atteindre les femmes. Il faut qu'elles s'impliquent, qu'elles sentent qu'elles peuvent changer leur destin. Il faut qu'elles croient en la révolution. Avec elles, nous unirons le peuple entier. Les causes des femmes sont toujours celles du peuple.

Valantina réfléchit un instant :

— Que ferons-nous des enfants pendant que nous serons dans les usines ?

— Nous les amènerons avec nous. La réalité des femmes, c'est cela : avoir leurs enfants avec elles. Nous serons précurseurs de nouvelles pratiques. N'est-ce pas excitant ?

Valantina souriait. Elle se leva, se mit debout près de Katia et elles parlèrent et s'enflammèrent, de plus en plus à chaque idée, davantage à chaque instant. Ce jour de novembre 1916, elles se promettaient la gloire du monde et se croyaient invincibles.

Les matins d'hiver suivants, elles allèrent, accompagnées de Robert, Guéorgui et Mikhaïl, dans les usines où elles rencontraient plusieurs femmes et quelques hommes, parlaient de la révolution et des injustices du régime impérialiste.

— Pourquoi travailler pour un salaire de misère si on ne peut pas nourrir nos enfants ? Pourquoi aurait-on un salaire inférieur ? Travaille-t-on moins ? Sommes-nous moins productives ? Les employeurs désirent seulement s'enrichir sur notre dos.

Partout, elles criaient avec Katia. Elle changeait d'usine, passait de la métallurgie au textile, les ouvrières s'unissaient à sa voix. Le temps était venu, pour le peuple russe, de décider de sa destinée ; pour les femmes, de choisir leur voie.

Katia balaya du regard le groupe de femmes venu l'écouter, maintint quelques secondes le silence puis scanda :

— Liberté !

Elle brandissait le poing.

— Liberté !

Son visage s'empourprait.

— Du pain !

Sa gorge devenait sèche.

— Du pain !

Les femmes devant elle lui faisaient écho et se faisaient miroir. Lentement, elles se créaient un mouvement. Elles joignaient les rangs des militantes, grossissaient les groupes déjà actifs et décriaient l'injustice. Celles qui ne s'y unissaient pas spontanément, lorsqu'elles rentraient chez elles le soir et voyaient leurs enfants avoir faim, revenaient le lendemain s'unir aux groupes, décidées à se battre jusqu'à la victoire.

— Du pain !

Elles criaient après Katia, avec elle, au nom des femmes qui n'avaient plus de voix.

— Les capitalistes tiennent les femmes sous leur régime. En les traitant ainsi, ils détruisent l'espoir. Tant qu'il y avait de l'espoir, les femmes pouvaient se taire, mais aujourd'hui, quel espoir ont nos enfants qui grandissent ? Quel espoir ont-ils d'un monde meilleur où le travailleur aurait un juste repas et un confort minimum ? Quel espoir reste-t-il pour chacune de nous ?

Les femmes s'enthousiasmaient. Elles avaient dans le cœur des moments douloureux et cette souffrance se faisait voix. Ainsi, lorsqu'elles criaient « Liberté ! » ou demandaient du pain, aucune crainte ne les rendait muettes, aucune menace ne les faisait abandonner. Il était trop tard. La souffrance avait pris la parole et ne se tairait plus.

— Quand ce sera la journée internationale de la femme, annonça Katia, nous marcherons vers le Palais, nous irons voir la tsarine et nous lui demanderons du pain ; du pain pour nos enfants, pour nos enfants qui ont faim. Nous lui dirons : du pain !

— Du pain ! répondait la foule.

— Du pain ! criait à nouveau Katia.

— Du pain ! répétait la foule.

Katia et la foule scandaient avec force. L'activité qu'elles déployaient alertait souvent les cosaques, mais que pouvaient-ils faire sinon les disperser, sinon en arrêter et en battre quelques-unes? Déjà, le mouvement était trop puissant; déjà, il dépassait les femmes qui le dirigeaient. Qui peut, en vérité, diriger une meute qui défend sa progéniture?

Les chefs d'usine connaissaient les responsables du mouvement féministe. Lorsqu'elles tentaient d'entrer, elles se faisaient renvoyer, souvent avec violence, insultes et menaces. Elles revenaient le lendemain par une autre porte, rejoignaient les travailleuses et échauffaient les esprits.

— Le 23 février, lors de la journée internationale de la femme, nous prendrons les rues.

Le murmure vibrait de voix en voix, croissait. Les moteurs perturbaient à peine le tumulte qui courait à travers la salle immense, au-dessus des machines à coudre, des machines à tisser, des tapis roulants automatisés, de ce qui enchaînait les ouvrières à leur rythme infernal, sans répit. Les femmes chuchotaient entre elles cette date. Un murmure se perd dans le bruit assourdissant d'une usine, deux ou trois aussi, mais un murmure qui va et vient gronde comme un lointain roulement de tonnerre. Il pourrait y avoir des averses, mais aussi un second déluge.

— Le 23 février, se disaient les femmes devant leur machine.

L'échine courbée ployait sous le poids des années. Elles ne relevaient plus la tête, ne repoussaient plus vers l'arrière leurs épaules. Elles ressemblaient aux machines qu'elles utilisaient, les portaient comme un second corps qu'elles n'enlèveraient qu'à leur mort.

— Le 23 février.

La rumeur d'insatisfaction augmentait avec les jours, faisait trembler le plancher et les murs de l'usine.

— Le 23 février.

Les ouvrières espéraient ce jour comme la résurrection. Elles rentraient chez elles fourbues, épuisées par les longues heures de travail, s'endormaient en se disant que le 23 février, tout changerait. Elles s'accrochaient au 23 février comme certains croient en Dieu, comme le dernier espoir.

Un manteau sur le dos parce qu'il faisait froid et qu'elles manquaient de combustible, une tasse d'eau chaude entre les mains, Katia et Valantina se parlaient des événements de la journée et de ceux du lendemain.

Les ouvriers des usines métallurgiques Poutilov avaient fait la grève aujourd'hui. Cent soixante mille personnes avaient arrêté le travail pour manifester contre les congédiements massifs. La majorité d'entre eux parlaient de prendre part, le lendemain, à la marche des femmes.

Katia avait évité à plusieurs reprises de se faire arrêter au cours des trois derniers mois. Samuel ou quelque autre révolutionnaire l'avertissait qu'elle était attendue à sa réunion, suivie, en danger. Les Bolcheviks s'étaient immiscés partout, attendaient. L'heure viendrait.

Valantina s'occupait aussi du mouvement, mais surtout des enfants. Elle faisait rarement des discours, profitait de ses trois fils, suivait Katia avec eux et leur parlait d'elle, de cette force qui l'habitait, qui lui permettait de refaire le monde. Les garçons la regardaient avec fierté. Aux yeux des enfants, tous les adultes pouvaient devenir des héros.

Quelquefois, Katia fit son discours en tenant Robert dans ses bras. Les femmes aimaient la voir ainsi, mère et révolutionnaire, sans contradiction. Avoir des enfants donnait un nouveau souffle à la patrie. C'était le plus grand investissement.

— Je vieillis, Valantina, fit Katia.

Elle resserra son manteau contre elle.

— Pourquoi dis-tu cela? Tu n'as que vingt ans.

— Parce que j'ai peur, Valantina, j'ai peur pour demain. Avant, quand j'étais jeune, je fonçais droit devant moi sans me poser de questions. J'ai fait l'amour avec Robert sans me demander si je pouvais devenir enceinte. J'ai suivi Samuel dans la révolution sans m'interroger sur ce qui arriverait à mon fils si nous étions arrêtées. J'ai foncé sans me questionner. Mais voilà, demain, c'est le moment de vérité. Demain, tout peut se solder par un bain de sang. J'ai peur, peur pour mon fils.

Elle se tut. Elle avait exprimé ce que Valantina pensait.

— Katia, si quelque chose devait nous arriver, à toi ou à moi, nos enfants ont deux mères. N'oublie jamais cela. Ils ont deux mères, ma belle. Nous pouvons dormir en paix.

Katia hocha la tête. C'était vrai. Comme elle le ferait pour Valantina, s'il lui arrivait malheur, elle était convaincue que son amie prendrait soin de son fils comme s'il était le sien.

Avant de se mettre au lit, Katia passa d'abord par la chambre de Robert, le couvrit pour ne pas qu'il ait froid, puis passa par la chambre des deux autres exécuter le même rituel avant de se glisser sous les couvertures sans trouver le sommeil. Demain vint doucement prendre la place de la nuit.

Katia et Valantina déjeunaient maigrement. Un morceau de pain, une tasse d'eau chaude. Malgré la famine, personne n'avait faim. Les trois garçons autour de la table gardaient le silence, comprenant au comportement des adultes qu'aujourd'hui se jouaient des mois, voire des années de luttes et de revendications. Ils le sentaient par la pesanteur de l'atmosphère, par les regards que s'échangeaient les deux femmes anxieuses, par cette manière de savoir sans rien entendre.

Katia habilla chaudement Robert. Valantina fit le ménage de la cuisine et enfila son manteau. Elle vérifia minutieusement si les garçons étaient assez habillés et, lorsque Katia descendit avec Robert, ils étaient prêts à partir. Un nœud dans le ventre creux, la tête haute, fanatiques, elles marchèrent vers le palais d'Hiver ce 23 février 1917.

Les événements qui suivirent ce petit déjeuner passèrent à l'histoire. En quelques jours, le pouvoir de droit divin du tsar de Russie s'effondra et tomba entre les mains des insurgés. La monarchie séculaire des Romanov fut anéantie par le peuple et rayée de la carte. La famille royale fut arrêtée puis exilée aux confins du pays, en Sibérie. Ces quelques heures, une pincée de poussière dans le sablier de l'histoire, allaient métamorphoser le siècle qui débutait.

Katia tenait Robert dans ses bras, le bébé la prenait par le cou. Les fils de Valantina se donnaient la main et s'accrochaient au bras de leur mère. Décidés, ils marchaient vers la liberté. Ils regardaient devant, souriaient avec confiance et peur. Elles avaient lu les journaux qui narraient comment des grévistes avaient été arrêtés, battus, tués. Elles tentaient de ne pas y penser. Elles se serraient les coudes, se donnaient la main et avançaient. Sans regarder derrière, pour ne pas reculer, sans regarder trop loin, pour s'éviter de rêver, elles fonçaient vers un avenir qu'elles espéraient meilleur.

Elles croisèrent des hommes de l'usine de Poutilov et cheminèrent avec eux. Ensemble, ils parlaient avec flamme et chaleur pour mieux cacher leur peur aux enfants. À force de s'entendre dire combien leur cause était juste, ils y croyaient avec plus de conviction et à force de conviction, ils se donnaient du courage. Au fond d'eux-mêmes, il y avait des tremblements. Au fond d'eux-mêmes, il y avait la crainte d'agir pour rien, de mourir ou de devoir rentrer ce soir-là chez eux et de n'avoir rien gagné. Au fond d'eux-mêmes, ils savaient qu'individuellement leur existence n'avait aucune valeur mais que ce jour-là, à cause du nombre, elle prenait de l'importance. Ce fut cette force qui stimula la succession des événements.

Sur la place du Palais, autour de la colonne Alexandre, les femmes de la ville et les ouvrières des usines s'assemblèrent et demandèrent du pain. Des milliers d'enfants les accompagnaient, bravaient le froid avec leurs mères et se collaient contre elles. Trop grands pour être dans leurs bras, trop petits pour comprendre, ils évitaient de se faire piétiner. Petits hommes et petites femmes, autour d'eux le monde tournait autrement.

La force de la masse était incroyable. Elle transportait Valantina et Katia et les brûlait de désirs plus grands. Soudainement, elles n'avaient plus peur, elles étaient devenues invincibles. Ni le froid, ni les cosaques, ni l'armée du tsar ne pouvaient les atteindre. Peut-être la faim les attaquait-elle, mais révoltées comme elles l'étaient, même leurs ventres se taisaient pour ne laisser entendre que les cris déchirés de leur cœur, que la voix de leurs convictions.

— Du pain !

Ils criaient, tous. Les hommes et les femmes parlaient le même langage. Politiques et idéologies s'étaient unies, en cet instant de crise, pour rappeler aux grands de ce monde qu'ils avaient le droit de vivre.

— Du pain !

Les soldats armés, alignés sur les marches du palais, les regardaient d'un air effarouché. Le groupe amassé devant eux devait atteindre les deux cent mille personnes. S'il avançait, que pourraient-ils faire contre lui ?

— Du pain !

Des fenêtres du palais, il n'y avait aucune réaction. Les rideaux bougeaient parfois, subtilement. Quelques observateurs secrets venaient étudier les mouvements de la masse. Inquiets, ils rejoignaient le tsar avec de fâcheuses nouvelles. Plus l'heure avançait, plus l'attroupement augmentait. Les hommes et les femmes arrivaient de partout.

— Du pain !

Finalement un envoyé du tsar promit des céréales pour le lendemain et du pain pour bientôt. La foule se dispersa lentement, sur les ordres du tsar et de son armée. Mais elle reviendrait, demain, chercher davantage, chercher l'égalité et la justice auxquelles elle avait droit. Personne n'écouta la rumeur de la foule. Pourtant, les victimes innocentes du régime réclamaient la justice et les morts oubliés des siècles passés murmuraient des mots d'espoir. Le peuple russe espérait, ce jour-là, que le cauchemar prît fin, qu'il fût remplacé par le rêve des plus petits de ce monde.

Le 24 février, Valantina et Katia reprirent les rues. Il y avait des grévistes devant plusieurs usines, davantage que la veille. Elles arpentaient les perspectives en souriant, en saluant les hommes. Au milieu des grévistes, parmi les révolutionnaires, elles se sentaient chez elles.

Elles allaient rejoindre Samuel chez cette tante qui avait accueilli Katia et Robert quelques années plus tôt. La tante ne militait point, disait que la politique n'était pas l'apanage des femmes, mais respectait ce qu'elle appelait le « changement ».

Au salon, ils badinèrent un moment, puis Samuel parla sérieusement :

— Tout va changer maintenant, Katia.

Ils se souriaient et se tenaient la main. Ils n'existaient pour personne d'autre dans la pièce. Les yeux dans les yeux, les victimes qu'ils avaient été et les révolutionnaires qu'ils étaient devenus se rejoignaient dans une intimité unique.

— Fini le temps où les femmes étaient condamnées pour des enfants qu'elles aiment. Fini le temps de se cacher et de fuir les villages alors que le blâme épargne les hommes. Le temps est venu, ma Katia, pour les femmes comme toi, de prendre votre vie en main et de transformer le monde en une société juste et équitable. Le temps est venu pour les hommes comme moi de venger le sang de leur nation répandu en vain. Le temps est venu pour nous de réaliser notre destin.

Ils se caressaient les mains. Elle hochait la tête, les larmes aux yeux.

— Lorsque nous mettrons fin à la guerre, la Russie sera à reconstruire, nouvelle, plus belle et plus grande qu'elle n'a jamais été. Lorsque la guerre sera finie, ton fils, Katia, sera l'espoir vers lequel nous nous tournerons parce qu'il est celui pour qui nous faisons cette révolution.

Il parlait maintenant à chacun d'eux dans le salon.

— Et toi, Valantina, tes garçons referont le pays tel que nous le rêvons aujourd'hui, tel qu'il aurait toujours dû être.

Il se tourna vers sa tante.

— Vous serez la mémoire, le souvenir vivant de ceux qui n'en ont pas, le pilier qui soutiendra le peuple dans ses moments de désespoir. Chacun de nous fera pour le pays le miracle dont il est capable et ainsi ce pays merveilleux, ce royaume du prolétariat que les capitalistes disent utopique, ce miracle se réalisera.

Ils partirent animer les foules, provoquer d'autres grèves, rejoindre d'autres groupes. Samuel prenait souvent la parole. On le reconnaissait. Certains citaient des phrases qu'il avait écrites dans la *Pravda* ou dans d'autres journaux. Il parlait bien, touchait les foules, attirait les gens parce qu'ils avaient instinctivement confiance en lui.

— La Russie vient au monde par le peuple, parce que le peuple est la Russie. Chacun d'entre vous est une parcelle du corps russe. Amputez le corps russe d'un de ses membres et il sera amoindri, affaibli, mais unissez son corps vers un même but et il pourra réaliser de grandes choses. Chacun d'entre vous, du plus jeune au plus vieux, chacun d'entre vous peut quelque chose pour le magnifique pays où nous vivons. Chacun d'entre vous peut quelque chose si nous restons unis.

Le 27 février, la ville tsariste n'était plus que ruines. Des barricades jonchaient les rues. Des groupes armés s'emparaient des propriétés. La passion furieuse fit place à la terreur puisque l'homme affamé n'avait plus qu'un ventre vide pour réfléchir.

Le mouvement révolutionnaire s'élança dans les campagnes. On entendait dire, à la ville, que les cultivateurs s'emparaient des terres des riches propriétaires, tuant souvent celui-ci dans sa fureur, violant celle-là dans sa colère. On brûlait les demeures sans respecter les œuvres d'art, les livres rares, ni les traces d'histoire du pays. Illettrés et incultes, les cultivateurs reprenaient ce qui leur était dû et démolissaient le symbole de ce qui les avait asservis.

Comme le mouvement n'était dirigé par personne, le pillage des richesses se répandait plus rapidement que le mouvement prolétarien. Aussi, lorsque le premier soviet des députés se réunit enfin, le pays était sens dessus-dessous. Il aurait fallu, pour reprendre la masse en main, un homme fort et rassembleur, un trait d'union entre le peuple et la révolution, mais il était encore en Suisse, semblable à un fauve en cage, attendant des nouvelles d'Allemagne pour négocier son passage à travers ce pays ennemi et rejoindre sa terre qui se soulevait. Dès que Lénine reçut la réponse positive des ambassades allemandes, il monta dans un wagon plombé jusqu'à Petrograd où tous les Bolcheviks l'attendaient avec impatience. En chemin, exalté par ce sentiment que le moment était enfin venu pour la dictature prolétaire de prendre le pouvoir, il jubilait de la fin de son exil qui avait duré presque toute sa vie. Il n'ignorait pas que les dirigeants allemands lui avaient accordé sa requête parce qu'ils croyaient qu'il nuirait aux Russes blancs et faciliterait leur propre victoire. Mais Lénine savait que ces politiciens avaient tort. Il rentrait chez lui rendre au peuple le pays qui lui appartenait et prendre le pouvoir qui lui revenait.

Dans les rues, ce 27 février, des combats violents faisaient rage. Valantina et Katia marchaient avec une foule vers le palais d'Hiver. Robert gigotait dans les bras de Katia, la fatiguait. L'aîné de Valantina se plaignait qu'il avait froid et le plus jeune, qu'il avait faim. Ils avançaient lentement, bousculés, exténués et un peu découragés.

Samuel les rejoignit à leur point de rendez-vous. Ils se sourirent et s'embrassèrent, n'eurent pas le temps d'entendre venir.

Il y eut une course précipitée, des cris terrorisés, des coups de feu lancés par les poursuivis et par les poursuivants, et la voix de Katia, déchaînée, révoltée, suivie d'un silence. Non pas un silence réel, la panique autour continuant à rugir, mais un silence provoqué par le choc et la douleur, un silence comme seule la mort en émet.

Samuel, dès qu'il avait entendu les coups de feu, s'était rué sur Katia qui tenait Robert contre elle et les avait jetés à terre. Au moment où il avait voulu protéger Valantina à son tour, attraper ses deux fils au passage, une balle perdue l'avait atteinte au cœur, la tuant sur le coup. Elle s'était effondrée avant qu'il ne pût intervenir, tombée à côté de Katia qui avait hurlé à en perdre la voix. Elle s'était jetée sur Valantina au sol, lui avait frappé les joues, frappé la tête, frappé n'importe quoi pour frapper la vie en elle, mais la vie était partie, engloutie par une balle de fusil qui possédait ce terrible pouvoir d'amener n'importe qui à trépas. Elle avait alors plongé ses yeux éplorés dans ceux de Samuel et il avait senti que, pour Katia, tout venait de perdre son sens. Elle avait cajolé Robert dans ses bras, avait rassemblé les fils de Valantina contre elle et les avait bercés, dans la rue, au milieu des grévistes, des révolutionnaires et des pilleurs. Ils avaient pleuré ensemble au pied de Samuel qui comprit, dans ce cri de son amie, que Katia venait de mourir aussi.

Samuel l'aida à se relever. Elle, elle soutenait les garçons qui ne comprenaient pas encore que leur mère ne bougerait plus de cette intersection. Il tenta de les mettre en route vers la maison mais Katia, catégorique, ne voulut pas laisser Valantina seule, sur la neige, dans le froid. Elle refusa de quitter son amie, sa grande amie.

Samuel était dépassé. Il regardait les enfants pleurer et Katia agenouillée près du cadavre. Il décida de protéger les enfants et de les conduire chez sa tante. Katia le remarqua à peine. Il les mena en les consolant, portant Robert d'un bras, supportant la peine des deux autres de l'autre, priant une divinité disponible pour veiller sur Katia. Sa tante, ébranlée par la nouvelle, fit entrer les garçons et Robert. Lorsqu'elle se retourna pour inviter Samuel, il était déjà reparti. Elle referma la porte et vit alors les trois jeunes garçons qui pleuraient. Elle saisit à ce moment l'ampleur du désastre. Le poids de la folie humaine s'abattit sur ses épaules et elle tomba à côté d'eux pour pleurer aussi.

Samuel retrouva Katia. Elle n'avait pas bronché mais leva les yeux sur lui.

— Il faut la déplacer d'ici, lui dit-elle. Elle ne peut pas rester dans la rue.

Samuel acquiesça. Ils portèrent le corps jusque chez elle, jusqu'à cette chambre que Valantina n'avait quittée que deux ans. Lorsqu'elle fut étendue sur le lit, Katia insista pour la laver pendant que Samuel attendrait dans la pièce voisine. Elle lui expliqua qu'elle lui ferait ainsi ses adieux. Son visage n'était qu'un océan de larmes.

Elle alla ensuite vers le bureau où elle écrivit une très courte lettre à Alexeï qui lui annonçait la mort de son épouse. Puis elle s'informa auprès de Samuel où étaient les enfants et, comme elle apprit qu'ils étaient en sécurité, elle alla s'étendre sur son lit et pleura. Elle passait de la colère à l'incompréhension, des souvenirs heureux à l'événement tragique, et malgré les flots de pleurs qu'elle déversait, elle savait qu'il n'y aurait jamais assez de larmes pour mesurer avec justesse l'amour qu'elle portait à Valantina.

Alexeï rentra chez lui quelques jours plus tard. Il fit le tour de la maison en cherchant Valantina. Il ne la trouva pas. Il rêvait d'entendre son rire, de revoir son doux regard le caresser, ses mains lui parler de tendresse. Il ne restait rien d'elle, sinon deux garçons, ses fils, qu'il ne connaissait pas.

Les jours qui suivirent ne furent d'aucun réconfort pour Katia. Au contraire. Alexeï avait décidé de fuir la Russie et d'amener les enfants avec lui. Il ne pouvait retourner au front tuer quotidiennement pour un pays auquel il ne croyait plus. Il ne connaissait pas encore sa destination finale, peut-être l'Amérique, mais il voulait surtout quitter cette terre meurtrière, ce pays qui avait assassiné sa femme. Il avait offert à Katia de les suivre, lui et les enfants, mais elle avait refusé. L'Amérique ne l'intéressait pas. Plus rien n'évoquait de grands sentiments. Ils étaient morts avec Valantina au nom de la révolution.

Samuel tentait bien de motiver Katia, de lui présenter un nouveau combat, mais elle avait oublié ses raisons de changer le monde. Elle repensa à cette drôle de vie qui était la sienne et songea qu'on lui avait enlevé un à un les êtres qu'elle aimait. La révolution n'avait rien changé. On lui avait ôté Valantina sans se demander si elle pouvait survivre à une telle perte. Il ne lui restait que Robert et Samuel, mais ce n'était pas suffisant. Les enfants n'étaient que prêtés aux parents et Samuel n'appartenait qu'à la révolution. Samuel tentait bien de lui redonner des désirs, mais elle ne parlait plus dans les réunions, y assistait en silence, absente. Elle ne désirait que se fondre sur le mur, disparaître aux yeux de tous comme Valantina s'était éteinte sous ses yeux.

Alexeï, devant son refus de les suivre en Amérique, lui annonça, vengeur, qu'il allait vendre la maison. Elle avait jusqu'au mois de mai pour se trouver un autre endroit où vivre. Samuel lui offrit de s'installer chez lui illico, bien que sa garçonnière fût petite. Elle déménagea donc leurs quelques valises, à elle et à Robert, dit adieu aux garçons en larmes qui, la voyant partir, regardèrent leur père comme un monstre qui démolissait l'équilibre qu'elle avait su créer autour d'eux.

Katia ne se retourna pas en quittant la maison, n'essuya pas ses larmes avant d'être hors de vue. Alors, elle se laissa aller à pleurer, son fils contre elle.

Le 2 mars, après l'abdication de Nicolas II, le soviet des députés, composé de socialistes révolutionnaires, de Mencheviks et de sans-parti, signa un accord avec la douma et ils formèrent un gouvernement provisoire à majorité libérale. Le 7, au moment où Katia quittait cette demeure qui avait abrité ses jours de bonheur, ils promulguèrent l'arrêt du tsar et l'affichèrent à la grandeur de la ville.

Dès que Lénine revint d'exil et descendit du train à Petrograd, le 2 avril 1917, il refusa son soutien au gouvernement provisoire et lança son mot d'ordre : «Tout le pouvoir aux soviets». Le 4, il présenta aux Bolcheviks réunis en assemblée ses *Thèses d'avril* qui décrivaient en dix points le programme communiste à adopter. Suppression de la police, de l'armée et de l'ensemble des fonctionnaires d'État, confiscation des grandes propriétés foncières, nationalisation de la terre, création d'une banque nationale unique, contrôle de la production sociale et de la distribution des produits. À partir de ce moment, les révolutionnaires bolcheviques furent à nouveau surveillés et contrôlés. Le gouvernement provisoire sentait bien que l'opposition et les rébellions allaient venir de ce côté, même si le mouvement ne faisait pas l'unanimité.

Samuel rentrait chez lui au milieu de la nuit. Habillé en travailleur, il revenait d'une usine métallurgique où il y avait eu une réunion. Depuis l'échec des violentes insurrections du 17 juillet contre le gouvernement provisoire, manifestations que les Bolcheviks furent accusés d'avoir fomentées, il ne voyageait que dans l'ombre. Ceux qui n'avaient pas fui utilisaient la nuit pour se déplacer. Lénine était en Finlande, Trotski en prison, Staline, il ne savait où. Lui-même devait rapidement quitter Petrograd, ses sources le disaient recherché.

Katia n'était pas couchée. Elle avait gardé Robert endormi contre elle et salua Samuel dès qu'il entra dans leur chambre.

Ce début du mois d'août était torride et horriblement humide. L'air se faisait rare, le vent, presque absent. Katia déposa Robert sur le sol et offrit un verre d'eau à Samuel. Il s'assit mollement sur le fauteuil de la pièce qu'ils partageaient.

— Tu ne peux plus rester avec moi, commença-t-il.

Elle hochait la tête. Elle le savait déjà avant qu'il ne le lui annonçât. Partout, on parlait des arrestations, du danger, pour les Bolcheviks, de demeurer à Petrograd. Dès cet instant, Katia avait su devoir quitter la ville, et pour ses activités révolutionnaires antérieures et pour permettre à Samuel de partir de Petrograd sans inquiétude.

— Tu as un endroit à me conseiller? lui demanda-t-elle les yeux larmoyants.

Il se leva et la prit dans ses bras. Il lui caressa les cheveux, lui chuchotant des paroles douces, réconfortantes, encourageantes. Il aimait Katia depuis la première minute. Il l'aimait pour les faiblesses qu'elle représentait et pour les forces qu'elle possédait. Il l'aimait pour cette naïveté confiante puis pour cette tendresse qui le calmait. Il l'aimait parce qu'elle le détendait et le soutenait, parce qu'elle était une femme fraîche comme l'eau d'une source et quelquefois sombre comme une nuit d'été. Il l'aimait pour les abîmes qui la terrorisaient et pour le courage qu'elle érigeait. Il l'aimait comme l'on conjugue le verbe aimer, en le déclinant seulement à la première personne du singulier et toujours au présent.

— J'ai un ami, mentit-il afin d'éviter de longues discussions inutiles, un ami qui a une dette envers moi. Je sais qu'il vous protégera, toi et Robert.

— Où vit-il? s'informa-t-elle.

C'était la question qu'il redoutait le plus.

— À Berlin.

Katia ignorait comment réagir, ne pouvant croire que Samuel lui suggérait de partir là-bas.

— Il est extrêmement riche et je pense qu'il est puissant. Si les Allemands gagnent la guerre, tu seras en parfaite sécurité, mais s'ils perdent, les riches ne demeurent jamais dans le pays. Ils ont les moyens de partir.

Elle hésitait. Elle faisait confiance à Samuel, mais l'idée de quitter la Russie, sa ville et ses racines lui donnait des nausées. Elle se demandait si elle en aurait la force. Et puis, si l'Europe entière n'avait pas été en guerre, peut-être qu'elle eût tenté de gagner la France pour retrouver Robert, mais elle ne se sentait pas le courage d'affronter seule son deuil et les combats.

— Et puis, tu pourras revenir, après la révolution, lorsque nous serons au pouvoir. C'est juste pour quelques mois, Katia, le temps que les Bolcheviks accomplissent la dictature prolétaire et qu'ils libèrent le peuple.

— Tu en as parlé à ton ami?

Il fit signe que oui.

— J'ai reçu sa réponse ce matin, par le courrier. Il m'a dit qu'il était heureux d'enfin pouvoir me rendre la pareille.

En vérité, Ludwig Westhausen s'était montré surpris, dans sa lettre, de cette apparition qui, comme il la qualifiait, sortait des oubliettes. Dix ans sans nouvelles, cela en était, n'est-ce pas? Naturellement, avait-il spécifié, il était un homme d'honneur et, à ce compte, il recevrait chez lui, le temps que les choses se calmassent en Russie, cette femme et son fils. Il promit en plus de les y garder dans le confort et d'élever l'enfant à la manière allemande, éducation qui n'avait plus à faire ses preuves selon lui. À cette dernière remarque, Samuel songea que Westhausen n'avait pas changé et que, comme ils s'étaient détestés en Grèce, pendant que Samuel faisait ses études chez les Orfanoudakis, s'ils se croisaient aujourd'hui, leur animosité serait toujours aussi grande.

— Je lui avais demandé un moyen de te faire sortir de Russie. Il m'a proposé cet itinéraire.

Il lui tendit la feuille et les billets de train qui venaient avec. Elle la lut jusqu'au bout avant de le dévisager.

— Mon départ est pour demain matin ?

— Dans quelques heures, reprit-il.

Il n'y avait pas d'issue. Elle rassembla en silence ses effets personnels, empaqueta ceux de Robert et réalisa, en remarquant la valise et le sac à ses pieds, qu'elle possédait en ce bas monde davantage de souffrances que d'objets.

À la gare, ils se parlèrent peu. Que pouvaient-ils se dire ? Ils avaient été l'un pour l'autre leur famille perdue et ils devaient maintenant se séparer. Quel mot était approprié pour une telle situation ?

— Je me demande comment je vivrai sans espérer ta visite, sans attendre ta venue ? fit-elle comme si elle se parlait.

Le train siffla. Il se préparait à quitter la gare en direction de la Finlande. Dans la chaleur et l'humidité, l'odeur du charbon semblait encore plus forte.

Samuel avait froid. Le départ de Katia lui glaçait le dos. Il lui caressa la joue doucement du pouce, essuya une larme et pleura un peu, lui aussi. Il se demandait qui il irait voir lorsqu'il serait triste, à qui il confierait ses éternelles questions existentielles. Seule Katia avait cette sagesse et ces silences recherchés pour l'essentiel.

— Tu as été une lumière dans ma vie, Katia. Chez moi, il y a une place pour toi et pour Robert. Mes portes vous seront toujours ouvertes.

Elle grimpa sur le marchepied. Robert lui tenait la jambe par le mollet. Curieux, il observait autour de lui tout ce qui bougeait.

— Après la révolution, Katia, cria Samuel.

Le train se mit en marche.

— Promets-moi, cria-t-il en courant derrière le wagon le long du quai, promets-moi de revenir après la révolution.

— Je te le promets.

Sa réponse résonna dans la tête de Samuel sa vie durant, lorsqu'il se demandait, quand il s'ennuyait d'elle, pourquoi elle n'était jamais revenue. Il connaissait bien le fond de la réponse, puisqu'il avait connu son fils, mais dans la douleur de l'absence, qu'avait-il à faire de la logique, des raisons? Il ne devait jamais revoir Katia et s'il avait su cela, ce jour-là, peut-être se serait-il enfui avec elle. Mais sur le quai, triste à pleurer, il conservait l'espoir de son retour et s'encourageait en se disant qu'elle le quittait pour le mieux.

Katia prit Robert dans ses bras et l'assit sur elle sur la banquette inconfortable. Elle relut pour la énième fois l'itinéraire de Westhausen. Elle avait mal au ventre et mal à l'âme, mais tous ces maux lui étaient quotidiens depuis la mort de Valantina. Elle se contentait d'exister pour laisser Robert grandir jusqu'à ce qu'elle décidât avoir assez vécu. Elle savait qu'elle n'aurait pas à se suicider, elle n'aurait qu'à simplement se laisser mourir. Dès qu'elle cesserait de se battre pour survivre, son cœur arrêterait de lui insuffler la vie.

Elle s'endormit, Robert sur les genoux. Il étudiait son nouvel environnement, regardait les gens qui circulaient, les paysages qui défilaient. Lorsqu'il se lassa de tout ce mouvement, il leva son visage vers celui de sa mère. Son regard changea, s'adoucit. Il lui dit en français, d'un air candide :

— Je t'aime !

Katia sourit dans son sommeil.

La Révolution d'octobre réalisa le rêve de Samuel. Il assurait au peuple de Russie la conclusion imminente de la guerre, l'abolition de la propriété foncière, le contrôle ouvrier sur la production et enfin la formation d'un gouvernement des soviets. Samuel affichait l'édit sur les murs de la ville, sur les lampadaires des ponts, dans les parcs. Fou de liesse, il retournait à l'institut Smolny, le quartier général des révolutionnaires d'où Lénine dirigeait les opérations.

Il avait rejoint Lénine en exil dès le départ de Katia. Ce matin-là, de retour chez lui, il avait remarqué deux hommes étranges devant son logement. Prudent, il s'était mis en route pour la Finlande où des amis, aux frontières, lui procurèrent des papiers pour traverser. Durant ces longs mois, Lénine et lui avaient ensemble attendu les nouvelles de la ville, avaient patienté pour revenir au bon moment. À leur retour, Lénine avait commencé à faire l'histoire et Samuel, à changer le monde en sa compagnie. Il se greffa à lui et aux autres organes du parti, aussi convaincu qu'eux que la révolution était la justice que le peuple attendait. Pour les ouvriers, pour les agriculteurs, pour les pauvres, pour les femmes, pour les enfants, pour tous les oubliés, la dictature prolétaire allait construire une société qui pensait d'abord à eux. Pour les peuples aliénés comme sa patrie arménienne, elle garantirait la paix et le pain.

Pendant ce temps, le gouvernement tenta d'organiser une contre-révolution sans y parvenir. L'armée sur laquelle il comptait ne l'écoutait plus. Trop las de la guerre, les soldats ne soutenaient plus ceux qui encourageaient le renforcement des hommes sur le front au lieu de la fin des combats. Les gardes de la ville, au lieu de tirer sur les insurgés, les rejoignirent et s'unirent à eux. La ville de Petrograd avait choisi son parti.

Le 3 mars 1918, la paix conclue à Brest-Litovsk obligea la Russie à se plier aux demandes allemandes. Nullement placé pour négocier, le gouvernement accepta chacun des points de l'entente. De plus, pour marquer la fin du régime des Mencheviks et montrer les débuts de l'ère nouvelle, le parti bolchevique changea de nom, s'appelant désormais le parti communiste de Russie. Le 8 mars, alors que depuis des siècles le pays était dirigé de Petrograd, le gouvernement déménagea à Moscou.

Des heures sombres et meurtrières écrivirent ensuite l'histoire de la Russie. L'influenza s'attaqua au pays. Dans le sillage de la guerre civile, le peuple mal informé, mal nourri, pauvre et sans hygiène fut fauché par la fièvre avec plus de sévérité qu'ailleurs. Des familles entières moururent et des villages complets furent rayés de la carte. Dans les grandes villes, les cadavres s'entassaient dans les ruelles où les indigents allaient mourir.

Samuel, dès que les Bolcheviks furent au pouvoir, reçut un poste de professeur à l'Université de Moscou et continua d'écrire dans la *Pravda*. Il enseignait principalement la politique, bien qu'il touchât aussi à la philosophie. Communiste convaincu, connaisseur des penseurs marxistes, révolutionnaire, il formait, à sa chaire universitaire, la nouvelle intelligentsia russe. Il côtoyait régulièrement les membres illustres du parti, adorait toujours autant Lénine bien que ce dernier déclinât, et partageait plusieurs opinions fondamentales avec Joseph Vissarionovitch.

Les années passèrent ainsi. Le soir, lorsqu'il rentrait chez lui et que rien ne retenait son attention, il pensait à Katia et se demandait ce qu'elle devenait. Il imaginait aussi son fils, Robert, qui grandissait. Il avait écrit quelques fois à Westhausen, à Berlin, pour informer Katia qu'elle pouvait revenir. Il n'avait jamais reçu de réponse. Plusieurs fois il prépara un voyage en Allemagne, pour la retrouver, mais à force de repousser le projet, celui-ci finit par devenir un rêve vague qu'il caressait lorsque l'ennui le prenait.

Au sein de la communauté russe, il était devenu quelqu'un, au sens où son oncle l'en avait prié plusieurs années auparavant, en Arménie. Lorsqu'il rentrait chez lui, dans sa demeure confortable, il se disait qu'il avait tenu sa promesse et que son peuple pouvait être fier de lui. En fait, à l'intérieur de lui-même, il était atrocement seul. La cause révolutionnaire, maintenant réalisée, ne lui demandait plus beaucoup de temps et comme il était habitué d'enseigner, préparer ses cours ne l'occupait plus comme avant. Même les articles qu'il composait manquaient de verve, comme si la teneur initiale avait disparu avec la ferveur. Il aurait pu sortir, visiter des amis, aller à des soirées, fréquenter des femmes, se divertir, il n'en avait pas envie. Il avait pensé séjourner en Arménie mais son père adoptif était décédé. Il avait eu envie de causer avec sa tante et son oncle à Petrograd, mais ils avaient fui la Russie pour l'Angleterre dès que les Bolcheviks avaient pris le pouvoir, trop vieux pour changer. Il restait donc là, sans Katia, sans ami, seul, las.

On sonna à sa porte. Il parcourut le corridor qui menait à l'entrée. Sur les murs, il y avait des toiles de Vasnetsov. Autour de lui, des boiseries cossues et des tapis moelleux. Il avait servi la révolution et elle le lui rendait. Il ouvrit à deux hommes qui avaient autour d'eux d'innombrables caisses.

— Qu'est-ce que c'est? fit-il en ouvrant.

Les deux hommes ôtèrent leurs casquettes.

— Excusez-nous, camarade Derderianski, mais ces paquets vous sont adressés. Celui-ci doit vous être remis en main propre et ouvert en premier.

Samuel s'écarta, intrigué. Il regarda le carton que le livreur lui montrait et constata que tout lui était expédié. Il les laissa entrer. Ils déposèrent les caisses dans le salon où un feu de bois et une musique classique, sur un gramophone, réchauffaient l'atmosphère. Sur une table basse, près d'un fauteuil de lecture, un livre était ouvert à côté d'un verre d'alcool. La lumière était tamisée. La pièce sentait le calme et la paix.

Il prit place à son fauteuil et ouvrit l'emballage. En quelques secondes, un univers de bonheur s'empara de lui. Entre ses mains, à chaque page, il y avait des visages. Les photos montraient des gens heureux, souriants, expressifs ou quelquefois pensifs. Entre ses doigts, il tenait Nadya et si elle n'était pas encore là, il la savait lasse du Bosphore et bientôt près de lui.

L'hiver se faisait froid. Les passants se pressaient de rentrer chez eux. Personne ne longeait les rues par plaisir, ne flânait inutilement. Chacun courait au plus vite vers ce qui l'appelait dehors, bravant le vent glacial qui tentait de s'infiltrer entre les couches de vêtements. De ces gens qui marchaient, on ne voyait que les yeux mi-ouverts, que l'haleine chaude s'évaporer au froid. Çà et là, des tramways avançaient rapidement sur leurs rails, des troïkas circulaient et quelques rares voitures roulaient sur les avenues. Samuel reposa le rideau qui tomba sur la fenêtre. Il jeta un dernier regard sur ses livres, enfila son manteau de fourrure et un bonnet, sortit. Le visage camouflé derrière un foulard, le souffle court, il ne pensait qu'à celui qu'il vénérait depuis qu'il savait lire, qu'à celui qu'il s'en allait voir pour la dernière fois. Il ne pouvait pas croire que son mentor s'éteignait de la même manière que les autres êtres humains, qu'il s'en allait vers des cieux auxquels il ne croyait pas. Lorsqu'il arriva chez Lénine, qu'il fut dans sa chambre, il vit que ce dernier souffrait terriblement. Son artériosclérose ne lui laissait plus le temps de souffler. Il grimaçait constamment. Le médecin, à son chevet, ne lui donnait plus que quelques heures.

— Derderianski, camarade...

Sa voix trahissait ses souffrances. Samuel approcha l'oreille de sa bouche pour mieux l'entendre. La voix du premier dictateur russe n'était plus qu'un mince filet. Il dévisageait Vladimir Ilitch, conscient de la gravité du moment. Il ne pouvait croire que dans quelques heures, il ne serait plus là.

Lénine ferma les yeux comme si les tenir ouverts lui demandait trop d'énergie. Il respirait bruyamment et avec difficulté. Il n'ajouta rien de plus. Doucement, Samuel hocha la tête en un dernier adieu. Nadiedjda Konstantinovna Kroupskaïa, l'épouse de Vladimir Ilitch, entra dans la chambre et le prit par le bras.

— Il faut qu'il se repose, dit-elle en le menant hors de la pièce.

Samuel se laissa faire. Il jeta un regard sur l'homme qui avait fait entrer dans le vingtième siècle en quelques années un pays qui stagnait au Moyen Âge depuis plus d'un millénaire. Il se compta chanceux de l'avoir intimement connu.

Ce soir-là, Samuel rentra chez lui accablé. Il avait passé sa vie à combattre le régime royaliste, à se révolter contre les crimes qui assassinaient ses frères, à chercher à changer le monde, de la conscience individuelle à l'esprit du corps russe. Il avait écrit des tracts, des pamphlets et des articles, avait crié d'assemblée en assemblée, dans des cafés miteux et à des tables prestigieuses, et toujours il avait demandé la paix, de la nourriture, du travail et un régime équitable mené par un être sublime qui saurait guider le peuple vers la liberté, l'égalité et la fraternité, contrairement aux Français qui n'avaient pas réussi à le faire un siècle plus tôt parce qu'ils n'avaient pas eu ce maître pour les mener à bon port. Or, ce soir, ce père venait de disparaître, emporté par les maladies. Qui restait-il en Russie pour continuer son rêve? Qui pouvait reprendre le flambeau? Qui serait écouté et vénéré autant que l'avait été Lénine?

Ils étaient six à prétendre le remplacer, mais aucun ne lui arrivait à la cheville selon Samuel, sauf un. Il arrêta de marcher, s'alluma une cigarette en se battant contre le vent, puis se remit en route vers chez lui. Staline avait le charisme et l'autorité nécessaires. Bien que rustre et souvent excessif, il avait un caractère obstiné, incisif et vindicatif, de belles qualités pour un être aussi ambitieux. Staline avait rejoint le parti à l'aube de son existence, avait côtoyé Lénine jusqu'à devenir son infirmier personnel les derniers mois de sa pénible existence et il occupait déjà un poste extrêmement important au sein du parti et à l'intérieur du gouvernement. Le pas à faire pour devenir l'héritier de la légende ne serait pas difficile à exécuter. Hélas! il avait de nombreux opposants, notamment Trotski, mais Samuel était d'avis que leur rivalité prouverait la supériorité de Staline. Du moins ce dernier avait-il sa confiance et son appui.

De plus, personne n'avait remarqué l'habileté de Staline pour concentrer les postes de décision entre ses mains. Au contraire, ses opposants l'ignoraient, lui étaient même reconnaissants d'effectuer certaines tâches qui leur déplaisaient grandement. Ils étaient des théoriciens et ne voyaient dans le poste de secrétaire général qu'une simple formalité, alors que depuis 1922, Staline contrôlait plusieurs aspects fondamentaux de la société russe.

Dans certains journaux étrangers, que Samuel recevait quotidiennement chez lui, on reprochait à Lénine des crimes immondes. Des observateurs commentaient l'action de la police nationale, la Tcheka, et écrivaient qu'elle torturait et fusillait sans retenue tous ceux qu'elle soupçonnait de fomenter une contre-révolution. Ils critiquaient le régime pour la paysannerie affamée et le clergé massacré sans comprendre les besoins qui avaient justifié de condamner les religieux et de collectiviser les terres. Ils qualifiaient Lénine de sans-cœur, voyaient en lui un homme qui sacrifiait son peuple au nom d'une utopie. Samuel les exécrait. Ne voyaient-ils pas qu'en quatre ans de pouvoir, Lénine avait édifié un État d'une puissance incomparable ? Ne saisissaient-ils pas que ceux qui s'arrachaient son titre ne seraient que ses successeurs puisque l'œuvre était entièrement la sienne, à lui l'exilé qui pendant longtemps n'avait été qu'un membre négligé, à lui le créateur d'un système à propos duquel ces chefs de la révolution n'avaient fait qu'écrire et palabrer inlassablement.

Alors que ses successeurs tergiversaient sur les lignes de conduite à adopter, Lénine avait changé et adapté les directions sur le terrain. Le peuple voulait la paix, il avait signé Brest-Litovsk. Le peuple avait faim, il avait collectivisé les terres. Le peuple voulait du travail, il avait assuré à chacun un revenu. C'était cela Lénine. D'un mouvement spontanéiste, populaire, il avait su tirer son épingle du jeu et prendre le pouvoir. D'une révolution sans chef, il s'était imposé. Dans la cacophonie de cette année troublée de 1917, il avait créé une harmonie pour unir les ouvriers. Alors que la société militait pour ses intérêts, pour le pain, la terre et la paix, aucunement pour le libéralisme ou le socialisme, Lénine lui avait simplement proposé ce qu'elle désirait entendre et il était devenu son porte-parole, même si ces demandes allaient à l'encontre de ses théories personnelles. Lorsqu'il avait supprimé la Constituante et la Liberté, il avait démontré que l'attachement aux symboles de l'ancienne société nuisait à l'évolution et à la réalisation du grand dessein de la Russie. Lorsqu'il avait centralisé les pouvoirs pour assurer des structures étatiques qui ne s'effondreraient plus, il avait empêché la constitution d'un coup d'État. Il avait conçu un parti garant de l'idéologie, une idéologie maîtresse du nouvel État et un État légitimé dans tous ses pouvoirs, de ses violences nécessaires à ses centralisations essentielles. Ce pays était l'œuvre d'un génie, un rêve certes, mais qui s'était concrétisé et qui ne serait jamais effacé par le vent de l'histoire.

Lentement, pendant que Samuel marchait, le paysage avait changé. Des logements aux multiples étages, de ces communes innombrables et comparables, il arpentait maintenant un trottoir étroit borné de jolies datchas intimes et familiales. Une neige épaisse recouvrait les toitures, de la lumière filtrait par les fenêtres et de la fumée s'échappait des cheminées. Qu'arriverait-il à ces gens, à ces voisins qui, comme lui, avaient combattu dès la première heure ? et au peuple russe ? et au pays ? Cette nouvelle société, organisée pour le droit des individus, avait perdu le phare qui ne les avait jamais oubliés, même des confins de l'exil. Tombera-t-elle maintenant entre les mains d'un opportuniste comme Napoléon l'avait été, entre les mains d'un homme qui transformerait la plus grande des révolutions en un portrait de ses propres idées ? Samuel craignait que la mort de son prophète ne rendît le pays aux archaïsmes des anciens pouvoirs, que les combats, les victoires et les sacrifices n'eussent été vains. Esseulé dans le trouble de ses réflexions, il rentrait chez lui la mort dans l'âme, presque perdu d'espoir. Comment la Russie survivrait-elle à Lénine ? Comme si l'on pouvait vivre après un tel homme !

Il jeta son mégot fumant sur le trottoir et monta l'allée qui le conduisait chez lui. Lorsqu'il arriva en vue de sa porte, il remarqua sur le pas de sa demeure une silhouette qui se tenait blottie contre le mur. Elle était visiblement gelée, mais malgré le froid et le temps humide, elle attendait avec patience, comme si elle sentait que ses aspirations seraient comblées rapidement. Samuel l'étudia attentivement. Elle se mit à le regarder aussi. Ils ne voyaient l'un de l'autre que les yeux plissés, qu'un amas de vêtements qui tentaient de les protéger d'une nuit de janvier qui balayait les congères autour d'eux. Puis les yeux de la silhouette s'illuminèrent de joie et un sourire magnifique éclaira son visage couvert d'un épais foulard. Samuel approcha d'elle lentement. Étrangement, elle lui rappelait quelqu'un, mais il ne pouvait identifier ni la silhouette, ni le souvenir.

Samuel se retrouva face à elle. De beaux yeux joyeux, le pourtour strié de rides amusées, lui lancèrent un doux regard, une œillade qui semblait presque amoureuse. Il ôta le foulard devant son visage pour l'identifier. La silhouette se laissa faire en confiance. Elle aimait tant que cet homme la touchât. Samuel contempla le visage à travers les intempéries, sourit à peine, mais de longues larmes s'écoulèrent de ses yeux.

— Es-tu un rêve ? lui demanda-t-il.

Elle alla se lover dans ses bras.

— Non, je suis bien ici, chez toi, avec toi.

Il la prit solidement dans ses bras pour s'assurer qu'elle n'en sortirait plus jamais.

— Nadya, murmura-t-il.

Ils se sourirent doucement, demeurèrent longuement dans le vent de l'hiver, à ne rien dire, à simplement se blottir l'un contre l'autre. Ils restaient ainsi parce qu'ils avaient voulu passer leur vie ainsi, sans autre chaleur que la leur, sans autre monde que le leur, sans autre vie que celle qu'ils partageaient.

— Nous devrions rentrer, fit-il.

Nadya, sans s'écarter de ses bras, suivit la cadence de ses pas comme ils avaient toujours su marcher ensemble. Samuel ouvrit la porte. Une douce chaleur les accueillit immédiatement. Ils pénétrèrent dans la maison, refermèrent et laissèrent doucement l'ambiance les désunir, les obliger à redevenir deux êtres distincts, eux qui avaient désiré pendant cette séparation ne faire qu'un éternellement.

Ils enlevèrent leurs chauds vêtements, se dirigèrent instinctivement vers le foyer où restaient des braises que Samuel raviva. Puis ils se dévisagèrent longuement, laissant ces visages vieillis parler des instants de jeunesse qu'ils avaient partagés à Istanbul.

— Tous tes cheveux sont blancs, chuchota-t-elle.

Elle les caressa en tremblant.

Il passa ses doigts sur les rides de sa belle déesse turque. Certaines semblaient heureuses, d'autres racontaient d'insondables souffrances. Ainsi, la vie avait continué ailleurs qu'en Russie.

— Tu es tellement belle, Nadya.

Elle prit ses mains entre ses doigts, lut du bout de son index les lignes de sa paume.

— Nadya, ma sorcière, c'est bien toi.

Il répétait son nom inlassablement, appréciant la douceur offerte par cette joie qui lui tombait du ciel en ce jour de deuil.

— Chez moi, j'ai tout vendu pour te rejoindre. Je savais, comme je l'avais lu dans ton café, que tu étais dans cet avenir brillant que je t'avais prédit.

Il lui sourit puis se dirigea vers le bar où il servit deux verres de vodka. Il revint vers elle, lui tendit l'alcool qu'ils burent d'un trait.

— J'ai vieilli, dit-elle.

Elle semblait chagrinée, mal à l'aise, presque blessée.

— Moi aussi, Nadya, mais nous sommes comme les grands vins. Nous mûrissons, nous nous améliorons, mais jamais l'âge ne nous altère. Il ne fait que nous bonifier.

— Tu as toujours su parler à mes craintes.

— Tu es la seule à qui j'ai toujours su parler.

Samuel la regardait, là devant lui, plus belle que dans ses souvenirs, plus mystérieuse encore que cette ville parfumée d'où elle venait. Il la prit contre lui, murmura son nom à son oreille une autre fois.

— Nadya...

Elle lui sourit amoureusement. Ils n'entendirent pas les verres tomber sur le sol. Dans leur univers, il n'y avait plus que ce baiser audacieux, gourmand et vorace, il n'y avait plus qu'eux deux.

Nadya et Samuel passèrent la nuit à se confier. L'un contre l'autre, l'aube les surprit en une dernière étreinte, rappelant à Samuel les troubles que le pays aurait à affronter après l'enterrement.

— Je le pensais immortel, Nadya. En Finlande, dans cette petite ferme oubliée de Dieu, nous avons passé des jours et des jours à parler, à écrire, à préparer cette société que nous avons créée malgré ceux qui nous barraient le chemin. Il y avait l'ennemi intérieur, bien sûr, les libéraux, les groupuscules qui cherchaient à nous évincer du pouvoir, mais il y avait surtout l'espoir de ces regards qui se tournaient vers nous. Ces grands oubliés des dirigeants, pas un jour ne s'est passé sans que Lénine ne m'en parlât, sans qu'il ne préparât une vie sociale pour combler leurs désirs et soigner leurs maux. Il avait un rêve et à peine l'a-t-il concrétisé qu'il s'est éteint, comme nous le ferons tous, un jour ou l'autre. J'ai trouble à le comparer à chacun de nous. Lénine n'était pas des nôtres. Il a vécu parmi nous certes, mais il ne faisait pas partie de nous. Il était d'ailleurs, venu sur terre et né russe pour réaliser le destin d'un immense pays.

Nadya l'écoutait attentivement. Elle essuyait les larmes qui perlaient de ses yeux, caressait ses cheveux blancs, consolait les peurs de l'homme qui avait su calmer les siennes.

— Il avait un don extraordinaire. Lorsqu'il parlait, sa vivacité d'esprit surprenait toujours les nouveaux venus. Il pensait à une vitesse vertigineuse, savait amener habilement les gens à croire à ses idées, argumentait des heures et des heures sans montrer de signe d'épuisement. Quelquefois, il est tombé dans de folles dépressions, mais il reprenait le dessus. Les forces de son rêve le ranimaient. J'ai cru qu'il en serait ainsi, lorsqu'il est tombé malade. J'ai pensé qu'il vaincrait le mal. Il avait bien terrassé tous ses ennemis, pourquoi ne réussirait-il pas contre celui-là ?

Il se tut un court moment puis soupira :

— La Russie est bien seule, désormais.

Samuel revêtit son complet noir. Devant la glace, il se construisit un visage impassible alors que son cœur tanguait entre le bonheur de son amour retrouvé et la perte irremplaçable du père de ses pensées. Nadya, derrière lui, enfilait une robe aussi sombre que sa mine. Elle partageait entièrement le deuil de celui qu'elle avait rejoint.

Membre important du parti, Samuel Derderianski avait pour activité principale de réfléchir la société et de rédiger des articles afin de maintenir le peuple dans la direction désirée par le pouvoir officiel. Ainsi, peu de papiers n'avaient pas été lus par ses yeux. Chacun des membres éminents du gouvernement le consultait avant de prononcer un discours public ou de publier un article d'importance. Samuel était comme le peuple. Son pouls battait comme le leur. Il portait le poids de leurs souffrances, savait les toucher, les rejoindre et les convaincre. Alors que la majorité des politiciens importants n'étaient que des théoriciens, Samuel vulgarisait leurs dires et déguisait le reste pour satisfaire le peuple. Lénine l'avait consulté continuellement, en personne ou par l'entremise du courrier. Ils avaient échangé une longue correspondance, de l'exil d'abord, puis à Moscou même. Jamais Lénine n'avait eu autant de succès avec ses discours populaires que lorsque Samuel les avait corrigés, annotés et commentés. À l'aide de métaphores accessibles, en quelques coups de crayon, les concepts les plus abstraits devenaient translucides comme l'eau claire. Lénine lui avait fait entièrement confiance. À lui, l'homme de cerveau, il manquait une sensibilité prépondérante dont Samuel avait été grandement nanti tout en ayant aussi cette rigueur de réflexion qui manquait souvent aux êtres sensibles. Or Lénine détestait les sensibleries. Pour lui, la rigidité et la droiture étaient deux lignes de conduite majeures desquelles il ne fallait pas s'écarter. La discipline et la conséquence, deux besoins pour tout concrétiser. Il vénérait l'austérité de sa vie, s'assurait de la maintenir ainsi afin de ne pas faillir à sa tâche. Lorsqu'il avait connu Samuel, il avait trouvé en lui ces qualités nécessaires aux communistes avec en plus cette sensibilité rationnelle qui manquait déplorablement à son esprit supérieur. Aussi Lénine l'utilisa-t-il. Lorsqu'il employait l'expression « dictature du prolétariat », Samuel traduisait par « amour du peuple » ; lorsqu'il proscrivit les pratiques religieuses, Samuel expliqua l'impossibilité de vénérer Dieu et la Patrie, surtout depuis que la Patrie avait un Dieu. Samuel savait charmer le peuple avec des termes simples alors que Lénine tergiversait des heures entières pour préciser sa pensée et affiner ses écrits. Samuel n'était qu'une ombre. Jamais à la lumière, jamais à l'avant-scène, mais tous les membres du Parti le connaissaient. Il écrivait dans la *Pravda* et enseignait la politique à l'Université de Moscou. Il était un homme reconnu dans la vie pour ces deux rôles alors que c'était dans l'anonymat qu'il avait le plus d'influence.

Il s'était lié d'amitié avec Staline à la *Pravda*. Ensemble, ils avaient bu des nuits entières. Staline tolérait l'alcool comme peu d'humains pouvaient s'en vanter et en abusait pour avoir le plaisir de voir ses acolytes s'effondrer ivres morts devant lui. Jamais

Samuel ne lui avait donné ce plaisir. Il savait boire autant que lui sans perdre la tête. Ainsi Staline se mit à l'étudier avec intérêt, puis à lui parler et enfin à lui tendre aussi ses papiers. Il était difficile de devenir l'ami d'un tel être. Autoritaire, Staline permettait rarement aux autres d'émettre des avis différents des siens. Or Samuel savait acquiescer aux idées d'autrui, les reprendre en ses propres mots puisque tel était son don. Il ne désirait faire aucune vague, seulement s'assurer que l'océan baignait bien dans son lit. Aussi Staline lui téléphona-t-il et l'invita-t-il à partager l'univers qu'il se réservait jalousement. Ils étaient devenus intimes. Samuel le soutenait entièrement, convaincu qu'il était celui qu'il fallait à la Russie et Staline le fréquentait, assuré qu'avec sa propre intelligence mais avec les mots de Samuel, il saurait rejoindre le peuple, s'emparer du pouvoir, gagner le pays puis contrôler le monde entier.

Nadya et Samuel quittèrent la maison et s'engouffrèrent dans la voiture. Ils allaient rendre un dernier hommage à celui qui avait gravé dans le marbre du cœur de Samuel le pouvoir des rêves.

Une file interminable longeait les trottoirs et serpentait à travers Moscou. Le peuple russe affrontait le froid glacial pour saluer le père de sa révolution. Il avançait lentement, pas à pas, essuyait ses larmes, calmait ses tremblements, gravissait les marches puis pénétrait dans la salle des colonnes de la Maison des syndicats où Lénine était exposé. Il avançait vers le dictateur avec émotion, lui offrait une prière ou un baiser sous les regards des collaborateurs de la première heure.

Ces dévotions durèrent longtemps afin de permettre au plus éloigné des fidèles de se rendre à Moscou et d'honorer celui qui avait donné sa vie pour la Russie. Puis on exposa solennellement son corps dans un mausolée dressé sur la place Rouge afin que chacun pût trouver un réconfort en contemplant le bâtiment, afin surtout de conserver Lénine au cœur du pays, là où il pourrait le guider jusqu'à la fin des temps. Consciemment, on avait divinisé un homme pour permettre au peuple de prier légalement.

Staline prononça l'oraison funèbre. Avec éloge, il entretint longtemps l'assemblée, raconta les épreuves de l'exil, les combats incessants à l'intérieur du Parti, puis les années de victoire qui les avaient conduits à la réussite actuelle. Avec diplomatie, il salua la veuve, Kroupskaia, lui offrit de sincères sympathies en son nom personnel, en celui du Parti et en celui du peuple.

Nadya tint Samuel par le bras pendant la cérémonie officielle. Du coin de l'œil, dès qu'un membre du Parti relâchait un peu son attention, elle se sentait dévisagée. Jamais Derderianski n'avait eu une femme et si on lui comptait plusieurs aventures, jamais il ne les aurait invitées à un événement semblable. Alors, qui était-elle ? On ne lui connaissait aucune famille, aucune amie. D'où venait-elle ? Elle avait le teint des gens du Sud, la chaleur du soleil sur sa peau bronzée. Elle avait les yeux pâles, donc elle ne pouvait venir d'Arménie. Que faisait-elle donc auprès de lui ?

Samuel n'offrit aucune réponse à leurs interrogations. Nadya l'accompagnait à toutes les occasions comme s'il en avait toujours été ainsi. Avec le temps, l'habitude de la voir près de lui finit par taire le mystère de son apparition. Lentement, les hommes politiques lui parlèrent et rapidement, elle eut auprès d'eux une excellente réputation. Chacun découvrit avec enchantement sa culture et avec intérêt ses connaissances. Elle était une étrangère, certes, mais au lieu de la marquer du fer rouge de l'opprobre, on lui accordait le qualificatif d'être exotique. Elle pouvait donc s'offrir le loisir d'être marginale dans une société qui encadrait au maximum chacun de ses membres et au lieu de la condamner pour son originalité, on l'étudiait avec l'intérêt porté à ce qui est étrange, avec surprise et amusement. On lui concédait la qualité d'être amusante.

L'amour à Moscou avait un goût différent. Nadya assurait à Samuel qu'il s'agissait de leur âge, mais il croyait plutôt que la ville influençait leurs ardeurs. Le Bosphore inspirait de longues romances alors que la Moskova, qui gelait l'hiver, pressait l'amour d'éclore avant les glaces. Les allées poussiéreuses d'Istanbul, le soleil ardent, le bazar gigantesque, les allées de fleurs et les parcs rafraîchissants invitaient à la détente et aux rêveries alors que le rythme de Moscou propulsait le couple à chaque coin de rue. La place Rouge, magnifique avec ses dômes de couleurs, précipitait les marcheurs d'un bout à l'autre avec la cohue des travailleurs. Les longues perspectives, grouillantes de voitures, de tramways et de chevaux, bordées de trottoirs larges où s'entassait la foule, ne permettaient pas d'oiseuses contemplations ni de lentes conversations. Tout s'activait, frénésie d'une époque nouvelle, exaltation presque insensée.

Les années s'écoulaient. Nadya avait entrepris de découvrir la culture russe et devint rapidement une sommité en la matière. Elle participait aux expositions, fréquentait les concerts, assistait aux événements sportifs et rentrait chez elle en suggérant à Samuel des idées pour améliorer le sort des artistes et des athlètes.

— Le rayonnement culturel et sportif, c'est le reflet du miracle de ton pays pour le monde étranger. Lorsque des artistes montreront à l'extérieur les œuvres qu'ils ont accomplies ici, lorsque les sportifs en pleine santé rafleront les premières places, l'Ouest admirera le monde communiste.

Samuel reprenait ses arguments, débloquait des budgets, investissait dans de nouveaux talents, inaugurait de nouvelles écoles, inventait des méthodes éducatives qui mariaient le talent et les études.

Quelqu'un lui rétorqua un jour que l'État n'était pas seulement un mode de financement. Samuel s'était levé, l'avait dévisagé froidement et avait répondu :

— L'État est le peuple. Le peuple n'a d'identité que dans les arts, les sports ou les sciences. Tenter de croire que la politique fait de l'homme l'homme, c'est croire qu'une litière fait d'un chat un chat.

Rapidement, Nadya se vit inviter aux moindres manifestations. Personne n'ignorait que si elle s'intéressait à un artiste, celui-ci devenait du jour au lendemain un être choyé par le régime. Comme elle constatait les difficultés sociales qui l'entouraient, elle tentait de ne pas manquer une occasion afin d'assurer un maximum de chances à chacun d'eux. Elle avançait prudemment dans ce monde contrôlé, tentait de préserver sa crédibilité auprès de Samuel et du Parti, et auprès des créateurs et des athlètes.

Bien sûr, chacun de ceux qu'elle soutenait devait reproduire les grandeurs du régime, vanter les splendeurs du système et les merveilles accomplies par la Révolution. Bien sûr, elle les enfermait pour des décennies à venir, mais les cages dorées valaient mieux que la décrépitude de la masse ouvrière.

Avec Samuel, elle évitait de parler de ce qu'elle voyait quotidiennement. Les scènes où des files de gens attendaient pour un produit mais ressortaient avec un autre la troublaient mais ne la surprenaient plus. Samuel n'acceptait aucune critique contre Lénine ou le régime, encore moins contre Staline. Ce dernier avait évincé un à un ses adversaires politiques. Il avait signé un pacte d'amitié avec l'Allemagne. Entre parenthèses, il encourageait les scientifiques germaniques à travailler à Moscou conjointement avec les chercheurs russes. Il avait accordé aux ouvriers la journée de sept heures et Samuel avait utilisé cet atout pour rendre Staline plus populaire auprès du peuple. En maître de la propagande, il s'assurait que le pays rêvé par Lénine devînt une réalité incomparable. Au début des années 1930, malgré les innombrables contradictions que Nadya supportait, elle avait compris depuis longtemps que le silence demeurait la meilleure façon d'éviter les conflits. Elle aimait trop Samuel pour lui prouver la naïveté de son idéal.

En général, tout allait bien. Ils vivaient confortablement, magasinaient dans des boutiques réservées à la classe dirigeante, sortaient dans des clubs sélects et mangeaient à de grandes tables. Autour d'eux, invariablement, il y avait les mêmes gens. Quelquefois, quelqu'un s'ajoutait et divertissait les habitués. D'autres fois, quelqu'un disparaissait. Alors, personne n'en parlait, comme s'il n'avait jamais existé. Elle avait entendu des rumeurs à propos des goulags, à propos d'une cave de la ville où des gens étaient torturés et mis à mort. Elle y croyait mais se taisait, comme ceux qui l'entouraient.

De l'extérieur, l'URSS était devenu un pays important. Staline avait concentré entre ses mains l'essentiel des pouvoirs et avait laissé à une poignée de collaborateurs quelques instances négligeables. Il venait régulièrement chez eux, consultait Samuel sur quelques questions, apportait un cadeau à Nadya, puis s'en retournait dans sa tour blindée, inaccessible, inattaquable.

Quelques journaux étrangers qui rentraient chez Samuel parlaient souvent du pays. Des groupes socialistes scandaient les mérites de cette nouvelle société. Des intellectuels de gauche s'investissaient pour assurer au régime une légitimité. Quelquefois, on permettait à ces observateurs sympathisants de venir visiter l'URSS. Ces tours guidés, concentrés dans les plus belles parties, convainquaient ces gauchistes du bonheur du peuple et du succès du régime. Jamais ils ne pouvaient arpenter seuls les rues, au hasard des intersections. On donnait l'image d'une société d'élites.

Nadya contemplait Samuel du bord du foyer. Ce soir-là, ils allaient fêter avec un groupe d'amis ses quarante ans. Ses cheveux blancs lui seyaient maintenant parfaitement et n'étonnaient plus personne puisqu'il avait quelques rides pour les accompagner. Il avait un air sérieux, un complet qui le vieillissait un peu, mais son sourire réconfortait encore ceux qui le rencontraient.

— Que se passe-t-il, sagesse de ma vie ? fit-il de son fauteuil.

— Je me demandais pourquoi je n'étais pas venue te rejoindre avant.

— Parce qu'avant, je n'avais rien à offrir. Il m'a fallu trop d'années pour comprendre que vivre pour soi n'est pas un but, que la vengeance n'est qu'une piètre motivation, que la source de l'existence est dans le don de soi. Tu as simplement attendu que je sache me donner à toi.

Elle vint se blottir dans ses bras.

— Tu parles toujours tellement bien.

— C'est parce que tu m'inspires, mon doux amour. Si je suis l'auteur de ma vie, tu en es la muse.

Il l'embrassa. Dans ce monde qui tanguait entre libertés et contraintes, dans cet univers où le totalitarisme cloisonnait même les passions, ils unirent leurs lèvres en un baiser torride.

— Tu es mon été, Nadya, même si ce soir je serai à mon premier jour d'automne.

Il s'étendit sur le tapis du salon et l'invita à le rejoindre. Sur les revues et les magazines divers, ils s'embrassèrent longuement, se caressèrent et se prirent. Chacun de leurs gestes témoignait de leurs années de cohabitation. Il suivait son rythme. Elle accompagnait ses mouvements. Il s'abandonnait à ses désirs. Elle adhérait à ses positions. Ils faisaient l'amour amoureusement puisqu'ils étaient amoureux depuis si longtemps.

Samuel lisait calmement les journaux. Ce samedi matin neigeux de mars 1933, l'humidité lui tombait sur la nuque. Nadya, à l'étage, préparait leurs bagages car ils partaient en vacances au bord de la mer Noire. Comme chaque année, ils quittaient la ville pour de nombreuses semaines, s'évadaient vers le sud pour profiter des beaux jours.

Soudainement, Samuel contempla une photo. Elle était d'assez mauvaise qualité, sombre et pour le moins mal prise, mais l'homme qu'il regardait semblait heureux. Il posa le journal sur ses cuisses et rêva quelques instants. Là, sur ses genoux, l'ami de ses études athéniennes souriait de joie après son succès au théâtre. À ses côtés, une actrice, jeune et splendide, et un auteur français célèbre qui avait composé plusieurs pièces pour lui. Ils étaient tous les trois à la première de la dernière pièce de l'auteur. Le journal datait de plusieurs jours. Samuel ressentit une joie nostalgique. Ce 4 mars 1933, Paul Caramanlis était vivant et célèbre, et avait vécu un moment extraordinaire en compagnie de la belle Judith et du grand écrivain Robert Letellier. Chacun avait suivi son destin. Sans jamais le revoir, il avait entendu parler de lui.

CHAPITRE SEPT

PARIS
1927 - 1933

Les grands changements ont ceci en commun avec les révolutions qu'il est impossible, rétroactivement, de découvrir le point de départ du bouleversement : à peine peut-on étudier les différentes motivations pour comprendre. De même, pendant que Robert Letellier contemplait la file de gens devant lui, venus pour décrocher un autographe ou une dédicace, il ne pouvait se souvenir à quel moment sa vie avait changé si radicalement.

Il leva la tête pour contempler le visage fier d'Odile Doyet. Elle portait une robe qui dévoilait ses chevilles, arborait somptueusement sa poitrine généreuse et à son cou, un délicat pendentif d'or rappelait cette étrange nuit où peut-être ce virage avait débuté.

Il était alors devant le miroir, à refaire son nœud de cravate pendant qu'Odile le dévisageait du lit où ils venaient de faire l'amour. Elle ne disait pas un mot, souriait un peu, mais surtout elle fouillait ses yeux pour atteindre son âme. Il l'avait alors rejointe sur les draps défaits et lui avait tendu une petite boîte. Elle l'avait ouverte délicatement et bien qu'elle possédât de somptueux bijoux, lorsqu'elle découvrit cette chaînette, elle la mit à son cou et ne la quitta plus.

Odile posa une main sur l'épaule de Robert et lui chuchota à l'oreille qu'elle allait se chercher un verre de vin. Il lui murmura qu'il en désirait un aussi, puis accueillit chaleureusement la dame devant lui.

— Robert Letellier, fit-elle en s'asseyant devant lui. Elle lui tendit son livre avec émotion sans cesser de le regarder avec admiration.

— Je n'ai jamais lu un meilleur roman, fit-elle encore.

Avec bienveillance et générosité, Robert lui demanda son nom, puis il écrivit une note qu'il parapha.

— Composez-vous autre chose? s'informa-t-elle avant de le quitter.

Il lui avoua que son second roman était sous presse et serait bientôt sur le marché, que cette soirée pour *Le Soleil d'Alexandrescu* n'avait lieu que pour satisfaire une clientèle avide de rencontrer cet écrivain qui faisait rêver la France après de si terribles souffrances.

Robert retourna à sa réflexion, sur le bord du lit. Odile, pour le remercier, l'avait embrassé doucement en lui caressant les cheveux.

— Je suis une femme comblée, Robert, le sais-tu?

Il l'avait prise dans ses bras.

— Tu fais tant pour moi. Tu es généreux, patient et compréhensif. Tu es un amant attentionné et pourtant, même si je suis convaincue de ton amour sincère, je sais que je ne suis pas ta passion.

Il aurait voulu lui mentir, lui dire qu'elle était cette douce moitié qu'il avait attendue pour enfin vivre pleinement, mais Odile ne lui demandait aucun mensonge, seulement sa vérité. Il n'avait rien ajouté, alors elle avait repris :

— Mon tendre Robert, quand me diras-tu son nom?

Il l'avait quittée d'un baiser sur les lèvres.

— Tiens, fit Odile en lui tendant sa coupe de vin. Il ne restait que du blanc trop chaud.

Il embrassa la main qui venait de déposer le verre devant lui.

— Tu es belle.

Elle cligna des yeux.

— Je t'aime, Robert.

Le client devant eux se gratta la gorge d'un air gêné. Robert le considéra avec bonté et prit le livre qu'il venait de déposer devant lui. Le roman était considérablement abîmé. L'homme s'expliqua.

— Je l'ai lu tellement de fois, avoua-t-il, puis je l'ai prêté à tellement d'amis. Il est fatigué, mais il est terriblement plus vivant que tous ces livres neufs qui nous entourent.

Robert acquiesça en étudiant la librairie autour d'eux, reprit l'idée en la notant à l'intérieur puis signa. Le lecteur s'avoua fort heureux et céda sa place à un autre.

Le soir, pendant qu'Odile attendait des nouvelles de Robert, un coursier avait toqué à sa porte et lui avait remis une liasse importante de papiers. Elle était allée s'asseoir dans le salon, près du foyer où rougeoyaient des flammes ardentes et avait lu la première page où lui était adressé un mot de Robert qui disait lui offrir sa réponse. Elle s'était mise à lire. Les heures avaient passé, puis la soirée et une partie de la nuit. Le lendemain, elle avait continué sa lecture et le jour suivant aussi. Page après page, non seulement elle avait compris que ce Soleil était l'histoire d'amour de Robert et son voyage en Russie, mais en plus elle avait découvert un écrivain de talent dont elle avait ignoré l'existence. Lorsqu'elle lui avait téléphoné, non pour lui reprocher son silence mais pour le convier à un souper, Robert avait cru qu'elle désirait maintenant lui poser des questions, l'interroger sur cette histoire qu'il avait eue.

Robert leva les yeux sur la cliente suivante et son visage s'illumina. Ne pouvant contenir sa joie, il se leva et alla embrasser l'adolescente qui lui souriait de toute sa jeunesse.

— Je n'avais pas envie de rester à la maison, confessa-t-elle. Je me suis dit que si je voulais te voir, il fallait que je vienne ici.

Elle avait raison. Depuis qu'il avait publié *Le Soleil d'Alexandrescu*, il était de moins en moins présent. En vérité, il dut s'avouer qu'il n'avait jamais été un père permanent. Il était parti en Russie deux ans, puis il y avait eu la guerre, l'influenza et le décès de ses deux aînés, suivis de quelques années de calme pour finalement publier un roman qui l'avait propulsé à la fois dans une vie publique exigeante et dans de longues retraites où il devait écrire un autre livre, renommée oblige.

Robert remarqua alors Vincent, le fils de Raymond.

— Bonsoir, monsieur Letellier.

Robert regarda sa fille d'un air entendu et elle le foudroya du regard.

— Ce n'est qu'un ami, papa. Un ami, insista-t-elle.

Robert arbora une mine agaçante pour taquiner sa fille, puis s'adressa à Vincent.

— Bonsoir, Vincent, salua-t-il.

Robert toisa ses joues en feu, s'attarda sur ses yeux et devina que l'amitié de sa fille était partagée par un amour débordant du répondant. Judith ne voyait pas encore son charisme, ne contrôlait pas son charme. Sa beauté impressionnante relevait d'un savant mélange de la belle Romaine qui avait ensorcelé Emilio et d'Isabella qui était née de cette passion. À peine femme, elle ravageait déjà les cœurs. Il reprit pour Vincent :

— Je vais aller au café voir ton père avec Odile, après cette soirée. Amène Judith avec toi, nous reviendrons ensemble à la maison plus tard.

— Avec plaisir, monsieur Letellier.

Vincent avait les mêmes cheveux roux que son père, mais là s'arrêtait la ressemblance. Si Raymond Ronnet séduisait et courtisait les femmes, sans faire preuve de discrétion et sans cacher ses infidélités, Vincent semblait plutôt tenir de l'épouse discrète du tenancier. Poli, réservé, il mesurait ses gestes et ses paroles. Déjà, il semblait réfléchi et articulé. Robert l'aimait bien mais comprenait que l'ardeur de Judith ne se complût pas dans cette tranquillité qui n'avait rien de juvénile.

— Que font Théophile et Ruth ? s'informa-t-il à Judith.

— Je ne le sais pas, papa. C'est vendredi soir, ils sont sûrement sortis avec des amis ou avec Mamie Bouvard.

Marguerite. Elle vivait avec eux depuis le décès des enfants, avait pris leur chambre. Le déménagement s'était fait en douceur. Puisqu'elle descendait de moins en moins dormir chez elle, qu'elle s'occupait de la maisonnée, les enfants l'avaient conviée et elle avait emménagé pour le plaisir de chacun. Robert pouvait ainsi mener sa vie de bohème sans s'inquiéter pour les enfants et les enfants avaient adopté une grand-mère qui vieillissait doucement parmi une famille qui l'aimait. Elle se laissait maintenant gâter par chacun des adolescents qui lui rendaient de bon cœur ce qu'elle avait fait pour eux.

— On se revoit tout à l'heure, fit-il en embrassant sa fille.

Il retourna s'asseoir et un autre client prit place devant lui.

Robert, le soir où il était allé chez Odile, avait escompté avec embarras ces retrouvailles maintenant qu'il avait partagé son secret. Bien sûr, il en avait déjà parlé à Raymond, mais depuis tellement d'années, personne d'autre n'avait su son amour pour Katia. Elle était son secret et sa plus grande liberté consistait à la rejoindre dans ses rêves et à retrouver le bonheur.

Lorsque Odile lui avait ouvert, elle portait un mystérieux sourire qui avait éveillé sa curiosité puis, lorsqu'il s'était assis à la table, où un homme les attendait en fumant, il l'avait dévisagée avec interrogation.

— Robert, avait-elle fait en guise de réponse, je te présente Fabien Jay, un excellent ami à moi.

Robert avait fouillé sa mémoire pour retrouver ce que lui rappelait ce nom. Il avait un vague souvenir de l'avoir lu ou entendu souvent, mais il ne réussissait pas à cerner où exactement.

— Fabien est éditeur.

Robert rendit son roman au client devant lui et sourit au suivant. La soirée s'écoulait doucement. Odile parlait avec Fabien dans un coin de la pièce, le regardait de temps à autre en souriant. Elle organisait tout, encore. Le prochain lancement, la publicité, les événements auxquels il devrait participer, les journalistes à inviter et ceux à éviter. Elle avait pris sa carrière en main, l'astreignant à écrire quotidiennement pour accroître son talent. Elle négociait ses contrats et ses apparitions publiques. Elle connaissait tous les gens influents du pays grâce au salon qu'elle avait tenu avant la guerre et chacun d'eux se félicitait de la revoir et de travailler avec elle. Ainsi, les grands journaux commentaient les écrits de Robert Letellier et les intellectuels et les travailleurs des secteurs libéraux se procuraient ses ouvrages. En un an et demi, Robert était passé de journaliste négligeable pour un journal moyen à écrivain d'envergure recherché par les presses nationales. Rien depuis ce matin chez Odile n'était plus pareil, mais était-ce bien depuis ce matin-là que sa vie avait changé, ou était-ce depuis son départ de chez Emilio ? Ou peut-être depuis Katia ?

La porte de la librairie s'ouvrit. Comme pour annoncer l'entrée d'un dieu, une bourrasque humide pénétra avant la divinité. Les invités se tournèrent vers la porte, en attente, et tel qu'espéré, le héros apparut. De la plénitude de sa beauté diabolique, le prince entra. Démarche souple, allure distinguée, vêtements coûteux, regard assuré. L'homme, habitué de susciter l'admiration, traversa l'enceinte en souriant de part et d'autre de la pièce, un signe de tête entendu vers un journaliste connu, un clin d'œil amusé pour le propriétaire qui ferait la une des journaux à potins le lendemain.

Robert regarda la coqueluche parisienne avancer vers lui. Bien sûr, comme tout un chacun dans Paris, il n'ignorait pas le visage de Paul Caramanlis. Ce Grec enjôleur épousait chacune des pièces qu'il jouait, séduisait un public qui le vénérait. On aurait pu dire que son talent se résumait à sa beauté extraordinaire, mais cela eût été nier ce don charismatique qu'il possédait pour le théâtre. Il n'interprétait rien comme les artistes d'avant la guerre. L'époque classique théâtrale se terminait avec lui. Depuis sa venue, on cherchait à l'imiter, à marcher comme lui, à sourire comme lui ou à respirer comme lui. On reconnaissait jusque sur les trottoirs sa manière de se tenir. Les femmes s'arrachaient les journaux et les revues où il apparaissait, même Judith avait des images de lui. Plusieurs hommes l'enviaient. On le voyait toujours avec une nouvelle femme, de plus en plus jeune, et on chuchotait qu'il fréquentait des gais influents, de plus en plus vieux. On écrivait tant de choses sur le mythe que lorsqu'il prit place devant l'écrivain, le client assis lui ayant cédé sa place, Robert ne sut comment réagir. Paul, calme, lui sourit aimablement. Personne ne parlait. On voulait entendre, on voulait savoir, on voulait pouvoir dire que l'on avait été présent.

— Écrivez-moi une pièce, Letellier.

Robert déglutit difficilement. Aucun bonjour, juste un sourire, et cette requête franchit les lèvres les plus embrassées de Paris comme l'on demande un verre d'eau.

— Pardon ? répondit le romancier embarrassé.

— Écrivez-moi une pièce. Inventez quelque chose où je serai formidable. Créez des paroles que je rendrai immortelles, inimitables. Je veux dire vos mots, Letellier. Je ne monterai plus sur les planches jusqu'à ce que vous m'ayez offert le plus grand des succès. Nous passerons ensemble à la postérité.

Il lui tendit la main. Robert la prit. Paul s'en retourna. De tout l'orgueil de son personnage, il n'avait pas douté un instant du succès de son entreprise. Il aurait bientôt une pièce écrite pour lui. Il refit son manège en traversant la librairie et sortit. Une dernière bourrasque vint fouetter l'assistance qui reprit contenance. Odile alla rejoindre Robert.

— Paul Caramanlis, Robert, fit-elle avec excitation.

Robert la dévisagea d'un air incertain.

— Tu vas lui écrire une pièce et tu deviendras l'un des hommes les plus célèbres de Paris.

Il ne disait pas un mot.

— Je suis romancier, Odile, contesta-t-il.

— Tu es un génie, Robert, répondit-elle avec assurance.

Paul Caramanlis monta dans sa torpedo Renault 40 CV rouge où un chauffeur lui tenait la portière. Il lui demanda de le conduire à Montparnasse où il avait rendez-vous avec sa petite cour. Il prit sur le siège vide à côté de lui un foulard de soie blanc et l'enroula autour de son cou. Il défit quelques boutons de sa chemise pour se donner un air négligé et épousseta son veston marron des quelques cheveux qui avaient osé quitter son crâne. Il prit un miroir sous son siège pour étudier sa mine travaillée et conclut que vieillir l'avantageait comme si cela était possible.

— Nous sommes arrivés, annonça le chauffeur devant un club sélect de Montparnasse aux néons éclatants.

Paul descendit de voiture. À peine fut-il sous les lumières arrogantes de la boîte que la totalité des femmes présentes se précipitèrent pour lui demander un autographe, un sourire, même un baiser pour les plus osées. Il s'amusait follement, caressait la joue de celle-ci, embrassait celle-là, signait sur la main de l'une et sur le décolleté d'une autre. Puis il reprit sa marche vers l'entrée où le portier le gratifia d'un sourire reconnaissant en prenant le pourboire, où le maître d'hôtel le remercia exagérément pour sa générosité et où les serveuses à demi vêtues s'arrachèrent le loisir de le servir. Il commanda une bouteille de champagne et sourit à ses copains qui l'attendaient. Sa soirée commençait. Il était minuit.

La musique cessa. L'orchestre allait se reposer et se désaltérer. Paul prit un verre et fit un tour pour étudier le gibier. Finalement, il dénicha un visage inconnu, accompagné de surcroît. Il alla vers elle, sans se soucier du riche investisseur, et s'installa à côté de la jeune femme pour la courtiser. D'abord gênée, elle fit mine de refuser ses avances, puis elle céda à ses yeux, à son sourire, pour finalement aller danser avec lui. Après quoi ils se sauvèrent en riant, exaltés par le désir, la musique et les bulles. Il l'amena chez lui, lui fit l'amour égoïstement et repu, s'endormit sans vergogne. Elle le quitta à l'aube, déçue. Il n'ouvrit même pas un œil. Ce soir, il y aurait quelqu'un d'autre.

Il lui avait fallu de longues années pour apprivoiser l'exil et la solitude car il avait affronté son départ d'Athènes comme une rupture, sentant qu'en échange d'un rêve, il venait de tout perdre. Il avait parcouru l'Albanie, vivant de tous les métiers mais maigrissant à chaque village. Quelquefois, un paysan reconnaissant à la providence lui faisait l'aumône d'un emploi, le temps d'un repas ou de quelques pièces et lorsqu'un nombre suffisant affaissait ses poches, il reprenait la route et allait battre sa semelle ailleurs, en route vers un nouveau pays.

Il avait marché des années durant vers un horizon qui sans cesse s'éloignait de lui. Il avait pleuré de désespoir et ri de ses cauchemars, avait rempli sa gamelle à même la nourriture des animaux, mais toujours il avait poursuivi son rêve. Tel un pèlerin oublié par le Moyen Âge, il avait arpenté les routes de la Croatie orienté par un ciel où brillait son étoile.

Il avait traversé la guerre balkanique sans encombre et était apparu un matin aux portes de l'Italie avec pour seul bagage ses ambitions obstinées. Il s'était engagé comme manœuvre sur un chantier de Vérone mais sitôt enrichi, il avait repris son bâton. Il entendait un appel battre à ses tempes et ces cris d'un autre monde l'obligeaient à avancer, à continuer sans jamais cesser.

Ce fut à Marseille qu'il arrêta sa marche vers son destin. Isolé dans une mansarde du port, partageant son loyer avec les mouettes du quartier, il avait pleuré sa peine, son trouble et ses inquiétudes. Longtemps et souvent, il avait regardé la mer comme un sauveur qui pouvait l'engloutir. Pourtant, chaque fois que ses pas l'avaient conduit à la mer, il s'y était baigné, et bien que puissants, les remous auraient pu le noyer, ils s'étaient avérés caressants et l'avaient consolé. Les larmes qu'il instilla fondirent avec l'eau et au loin, les bateaux voguaient sur les sillons de ses pleurs. Il dut verser des dizaines de vagues avant de retrouver son idéal.

Il élabora un plan de vie pour atteindre ses objectifs et soulagé, perdit sa morosité. Ses paupières allégées se soulevèrent et il aperçut un port magnifique issu de la même Antiquité que les vestiges grecs qu'il avait admirés. Il découvrit que cette ville permettait de camoufler dans le nombre son caractère d'étranger et qu'il pouvait ainsi devenir qui il voulait, non qui il était. Pour ce faire, il entreprit sa métamorphose.

D'abord la posture. Se tenir droit, repousser les épaules et étudier sa démarche.

Puis se dessiner une personnalité à l'infaillible culture. Il alla en premier au théâtre. Sitôt qu'il réalisa adorer cela, il découvrit l'opéra. Lorsqu'il apprécia les arts lyriques, il s'assit au concert et dès que la musique classique l'enthousiasma, il s'obligea au ballet. Tous les soirs, il sortait, rencontrait des artistes et des politiciens, côtoyait la riche bourgeoisie et la dernière noblesse.

Il voulait une éducation parfaite. Il retenait les noms, préférait ce violoniste, admirait ce danseur, critiquait ce chef d'orchestre. Il refusait d'assister à cette pièce parce qu'il n'aimait pas le metteur en scène. Il citait cette personnalité qu'il avait vue la veille, se moquait de ce riche aristocrate. Il travaillait son goût, investissait dans ses amitiés, se formait une opinion. Et il lisait. Philosophie, histoire, politique et littérature. Il savait pourquoi cet auteur avait reçu le prix Nobel, connaissait la dernière découverte de médecine, comprenait la science, discutait cette éthique, la comparait même à une autre.

Il n'avait aucune minute à lui. Entre son boulot minable et sa vie sociale coûteuse, entre ses quelques arnaques et ses discrets services, entre sa vie de gigolo et ses fréquentations d'intellectuels gais, il n'investissait que dans sa propre légende, faisant de lui le plus grand personnage que Paris allait connaître.

Un jour, Paul ferma ses valises pleines et quitta sa misérable demeure. L'esprit en feu, l'âme en peine, le cœur vide de sentiments généreux mais l'esprit prêt pour sa nouvelle vie, il monta dans un train qui le conduisit sur Paris.

Il pleuvait. La locomotive avançait lentement. Dans les journaux, on parlait d'un déluge. La Seine débordait. En Bretagne, des villages entiers étaient submergés. Sur la côte ouest, l'océan noyait les berges et inondait les habitations. Le temps se déchaînait. Il lui fallut plusieurs jours pour atteindre Paris envahie par les eaux de pluie. Découragé, abruti, mouillé jusqu'aux os, presque sans le sou, avec trop de valises pour une telle pauvreté, il demeura un long moment sur un trottoir inconnu et désert à regarder la pluie balayer les pavés. Il leva la tête au ciel et cria. La tempête jurait plus fort que lui. Les arbres fléchissaient. Il hurla. Seul, il appela son étoile. Les nuages ne s'écartèrent pas. Pourtant, à l'intérieur de lui, une lumière brilla. Là, sous cette pluie battante, il s'étudia et sourit. Rassuré, il fonça vers les toilettes de la gare et devant le miroir, laissa tomber sa chrysalide et devint papillon. Avec cette mine de conquérant, il monta dans un taxi et se fit conduire dans l'un des meilleurs hôtels de la ville. Lorsqu'il pénétra dans le hall luxueux, il trembla un peu de crainte, mais il croisa sa beauté étonnante sur une glace et avança vers la réception, pédant de suffisance. Princièrement habillé, de riches valises à ses pieds, il sourit d'un air hautain à la standardiste et affirma.

— Faites préparer ma suite.

Il s'éloigna du comptoir pendant qu'elle le dévisageait avec interrogation. Il alla au bar prendre un verre et mit la consommation sur son compte. Personne ne doutait de lui.

Le directeur de l'hôtel vint peu après à sa rencontre lui confirmer que sa chambre était prête et que ses valises y étaient déposées. Il monta au dernier étage une demi-heure plus tard et ouvrit la bouteille de champagne offerte avec les compliments de l'hôtel. Confortablement installé sur un lit dont il n'avait pas les moyens de payer les couvertures, il se mit à rire. La pluie qui venait battre à sa fenêtre nettoyait son passé. Il devenait une légende, aussi sûrement que s'il l'était déjà.

Le lendemain, lorsqu'on lui servit le petit déjeuner, il feuilleta le journal d'un œil absent. Il y avait des nouvelles dramatiques, comme tous les jours, des résultats sportifs inintéressants, puis il lut une annonce qui lui donna une idée. Il fit une toilette rapide, enfila de jolis vêtements et descendit prendre un taxi qui le conduisit jusqu'à un théâtre. Il charma la demoiselle de l'entrée qui le laissa pénétrer jusqu'aux coulisses où effectivement, il reconnut celui dont il avait lu le nom.

— Henri Lecomte, salua-t-il d'une voix enjouée lorsqu'il l'aperçut.

L'homme se retourna. Parfumé, couvert de fourrure, les doigts bagués, il avança vers Paul, l'air incrédule.

— Toi, à Paris, répondit-il en l'embrassant sur les deux joues.

Ils s'étaient connus à Marseille, lors d'une soirée théâtrale. Au cours de la réception, Henri n'avait eu d'yeux que pour Paul, mais à aucun moment celui-ci ne l'avait laissé tenter sa chance. Et maintenant le Grec était devant lui. Il croyait rêver.

— Je pensais que tu serais heureux de me voir. Je suis venu pour toi directement de Marseille.

Henri ne douta pas de lui. Comment demeurer sceptique lorsque de vive voix un fantasme vous interpelle?

— Où habites-tu? réussit-il à articuler.

— Au George V.

— Naturellement, refit Henri en riant. Tu es à Paris pour longtemps?

— Jusqu'à ce que tu sois las de moi.

Paul demeura avec Henri au théâtre le reste de la matinée puis, à l'heure du déjeuner, il le convia à l'hôtel où sur les draps, ils partagèrent leurs premiers ébats. Heureux, Henri régla la note et fit déménager les bagages de Paul. Entre amants, les revers de fortune ne comptaient pas et entre gais, il fallait s'aider.

Paul assista à la première dans la loge du metteur en scène. Il reconnut plusieurs des comédiens, critiqua le jeu du premier rôle et les journaux du lendemain lui donnèrent raison. Henri, dès lors, fut convaincu du goût de son jeune amant et ne jura plus que par lui. Il le priait de lui donner des idées, lui qui d'habitude n'écoutait personne, puis quêtait ses commentaires d'un ton affamé. Il donnait en référence l'emploi de tel éclairage dans une pièce précise, nommait un metteur en scène de renom pour justifier l'emploi d'un tel effet, ajoutait au passage des suggestions. Ses choix s'avéraient immanquablement un succès. Henri le vénérait.

L'étoile qui avait conduit Paul en France n'avait brillé sur les chemins de l'exil que pour le théâtre et maintenant qu'il frayait avec les comédiens, son désir de jouer ne cessait de croître. Mais comment demander à Henri une audition dans l'alcôve sans briser l'harmonie ? Il se contenait donc, convaincu qu'un jour, le moment viendrait.

L'occasion se présenta à la fin de l'hiver. Le mois de mars, pluvieux, humide et froid s'attaqua au larynx du premier rôle. Bien sûr, il y avait un remplaçant de prévu, mais pendant la répétition, Paul ne cessa de chuchoter à l'oreille d'Henri tous les travers du comédien. Le metteur en scène, exaspéré de la médiocrité de ce dernier, se plaignit à Paul à quelques heures de la représentation que ce malheur ruinerait sa carrière. Paul consola le naïf metteur en scène en lui susurrant que tout n'était pas perdu, que peut-être les spectateurs ne s'apercevraient de rien. Henri baissa les épaules de désespoir.

— Si seulement je connaissais un grand comédien, murmura-t-il avec découragement.

Paul le prit dans ses bras et l'embrassa dans le cou jusqu'à ce qu'il sentît son amant ployer de désir. Alors, il murmura à son oreille qu'il était lui-même un excellent comédien et qu'il savait le rôle par cœur puisqu'il avait assisté aux représentations et aux pratiques. Henri, répondant à son baiser, lui assura qu'encore une fois, il lui sauvait la vie. Paul sourit simplement.

Le rideau se leva donc pour la première fois sur Paul Caramanlis. Tous les spectateurs présents devaient se souvenir longtemps de ce moment. D'abord, plusieurs avaient retourné leurs billets en apprenant l'absence du premier rôle et ceux-ci furent revendus à rabais à la dernière minute. Lorsque la scène s'alluma et que Paul apparut, quelques huées l'accueillirent, mais dès qu'il ouvrit la bouche et rendit le texte avec émotion, l'assistance se tut. Un grand moment de théâtre se vivait.

Henri, dans sa loge, se tordait les mains de nervosité. Les chahuts lui firent regretter sa décision, mais lorsqu'il vit Paul, parfait dans ce rôle, qu'il sentit les spectateurs conquis, ravis et impressionnés, qu'il assista aux six rappels, il sut qu'il venait de gagner un galon de plus.

Le lendemain, quelques critiques revinrent à la pièce voir jouer ce comédien inconnu et repartirent comblés. Ils saluèrent par la suite le flair du metteur en scène qui avait su, à pied levé, remplacer le premier rôle masculin et transformer la pièce en classique. Le comédien enrhumé ne récupéra jamais sa place. Paul Caramanlis venait de naître.

Peu après, Paul reçut sa première offre. Bien qu'Henri et son théâtre fussent un excellent départ, Paul assura à son amant devoir, pour sa carrière, sortir du giron amoureux pour s'épanouir. Ni l'un ni l'autre ne furent dupes longtemps. Quelques semaines plus tard, Paul emménageait chez Étienne et Étienne aussi le vit disparaître chez Emmanuel un an plus tard.

Les journaux parlaient de lui. Ils racontaient que Paul changeait d'amant dès qu'il décrochait un nouveau rôle. Il les fit mentir en apparaissant à des réceptions avec des femmes séduisantes et célibataires. Il les embrassait goulûment devant les flashes des journalistes, allait jusqu'à caresser les fesses de ses maîtresses en public.

Au faîte de sa gloire, Paul affirmait n'appartenir à personne, n'être ni aux hommes ni aux femmes sinon à lui-même. Il se disait le plus bel homme de la terre et personne ne le contredisait.

Paul se cherchait ainsi. De théâtre en théâtre, de nuit en nuit. Il buvait beaucoup. Il fumait trop. Il utilisait l'opium pour se détendre et la sexualité pour s'aimer. Il lisait les journaux et les revues qui parlaient de lui pour se connaître et croyait ce qui y était écrit. Il était une légende, et plus personne n'en doutait en 1927 lorsqu'il demanda une pièce à Robert Letellier.

Robert avait pleuré longtemps devant les fleurs sauvages semées au-dessus de ses enfants. Il venait leur parler régulièrement, s'assurer que rien ne perturbait leur repos. Il en profitait aussi pour prier Isabella, pour l'assurer que les trois autres vieillissaient bien, chacun à sa manière. Il lui parlait de Ruth, qu'il ne réussissait toujours pas à comprendre, lui demandait la grâce de saisir son caractère et de trouver la manière de se faire aimer d'elle. Il lui racontait la croissance de Théophile, la force de son caractère et la profondeur de ses sentiments. Et il lui vantait Judith. À propos d'elle, les mots manquaient. Elle faisait invariablement naître des flots d'émotions. Il ressentait une telle fierté de la voir aussi créatrice. Il ajoutait quelques mots pour ses parents, suggérait à son épouse de prendre soin d'eux puisqu'il s'en sentait incapable.

Puis il quittait le cimetière et allait au café rejoindre Raymond. Ensemble, ils jouaient aux échecs avec le jeu d'Igor, se racontaient de bons souvenirs et se plaisaient en compagnie l'un de l'autre. En vieillissant, leur complicité croissait et si Raymond admirait Robert d'être écrivain et fidèle à ses amours, à Isabella d'abord, à Katia ensuite et maintenant à Odile, Robert, lui, enviait le libertinage du tenancier, la meilleure façon de contourner la souffrance amoureuse tout en retirant un maximum de satisfactions.

— Je termine mon café et je rentre travailler.

Raymond sourit. Depuis le début de l'été, Robert écrivait en compagnie de Judith. Elle tapait ses textes à la machine à écrire, corrigeait ses coquilles et lui suggérait des changements qu'il effectuait la plupart du temps. Depuis qu'elle s'installait dans son bureau, Robert s'assoyait avec joie pour composer.

— Tu n'as pas le choix, fit Raymond moqueur, elle est tyrannique dès qu'il s'agit de la ponctualité.

— D'autant plus qu'elle rend des comptes à Odile.

Ils rirent. Robert prit la dernière gorgée de son espresso puis quitta son ami avec entrain. Il allait rejoindre sa Judith.

Dans son souvenir, c'était une nuit sans lune, orageuse, bruyante et rouge. Il y avait des éclairs qui zébraient le ciel et illuminaient les murs de sa chambre d'enfant. Le bruit sourd des tambours célestes la terrorisait. L'écarlate qui prédominait partout la faisait paniquer en silence. Elle avait peur, habitée d'une frayeur paralysante. Pourtant, elle caressait de ses doigts minuscules la tête fragile de son frère en tentant de se réconforter aussi. Elle se rappelait la mer de sang, sa mère en sang, elle-même sur le lit, sa maman qui gisait contre elle en gémissant, le jeune Théophile, soudé à elle comme une seconde peau, les sillons lumineux sur les murs, le visage de sa mère qui apparaissait puis se dissolvait dans l'obscurité et sa propre crainte. Elle revoyait son frère cadet pleurer dans ses bras, les deux aînés sortir dans la nuit pour chercher de l'aide, une aide qui ne servit à rien. Le sang toujours coulait et sa mère cria jusqu'à ce qu'elle se tût, silence qui statufia son visage si beau. Malgré la rigidité, malgré le médecin, malgré la peine, le sang pleurait jusqu'à ce qu'il n'en restât plus, plus de sa mère non plus.

Ruth n'avait jamais compris les mystères de la nuit qui avait mis au monde Judith. Bien au contraire, sa grand-mère Letellier lui avait expliqué que c'était son père le coupable, que tous les hommes s'acharnaient ainsi à assassiner les femmes pour leur égoïste plaisir. Elle avait regardé Robert avec incrédulité, mais il oublia de s'arrêter pour lui expliquer ce qui s'était passé. Au contraire, il disparut deux ans, en Russie paraissait-il, trop loin pour la faire changer d'idée. Ruth avait vieilli en imaginant le poignard secret des hommes camouflé dans leur pantalon, avait cherché comment survivre à leur attaque qui sûrement viendrait puisque c'était le destin des femmes.

Aujourd'hui, à dix-huit ans, alors qu'elle terminait bientôt ses études, elle se sentait cernée. Peu importait la profession qu'elle épouserait, elle devrait travailler avec des hommes, voire même leur parler. Elle ne s'en sentait pas la force. Elle était perdue dans ses réflexions lorsque des rires la firent frissonner.

Sur le trottoir, seule dans une longue ruelle qui débouchait sur un parc où elle aimait se retrouver, elle remarqua qu'elle était suivie. Elle tenta d'abord de se calmer, de savoir, à l'aide du bruit des pas, combien ils étaient. Lentement, ils se rapprochaient. Elle marchait plus rapidement, ils emboîtaient le pas. Quatre. Ils étaient quatre. Son cœur frappait sa frayeur pendant que ses yeux, discrètement, cherchaient une fuite. Elle dénicha un perron qu'elle gravit à la course. De toutes ses forces, elle tira l'énorme porte de chêne et pénétra dans le bâtiment. Les hommes continuèrent leur chemin, inconscients de la panique qu'ils avaient provoquée.

Lorsque la porte se referma derrière elle, que la pénombre laissa choir l'intérieur, elle retrouva son calme, sécurisée par le lieu. Ce fut alors qu'elle entendit un chant. Mélodieux, serein, rédempteur. Il semblait provenir de partout, même des cieux. Elle avança entre les colonnes immenses, sous des arcs aux enluminures étincelantes, chemina jusqu'à cette chorale qui se tenait au cœur de la nef.

Elle prit place sur un banc, seule, et se laissa doucement habiter par une présence réconfortante, bercer par ce chant venu des anges.

Les religieuses se tenaient debout, vêtues de noir. Elles avaient le visage radieux, la voix claire, le sourire tranquille et chantaient avec une joie éclatante. Lorsque le chœur se tut, qu'elles se retirèrent en file indienne pour rentrer au cloître, Ruth les suivit instinctivement. En ces quelques instants, elle avait trouvé sa voie.

— Mademoiselle, fit l'une d'elles en la rejoignant, vous ne pouvez pas venir.

— Mais pourquoi? demanda-t-elle, perplexe.

La religieuse la dévisagea un moment en souriant.

— Vous n'êtes pas religieuse, répondit celle-ci.

— Que dois-je faire pour le devenir? reprit Ruth.

La question surprit la nonne qui ne s'y attendait pas. Elle envisagea Ruth un instant et ne put douter de la sincérité de sa requête.

— Venez, mon enfant, nous allons voir ce que nous pouvons faire.

Ruth la suivit avec confiance. Son ton et ses paroles confirmaient qu'elle venait de découvrir sa famille, son chemin et sa vie. Elle n'avait qu'à la suivre.

Théophile Letellier avait vieilli d'un coup, presque sans le dire à personne. Un matin, il avait cessé de poser des questions à son père, réalisant du jour au lendemain que celui-ci ne détenait pas toutes les réponses. Il avait levé les yeux sur le monde, mais il n'avait découvert qu'un vide immense, abîme profond qui ne pouvait habiter qu'en lui. Il tenta donc de nourrir son âme. Il flirta un moment avec la littérature, amourette romantique ou tentative d'essai. L'histoire ne dura qu'un temps. Il s'orienta ensuite vers les arts, comme sa mère l'avait fait avant lui, mais ni l'impressionnisme ni le dadaïsme ne trouvèrent refuge dans son esprit. Il essaya la sculpture, afin de se faire Rodin, et l'architecture, pour surpasser Eiffel, mais rien ne perdurait. Il vivait l'ensemble des passions ou n'en avait aucune, se reconnaissait parmi les créateurs même s'il ignorait quoi construire exactement. Son univers était flou, en mouvance, perturbé et nébuleux. Il ne savait de lui qu'une chose : il cherchait. Le but désiré ne justifiait pas sa quête. Il cherchait simplement parce qu'en faisant de même, il finirait bien par trouver. Ainsi, il arpentait les rues de Paris, découvrait des quartiers, les fréquentait quelques semaines puis levait l'ancre. Inlassablement, il déambulait des heures entières, les yeux vides mais observateurs, s'asseyait dans un parc et oubliait d'où il venait pour faire corps avec le banc l'espace d'un jour.

— Je m'appelle Jacob, fit l'homme sans aucun préambule.

Théophile était dans le jardin du Luxembourg, à la fraîcheur de l'ombre d'un arbre. Il se retourna pour dévisager celui qui venait troubler sa solitude. L'homme portait la barbe hirsute, le sourcil fou, les cheveux rebelles mais les yeux doux. Il avait la redingote usée, la kippa tombée gauchement sur l'oreille droite, mais l'allure à ce point sereine que Théophile se sentit spontanément attiré par lui.

— Je suis Théophile Letellier.

Jacob le scruta à son tour. Il observa un être au milieu de l'adolescence, ni enfant ni homme, pris entre deux temps, comme le silence entre deux notes. Il lui devinait un caractère puissant mais dépourvu du contrôle salutaire nécessaire pour devenir créateur. Il lui faisait penser à un chêne qui serait majestueux mais qui, préalablement, enfonçait solidement ses racines dans la terre afin de soutenir chacune des branches qu'il brandirait vers le ciel.

— Tu portes un nom important.

Théophile comprenait depuis longtemps l'utilité des noms, mais jamais il n'avait imaginé que le sien était important en soi. Il jaugea l'homme un moment pour savoir si ce qu'il allait dire l'intéresserait, et la luminosité de son regard le convainquit d'écouter.

— L'importance d'un nom ne fait pas l'importance d'un homme. C'est souvent le contraire en vérité ; mais il arrive que l'on porte son nom comme l'on reçoit un message. Le tien est ainsi. Il est ta voie à suivre.

Jacob se leva, épousseta son manteau de chiffon, huma l'air frais de la brise parfumée par les feuilles d'été et prit l'allée centrale en faisant à Théophile un signe de tête.

Théophile demeura longuement songeur. Comment son nom pouvait-il lui révéler son chemin, lui qui l'avait reçu à la naissance comme un cadeau, non comme un présage. Il voulut croire le Juif sénile, rentrer chez lui et l'oublier, mais le long des rues qui le reconduisaient, routes qu'il connaissait mieux que son âme, une voix lui criait qu'il se mentait à lui-même. En quelques phrases, cet homme avait bouleversé davantage son for intérieur que quiconque auparavant. Théophile sut à cet instant que ses longues années d'incertitude avaient pris fin sur ce banc du Luxembourg et que désormais, il n'aurait de cesse de mériter son nom bien qu'il ne sût pas encore sa signification.

Ruth était agenouillée à l'église, le regard tourné vers la croix, les yeux fixés sur le Christ crucifié. Suspendu par ses mains clouées, les yeux paisibles mais souffrants, il semblait l'inviter à le suivre. Elle l'étudia longtemps, ce Dieu chrétien, pour comprendre le message qu'il lui envoyait. Comme elle n'entendit aucun son, elle en déduisit qu'il lui recommandait le silence éternel et y concéda avec joie. Elle apprit à le connaître, jour après jour, lisant son histoire comme une fable, enchantée de ces miracles, de cette douceur et de ce pardon. Bien qu'il fût homme, ce qu'elle ne s'expliquait pas, il lui paraissait d'une suprême perfection qui la rassurait.

Chaque jour, Ruth écoutait chanter les religieuses. Chaque jour, elle fredonnait leurs mélodies et rapidement, elle unit sa voix aux leurs. Elle allait régulièrement à la bibliothèque apprendre le latin à l'aide de vieux manuels de cours, récitait les cinq déclinaisons, exécutait des thèmes et des versions, apprenait par cœur des listes de mots et jonglait avec *La Guerre des Gaules* de César en comparant ses réponses à la traduction. Le soir, avant de dormir, elle lisait le *Nouveau Testament*, récitait un *Notre Père* et un *Je vous salue Marie*, puis s'endormait l'esprit tranquille. Son âme n'attendait plus que le baptême pour lui ouvrir les portes du cloître où elle vivrait sa vie.

Le prêtre s'approcha de Ruth, accompagné par sœur Jeanne d'Arc, la nonne généreuse qui avait reçu Ruth la première fois. Elle s'assit à côté de l'adolescente et lui donna la main.

— Ainsi, mon enfant, vous voulez recevoir le baptême ?

— Oui, mon père.

Elle tordait ses doigts dans ceux de la religieuse, sentait la moiteur s'emparer de ses pores jusqu'à couler sur sa jupe.

— Vous désirez aussi, par la suite, devenir religieuse ?

— Oui, mon père.

— Et vous voulez ajouter aux vœux de pauvreté, d'obéissance et de chasteté un vœu de silence éternel ?

— Oui, mon père.

— Pesez-vous bien le poids de cette déclaration, ma fille ? La vie monacale est déjà difficile, nul besoin d'y ajouter ce silence pour plaire à Dieu.

— Je désire me consacrer entièrement à Dieu, mon père, affirma Ruth avec une chaude conviction. Je ne veux utiliser ma voix que pour chanter ses louanges ; mes yeux, que pour contempler sa grandeur ; mes oreilles, que pour entendre son message. Aucune joie de ce monde ni aucun plaisir ne m'attirent davantage que d'offrir ma vie à Dieu.

Elle se tut, baissa pieusement les yeux. Le prêtre l'observa longuement, troublé par ses paroles. Jamais il n'avait rencontré autant de piété chez un être si jeune. Les convertis étaient souvent, hélas, de bien meilleurs catholiques que ses ouailles qui l'étaient depuis leur naissance.

— Alors, je pense, mon enfant, qu'il est temps que je vous baptise en son Nom pour que nous vous accueillions enfin dans la grande famille de Jésus le Christ notre Sauveur.

Le lendemain de sa rencontre avec Jacob, Théophile se leva dès l'aube avec entrain. Il se vêtit rapidement et quitta le logis avant le réveil des autres. Il n'avait qu'une hâte, revoir cet homme et lui poser les questions qui l'obsédaient.

Théophile se rassit sur le même banc du jardin pour s'assurer de ne pas manquer la visite du Juif. Il passa les premières heures à se convaincre, pour justifier son absence, qu'il était trop tôt, puis qu'un rendez-vous important le retenait, puis qu'il fallait bien déjeuner, puis qu'un accident venait sûrement d'arriver. Il ne rentra chez lui qu'au soleil couchant, au milieu de la soirée, le ventre creux et le cœur lourd. Il traversa le salon de l'appartement sans un regard pour Marguerite qui devinait avec regret, dans ce pâle comportement, une première déception amoureuse.

Le surlendemain, Théophile s'enfuit vers le Luxembourg. Le jour durant, il fouilla la cour des yeux, toute la journée, il scruta la foule et dévisagea les passants et à chaque heure son cœur saignait davantage. L'homme ne revint pas. Il n'avait été qu'un souffle d'espoir. Théophile devait maintenant admettre que cette rencontre fortuite n'était rien de plus.

Judith sirotait une coupe de bordeaux avec Vincent. Chez Ronnet, au début de la soirée, elle racontait à son ami cette histoire osée et farfelue que son père composait pour Caramanlis. Entre deux explications, elle citait une phrase, riait un temps et reprenait son histoire. Vincent la buvait des yeux. Il était amoureux de Judith depuis toujours. Garçonnet déjà, il la dévorait de derrière le comptoir lorsqu'elle venait avec son père. Très tôt, il lui avait préparé ses chocolats chauds; plus âgé, il lui avait servi ses cafés bien corsés, comme elle les préférait, et maintenant il lui faisait découvrir le vin.

Vincent se sentait incapable de dévoiler ses sentiments à Judith. Il se contentait de partager son amitié, se sentait choyé d'avoir autant de bons moments avec elle. Bien sûr, il fantasmait sur elle, conservait cachées dans le tiroir de sa table de nuit quelques photos, mais tant qu'il ne sentirait pas qu'elle partageait son émotion, il préférait taire son amour pour éviter qu'elle ne le quittât.

— Tu imagines Paul tenir ce rôle? s'informa-t-elle finalement.

Vincent lui sourit pour cacher sa jalousie. Paul Caramanlis, celui que Judith idolâtrait. Elle avait des clichés de lui partout, qu'elle découpait dans les magazines, et contrairement aux adolescentes de son âge, qui faisaient de même, il savait que Judith le rencontrerait, le fréquenterait et peut-être même serait-elle une de ses conquêtes.

— Si ton père compose cette pièce pour lui, pourquoi pas? réussit-il à formuler en trouvant faire preuve de diplomatie.

Elle hocha la tête et prit une gorgée en lui souriant. Vincent était son meilleur ami et pour rien au monde elle n'aurait sacrifié cette amitié pour une amourette qui la gâcherait.

Un autre adolescent pénétra dans le café. Dix-sept ans, joli garçon bien qu'un peu dodu, il parcourut la salle des yeux jusqu'à ce qu'il aperçût Judith et Vincent à la table.

— Salut Rabbath, fit Vincent en souriant.

Bachir Rabbath, le fils de Walid, propriétaire du premier journal pour lequel avait travaillé Robert, lui répondit d'un signe de tête amical et alla les rejoindre en sortant une cigarette de l'intérieur de sa veste. Ils étaient amis depuis le décès des deux aînés Letellier, quand les plus jeunes avaient logé chez Walid Rabbath le temps que Robert recouvrât les esprits et se remît un peu.

— Tu en veux une ? offrit-il en prenant place.

— D'accord, accepta-t-elle en riant. Je vais encore être étourdie ! s'exclama-t-elle.

Il la lui alluma avec un briquet rutilant qu'il venait d'acquérir.

Vincent alla chercher quelques bières, deux bouteilles de vin et plusieurs verres. La soirée allait bientôt commencer.

Les quatre derniers compères de leur troupe entrèrent dans le café en faisant un brouhaha turbulent. Ils furent accueillis par des voix enjouées qui les invitaient en riant. Théophile s'assit près de Bachir et lui vola une cigarette, heureux en prenant une gorgée de bière d'oublier ce Juif qui l'avait troublé. Jean s'assit à côté de Judith, cherchant à la séduire ouvertement, comme tous les soirs qu'il la rencontrait. Il lui tendit un livre de poésie, assurant que c'était une œuvre remarquable. Judith l'enfouit dans son sac et le remercia d'un sourire qui le charma davantage. Éric tourna sa chaise et s'assit face au dossier, le menton appuyé sur ses mains. Silencieux mais le regard présent, il suivit d'un air amusé le manège de Jean qu'il trouvait ridicule. À ses yeux, la sexualité ne passait que par le corps et s'il nourrissait son esprit de quelques lectures choisies, il affectionnait le sport comme le principal exutoire des tensions. Mathieu, pour sa part, sortit de sa veste un petit sac d'herbes, lorgnant par-dessus ses lunettes ambrées ses copains qui le dévisageaient d'un air intéressé.

— Ça, mes amis, c'est pour aller visiter le paradis.

Chacun accueillit l'annonce en suivant son manège des yeux. Il prit un papier à rouler, ajouta un soupçon de tabac et de l'herbe puis alluma son joint les yeux brillants.

— Qui essaie ?

Tous s'étouffèrent, gloussèrent et rirent en arrosant les irritations de leur gorge révoltée avec du vin ou de la bière.

Le café Ronnet revivait, comme au début du siècle. La clientèle avait rajeuni, une nouvelle génération avait investi les lieux. Les artistes qui y venaient avaient les mêmes rêves et ceux qui buvaient sur place depuis vingt ans attendaient encore le succès qui finirait bien par les saluer. Sur les murs, dansant avec les volutes de fumée et les arômes de café, étaient exposées les toiles des *Jardins parisiens* d'Isabella Guerti. Derrière le comptoir, il y avait un Raymond Ronnet qui vieillissait, qui contemplait les lieux et étudiait les adolescents, soudainement conscient avec nostalgie du temps qui avait passé.

Aucun des jeunes qui s'amusaient n'imaginait le rythme incessant du cycle de la vie. Ils se tenaient là comme s'ils étaient les premiers, refaisaient le monde comme toutes les générations précédentes, croyaient fermement que leurs convictions transformeraient l'univers et que leurs rêves se réaliseraient. Ils étaient comme cette nuit qui les réunissait, beaux, idéalistes et insouciants.

Ruth attacha à son cou la croix d'or offerte par sœur Jeanne d'Arc. Elle venait de faire sa Confirmation et désormais, ce n'était qu'une question de temps avant qu'elle n'embrassât le voile et devînt novice.

— Je suis si heureuse, ma sœur, dit-elle les yeux larmoyants, la croix entre ses doigts.

La religieuse embrassa sur le front la jeune femme épanouie qui se tenait devant elle, au centre de la nef, et il lui sembla que quelque chose de grand venait de s'accomplir sous les ailes de son Dieu.

Ruth quitta sœur Jeanne d'Arc pour rentrer chez elle. Elle devait maintenant annoncer à son père et à sa famille qu'elle était catholique et que demain, elle serait religieuse. Si, dans son imagination, elle avait conçu ce moment avec une grande nervosité, elle le vivait maintenant avec une sérénité surprenante. Ses pas n'étaient plus lourds. Ses épaules se tenaient droites. Ses yeux brillaient et même sa tête ne craignait plus les hommes. Demain, elle ne ferait plus partie de ce monde.

Elle entra dans le logement en fredonnant un hymne religieux latin. Fidèle à ses habitudes, Marguerite était assise dans le salon, un tricot entre les mains en écoutant du théâtre à la radio. À la lumière d'une ampoule suspendue non loin d'elle, elle s'arrachait les yeux à composer les motifs savants d'un gilet pour Judith.

— Bonsoir Ruth, fit Marguerite en souriant.

Elle alla s'asseoir près d'elle. Si souvent, déjà, elle avait passé ses soirées ainsi, à écouter la vieille dame lui raconter ses mémoires. Elle lui posait une question et Marguerite s'envolait dans son passé, entreprenait un long monologue sur les siècles passés : son grand-père avait servi sous les ordres de Napoléon Bonaparte et son très vieux grand-oncle, le frère aîné de son grand-père, paraissait-il, n'avait pas manqué l'exécution de Louis XVI ni celle de Marie-Antoinette. Elle lui racontait les victoires du Corse avec moult détails, lui décrivait la prise de la Bastille avec panache. Dans sa boîte de Pandore, elle avait même conservé des tracts de Dumoulin et de Marat, de même que quelques trésors rapportés de la campagne d'Égypte. Elle lui avait montré des images de la reine Victoria en voyage à Paris sous Napoléon III, des affiches de propagande de la guerre de 1870 contre le Kaiser, même un dessin, sur le napperon d'un café, tracé à la hâte par un admirateur espagnol alors inconnu, qui aujourd'hui valait un excellent prix, signé Pablo Picasso.

Dès que son père quittait la maison, Ruth sortait de sa torpeur. Elle se lovait contre Marguerite et apprenait à coudre, à tricoter ou à cuisiner. Parfois, elles se parlaient longuement, d'autres fois, elles se côtoyaient en silence, mais toujours elles s'appréciaient.

Marguerite déposa son tricot et caressa les cheveux de son enfant troublée. Elle ne posa aucune question. Il ne fallait jamais prendre de front Ruth, il fallait la laisser venir, attendre avec patience les confidences qui ne tardaient pas.

— J'ai changé de vie, Marguerite, commença-t-elle.

Elles se sourirent. Entre les doigts de la jeune femme, il y avait cette croix nouvelle qui brillait. Marguerite avait compris depuis longtemps. Elle, l'âme sombre, avait saisi que la lumière nouvelle qui émanait de son aînée ne pouvait provenir que d'une grâce divine et peu lui importait le Dieu.

— Demain, je serai postulante au Carmel de Montmartre. Dans six mois, je ferai des vœux temporaires puis, dans trois ans, peut-être plus, je prononcerai les vœux perpétuels d'obéissance, de pauvreté, de chasteté et de silence.

Ruth se tut. Tout était dit. Marguerite la prit dans ses bras. Des larmes coulaient sur ses joues. Elle se demandait où était née cette haine et cette peur du monde qui allaient conduire sa Ruth au cloître et à l'oubli.

— Je suis enfin heureuse, Marguerite, fit-elle en consolant Mamie Bouvard. Je n'ai plus peur, je n'ai plus mal. Je suis libérée.

— Je ne te verrai plus.

— Je prierai pour vous tous les jours et vous pourrez m'écrire.

— Tu ne me répondras pas.

— Dieu le fera, Marguerite. Il veillera sur vous.

Lorsque Judith et Théophile rentrèrent de leur soirée au Ronnet, les idées dansantes sur des vagues d'alcool et des volutes d'herbes, ils ne remarquèrent pas Marguerite assise dans le noir du salon, éveillée et troublée, ni ne notèrent-ils le sommeil calme de Ruth, encore moins sa minuscule valise prête pour l'aurore.

À l'aube, sur la pointe des pieds, Ruth quitta le logement paternel pour ne plus y revenir. Elle embrassa une dernière fois Marguerite qui l'avait veillée, lui murmura son amour et ses promesses de prières. Elle sortit dans la rue le cœur léger, trimbalant un minimum d'effets personnels en sachant qu'elle ne tenait à rien, sinon à servir Dieu dans le dépouillement.

Lorsque Robert revint de chez Odile au petit matin, qu'il découvrit Marguerite les yeux cernés et prostrée sur le sofa du salon, il servit du café et prit place à côté d'elle. Calmement, elle lui dévoila le départ de sa fille pour le cloître de Montmartre. Sur le coup, Robert sourit timidement, puis il réalisa avoir perdu sa fille, cette fille qu'il n'avait d'ailleurs jamais comprise.

— C'est impossible, Marguerite, Ruth est juive.

— Elle est catholique, Robert, depuis plusieurs mois. Elle porte une croix en or, connaît le *Nouveau Testament*, récite le *Notre Père* et des *Ave Maria*. Elle est chrétienne et bien plus que moi.

Robert se leva de son fauteuil, arpenta de long en large le salon. Il enrageait.

— Elle ne m'a même pas dit au revoir.

Il s'effondra sur le sol en pleurant. Peu lui importait la religion, lui-même n'en avait plus, peu lui importait le Dieu, ils étaient tous sourds, mais son départ sans au revoir, cette séparation définitive l'atterrait et le révoltait. Spontanément, malgré son agnosticisme prétendu, il déchira la manche de sa veste et porta le deuil. Il avait perdu Ruth comme ses deux aînés morts de la grippe espagnole. Il était décidément un bien piètre père.

Judith et Théophile furent réveillés par les pleurs de Robert. Entre ses lamentations et les explications de Marguerite, ils déduisirent qu'ils ne reverraient plus leur sœur. En eux émergea un étrange chagrin, à la fois intense et profond mais aussi incrédule et perplexe, comme si cela ne pouvait être vrai. Pourtant, les jours se suivirent sans Ruth, l'école reprit sans leur sœur et l'appartement se transforma une autre fois pour céder toute la chambre à Judith. L'univers des Letellier confirmait que Ruth ne reviendrait plus.

Robert, en revenant du cimetière, faisait un détour vers le cloître où sa fille logeait. Il longeait le mur sourd à ses suppliques, cherchait une brèche par où passer les yeux et la visiter. Il n'y en avait aucune. À peine devinait-il la croix plantée sur le sommet de la chapelle, indice bien maigre pour confirmer qu'à l'intérieur, la vie continuait. Souvent, alors, il priait son épouse, cherchait dans le passé des réponses pour son existence actuelle. Il se disait qu'Isabella aurait su comprendre Ruth et la lui expliquer. Il voyait sa fille, à l'aube de la vie, s'enterrer, la concevait qui, au lieu de plonger dans la mer turquoise de sa jeunesse, s'engouffrait dans un lac glauque plus sombre que la Seine. Il se souvenait des multiples fois où il avait ressenti qu'elle le détestait dès qu'il la surprenait à le dévisager. Il n'avait jamais su pourquoi. Même à cet instant de sa vie, alors que l'enceinte de pierre le privait de sa fille, Robert ne réalisa pas que Ruth avait fait comme lui à son retour à Paris. Devant un père qui ne saisissait pas comment elle était, elle avait choisi son destin loin de lui.

Robert embrassa le mur du bout de ses doigts tremblants et essuya les larmes qui ruisselaient de ses yeux. Il rentra chez lui sans passer par le café, incapable d'affronter les regards de Raymond qui sympathisait avec son drame. Dans sa chambre, il se contenta de regarder le plafond, les jambes croisées et les bras derrière la tête. Il pensait à ses deux autres enfants, adolescents qui devenaient adultes trop rapidement, cherchait une manière de ne pas les perdre aussi. Il se sentait lamentable, dépouillé, perdu. Puis une idée surgit. Ses personnages cognèrent à la porte de son imagination en l'entraînant loin de ses préoccupations familiales pour le guider vers son récit. Il se laissa emporter. Composer ressemblait à l'art de la photographie, il fallait capter le moment et profiter de la lumière. Sans s'en apercevoir, Robert s'assit devant son bureau et prit un crayon. En écrivant, il n'y avait plus de tristesse, plus de douleur, plus aucun autre sentiment que cette exaltation qui faisait briller ses yeux. Les heures s'écoulaient, disparaissaient. Le temps n'existait plus. Personne ne comptait. Les dialogues tombaient sur le papier, les scènes se multipliaient et autour de sa tête, des muses dansaient et chuchotaient à son oreille les mots justes. De temps à autre, il se levait, se prenait un fruit ou un breuvage le temps d'une réflexion plus ardue, mais le plus souvent il demeurait devant sa table, le regard sur ses feuilles, heureux. De même que Ruth avait trouvé son Dieu et sa voie, Robert priait ses muses et leurs voix. Le voile de la littérature l'astreignait à des vœux d'obéissance, de silence et de recueillement et malgré la ressemblance entre le monde de sa fille et le sien, Robert ne le remarqua pas.

Jacob Sutto avait dans le sang un mélange suave de personnalités. Il frémissait d'excitation comme les Latins, contenait son emportement comme les Hébreux et adorait les livres et les arts comme les Juifs. Il tenait un côté grégaire qu'il épanouissait en donnant des cours, un aspect nomade qu'il respectait en faisant de longues promenades méditatives et un côté sédentaire qu'il assumait en ayant une famille de dix enfants. Il avait un horaire surchargé, mais trouvait toujours le temps d'écouter un de ses élèves, de féliciter un de ses enfants ou d'encourager un pur inconnu. Ce fut ainsi qu'il rencontra Théophile Letellier sur ce banc du jardin du Luxembourg.

Il l'avait remarqué bien avant que le jeune ne le fît. Il avait étudié ses gestes et sa démarche, avait pris le temps de réfléchir à ses comportements et dès qu'il avait été convaincu de sa quête intérieure, il l'avait abordé. Il n'avait pas eu à parler longtemps pour troubler le jeune homme. Il n'avait eu qu'à utiliser des mots simples pour déranger un univers déjà en mouvement.

Il avait une prédilection pour les adolescents. Il sentait leurs recherches exigeantes contrairement à la majorité des adultes qui cessaient très tôt de se questionner. Il désirait faire perdurer cette insatiabilité chez certains individus afin d'assurer l'évolution du genre humain.

Le lendemain de sa rencontre avec Théophile, il était revenu dans le parc très tôt pour confirmer son intuition. Effectivement,

Théophile l'espérait. Il n'avait fait aucun geste pour lui signifier sa présence, l'avait simplement épié quelques minutes pour s'assurer qu'il n'abandonnerait pas. Lorsqu'il sut que le jeune continuerait sa quête même sans sa présence, il avait repris sa vie en l'oubliant. Or ce mercredi qu'il marchait lentement dans le parc, le garçon accourut vers lui et, étrangement, il ressentit une grande joie de le revoir. Il écouta son cœur, habitué d'entendre ses appels, et s'avoua que ce garçon devenait un de ses disciples même s'il ne le voulait pas. Il acquiesça à son destin et ouvrit les bras à un Théophile qui ne contenait nullement sa joie.

— Bonjour, fit-il le souffle court et le visage tout en sourire.

Le Juif le dévisagea un moment en souriant aussi.

— Bonjour Théophile.

Il l'invita à s'asseoir sur un banc d'un geste de la main. Théophile prit place près de lui, attendant une phrase, un début de conversation, un mot auquel s'accrocher. L'homme ne dit rien. Il contemplait les arbres et les fleurs, écoutait les oiseaux, méditait calmement en sachant le trouble de Théophile. Lorsqu'il se leva, Théophile voulut protester, mais il se contint en ressentant soudainement la vanité de son désir. Avant de partir, l'homme lui lança :

— Tu as la foi, Théophile. C'est un don merveilleux qui permet d'accomplir des miracles. Hélas ! la tienne n'est pas inébranlable. Il faudrait qu'elle le soit pour que tu accomplisses ce pour quoi tu es né.

Jacob partit. L'adolescent le suivit du regard bien après qu'il eut disparu, troublé par ces paroles qui le touchaient jusqu'au fond de son âme.

Théophile revint le lendemain après l'école et les jours suivants, armé d'un livre, de ses rêveries ou de quelques minutes oisives. Il s'asseyait sur le banc et attendait l'homme qui reviendrait sûrement, il le savait.

L'homme le rejoignit le septième jour. La tête haute, le port altier, il semblait confiant et satisfait. Devant Théophile, il s'arrêta, l'invita du bras à le suivre dans sa marche.

— Quel âge avez-vous? s'informa-t-il.

— Je vais avoir dix-huit ans.

— Pourquoi venez-vous ici chaque jour?

— Pour vous rencontrer.

— Pourquoi voulez-vous me voir?

Théophile s'apprêta à répondre, mais aucune hypothèse ne se présenta à son esprit. Déçu, il dévisagea l'homme avec timidité.

— Je ne le sais pas.

Le Juif s'arrêta de marcher un moment et plongea son regard dans les yeux de Théophile pour le réconforter de son ignorance.

— Il est important de ne pas tout savoir. Le monde de l'intelligibilité termine là où les émotions commencent. La raison les ordonne un peu, afin que nous ne soyons pas tous gâteux, mais dès qu'elle met de l'ordre, elle transforme déjà le senti en connaissances et commence à mentir.

Théophile l'écoutait. Perturbé par la prestance de l'homme, les mots cheminaient lentement vers son esprit. En fait, il s'agissait moins de ce qu'il affirmait que de ce que Théophile ressentait à son contact. D'abord, il y avait l'attirance. Tel un aimant, il désirait ardemment être en sa présence. Puis venait un genre de quiétude, exaltation provisoire qui prenait fin dès la séparation, laissant place à un amas de questions que l'homme soulevait invariablement. Enfin, il y avait le soulagement produit par ses réflexions. Depuis l'homme, plus une nuit n'avait vu le jour sans de longues pensées, chemins inexplorés qui le conduisaient à l'essentiel. Chaque matin lui promettait une quête et chaque soir lui réservait un trésor. Ainsi était venu le besoin de comprendre son nom et l'intensité de sa foi. Théophile signifiait « Aime Dieu ». Si son nom lui avait paru simple et agréable à suivre, sa foi faisait monter en lui une explosion dangereuse, magma volcanique de rancunes trop nombreuses pour être cernées mais trop importantes pour les ignorer.

Jacob suivait le discours intérieur de Théophile. Il entendait la
crainte de sa haine nouvelle, la peur de ses reproches. En quelques
mois, Théophile avait franchi la fine ligne qui divisait la profondeur des êtres selon la gravité de leurs questions.

— Je pense, fit Théophile, que j'ai envie que vous deveniez
mon maître.

— Pourquoi? reprit Jacob.

— Parce que je pense que vous êtes un sage.

— Et comment sont les sages, Théophile?

— Je crois que les sages utilisent peu de mots pour dire ce qui
est fondamental.

— Moi, refit Jacob après lui, je crois qu'il y a longtemps que je
cherchais un sage comme toi.

Paul Caramanlis aimait rêver, ailleurs ou chez lui, devant un
paysage magnifique ou un mur malheureux. Il se laissait partir,
volait, disparaissait dans un monde qui n'appartenait qu'à lui.
Dans ce luxe fabuleux qui l'entourait perpétuellement, entouré de
mille beautés qui se précipitaient sur son passage, les moments
qu'il appréciait le plus étaient ces instants de solitude où il se
sentait choyé.

Il menait une vie enviée. Il possédait un appartement dans le
Marais, fréquentait des gens aisés, discutait avec l'élite des lettres
et mangeait chez les aristocrates. On l'invitait aux premières, aux
lancements, aux expositions et aux concerts, et chaque fois, on
demandait son opinion. Souvent, il faisait en une phrase la réputation d'un artiste ou d'un mot démolissait un créateur. On lui
reconnaissait un goût certain, une culture vaste, et si chacun ne
se plaisait pas dans ses dires, on trouvait tout de même qu'il avait
souvent raison.

— Dites-nous, Paul, quand remonterez-vous sur les planches?

Il était à une table du Bœuf sur le toit. Autour de lui, il y avait un brassage de classes surprenant qui ne se rencontrait nulle part ailleurs. Là-bas, au-dessous de *L'œil cacodylate* de Picabia, il y avait Sacha Guitry et Yvonne Printemps qui discutaient avec Jean Cocteau debout, fier de son *Antigone* dont Coco Chanel, la féministe aux cheveux courts, avait dessiné les costumes.

De l'autre côté, non loin des portes de la cuisine, Gabriel Astruc tentait de convaincre des producteurs d'investir dans sa dernière pièce. Ruiné au théâtre maudit des Champs Élysées, il buvait trop et ennuyait ses interlocuteurs qui n'avaient d'yeux que pour Yvonne George, la rousse magnifique qui tenait le premier rôle dans la dernière pièce montée par Cocteau. D'ailleurs, s'il remarquait bien, elle leur faisait régulièrement des sourires engageants et Paul gageait qu'ils finiraient la soirée dans le même lit et qu'Astruc n'aurait pas un franc.

Les portes s'ouvrirent et les putes de classe du boulevard s'installèrent au comptoir et commandèrent un verre en attendant de se les faire offrir. Paul consulta la montre de sa voisine d'un œil discret et remarqua qu'il était vingt-deux heures. Rien ne changeait dans ce genre d'endroit.

— Dès que Robert Letellier aura terminé d'écrire ma pièce, fit-il d'un ton absent.

Il se plaisait à répondre ainsi. Il y avait une telle prétention dans cette affirmation. La conversation reprit ailleurs et Paul put se complaire à étudier la comédie humaine.

Plus tard, les théâtres se vidèrent et déversèrent dans la salle du Bœuf les critiques et les calomniateurs. Le ton monta de plusieurs décibels et les oreilles indiscrètes plongèrent aux tables voisines. Ainsi, cette pièce était un navet, cet homme ruiné, cette femme divorcée. Minuit, les colporteurs étaient ravis de démolir l'existence des gens qui ne vivaient que de leur réputation.

— Mais dites-nous, Paul, Letellier n'a-t-il pas terminé votre pièce?

Paul prit calmement une gorgée de vin, plongea ses yeux magnifiques dans le liquide d'un pourpre lumineux, sembla réfléchir un moment alors qu'en réalité il se demandait combien de temps il devrait souffrir ces insanités avant de quitter ces lieux dorés et de s'amuser.

— Certes, mais vous connaissez les grands artistes, inévitablement des perfectionnistes. Letellier ne fait pas exception. Il m'a dit la semaine dernière que j'aurais le manuscrit le mois prochain. Je lui fais confiance.

La conversation s'interrompit. Chacun venait de voir Astruc quitter les lieux la mine défaite malgré un faux-semblant de dignité et tous notèrent les producteurs s'inviter à la table d'Yvonne Printemps où Cocteau s'était assis aussi.

— Après tout ce temps sans jouer, n'êtes-vous pas nerveux?

Paul sourit. Quelle maladresse que de le croire perdu! Dans quelques mois, il serait la plus grande coqueluche parisienne, et ce, jusqu'à la fin des temps. Paul Caramanlis était une légende et les légendes ne meurent jamais.

— Voyons, mon cher ami, entreprit-il d'un ton peu amical, le talent ne se perd pas. Dans l'inertie apparente, il se polit, s'enrichit et mûrit.

L'autre hocha la tête et saisit le reproche. Il ne fallait ni fouetter la bête, ni torturer les idoles. On les caresse, on les contemple, on les vénère mais on ne les bafoue pas sous peine de périr. Les princes sont gâtés par les dieux et protégés par le Vilain. Mieux valait éviter leurs foudres et se tenir coi.

— Et que faites-vous en attendant?

L'interrogatoire le dérangeait. Ces gens n'avaient qu'à lire les journaux pour avoir leurs réponses. De guerre lasse, il sourit:

— Je rêve, mes amis, des heures durant et...

Sa nuit commençait. Il avait envie de rire, de rencontrer ses admirateurs, de se sentir superbe. Il leva ses yeux charmeurs sur l'assemblée, amusé de ce qu'il allait provoquer.

— ...et je bois beaucoup, je fume de l'opium, je baise. Je suis terriblement occupé par tous mes vices. Ainsi, ajouta-t-il en se levant, veuillez m'excuser, mais je suis attendu par le diable.

Il les quitta ainsi, tourbillon de beauté qui ajoutait à ses mots le poids de son départ, qui laissait en pâture à ses vautours quelques phrases juteuses pour stimuler leur existence ennuyeuse.

Sa rutilante torpédo vint le cueillir dès qu'il pointa le nez dehors. Son chauffeur lui ouvrit la portière, reprit sa place derrière le volant et attendit que son patron lui indiquât le lieu de son prochain rendez-vous. La requête se fit attendre. Par le rétroviseur, il dévisagea son célèbre passager et nota qu'il avait les yeux rivés sur une jeune beauté. Paul ouvrit la portière et sortit sur le trottoir. Le chauffeur nota l'heure à sa montre. Dans cinq minutes, ils seraient en route.

— Bonsoir, Mademoiselle.

Elle avait des yeux incroyables, d'un bleu sombre et profond comme les mers du nord, loin du turquoise des siens. Le noir de ses cheveux contrastait avec sa peau laiteuse et ses traits délicats trahissaient sa grande jeunesse.

— Paul Caramanlis ! s'exclama-t-elle.

Ses jambes tremblaient. Il lui semblait que ses chevilles étroites allaient casser, que son estomac allait rendre l'alcool qu'elle venait de consommer. Il sourit de satisfaction. Il adorait produire cet effet bouleversant.

— Vous désirez prendre un verre et vous amuser ?

Comment refuser ? Elle jeta un œil sur le cabriolet qui les invitait, dévisagea l'homme qu'elle avait tant de fois admiré sur les photos qu'elle découpait et acquiesça d'un sourire gêné. Paul lui ouvrit la portière et demanda à son chauffeur de les conduire à la

Petite Chaumière sur la rue Lepic. Ce dernier jeta un œil peu convaincu sur son patron et embraya finalement. Il avait des mœurs étranges.

Dans la voiture, l'adolescente se mordait les joues. Entre la joie d'être avec son idole et le stress de le sentir près d'elle, il y avait un sentiment d'exaltation assassiné par ses remords. Elle ne devrait pas le suivre et le savait. Au contraire, elle devrait rentrer chez elle et se coucher au lieu de provoquer cette anxiété chez son père et sa grand-mère. Elle sourit à Paul en se sentant comme dans un rêve. Il s'approcha d'elle, passa son bras autour de ses épaules, la sentit frémir sous la brise fraîche, lui prêta sa veste en couvrant son cou de baisers sans équivoque. Judith tourna la tête et lui offrit ses lèvres. Il cueillit sa jeunesse comme l'on boit la rosée. Son corps en émoi tremblait. Il parcourait les courbes de son cou, descendait sur ses épaules, embrassait ses seins. Dans le ciel, la nuit brillait et autour d'eux, la ville fêtait. Judith Letellier se laissa ensorceler et ferma les yeux.

Paul pénétra à la Petite Chaumière comme chez lui. À la porte, une femme magnifique les convia à la meilleure table où une chanteuse s'évertuait à couvrir le bruit de l'assistance. Peu de gens l'écoutaient.

— Pourquoi viennent-ils ici si ce n'est pas pour regarder le spectacle? s'informa-t-elle naïvement.

— Pour se faire voir, Judith. Dès qu'ils sont vus par autrui, les gens se sentent vivants.

Elle haussa les épaules et étudia l'étrange chanteuse. Même si elle portait une robe fourreau au strass clinquant, qu'elle affichait un décolleté choquant, il y avait quelque chose qui intriguait Judith. Pendant qu'elle se questionnait ainsi, Paul la dévorait du regard. Peu lui importait son jeune âge et les interdits, il avait envie d'elle et se servirait.

Soudainement, Judith laissa échapper un cri de surprise. La femme se déshabillait et non seulement elle offrit sa nudité aux sifflements encourageants de l'assistance, mais en plus elle laissa voir un pénis.

— C'est, c'est un homme! s'exclama Judith les yeux écarquillés.

Paul s'esclaffa. Judith fit alors des yeux le tour de la salle et constata que la majorité des clients qui l'entouraient étaient des hommes déguisés en femmes.

— Ce sont des travestis, expliqua Paul qui s'amusait du trouble de sa jeune conquête.

— Alors, fit-elle en épiant autour d'eux, je suis une des rares vraies femmes de l'endroit.

Il hocha la tête avec un sourire amusé. Judith éclata de rire.

— Tu es un homme surprenant, Paul Caramanlis, fit-elle en admirant le membre découvert de la chanteuse dévêtue.

Paul songea en lui-même que le plus surpris des deux c'était bien lui car il s'était attendu à ce que, comme ses autres conquêtes, elle se choquât et quittât les lieux en l'entraînant derrière elle. Elle se cala confortablement contre l'épaule du Grec vénéré et l'embrassa. Le moment lui procurait beaucoup de plaisir.

La soirée se termina pour Paul comme à son habitude. Il convia Judith chez lui où il la dévêtit promptement et la pénétra sans douceur. Lorsqu'il eut déversé sa sève et aspiré sa jeunesse, il roula loin d'elle sur le lit et ferma les paupières pour clore leur rencontre. Repu, il n'attendait plus que son départ pour retrouver ses rêveries égocentriques.

Pendant ce court échange, Judith chercha à comprendre où elle s'était trompée. Comment une relation sexuelle, que les gens qualifiaient d'agréable, pouvait être aussi douloureuse et moche. Elle ne broncha pas, laissa les mouvements de Paul se servir de ses chairs et lorsqu'il se répandit avec satisfaction, qu'il s'éloigna d'elle sans un regard, elle se sentit trahie. Elle eut envie de se sauver du Grec, mais elle se contint pour se donner la chance de saisir les secrets de ce moment manqué. Alors, une phrase de son père revint à son esprit et cette affirmation contenait toute la vérité de sa douleur. Paul Caramanlis avait un nom et cela lui accordait des privilèges, même les plus bas. Elle frémit de colère en comprenant ce qui manquait à sa vie. Elle se leva silencieusement, adolescente blessée devenue femme en perdant l'hymen de sa naïveté, et envisagea Paul sur le lit en le regardant pour la première fois. Lui, l'homme adulé, vieillissait lamentablement. Lui, le prince du théâtre parisien, n'existait que par son nom sur des affiches, que par son charme dans le regard d'autrui. Alors, non seulement elle comprit son propre désarroi, mais elle ressentit en plus la fragilité de l'homme. Elle sourit tristement, belle nymphe contemplant un ange déchu. Elle avait envie de pleurer pour lui.

Paul tourna la tête vers elle lorsqu'il constata qu'elle ne s'habillait pas encore. Ce qu'il vit le surprit. Elle n'avait pas le visage défait, à peine de la tristesse dans les yeux, mais surtout elle arborait un sentiment de pitié qui le pétrifia.

— Je deviendrai une grande comédienne, Paul Caramanlis, fit-elle.

Nue devant lui, à l'aurore de la gloire éphémère de la beauté, elle le dévisageait sans gêne, dénuée de pudeur, vêtue de splendeur.

— Nous ne nous reverrons pas avant quelques mois, continua-t-elle. Le jour où tu me rencontreras, et ce jour est proche, crois-moi, tu te mordras les doigts pour cette nuit. Ce jour-là, je te ferai l'aumône du pardon et tu me seras éternellement reconnaissant, mais ce ne sera pas gratuit. En échange, tu m'aideras à devenir comédienne, la plus célèbre comédienne de France.

Il cilla légèrement. La conviction de son ton le perturbait.

— Alors, sur cette scène que nous partagerons, les gens ne te verront plus. Ils ne verront que moi, moi qui serai jeune et magnifique alors que la vieillesse te fera croupir lentement vers les seconds rôles.

Elle lui sourit dangereusement.

Judith regagna l'appartement familial et sa chambre. Contrairement à ses craintes, personne n'avait remarqué son retard. Marguerite dormait, son frère aussi et son père n'était pas rentré, partageant ce soir-là encore la couche d'Odile Doyet. Elle observa le plafond longtemps en faisant l'inventaire de sa vie. Elle comprit que cette nuit avait tué une part d'elle mais aussi mis au monde celle qu'elle deviendrait. Lorsque l'aube ensoleilla les murs de sa chambre, elle dormait paisiblement, prête à assumer ce sort qu'elle avait lancé. Elle serait une grande comédienne.

Toute la semaine, Théophile étudiait. Il allait à l'école, bien sûr, mais il consacrait ses soirées entières à l'étude des livres du judaïsme. Plus le temps passait, moins il savait de choses. Ce déséquilibre l'enchantait. À peine terminait-il un bouquin qu'un autre l'attendait, questionnait les dires du premier, commentait et reprenait. De plus, non satisfait du français qu'il perfectionnait et du vieux français qu'il commençait à maîtriser, il entreprit des cours d'hébreu. Il évoluait rapidement, soutenu par la soif de la connaissance. Jacob encourageait ses recherches, approfondissait ses questions, conseillait ses lectures et choisissait des moments pour récapituler ce que Théophile ingurgitait afin de l'aider à digérer ce nouveau savoir.

Théophile impressionnait Jacob. Il avançait à un rythme vertigineux, devançait plusieurs des jeunes Juifs qui venait chez lui depuis plusieurs années. Motivé par sa ferveur religieuse, illuminé d'un zèle peu commun, habité d'une grâce divine, il avait reçu un don de Dieu que Jacob enviait. Rien ne le démotivait. Devait-il lire ces mille pages pour comprendre le sujet ? Il les assimilait en moins d'une semaine. Serait-il mieux d'apprendre aussi l'araméen pour vraiment saisir les nuances ? Il s'y mettait.

— *Chema, Israël, l'Éternel est notre Dieu, l'Éternel est Un. Béni soit à jamais le nom de son règne glorieux.*

Théophile se mettait au lit, éteignait la lumière.

— *Tu aimeras l'Éternel, ton Dieu, de tout ton cœur, de toute ton âme et de toutes tes facultés.*

Théophile se levait. Le visage souriant, les paupières closes, il arborait la kippa que Jacob lui avait offerte lors de sa Bar mitsvah tardive, portait au bras et à la tête ses tefillin, priait recouvert de son tallit et revêtait tous les matins ses tsitsit.

— *Que les commandements que je te prescris aujourd'hui soient gravés dans ton cœur. Tu les inculqueras à tes enfants, tu les répéteras dans ta maison et en voyage, en te couchant et en te levant. Tu les lieras en signe sur ta main, et ils serviront de frontaux entre tes yeux. Tu les écriras sur les poteaux de ta maison et sur tes portes.*

Au fil de la croissance de son sentiment religieux, Théophile jugeait durement son père. Il en parlait souvent à Jacob qui en aucun temps n'intervenait. Il écoutait simplement son ami et priait pour qu'il trouvât les chemins du pardon et de la compréhension.

— Il m'a amputé d'une part importante de mon âme pendant dix-huit ans, Jacob.

Le sage hochait la tête avec gravité. Assis autour de la table ronde du premier étage, séparés par une montagne de livres mais unis par leur foi, les deux hommes se regardaient avec respect.

— En m'ôtant ma religion, il m'a saigné, ne me donnant qu'un vide que j'ai tant cherché à combler.

De la même manière qu'il s'éloignait de Robert, il se mit à éviter ce que Marguerite faisait. Il ne mangeait plus ce qu'elle cuisinait, puisqu'elle ne respectait pas les lois du cacherout, ne portait plus ce qu'elle tricotait ni ce qu'elle cousait puisqu'elle utilisait des fibres défendues. Il se procura sa propre vaisselle et ses propres ustensiles qu'il rangea dans une armoire séparée. Il confectionna lui-même ses vêtements et ses repas.

Marguerite, bien qu'attristée par ces bouleversements, comprit que Théophile s'émancipait de la demeure qu'il quitterait sous peu. Elle prévoyait déjà la surprise de Robert qui ne remarquait rien, encore une fois.

Judith tenait fièrement le bras de son père. Vêtue d'une jolie robe qu'Odile lui avait offerte pour l'occasion, un Chanel Judith, pas une robe, spécifiait-elle en riant, elle serrait les mains de l'assemblée triée sur le volet pour assister à la première de *L'Humain est un éternel maso*, pièce attendue par toute la faune artistique puisqu'elle marquait le début de Letellier au théâtre et le retour de Caramanlis sur les planches.

Lorsque Robert conduisit Judith vers les coulisses pour encourager les comédiens avant qu'ils n'entrassent sur scène, celle-ci sentit son excitation augmenter. Si elle savait qu'elle était la fille de Letellier, Caramanlis, lui, l'ignorait. Elle avait pris soin, depuis la terrible nuit de sa défloraison, d'éviter de le rencontrer, prétextant à son père de multiples occupations pour ne pas tomber nez à nez avec le monstre de suffisance.

Robert toqua à la porte et ouvrit après l'invitation de Paul. Ce dernier, un journal sur les genoux, semblait à mille lieues des coulisses. Il caressait du pouce une photo et semblait flatter de vieux souvenirs. C'était bien le cas. Sous son doigt noirci, à moitié effacé, Samuel, devenu Derderianski, saluait de prestigieux invités au Kremlin. À son côté, Staline avait passé un bras autour de ses épaules. Aucun doute, ils partageaient une grande complicité. Paul sourit. Son ami avait réussi.

Il leva les yeux sur Robert et reprit son rôle de vedette.

— Letellier, fit Paul en le prenant dans ses bras, c'est le grand soir, n'est-ce pas, le moment de notre consécration ?

Puis Paul vit Judith et blêmit.

— Paul, fit Robert sans remarquer son trouble, je te présente Judith Letellier, ma fille.

Paul supplia du regard Judith de ne rien dévoiler, se sentit faiblir et décida de s'asseoir. Il venait de comprendre les phrases qu'elle avait lancées avant de le quitter.

— C'est le trac, Caramanlis, fit Robert en éclatant de rire. Je vais aller te chercher un verre d'eau. Ma fille te tiendra compagnie.

Il quitta le réduit où Paul se sentait suffoquer.

Elle le regardait avec assurance.

— Tu me dois cette faveur, Caramanlis.

Robert revint avec le verre d'eau qu'il tendit à Paul dévasté par la gêne. Judith, satisfaite de son désarroi, lui offrait gracieusement sa reddition ainsi qu'elle le lui avait promis.

— C'est formidable d'enfin vous rencontrer, monsieur Caramanlis, salua-t-elle. J'ai tellement entendu parler de vous.

— Je suis enchanté, fit Paul en se levant gauchement pour embrasser la jeune sorcière qui lui souriait adroitement. Votre fille est ravissante, Letellier, fit-il vers Robert.

Robert encouragea Paul dont la pâleur faisait craindre une mort subite. Ils quittèrent la pièce pour le laisser se concentrer. Robert et Judith allèrent prendre place à l'avant de la salle, traversant l'assistance où Robert distribuait des sourires confiants. Ils rejoignirent finalement Odile qui les attendait avec Fabien Jay.

— Tout Paris est présent, souffla Odile à l'oreille de son amant.

Les lumières se tamisèrent et les rideaux cédèrent leur place à ce que les critiques baptisèrent « L'instant magique » de l'année 1930. Le lendemain, les grands journaux culturels du monde montraient à la une une photo de Robert Letellier et de Paul Caramanlis qui saluaient, en levant leur verre, ce succès sans précédent. Ils s'acclamaient l'un l'autre comme des génies du siècle.

Théophile buvait un verre de vin avec Jacob. Dans ce salon aux mille bouquins, il étudiait les rayons où plusieurs livres, maintenant, ne lui cachaient plus aucun secret.

— L'hébreu est une langue fascinante, conclut Théophile.

Ces instants d'intimité les réjouissaient. Jacob soulevait habituellement une question et ils passaient des heures à tenter de la résoudre en s'assommant l'un l'autre de citations contradictoires sans réellement essayer d'avoir raison. Il s'agissait en fait d'une gymnastique de la mémoire et de l'esprit.

Jacob médita un moment avant de continuer. Il désirait aller plus loin dans l'éducation de Théophile sans savoir si le jeune était prêt à entendre son secret. Il caressait en lui-même un rêve et se demandait si Théophile pouvait maintenant le recevoir.

— Est-ce que tu connais Eliezer Ben Yehoudah ? demanda-t-il après avoir tranché son dilemme.

Théophile fit non de la tête.

— C'est un Lituanien qui s'est installé en 1881 à Jérusalem où il fit le pari de ne plus employer que la langue hébraïque même dans le cadre de la vie quotidienne. Son œuvre maîtresse, le *Thesaurus de la langue hébraïque,* rassemble des termes aussi bien bibliques que michniques ou médiévaux. Il a adapté l'hébreu aux besoins de la vie moderne. Il est mort avant l'achèvement de sa tâche, mais sa veuve et d'autres linguistes l'ont poursuivie. Son génie est d'avoir entrepris des réformes en restant fidèle à l'esprit hébraïque et en recourant à des procédés linguistiques empruntés à des strates très diverses du développement de la langue. Malgré l'opposition féroce qu'il suscite, son rêve devient lentement réalité en Palestine. Il est le père moderne de notre langue vivante.

Le jeune homme demeura songeur un long moment. Ce récit avait rejoint profondément ses aspirations. Parler l'hébreu à chaque heure de sa vie. Vivre à Jérusalem. Retourner sur la terre promise. Lorsqu'il leva les yeux sur le sage qui se tenait devant lui, Jacob comprit qu'il avait semé dans la bonne terre l'idée du vieux rêve de la diaspora. Le retour à Sion.

Vincent apporta un café à Judith. Seuls au Ronnet, ils profitaient de leur intimité pour partager des confidences. Dans moins d'une heure, leurs amis se joindraient à eux et à ce moment-là, chacun ne penserait plus qu'à rire et s'amuser.

— Et alors, fit Vincent, qu'a fait Paul ?

— Il a dit à mon père que j'étais très séduisante.

Vincent souffrait encore du secret de Judith.

— Ton père le sait ?

— Que j'ai couché avec lui ?

— Non, que tu veux devenir comédienne.

— Pas encore.

Elle prit une gorgée et sourit de satisfaction. Vincent lui faisait les meilleurs cafés du monde.

— Je le lui dirai ce soir. Comme j'ai été acceptée au Conservatoire, je ne vois pas pourquoi il refuserait.

— Peut-être parce que les comédiennes n'ont pas la meilleure réputation de la ville, peut-être aussi parce qu'il connaît le milieu artistique et qu'il préférerait t'épargner son implacabilité.

Elle haussa les épaules.

La porte du café laissa apparaître Théophile et Bachir qui prirent place devant leurs deux amis. Raymond leur apporta quelques bières. Bachir se servit, mais Théophile se contenta d'un verre d'eau qu'il alla chercher au comptoir. L'atmosphère entre eux était lourde et palpable.

— Que se passe-t-il ? demanda Judith à Bachir pendant que Théophile se servait.

— Théo est devenu fou.

Judith éclata de rire. Depuis que son frère vivait son judaïsme, il rendait dingue tous ceux qu'il croisait.

Théophile vint prendre place près d'elle. Elle lui sourit tendrement.

— Bonsoir sœurette.

Il jeta un œil sur Bachir et comprit que ce dernier avait commencé à expliquer leur dispute. Il le laissa poursuivre.

— Ton frère croit que les Juifs devraient retourner en Palestine.

— Et pourquoi pas ? demanda Judith.

— Parce que c'est une lubie. Ce n'est pas une entité. Ce pays n'existe pas. Ce bout de terre est au Moyen-Orient, coin arabe s'il en est, et appartient aux Anglais, une colonie pour parler franchement.

Théophile ne pipait mot. Il écoutait, comme Vincent et Judith, les explications de leur ami.

— Il croit en plus que les Juifs devraient employer l'hébreu. Il m'a parlé de Yehoudah, un proscrit qui a créé un dictionnaire hébraïque moderne. Tu imagines, Judith, l'hébreu, une langue moderne?

Elle hochait calmement la tête, suivait le discours de Bachir sans comprendre ce qui le choquait à ce point.

— Et qu'est-ce qui ne va pas dans ce rêve, Bachir?

— Tu ne peux pas comprendre non plus, fit-il, tu es Juive aussi.

Il avait lancé la bombe sans réfléchir. Judith s'y brûla à son tour.

— Bien sûr, ricana-t-elle avec sarcasme, toi, tu peux émigrer en France ou retourner au Liban. Tu as deux terres. L'une adoptive, l'autre native et toutes deux te sont accueillantes. Comment peux-tu dire de mon frère qu'il est fou parce qu'il veut que nous ayons, nous les Juifs, une terre qui soit à nous?

— Vous n'avez qu'à la prendre là où il y en a. Pourquoi jetteriez-vous à la rue des gens? Sous prétexte que le pays vous appartient? Vous n'y êtes plus depuis deux mille ans. Revenez sur terre tous les deux.

La conversation s'envenimait. Éric avait pris place à la table sans recevoir aucun accueil. Mathieu l'avait suivi et personne ne l'avait remarqué. Jean venait maintenant de prendre place à côté de Judith, comme à son habitude, mais sentit ce soir-là qu'en faisant cela, il avait pris position dans une conversation qui ne le touchait aucunement.

Théophile n'aurait pas cru trouver chez sa sœur un tel défenseur de son rêve. Il l'écoutait protester avec fierté, entendait de sa bouche ce qu'il ressentait dans son cœur.

— En fait, ce n'est pas ce rêve d'Israël qui te fait peur, c'est de perdre ce que tu as.

— Qu'est-ce que tu veux dire?

— Tu es Libanais, Bachir, nous le savons. Si les Juifs construisent Israël, tu perdras une partie de ta terre. C'est seulement pour te défendre que tu argumentes ainsi.

Il y eut un terrible silence que Bachir brisa en s'en allant.

— Ainsi, conclut Mathieu en voyant Bachir quitter le Ronnet, c'est déjà la guerre.

Les autres le regardèrent avec surprise. Ils savaient que c'était plus qu'une affirmation. Ce que Mathieu avait dit était en fait un présage.

Le reste de la soirée servit aux badinages. Après une telle crise, aucun des jeunes ne désirait parcourir d'autres terrains minés.

— Tu veux encore une bière? offrit Vincent à Mathieu qui avait terminé la sienne.

— Non, je préfère...

— Le bourbon, répondirent les quatre autres en riant.

Mathieu avait une vénération pour les États-Unis et surtout pour le bourbon américain.

— Nous venons de recevoir la commande, fit Vincent en se levant.

Subtilement au fil des mois, les phrases de Vincent étaient tournées au nous. Raymond s'absentait régulièrement du café, passait la relève à son fils comme son père l'avait fait avant lui.

Il en allait de même avec les autres. Si quelques années auparavant, ils avaient fumé de l'herbe avec insouciance, plus personne ne prétendait que le temps n'existait pas. Au contraire, Jean s'orientait vers la littérature et désirait devenir un critique littéraire important; Éric venait de découvrir les modes asiatiques et concentrait son énergie sur le yoga, le judo et le karaté, espérait avoir un jour un lieu de retraite où les gens viendraient se ressourcer ; Mathieu entrerait sous peu à l'université où, comme son père, il penchait vers la chimie ; Bachir reprenait le journal paternel mais voulait augmenter le tirage et le faire croître en importance ; et Judith ne rêvait qu'au Conservatoire et qu'à sa carrière de comédienne. Ils avaient tous les pieds dans les étriers de l'avenir et malgré les tempêtes, ils tentaient de demeurer en selle et de ne pas se faire désarçonner.

Lorsque Mathieu, Éric, Jean et Théophile se séparèrent, Jean pour dormir, Théophile pour prier et Éric et Mathieu pour continuer la fête dans une boîte branchée, Judith et Vincent demeurèrent seuls, heureux de se retrouver. Ensemble, devant les restes de leur rencontre, ils se souriaient.

— Je regrette ce que j'ai dit à Bachir.

— Je sais, répondit Vincent. Vous étiez en colère. Tu défendais ta religion et tu protégeais ton frère. Ce sont deux grosses forteresses auxquelles personne ne doit se frotter. C'est normal. L'inverse eût été surprenant.

— Tu crois qu'il me pardonnera ?

— Pourquoi pas ? Il a lui aussi dépassé sa pensée.

Il lui caressait la main amoureusement en se mourant d'envie de goûter à ses lèvres.

— Il me semble que c'était plus simple avant, fit-elle encore en repensant à leur conversation.

— Oui, acquiesça Vincent. Quand on est jeune, tout est plus facile. Ces grandes questions sont meurtrières. Elles assassinent les amitiés et tuent des peuples entiers. Il est difficile de se battre pour des idées. Aucune opinion n'est vérité.

Judith hochait la tête. Elle savait que Vincent n'était pas Juif et soudainement, elle avait peur de le perdre aussi, comme Théophile qui avait sacrifié son amitié à son rêve.

— Et si on cessait de vieillir ?

Il la dévisagea pour consulter la profondeur de sa question et ce qu'il lut le ravit.

— Tu as raison, Judith. Faisons le pacte de ne jamais vieillir afin de rester amis éternellement.

Ils se donnèrent la main pour sceller leur amitié éternelle. Entre eux, le temps n'aurait plus de prise. Sa course venait de se terminer.

Théophile contemplait sa valise. Au pied de son lit, il avait empilé ce qui lui semblait important pour commencer sa nouvelle vie. Dans la pièce à côté, Robert tempêtait. Il criait que tous ses enfants le délaissaient sans se préoccuper de lui. En vérité, et cela, chacun des habitants de la maisonnée le savait, c'était lui-même qui désertait le fort sans se soucier du tort qu'il causait.

Théophile faisait la sourde oreille. Il en avait marre de son père. Dans quelques jours, il serait sur la terre promise, arpenterait les routes sinueuses de ce pays de roc et s'installerait dans un kibboutz non loin du lac de Tibériade. Il partait pour la Galilée entreprendre sa croisade. Le bateau levait l'ancre la nuit prochaine.

Marguerite tentait de calmer Robert. Elle lui disait que Théophile était un homme et qu'il avait le droit de faire ses choix. Elle l'intimait de se calmer et de se réconcilier avec lui avant qu'il ne fût trop tard. Robert n'en fit qu'à sa tête et s'enfuit chez Odile.

Judith, les mains sur les genoux, les joues baignées de larmes, regardait son frère avec tristesse et désarroi.

— Je sens que tu m'abandonnes.

— Voyons, sœurette. Tu es bien ici, à Paris, avec tes amis. Tu deviendras comédienne et peut-être que tu épouseras Vincent.

— Vincent? reprit Judith en riant. Tu dis n'importe quoi.

Il prit sa sœur dans ses bras, lui l'aîné depuis le départ de Ruth, lui le fils de la famille qui souhaitait sous d'autres cieux refaire le monde et dessiner sur la carte une patrie pour les Juifs.

— Tu m'écriras ?

— Je te le promets.

Il boucla sa valise, l'empoigna solidement et sortit de sa chambre, Judith sur les talons. Ils prirent un taxi jusqu'à la gare et sur les quais qui avaient compté les cadavres de la Grande Guerre, ils se dirent adieu. Là-bas, en Bretagne, il y avait un port où un bateau l'attendait pour le conduire en *Eretz Israël*.

Judith alla rejoindre Robert chez Odile sitôt que son frère eut disparu à l'horizon. Un domestique la conduisit jusqu'au salon où ils étaient assis tous les deux. Robert était en train de jurer et Odile l'écoutait calmement sans réagir.

— Il est parti ? interrogea-t-elle lorsque Judith entra.

— Oui.

— Je suis fière de lui, fit Odile. Écouter son cœur, suivre ses opinions, cela demande énormément de courage. Je pense qu'il sera heureux.

Robert la fusilla du regard. Elle se leva simplement et accompagna Judith jusqu'à la cuisine où elles se servirent un verre de vin.

— Les cours commencent la semaine prochaine, fit Odile après la première gorgée.

— Et il ne le sait pas encore, continua Judith.

— Aussi bien le lui dire aujourd'hui, suggéra Odile. Ainsi, en se remettant du choix de Théophile, il acceptera aussi le tien. Vous êtes des adultes et la vie vous appartient. Robert a beau croire que vous êtes ses enfants, avec tout ce que cela comporte de possession, vous êtes entièrement libres de prendre vos décisions.

— Tu as raison, Odile. Je vais aller lui parler.

La conversation fut moins orageuse qu'avec Théophile. Robert, contrairement aux attentes de Judith, trouva que le théâtre était moins néfaste pour sa fille que la religion qui avait conduit Ruth au couvent et Théophile en Palestine. À choisir, le Conservatoire était une sinécure pour son esprit.

Robert rangea ses notes et regarda le calendrier. Le temps passait tellement rapidement. Le théâtre l'accaparait toujours autant et Paul demeurait fidèle à chacun des textes qu'il composait. Désormais, lorsqu'il allait dans une bibliothèque, il fréquentait son rayon, coin de tablette où il laissait sa trace dans la mémoire écrite du genre humain.

Il y avait *Le Soleil d'Alexandrescu*, ce roman qui contenait l'absolu de sa passion. Il ouvrait le volume énorme, consultait les pages au hasard et revivait ces jours de plénitude.

— Je t'aime, Katia, soufflait-il à son roman. L'élan de mon âme rejoint la tienne dans l'impalpable, peut-être dans ce drôle de monde où se côtoient les dieux et les muses, non loin du pays de la mémoire et des bons souvenirs. Je t'aime quelque part dans tous ces endroits.

Il caressait les pages du bout des doigts, embrassait quelques lignes et rangeait le livre sur l'étagère.

À côté du *Soleil d'Alexandrescu*, il y avait *Un Souvenir de Géorgie*, son dernier roman, *L'Humain est un éternel maso*, sa première pièce de théâtre, *Caprice*, l'histoire sur la cour de Londres où Paul avait employé cet accent anglais salué par les connaisseurs et *Les Loups sont morts,* une histoire de mœurs, tableau de la vie quotidienne. Ainsi dormaient ses livres sur les rayons de bibliothèques. De temps en temps, des yeux curieux rencontraient ses mots et en quelques minutes, tout se jouait. Ou bien ils devenaient amants, l'histoire de plusieurs pages, ou le lecteur les ignorait hautainement, affront anonyme mais difficile à supporter.

Robert quitta son appartement. Devant la librairie de Fabien Jay, une file de gens l'attendait impatiemment. Il baissa la tête pour éviter d'être reconnu, mais dès qu'il franchit les premiers clients, tous s'empressèrent de le saluer et de le féliciter. Il entra finalement dans la boutique, le souffle court.

Odile vint vers lui le visage fier.

— Tu as vu cette foule?

Il leva les yeux sur la salle, se surprit à ressentir tant de nostalgie.

— Monsieur Letellier, s'il vous plaît, fit un journaliste, une photo avec Paul et votre magnifique fille.

Ils se prêtèrent au jeu en riant.

Il y avait Fabien qui discutait avec des producteurs, fier de leur présenter cette dernière-née de Robert Letellier. L'histoire, une critique acerbe contre les guerres meurtrières, s'intitulait *Pour un instant de gloire.* À n'en pas douter, selon le sourire d'Odile, ils étaient prêts à investir pour la monter dans un grand théâtre. Paul serait content.

Dans un coin retiré, un homme se tenait seul. Il avait un exemplaire du livre entre les mains mais ne le feuilletait pas. Au contraire, il avait l'air d'attendre. Robert alla vers lui, intrigué par ce visiteur qu'il ne croyait pas avoir invité. Lorsqu'il arriva à ses côtés, il se laissa emporter par l'excitation.

— André Guerti.

Lui, le neveu d'Isabella, celui qui lui avait offert son premier départ avec les lires d'Emilio. Ils se donnèrent l'accolade.

— Tu es à Paris.

— Pour ce soir seulement. Demain, je retourne à Naples. Il fallait que je vous remette cette lettre de mon grand-père.

— Comment va Emilio? demanda Robert.

Il prit l'enveloppe en souriant. Comment ne pas rire en prononçant ce nom? comment ne pas rêver à ces parterres de roses, à ces tournesols de contes, à ces fruits engrossés et à ces cultures énormes?

— Il est décédé.

Robert se retint sur la bibliothèque. Comment un être comme Emilio Guerti pouvait-il mourir?

— Il vous a écrit cette lettre lorsque le médecin lui a annoncé qu'il était condamné. Il m'a fait promettre de vous la livrer après l'enterrement.

— Il est donc mort récemment?

— La semaine dernière, par un soir magnifique. Il est mort en riant, spécifia André tristement.

Robert haussa les sourcils, intrigué.

— Il nous a dit qu'il était évident que nous étions la plus grande famille italienne. C'est alors que nous avons observé autour de nous. Nous étions tous dans sa chambre immense et il n'y avait pas assez de place. Il y avait ses fils autour du lit qui le regardaient, lui le vieil ancêtre fou qui cédait sa place. Nous étions si nombreux que quelques-uns étaient sur la galerie et voyaient Emilio par la fenêtre alors que d'autres avaient grimpé sur des meubles pour mieux l'apercevoir une dernière fois. Nous étions effectivement très drôles à voir. Et il est mort ainsi, en riant de nous. Je pense qu'il était heureux. Il nous a fallu plusieurs minutes avant de comprendre qu'il n'ouvrirait plus la bouche pour ajouter un mot.

Robert ouvrit l'enveloppe. Bien qu'il fût triste, c'était comme s'il ressentait la présence d'Emilio, comme si l'excentrique créateur de la *Rosa prena* allait lui parler encore.

André voulut prendre la feuille, afin de la traduire à Robert, mais ce dernier refusa. Il laissa ses yeux parcourir le texte, s'arrêter sur certains mots cousins dont il déduisait la signification. Il reconnut *Le Soleil d'Alexandrescu*, rose jaune et tournesol. Il fut certain aussi de voir le mot fierté. Une larme reconnaissante tomba sur la lettre. La présence d'Emilio transcendait même la mort.

André pleurait. Robert aussi. Les hommes comme Emilio ne pouvaient pas mourir. Ils devaient vivre éternellement dans un fou rire général, sur une planète où les étoiles s'esclaffaient et où le soleil, lorsqu'il se levait, disait au revoir à la lune et la remerciait d'avoir veillé sur les humains. Ils vivaient sur une terre abondante et généreuse, là où les plantes, les fleurs, les fruits, les légumes et les animaux rivalisaient de beauté et de santé. Les hommes comme Emilio Guerti ne pouvaient que renaître dans un autre lieu.

— Je suis content que vous soyez ici ce soir. Venez, je vais vous présenter.

Ils firent le tour de la salle, burent un peu, rirent beaucoup et ouvrirent finalement les portes au public qui s'empressa de faire la file pour saluer son auteur préféré.

Lorsque Robert leva les yeux vers eux, il sentit que la boucle se refermait, comme une conclusion. Les enfants qu'il avait eus d'Isabella avaient choisi leur vie et l'accomplissaient. La liberté d'être celui qu'il était, il l'avait donnée à ses enfants et si c'était l'essentiel de ce qu'il leur avait enseigné, il avait été un bon père finalement. Il envisagea les gens sourire impatiemment en attendant de recevoir sa signature. Le livre qu'il paraphait venait de Katia aussi sûrement que si elle l'avait écrit. Elle l'inspirait encore et le ferait toujours. Elle était sa femme, cette moitié recherchée qui comblait chacune des failles de sa personnalité. Elle était la plus belle part de sa vie. Le succès qu'il vivait, il le devait aux efforts d'Odile, drôlesse indépendante qu'il aimait aussi parce qu'elle n'exigeait de lui que ce qu'il avait encore à offrir. Il sourit en comprenant qu'il était l'homme de trois femmes, créé et presque accouché par chacune d'elles. Si la naissance propulsait les êtres comme lui dans des affres de déchirement, il se dit que les autres naissances de son existence avaient fait de lui un être délivré. Il les remercia toutes les trois dans son cœur.

— Papa?

Judith se tenait fièrement près de lui, le dévisageait. Elle le sentait troublé et s'inquiétait.

— Je t'aime, Judith.

Une larme heureuse mouilla la feuille du livre ouvert devant lui. Avec assurance, il signa : Robert Letellier, 4 mars 1933.

CHAPITRE HUIT

BERLIN

1917 - 1933

Il tenait de ses titres de noblesse sa laideur, du moins se présentait-il ainsi, spécifiant chaque terme de la phrase afin de renchérir l'image : noble, il l'était, de souche et de conviction ; la rareté de son sang bleu le rassurait davantage que ces lettres nouvelles qui le cataloguaient, comme si naître du groupe B signifiait davantage qu'être un Lüneburg de la maison de Hanovre ; ses titres, il cessait de les compter puisque se rendre à huit l'épuisait, se plaisait-il à rappeler à son entourage roturier ; et sa laideur était son étendard, la preuve indiscutable de ses origines aristocratiques. Duc de Prusse, comte de Schleswig et vicomte d'Holstein, il avait hérité des Hohenzollern une calvitie importante qu'il cachait d'une perruque ; prince du Hanovre, il tirait de ses ancêtres une importante carence calcique qui lui avait fait perdre presque toutes ses dents, l'obligeant à porter un dentier qui le faisait souffrir atrocement ; prince du Brunswick, l'hérédité l'avait doté d'un pied bot qu'il essayait d'oublier avec une orthèse adaptée ; duc de Grande-Bretagne et d'Irlande, ses aînés lui avaient légué de grandes oreilles qu'il s'acharnait à couvrir de sa coiffe synthétique ; marquis de Bohême, il portait au cœur une mélancolie qu'il tentait continuellement de chasser mais qui, comme pour ses légendaires prédécesseurs, le rattrapait toujours.

Cette hideur, loin de repousser les éventuelles épouses, l'avait marié à la plus fidèle calviniste que l'on pût dénicher en Prusse à cette époque. Mieux dotée qu'intelligente, la pauvrette comprit rapidement qu'elle avait épousé un titre alors qu'il avait pris fortune. De bonne guerre, elle s'installa sur la propriété de Hanovre, prenant au sérieux son nouveau rôle de châtelaine et lui, fortune faite, quitta le château familial pour le logement cossu berlinois de sa richissime femme. Il entretint quelques amourettes grassement et préféra passer son temps à croire que son épouse faisait de même. Lorsqu'elle mourut d'une maladie obscure, dans la fleur de l'âge, comme l'on qualifie la mi-vingtaine, certaines mauvaises langues, nombreuses, se gaussèrent en disant qu'elle était morte plus vierge que la Sainte mère de Dieu. Pour se moquer, il confirma qu'elles disaient vrai. Si aucun amant n'avait entaché sa réputation, dont il n'avait cure d'ailleurs, alors elle n'avait jamais connu d'homme.

Veuf, à l'aube de la quarantaine, disgracié par la nature mais riche comme Crésus, prince sans royaume mais royal tout de même, il se vantait de tout posséder dans la vie, et comme l'oisiveté est la mère de tous les vices mais qu'il jouissait déjà de chacun d'eux, il entreprit de faire quelque chose de son existence. Sachant que son nom lui assurait des aptitudes dans tout ce qu'il entreprendrait, il n'avait qu'à regarder autour de lui pour s'en convaincre, il se mit à écrire. Il noircissait des pages et des pages d'âneries qui rimaient ou pas, s'adonnait à la facilité autant qu'il le pouvait. Son intuition s'avéra exacte et sa carrière de poète eut du succès. Ironique, il écoutait les critiques saluer son talent trop longtemps méconnu. Ainsi vivait-il. Il s'enfermait dans son château de Hanovre, composait des vers qu'il venait ensuite écouler à Berlin. Il moussait les ventes de champagne français, donnait des réceptions tumultueuses où, pour être invité et bien vu, il fallait avoir appris par cœur, sinon avoir lu, les quelques œuvres de l'hôte convoité. Cela faisait jaser. Quelques vipères faisaient de l'esclandre à chacune des réceptions, disant méchamment ce qu'il savait être la vérité. Effectivement, il n'était pas dupe de sa réussite, mais puisque après son succès, ce qu'il préférait était les scandales, être le sujet de conversation préféré de la ville lui plaisait outrageusement. En fait, il était amateur de ce que les hommes trouvaient obscène mais désiraient intimement : plusieurs femmes, beaucoup d'argent et une grande réussite sociale.

On chuchotait que chez lui se donnaient des orgies, que l'on mettait d'étranges substances dans la cigarette, que certains fumaient des pipes étroites et longues, étendus sur des grabats confortables, pendant que d'autres se donnaient des massages interminables, que l'on se baignait des heures durant sans sortir les mains de l'eau, que l'on forniquait en ignorant le nom du partenaire. On murmurait tellement d'obscénités qu'en réalité, chacun n'exprimait dans ces calomnies que son plus reprochable désir : y participer. À Berlin ou à Hanovre, les fêtes et les livres de Bernhard von Lüneburg Wolfenbüttel Hohenzollern Windsor Wittelsbach étaient prisés et aucune guerre, aucune défaite, aucune famine ni aucune pauvreté ne pouvaient chasser cette réalité, cela changeait simplement la qualité des invités : moins d'aristocrates ruinés, plus de parvenus, mais nul ne s'en préoccupait réellement, du moment que l'on s'amusait, que l'on oubliait.

Katia regarda Samuel disparaître à l'horizon avec un tel chagrin qu'elle pensa ne jamais cesser de regarder derrière elle, d'espérer que le train reculerait le film de son histoire et lui rendrait son dernier ami. Plus sa silhouette diminuait au loin, plus elle se sentait perdre pied et comme s'il avait été l'ancre de son existence, elle se voyait tanguer jusqu'à tomber. Ses lèvres murmurèrent son nom. Le souffle, pourtant court, affronta l'hiver et gagna. Pour une seconde, elle eut dans la bouche une saveur de printemps, puis sa langue rencontra ses larmes et elle goûta une fois de plus à l'amertume. Elle reprit sa respiration puis replongea. La mer lui donnait une seconde chance pour mieux l'emporter, dernier espoir des noyés. Que lui restait-il maintenant ?

— Maman ?

Alors, elle se souvint. Si elle partait pour l'Allemagne, ce n'était pas pour elle, c'était pour lui, pour éviter qu'elle ne disparût et le laissât orphelin, pour qu'elle pût encore le protéger comme il en avait besoin. Elle le prit d'un bras, de l'autre empoigna leur sac et se dirigea vers l'unique banquette déserte. Les gens les dévisageaient avec interrogation, quelquefois avec mépris, souvent avec tristesse. À côtoyer le malheur, on reconnaît facilement celui des autres.

Aux frontières de la Finlande, elle sortit avec Robert sur la galerie suspendue à l'arrière du wagon et là, elle regarda s'éloigner la Russie. Elle avait mal à sa terre, mal à sa rivière, mal à ses souvenirs, mal à sa vie. Elle souffrait dans chacun de ses membres, comme si on s'acharnait à lui broyer ce qui restait de femme en elle, comme si on cherchait à détruire la sensibilité qui avait guidé ses pas depuis ses premiers cris. Des larmes douloureuses coulaient le long de ses joues, lamentations silencieuses d'une peine qui ne se tarirait jamais. «Pleure, pleure, ma belle, pleure. Le monde n'existera plus quand les femmes n'oseront plus pleurer la haine des hommes.» Elle entendait la voix de Samuel soufflée par le vent, entre les branches pesantes des vieux sapins enneigés qui côtoyaient sa route vers l'exil. À travers le voile de ses pleurs, elle regardait s'éloigner sa vie, cette vie qui lui avait arraché un à un les êtres qu'elle aimait. Elle ne ferma les yeux que sous les caresses rassurantes de son fils.

Katia et Robert se laissaient bercer par les rails. Assis devant eux, les gens changeaient. Katia ne leur parlait pas. Elle n'avait plus envie de rien. Avec son fils, dernier rempart avant qu'elle n'abandonnât le combat pour sa vie, elle constituait son nouvel univers. Certes, elle ferait ce qu'elle pourrait pour que Robert soit instruit et en santé, mais dès qu'elle sentirait qu'il volait seul, elle prendrait aussi les voies du ciel.

Ils arrivèrent finalement à Helsinki. Là, elle prit un tramway jusqu'au ferry qui les mena jusqu'à Stockholm. En Suède, ils montèrent dans un train qui les déposa à Trelleborg, dans l'extrême sud du pays, là où ils devaient prendre un dernier bateau pour atteindre finalement l'Allemagne. Ils étaient épuisés. À dormir n'importe où, Robert avait appris à le faire debout. Il se plaignait maintenant sans arrêt. Il voulait un lit, du silence ou les fils de Valantina, tour à tour ou en même temps. Il désirait simplement arriver quelque part.

Katia aussi était à bout de forces. Lorsqu'elle descendit au port, elle décida de chercher une auberge. Non loin des quais, une annonce invitait les voyageurs. Elle se convainquit de son allure respectable et ils allèrent y passer la nuit.

Au comptoir, elle vida sa bourse devant le préposé en lui demandant une chambre. Il ne comprenait pas un mot de russe. C'est à ce moment qu'un autre homme s'approcha d'eux. Dans l'ombre de la pièce, elle ne l'avait pas remarqué.

— Permets-moi de me présenter, fit-il en russe lorsqu'il les rejoignit, je m'appelle Bernhard von Lüneburg.

Elle sourit de soulagement malgré la hideur repoussante de son sauveteur, malgré sa familiarité déplacée.

— Je suis Katia Ivanova...

Il lui coupa la parole :

— J'ai cru entendre que tu désires une chambre, mais que tu es incapable de négocier.

— Oui, s'empressa-t-elle d'affirmer. Nous sommes tellement fatigués. Nous arrivons...

Il ne la laissa pas continuer.

— C'est sans importance.

Au moment où elle voulut répliquer, von Lüneburg apostropha l'aubergiste avec un tel aplomb que même sans comprendre, elle devinait les propos. Il lui chantait des bêtises en lui montrant l'argent sur le comptoir et le petit fatigué. Après l'altercation, il lui dit :

— Il vous logera à l'étage et gratuitement.

— Gratuitement ?

— Écoute, ma belle, il est évident que tu es plus pauvre qu'on ne devrait le permettre. Et puis, je n'avais rien à faire avant de me rendre en ville et tu m'as aidé à tuer le temps. Je peux bien échanger quelques pièces.

Elle vit rouge. Elle posa Robert sur sa hanche et le gifla bruyamment.

— J'accepte votre offre avec plaisir, monsieur von, l'appela-t-elle pour ne surtout pas lui faire le plaisir de prononcer son nom en entier.

Elle récupéra rapidement ses pièces sur le comptoir et suivit l'aubergiste. Lüneburg demeura pantois, mais dissimula tout de même un sourire.

Katia et Robert dormirent si paisiblement qu'elle oublia où elle était jusqu'à ce que des coups à sa porte ne viennent la tirer du sommeil le lendemain matin.

— Le ferry part dans une heure.

Elle ouvrit brusquement les yeux et fixa le plafond, convaincue que cela ne pouvait pas être lui. Jamais il n'oserait.

— C'est monsieur von, annonça-t-il du corridor.

C'était bien lui. Il avait osé. Elle prit une longue inspiration exacerbée et répondit :

— Merci, monsieur von...

Puis, soudainement, elle se demanda comment il avait su pour le bateau. Elle se leva d'un bond et alla ouvrir. Il se tenait sur le pas, bien mis comme s'il sortait de chez le tailleur.

— Comment savez-vous que je prends le ferry ?

Il lui rendit les deux billets qui étaient tombés sur le comptoir avec son argent. Confuse, en colère de ne pas les avoir récupérés la veille, frustrée qu'il fût si sûr de lui, dépassée par ce qu'il lui faisait ressentir, elle se demandait quelle figure se construire pour lui faire face lorsque Robert s'éveilla et se mit à l'appeler.

— Désolée, lança-t-elle, et elle referma la porte.

Elle prit Robert dans ses bras et l'embrassa en le chatouillant.

— Tu m'as sauvé la vie, mon petit ange.

Satisfaite, elle se lava le visage et toiletta Robert, puis ils mangèrent un peu. Lorsqu'ils terminèrent leur maigre repas, ils se préparèrent à quitter. En descendant l'escalier étroit et sinueux, elle se pencha du mieux qu'elle put pour épier le hall minuscule afin de s'assurer que l'horrible « von » ne s'y cachait pas. Soulagée de son absence, elle entra dans la pièce avec un minimum de contenance et sortit. Elle ne chercha même pas à savoir s'il avait acquitté les frais. Elle se moquait de ce qui pouvait lui arriver. Elle refermait la porte lorsque le son d'une voix lui donna un frisson déplaisant dans le dos.

— J'ai conservé ma voiture d'hier. Ce sera plus facile pour se rendre au bateau. Montez.

— Vous n'allez pas...?

— Oui, ma belle, en Allemagne.

Elle aurait bien refusé, mais elle n'avait plus ni hanche ni bras, ni courage ni force pour porter son bagage, son enfant, sa peine et ses inquiétudes. Elle monta. Comme s'il avait entendu parler son âme, il garda le silence le long de la courte route. À l'arrivée, elle descendit la première, Robert dans ses bras, puis elle attrapa son sac de voyage. Il descendit de la voiture les mains vides, suivi de près par le conducteur qui portait ses valises. Ils gravirent ensemble la passerelle sans échanger une parole.

— Merci, von Lüneburg.

Elle baissa les yeux, intimidée. Aucun homme ne l'avait regardée de cette manière ni à ce point. Elle avança parmi la foule, puis se retourna pour le chercher.

— Vous ne venez pas?

— Mais, ma belle, tu ne penses pas que je vais côtoyer tous ces pauvres hères...

353

Il prit l'escalier à sa gauche et monta. Le capitaine, ou du moins un homme en uniforme qui ne ressemblait nullement à un simple marin, vint l'accueillir chaleureusement. Il ne se retourna pas. Ils ne se rencontrèrent plus du voyage.

Il tombait des cordes. On aurait dit que toute la ville allait être submergée. Lorsque le train s'immobilisa, les voyageurs se bousculèrent pour sortir. Katia demeura assise à regarder Berlin. Bien qu'elle se sentît apaisée d'avoir atteint son objectif, elle ne voyait pas de raison de se presser.

L'allée centrale dégagée des passagers, elle se leva. Robert trépignait d'impatience. Sa mère lui avait promis qu'ils étaient arrivés et qu'ils ne repartiraient pas avant que l'oncle Samuel ait terminé la Révolution. Il avait bien assez voyagé pour cette année.

Devant la gare de Potsdam, des trolleybus circulaient entre les voitures, les bicyclettes et les chevaux dans un bruit infernal. Il n'y avait autour que des femmes, de jeunes enfants ou des vieillards qui arboraient une mine triste et famélique.

Katia et Robert montèrent dans un taxi et elle tendit au chauffeur un billet sur lequel Samuel avait écrit en allemand l'adresse de Westhausen. Le chauffeur les toisa avec interrogation. Dans la cohue d'une ville tourmentée par le vent des combats, leur allure n'attirait pas réellement l'attention, mais dès qu'on les regardait de plus près, comme le conducteur se le permettait par le rétroviseur, ils avaient la manière des étrangers de regarder le paysage urbain. Ils levaient la tête pour rejoindre le sommet des édifices, s'attardaient sur les enseignes illuminées, cherchaient à tout voir, regrettant de ne pas avoir des yeux tout le tour de la tête afin de ne rien manquer.

Ils se dirigeaient vers l'ouest de la ville en empruntant Kurfurstendamm. Éblouie, Katia avait le nez collé à la fenêtre. Elle n'avait jamais rien vu de pareil. Les annonces illuminaient le pavé humide, le balayaient de faisceaux multicolores. Les vitrines proposaient une foule de produits inconnus, des vêtements plus beaux que les plus luxueux de Valantina, et des fruits et légumes insolites sortis tout droit des aquarelles qui ornaient les murs chez la tante de Samuel. Elle se voyait entre la réalité et le rêve qu'inspirait le surréalisme de la scène. Sur les étalages, la richesse d'une société qui, pour la majorité, n'avait pas même les moyens de se nourrir. À contempler les gens qui longeaient les trottoirs, elle comprit qu'ils buvaient à la même coupe de pauvreté et de tristesse qu'elle. L'exil n'était pas seulement une question de départ et de rupture.

Ils arrivèrent finalement dans la banlieue bourgeoise de Grünewald. D'immenses arbres bordaient les allées sur les trottoirs. Les façades affichaient quatre étages et l'architecture, le milieu du XVIIIᵉ siècle. Venu d'outre-tombe, un sentiment d'excitation l'envahit. Elle sourit à son fils.

La voiture arrêta. Elle paya avec des marks que Samuel lui avait donnés, descendit, prit Robert d'une main et leur sac de l'autre, puis elle avança un peu avant de lever les yeux pour regarder la maison. À travers la pluie, elle vit un rideau bouger à une fenêtre supérieure. Quelqu'un l'avait vue venir. Elle se dirigea vers la haute porte et sonna.

Une servante, vêtue de noir et d'un tablier blanc immaculé, vint leur ouvrir.

— Katia Ivanova, annonça-t-elle en russe. Ludwig Westhausen nous attend.

La domestique n'eut pas à comprendre davantage, Westhausen descendait les escaliers pour venir les accueillir.

— Samuel vous avait décrit exactement comme vous êtes, madame Ivanova, salua-t-il dans un russe excellent.

Elle respira déjà mieux. Durant le voyage, elle ne s'était pas inquiétée de savoir si elle allait pouvoir communiquer avec Westhausen. Pour elle, il ne faisait aucun doute que tout le monde parlait russe. Il en avait toujours été ainsi dès sa naissance. Par contre, depuis qu'elle avait eu du mal à louer une chambre en Suède, elle s'était mise à se tourmenter. Si elle était incapable d'échanger avec Ludwig, que ferait-elle, seule en Allemagne, en territoire ennemi, avec un bébé de deux ans? Au son de son léger accent, ses appréhensions s'évanouirent.

À quarante-neuf ans, Westhausen pouvait se vanter d'avoir encore tous les charmes à son actif. Grand, svelte, costaud, il n'avait rien à envier à personne. Sa prestance et son assurance lui attiraient de nombreux regards et cet intérêt manifesté augmentait dès qu'il ouvrait la bouche. Bien né, il avait acquis une solide formation, d'abord universitaire puis militaire. Il avait étudié en Grèce cinq ans, sous la tutelle de Constantin Orfanoudakis, puis il avait fait ses études universitaires à Oxford où il s'était préparé pour la diplomatie. Il avait appris plusieurs langues étrangères dont le russe que Katia venait d'entendre. Sa fortune lui avait donné du galon et maintenant, malgré le conflit, il avait convaincu le Q.G. qu'il était davantage utile à Berlin, comme stratège et diplomate, que sur les lignes de combat.

Il n'y avait que le salut des armes pour les fils Westhausen. S'ils avaient risqué une autre ambition, les cordons de la bourse familiale auraient eu tôt fait de se serrer, obligeant le fils déso-béissant à gagner sa pitance et à se refaire une vie car il était hors de question que la famille endurât la rébellion. Si certains, faisant exception depuis tant de générations, n'étaient pas morts sur les champs de bataille, la mine fièrement cadavérique, c'était qu'ils avaient embrassé la carrière diplomatique, unique autre option. Ni fils dans les ordres, ni artistes, ni scientifiques. Il fallait mener une vie honnête et la droiture passait par la soumission à l'auto-rité paternelle.

— J'ai reçu hier une lettre de notre ami Samuel qui me confir-mait votre arrivée prochainement. Je dois donc dire que je vous attendais un peu.

— Merci, monsieur Westhausen.

— Ne me remerciez pas, madame Ivanova. C'est naturel de rendre service à un ami.

La domestique revint avec des serviettes et sécha Robert en le faisant rire. Le petit ne semblait pas perturbé par l'impossibilité de lui exprimer ses désirs. Comme tous les enfants, il savait se faire comprendre sans dire un mot.

Katia prit l'autre serviette et entreprit de sécher ses cheveux et d'essuyer son visage. Elle allait de mieux en mieux même si elle se sentait exténuée.

Westhausen repensa à l'envoi de Samuel. Dans sa missive, il lui demandait de prendre soin de Katia comme si elle était sa fille. Il lui avait raconté brièvement les moments pénibles qu'elle venait de vivre. Il avait insisté pour que Katia ne sût pas qu'ils n'avaient jamais pu se blairer. Il jugeait que cela ne ferait que la perturber et elle n'en avait aucunement besoin. Puis il avait changé de ton, ajoutant que malgré leurs différends, il savait que Westhausen saurait faire ce qu'il fallait pour ces êtres qui venaient de lui être confiés. Ce service mettait naturellement fin à la promesse de Ludwig faite en Grèce il y avait plusieurs années. Ni sur l'enveloppe ni sur la lettre n'était inscrite l'adresse de retour. Samuel aussi s'était sauvé de Petrograd et se terrait quelque part en attendant son heure.

Ludwig avait déchiré la lettre froidement comme il le ferait avec toutes celles qui suivraient. De ce qui l'unissait à Théodora, il ne voulait pas. Elle s'était suicidée, enceinte de lui, morte de son refus de légitimer leur union. Les êtres faibles lui faisaient horreur. Choisir l'heure de sa mort n'était pas une solution.

— Avez-vous faim?

Ni Katia ni Robert n'acquiescèrent. Westhausen comprit alors qu'ils étaient vannés par l'inconfort du voyage et qu'ils souhaitaient simplement un lit confortable où dormir de longues heures en toute quiétude.

— Je vais vous montrer votre chambre.

Katia esquissa un geste pour prendre sa valise, mais Westhausen la retint.

— Vous êtes arrivée, madame Ivanova. Ne prenez plus rien en charge. Reposez-vous. Quelqu'un s'occupera de tout ce dont vous avez besoin.

Elle le regarda avec insistance et comprit qu'elle n'avait rien à redire. Ici, elle n'était pas au travail, elle était l'invitée.

Elle monta les marches derrière lui. Il lui indiqua sa chambre et celle de son fils qu'elle alla border. Le petit ferma les yeux et s'endormit sur-le-champ. Lorsque Katia sortit de la chambre, Ludwig l'attendait dans le passage en fumant, assis confortablement.

— Vous êtes tellement gentil. Je ne pourrai jamais vous rendre la pareille.

Il sourit et la guida vers sa chambre. Sur le seuil, il la salua avec respect.

— Dormez autant que vous le désirez. Vous êtes maintenant chez vous. Sonnez si vous avez faim, froid ou si vous désirez quelque chose. Je dois quitter pour la journée, mais je serai de retour à vingt heures pour le repas. Si vous voulez que nous le prenions ensemble, bien entendu.

— J'en serai très honorée.

Elle pénétra dans sa chambre et il referma la porte. Son sac était sur le lit. Elle jeta un regard autour d'elle et circula un peu dans la pièce, passant délicatement les doigts sur les meubles de bois, s'arrêtant devant les toiles encadrées, admirant les menus objets décoratifs, puis elle s'étendit. Le matelas était aussi moelleux que grand. Elle ferma les paupières. Elle voulut se relever pour enlever ses vêtements, mais elle s'endormit avant de comprendre que le sommeil l'emportait loin de ses préoccupations.

Bien que Katia se sentît encore épuisée, elle s'obligea à se lever en début de soirée. Engourdie par le réveil, il lui fallut un certain temps pour se souvenir où elle était. Dans la chambre d'à côté, elle entendit rire et reconnut son enfant. Elle changea de vêtements, puis alla voir Robert.

— Salut, mon beau...

Robert se jeta dans ses bras en riant. La domestique les regardait tendrement.

— Tu as déjà mangé des oranges, maman ? fit Robert en lui en offrant une.

— Non, mais j'ai bien envie d'y goûter.

Le fruit était délicieux. Juteux, sucré, il coulait autour de ses lèvres.

Ludwig pénétra dans la pièce à ce moment et assista à la scène à la dérobée, comme un voyeur. Katia avait attaché ses cheveux et quelques mèches éparses volaient autour de son visage détendu. Ses yeux bleus s'illuminaient à la vue de son fils et ses lèvres bougeaient en dégustant ce fruit qu'elle découvrait. Sans voir la sensualité qu'elle dégageait, elle se léchait les doigts lorsque Ludwig décida de manifester sa présence.

— Vous avez bien mangé ?

Elle éclata de rire en prenant un autre morceau et en hochant la tête.

Avec eux, Ludwig se sentait heureux. Le bonheur, pourtant, n'avait jamais fait partie de sa vie, telle une fête à laquelle il n'avait pas été convié. Il voyait bien que cela existait, certaines personnes en jouissaient visiblement, mais comme s'il avait toujours été en marge des moments de joie, jamais il ne s'était senti comme maintenant, à rire avec eux, à la regarder, elle. Il se voyait comme le feu, romantique et chaleureux, prêt à entreprendre un pas de deux, à cadencer sa marche au son des battements de son cœur, à mettre ses souliers pour découvrir sa vie et à chausser ses désirs pour construire l'amour. Déjà n'importe quoi pour elle. Il baissa les yeux. Il se sentait impudique.

Il avait passé son enfance à se faire dire que le plaisir était une perte de temps, que les loisirs corrompaient l'esprit. Il n'avait pas remis ces principes en question jusqu'à cet instant, jusqu'à ce qu'elle pénétrât dans sa demeure, croisât son regard et lui sourît. Il trouva étrange qu'un de ses plus redoutables ennemis lui fît un cadeau si grandiose. À ce moment, malgré qu'il ignorât tout d'elle, il comprit qu'il n'accepterait en aucun temps de la perdre.

— Je me suis rendu à votre chambre voir comment vous alliez. Je suis entré puisque vous ne répondiez pas. J'ai déposé un paquet sur votre lit.

— Qu'est-ce que c'est?

— Des vêtements. Ne croyez pas que je déteste ce que vous portez, mais...

— Ne vous excusez pas. Merci beaucoup. J'en avais grandement besoin. Je porte les mêmes depuis tellement d'années.

Elle lui sourit, le combla d'un bien-être qui lui donnait l'impression d'exister. Certain que chacun dans la pièce devinait son trouble, mal à l'aise de sentir battre son cœur à ce point, il se prépara à quitter la salle.

— Nous nous retrouvons pour dîner? s'informa-t-il.

— Avec plaisir.

— Youpi! s'écria Robert.

— Hélas! mon grand, fit-elle, tu n'es pas invité. Tu as besoin de te reposer.

Il les entendit discuter en montant à son bureau. Se pouvait-il que Dieu ait créé cette femme sans savoir ce qu'il faisait?

Katia entra dans la salle à manger. Il leva les yeux. Il sentit toutes les parties de son corps la désirer. Mal à l'aise, il hésita à se lever.

— Je crois n'avoir jamais été aussi belle, monsieur Westhausen. Vous me comblez.

Le décolleté offrait ses seins comme des fruits mûrs. Le mauve profond donnait à sa peau laiteuse une blancheur translucide où la flamme des chandelles dansait.

— Vous êtes ravissante.

Il étouffait. Il s'imaginait, la tête entre ses seins, à naviguer de l'un à l'autre, à sucer ces mamelons fermes, à palper cette chair qu'il voulait prendre sans rien laisser. Il tira finalement une chaise pour lui permettre de s'asseoir.

Ils parlèrent tout au long du souper. Il lui posa des milliers de questions comme pour savoir sa vie entière. Il en oubliait même sa propre existence. Et puis, lorsque ses lèvres humides bougeaient, que sa poitrine se soulevait, il se sentait obsédé par une seule idée, la pénétrer, la prendre comme il n'avait à aucun moment pris une femme, la lécher dans ses moindres parcelles, deviner ses secrets et l'entendre frémir, crier, gémir. Il transpirait.

— Vous n'êtes pas bien? s'informa-t-elle, inquiète de le voir pâle.

— J'ai besoin de repos. Vous ne m'en voulez pas?

— Je suis fatiguée aussi, assura-t-elle.

Il l'aida à se lever et candidement, ingénue, elle l'embrassa sur les deux joues.

— Merci encore, monsieur Westhausen.

— Ludwig...

— Merci, Ludwig.

Il hocha la tête. Il sentait son parfum, ses seins collés contre son torse, son bas-ventre contre sa ceinture. Il délirait de bonheur.

Le lendemain, Katia chercha Ludwig dans la maison sans le trouver. Le surlendemain non plus. Comme personne ne parlait russe dans la demeure, elle ne sut pas qu'il avait déménagé dans sa villa de Hanovre.

— Écoute, Bernhard, aucune femme ne m'a fait cet effet.

Lüneburg fumait un cigare à côté du foyer allumé, les pieds sur un tabouret, Ludwig devant lui, en robe de chambre. L'éclairage était intimiste. Ils parlaient depuis de longues heures.

— Il faudrait que tu la possèdes, mon cher.

Ludwig plissa le nez. Non pas que l'acte sexuel lui déplût, loin s'en fallait, mais la vulgarité de Bernhard donnait à la chose un aspect obscène qu'il détestait. Ce qu'il ressentait pour Katia dépassait les frontières de la sexualité, transcendait l'humanité. C'était d'un tout autre registre.

— Réfléchis, Ludwig. Il est principalement question de sexe. Fais-moi confiance. Si elle commence à te travailler le bas-ventre, ce n'est pas en t'éloignant de Berlin que tu vas te castrer, bien au contraire. Retourne chez toi et baise-la. C'est le meilleur médicament pour chasser le sentiment amoureux. Une femme, une fois prise, gagne en défauts. Et puis, je ne comprends pas que tu te fasses autant de scrupules. Ce n'est pas comme si elle était vierge. Elle a déjà un enfant.

Ludwig le dévisagea.

— Des aspects de ta personnalité me déplairont jusqu'à la fin de mes jours, Bernhard. Elle était mariée et son mari est décédé. Ce n'est pas comme si son fils était un bâtard.

Lüneburg sourit en soufflant la fumée de son cigare.

— C'est ce que tu crois, Ludwig, mais le prénom français du gamin captive mon intérêt. Je suis certain qu'il y a un scandale pétersbourgeois sous ce joli minois ce qui, à mon avis, ajoute à cette femme un mystère très excitant, n'est-ce pas, mon cher?

Il écrasa son cigare et sortit.

Ludwig regarda longuement le feu, la braise puis les cendres. Lorsqu'il se releva, il avait pris sa décision. Il rentra à Berlin.

Lina Kellner servait les Westhausen comme sa mère avant elle. En réalité, les femmes Kellner travaillaient pour les hommes Westhausen depuis au moins aussi longtemps qu'ils faisaient des carrières militaires. On aurait dit qu'à la création du monde, Dieu avait inventé les Westhausen pour le feu et les Kellner pour leur entretien. Entre eux, il n'avait jamais été question de mariage, seulement de bâtards. On ne défiait pas les mœurs à coucher avec les domestiques, on ne faisait qu'accentuer le fossé jusqu'à ce que les rêves de l'une prissent fin aussitôt que se terminaient les fantasmes de l'autre.

Lina était née ainsi. À la regarder, on ne croirait pas s'adresser à la sœur de Ludwig, mais à examiner le portrait du père Westhausen, on reconnaissait le menton étroit, le front haut et les sourcils arqués de la famille. Lina Kellner ne prenait pas ombrage de cet état de fait. Elle avait simplement évité de s'amouracher d'un des fils Westhausen. Lorsque Ludwig s'était officiellement établi, bien que sans prendre femme, elle avait déménagé dans ses appartements et pris en charge la vie domestique de cet aîné sympathique.

Katia était à mille lieues de ces préoccupations. Étourdie quotidiennement par des sons insensés pour elle, lasse d'une solitude d'où seul Robert la sortait, elle voulait saisir ses premiers rudiments d'allemand. De son côté, Robert apprenait aisément. Il trouvait amusant de nommer son nouvel environnement et se souvenait des moindres mots qu'il entendait. Il comprenait déjà des nuances qu'elle n'avait même pas le loisir d'imaginer.

Katia entendit les pas de Ludwig dans l'escalier. Spontanément, elle sortit de sa chambre, pieds nus et cheveux défaits.

— Ludwig, vous êtes enfin revenu !

Cette simple phrase le prit au dépourvu. Il cherchait une manigance, quelque chose de faux dans sa voix, mais ce qu'il découvrit fut de la réelle inquiétude et un véritable intérêt. Il alla vers elle. Lorsqu'il baissa les yeux pour rencontrer les siens, tous les plans qu'il avait élaborés échouèrent les uns après les autres. Le stratège disparut devant la pureté de ce regard bleu et il ne resta plus que la fine fibre d'or d'un homme amoureux.

— Je vous ai manqué?

Katia lui sourit.

— Bien sûr que vous m'avez manqué. Il y a une semaine que vous êtes parti. *Ich habe nich langgeweilt*[1].

Katia avait pratiqué cette phrase avec Lina jusqu'à ce qu'elle semblât naturelle.

Ludwig approcha. Katia était adossée au mur. Il se tenait devant elle. Ils se dévisageaient. Elle détaillait ses traits et le trouva beau. Il suivait les courbes de son visage et ne pouvait s'empêcher de les admirer. Ni l'un ni l'autre ne surent combien de temps ils demeurèrent ainsi, sans parole, sans ciller, sans même respirer. Il se rapprocha encore, comme si cela se pouvait et elle ne se déroba pas, même si elle en avait eu le loisir. Elle fixa ses yeux mauves longuement jusqu'à les lire, puis colla ses lèvres aux siennes. Lorsqu'elle les retira, il n'ouvrit pas les paupières. Elle s'écarta, rentra dans la chambre et se coucha. Bien que troublée, elle trouva le sommeil. Ludwig était de retour.

Au petit déjeuner le lendemain, Ludwig l'attendait avec impatience. Il avait passé la nuit à s'excuser, à espérer qu'elle ne le quittât pas sur-le-champ, à la prier de rester jusqu'à ce que le calme revînt en Russie, en Europe, dans le monde entier.

Katia n'avait pas vu le baiser de la veille de la même manière que lui. Ludwig avait été charmant dès le premier instant. Samuel lui en avait parlé avec respect. Même sans autre amour que le charme et le respect, elle savait l'avenir plus facile avec Ludwig que sans lui.

— Bonjour, Ludwig.

Elle s'assit, souriante, accepta d'un signe de tête ce que la domestique lui offrait.

— Vous avez l'air fatigué.

Elle n'était pas sarcastique. Il le comprit.

---

1. « Je me suis ennuyée. »

— Je n'ai pas dormi de la nuit.

Elle rompit un morceau de pain avant de le tartiner de confitures.

— Katia.

Les mots ne voulaient pas sortir. L'amour est ainsi. Banni dès la naissance, il montre des signes de gêne à se présenter le moment opportun.

Katia leva les yeux. À cet instant, elle devina ce qui dévorait Ludwig. Non parce qu'elle ressentait ses sentiments, mais parce qu'elle avait déjà aussi aimé à ce point. Elle se sentit déçue de ne pas partager la grandeur de sa passion.

À ce moment, Katia prit conscience de ce que Ludwig représentait. Le luxe autour d'eux, les employés de maison, une éducation pour Robert, mais surtout la sécurité, ne plus fuir, ne plus jamais tout perdre ni repartir à zéro. Elle se leva de table et alla vers lui.

Ludwig ne put deviner les pensées bousculées de Katia. Heureusement d'ailleurs. Alors qu'elle prenait la décision d'assurer l'existence de son fils qu'elle adorait, au moment où elle jugeait mériter de mettre fin à son errance, même si cela impliquait qu'elle ne chercherait jamais à revoir Robert Letellier, il se disait qu'elle était la femme telle qu'elle se devait d'être : courtoise, belle et prévenante, acharnée et docile, têtue mais soumise, entre la volonté de vaincre et l'acceptation de la défaite, comme ce peuple slave qui l'avait mise au monde. Il repoussa sa chaise et alla la rejoindre.

Là, au milieu de la pièce, il l'embrassa profondément. Là, au centre de la salle à manger, elle accepta son amour avec entendement.

Katia se promenait dans Berlin. Au début, Ludwig l'accompagnait. Alors, elle lui prenait le bras et ils marchaient des heures entières. Par contre, depuis des mois, il ne rentrait plus coucher, dormait au quartier général. La perspective de la défaite lui prenait tout son temps. Lorsqu'il revenait, il geignait que le monde changeait, que les hommes ne comprenaient rien. Aujourd'hui, il s'était approché d'elle et lui avait raconté l'histoire de l'anéantissement d'une nation, d'un empire, d'une époque. Pour le réconforter, elle lui avait rétorqué que la fin signifiait aussi le début d'autre chose. Il avait souri, puis la conversation avait mal tourné.

— Mais ce ne sera pas l'ère des Bolcheviks. Nous ne les laisserons pour rien au monde prendre le contrôle de la Prusse.

Katia avait baissé les yeux et était sortie de la pièce. L'espace d'un instant trop long, il avait oublié cet aspect d'elle qui lui échappait. Déçu et dépassé, il l'avait regardée partir sans rien faire pour la retenir.

Elle marchait donc seule, droit devant elle. Des bicyclettes jonchaient les rues, entre les chevaux et les quelques voitures non réquisitionnées. Les piétons se hâtaient. Personne ne perdait son temps. On eût cru qu'ils avaient une guerre à gagner. C'était l'autre sujet de discorde entre elle et Ludwig. Il ne pouvait accepter que la glorieuse armée qu'il servait pût être défaite par des forces alliées qu'il jugeait subalternes. C'était le non-sens de sa vie. Que l'armée russe se fût déclarée forfaite, que la Révolution eût déstabilisé l'empire tsariste, cela n'avait rien de surprenant. Les Romanov étaient en sursis sur le trône depuis 1905 et Nicolas II n'aurait dû en aucun cas prendre la direction de l'armée. Par contre, que Guillaume II fût sur le point d'admettre la plus grande défaite allemande de l'histoire, il ne pouvait l'accepter.

Il y avait six mois que Katia était à Berlin. À regarder autour d'elle si familièrement, elle aurait cru y vivre depuis des années n'eût été cette langue qu'elle ne comprenait toujours pas. Elle avait ses habitudes. Elle déjeunait au même bistro, dépensait dans les mêmes boutiques et marchait dans le même parc presque tous les jours.

Elle s'assit sur un banc et laissa le vent jouer dans ses cheveux en fermant les paupières. Le soleil de mai lui rappelait de délicieux souvenirs. Au loin, elle reconnut la voix de Robert. Au pied des arbres, il lui racontait son roman et elle buvait ses paroles. Robert.

— Je peux m'asseoir?

Elle ouvrit les yeux et leva la tête. L'homme qui s'informait était pauvrement vêtu, chauve, édenté et assez âgé. Il lui souriait.

— *Ja*[2].

Cela, elle savait le dire. Elle retourna à ses rêves lorsque l'inconnu reprit :

— Permettez-moi de me présenter, reprit l'inconnu, je suis Grégoire de Tours.

Katia ne réagit pas. Ce nom du vieil historien lui était inconnu. L'homme s'aperçut peut-être de son ignorance mais n'émit pas l'ombre d'un commentaire.

— Katia Ivanova.

Il prit sa main pour la baiser. Elle le dévisagea en se demandant comment il pouvait croire exercer de la séduction sur les gens alors que sa laideur était si repoussante. Il continua :

— Il y a plusieurs minutes que je vous observe. Je me demandais ce qui vous faisait rêver, puis je me suis dit que le deuil amoureux avait le secret des souvenirs. Ainsi, vous étiez amoureuse.

Elle ne comprenait pas très bien. Primo, il parlait allemand et secundo, il articulait trop rapidement. Elle jugea bon de lui couper la parole afin de refouler ses ardeurs. Elle espérait récupérer sa solitude dès qu'il se lasserait de son incompréhension.

— Je ne parle pas beaucoup allemand.

— Vous venez d'où?

— De Saint-Pétersbourg.

— C'est une belle ville, affirma-t-il.

— Vous y êtes déjà allé?

— Non, mais j'en ai entendu parler et puis, j'ai vu des photos.

---

2. « Oui. »

Elle hocha la tête. Que pouvait-elle dire à cet inconnu ? Comment lui parler quand son vocabulaire se résumait à l'essentiel de l'existence ?

— Vous aimeriez apprendre ?

Elle plissa le front.

— L'allemand, vous aimeriez le parler ?

Sans hésiter, elle fit oui de la tête.

— Revenez demain, à la même heure et je vous l'enseignerai.

Elle ne prit pas le temps de jauger celui qui se proposait ainsi comme professeur, ni de douter de ses compétences.

— En échange, vous me donnerez ce que vous voudrez. Je le fais par plaisir et j'ai beaucoup de temps à moi. Vous serez une de mes raisons de vivre. Au chômage, vous savez, il ne m'en reste pas beaucoup.

Elle l'étudia de pied en cap, réalisa soudainement sa misère. Elle se demanda s'il mangeait convenablement, s'il était assez vêtu pour la saison et ces questions renchérirent encore son désir d'apprendre avec lui, ne serait-ce que pour s'assurer qu'il mangerait un repas par jour.

— À demain.

Le jour suivant, elle s'installa sur le banc et attendit Grégoire. Elle le vit venir de loin. Il marchait en claudiquant, la poche gauche de son imperméable usé pendant lourdement sur sa cuisse. Arrivé près d'elle, il sortit un livre pour le lui montrer et l'invita à l'ouvrir. À l'intérieur, il y avait des photos de chez elle. Là, c'était le palais d'Hiver, puis le golfe de Finlande sur un coucher de soleil, une nuit blanche sur la ville, le pont Robespierre.

— *Atlitchna !* s'exclama-t-elle en russe.

Il sourit. Son bonheur le rendait heureux.

— La colonne Alexandre, dit-elle en russe en la lui montrant.

— *Das ist*[3]...

---

3. « C'est. »

Elle répéta. Ainsi commença sa première leçon d'allemand. Avec Grégoire et ses souvenirs, elle apprenait à dire tout ce qu'elle avait laissé chez elle. Il avait compris sa nostalgie et lui offrait les mots pour parler d'elle avant de lui donner les outils pour parler d'eux. Il savait que c'était de la Russie qu'elle avait besoin, non d'une Allemagne qui n'évoquait dans son esprit qu'une guerre meurtrière. Grégoire lui permettait d'accéder au langage et maintenant qu'elle pouvait raconter son histoire, il lui semblait qu'elle était moins loin et moins seule. Elle pouvait commencer à aimer l'exil.

En plus, lentement, Berlin prenait forme dans son esprit. Au fil des jours, le nom des rues lui devenait familier puisqu'elle comprenait qu'il s'agissait de l'avenue des Tilleuls, de la place Alexandre, de la colonne Victoria, de la porte de Brandebourg.

Avec les semaines, l'amélioration se faisait entendre. Alors qu'elle ne pouvait pas, au début, tenir une conversation plus de cinq minutes, elle était capable aujourd'hui de lire quelques pages ou de parler de son fils sans trop chercher ses mots.

À la maison, Ludwig était fier d'elle et cela la rendait heureuse. Hélas, il manquait de temps. Il essayait de rentrer souvent à la maison, mais la guerre lui demandait toute sa concentration. Plus rien n'allait. Le front ouest tombait. On tentait une dernière percée. On espérait prendre Paris avec les Grosses Bertha, mais envahir une ville détruite, en feu et en cendres n'avait rien de réjouissant. Il aurait préféré y entrer en vainqueur, en défilant sur les Champs-Élysées au son d'une marche militaire.

Katia, faute de converser avec Ludwig à l'heure des repas, allait manger avec les domestiques dans la cuisine. Cela les faisait rire. Elle leur parlait d'elle, de la Russie et ils l'écoutaient avec avidité.

Personne ne résistait à son charme. Katia était allée vers eux parce qu'elle désirait leur compagnie, avait envie de leur parler et d'entendre leurs histoires. Loin d'agir en maîtresse de maison, elle avait ouvert son cœur, avait parlé de son amitié avec Samuel jusqu'au décès de Valantina. Puis, eux aussi se confièrent. L'une avait perdu son époux sur les champs de bataille, l'autre n'avait plus d'argent pour envoyer son enfant à l'école, un autre encore revenait de la guerre et il lui manquait un œil. Peut-être, à lui parler de leurs problèmes, en profitaient-ils pour lui demander de l'aide. Cela n'importunait pas Katia. Elle les avait rejoints parce qu'elle avait aussi besoin d'eux. Elle trouvait que c'était un échange honnête. Comme Ludwig lui avait laissé de l'argent pour les dépenses de la maison, elle se permit de combler les déficits des domestiques. En échange, tacitement, chacun redoublait d'ardeur à la tâche.

Lorsque Katia partait l'après-midi, pour rejoindre Grégoire, elle avait l'esprit tranquille. Robert, gâté par chacun d'eux, profitait des caresses et quelquefois, lorsqu'il avait été sage, un employé l'amenait chez lui, dans les quartiers ouvriers où, pour jouer, il y avait des garçons de son âge. Robert revenait alors épuisé mais les yeux brillants. Il avait pris le métro, avait joué au ballon, mais surtout, il avait tellement ri.

Le soir, lorsque Robert était couché, Katia rejoignait Lina dans le salon. Alors, elles se parlaient comme deux grandes amies. La pluie pouvait battre à leurs fenêtres, la guerre être perdue, à elles deux les combats se faisaient oublier et le mauvais temps ne faisait que passer.

Lina avait huit ans de plus que Katia. Jolie, Allemande jusqu'au bout des doigts, robuste, grande et forte, auprès d'elle, Katia cessait de se trouver disproportionnée. Elles se ressemblaient tellement pour l'essentiel que tant que Katia n'ouvrait pas la bouche, que son accent slave n'éveillait pas l'attention, personne n'aurait dit qu'elles n'étaient pas parentes. Cela les rapprochait, comme si se ressembler permettait de mieux se partager.

Novembre 1918. Presque un an que Katia vivait en exil. Dans ce Berlin dont elle ne connaissait pas les secrets, les méandres politiques de la débâcle allemande la touchèrent à peine. Il n'y avait que Ludwig qui rentrait fatigué et las des événements.

L'armistice fut signé à Strasbourg. Ludwig, rouge de honte et de colère, regarda les nouveaux chefs de l'État ratifier le traité et eut un haut-le-cœur. Les conditions de capitulation étaient déshonorantes. Il fallait évacuer les territoires, accepter l'occupation de la rive gauche du Rhin, livrer la flotte et les armements. Son sang bouillait de fureur. Lui, fier de cet honneur qui avait orienté les décisions de son existence, il désirait maintenant tricher pour prendre sa revanche. Son sentiment de trahison était sans borne et à étudier les visages des autres dignitaires allemands, il voyait qu'il n'était pas le seul. Sur le chemin du retour, il se convainquit que cette guerre ne finirait pas avant longtemps.

On avait instauré la République et comme si cela ne suffisait pas, ce Karl Liebknecht, l'ami de la communiste Rosa Luxembourg, avait surenchéri en spécifiant République «libre» d'Allemagne. Ludwig les détestait, eux, la Révolution russe et les Bolcheviks. La gauche lui donnait la nausée. Il pouvait admettre une certaine intervention de l'État dans les finances des déshérités, un minimum d'aide pour l'éducation et la santé, mais de là à accepter que chacun fût l'égal de l'autre, que les richesses fussent réparties équitablement entre tous, il fallait n'avoir aucun bon sens pour trouver une justice dans cette sorte de société puisque jamais un homme ne serait l'égal de l'autre. Toujours il y aurait une qualité pour se jalouser.

Or la ville de Berlin ressemblait à sa propre résidence. Katia s'obstinait à croire au pouvoir du peuple. Elle dilapidait de grosses sommes à aider les domestiques gênés par la pauvreté, à nourrir et à vêtir ce chômeur qui lui apprenait l'allemand. Que pouvait-il faire? Elle désirait changer le monde, convaincue que si chacun s'occupait, comme elle, des pauvres de son entourage, la ville de Berlin, toute l'Allemagne même, se reconstruirait plus rapidement. Il la laissait agir. Les gens de sa maison se portaient d'ailleurs mieux. Ils étaient moins malades et rarement absents. Il devait donc admettre qu'ils méritaient des congés payés, dernier caprice de Katia. Naturellement, les gens affluaient pour offrir leurs services. Il en refusait quotidiennement. Il avait déjà deux jardiniers, une cuisinière, trois aides domestiques, quatre femmes de ménage et deux valets, en plus de la nounou qui gardait Robert en permanence. Qui pouvait-il encore engager?

— Deux chauffeurs, Ludwig, un pour ta voiture et un pour la mienne.

Il avait sursauté.

— La tienne?

— Bien sûr. Lorsque tu travailles, tu n'es pas avec moi. Je ne peux pas aller en ville magasiner, regarder un film ou continuer mes cours d'allemand.

Il avait cédé. Il ne pouvait rien lui refuser. Heureusement, sa fortune personnelle s'élevait à plusieurs millions qu'il investissait dans de multiples domaines. Il croyait que l'avenir appartenait au risque et à la diversité. Même si les dépenses et l'entretien de ses maisons augmentaient sans cesse, il continuait à enregistrer des profits importants et à disposer de nouveaux capitaux qu'il réinvestissait avec jugement. Le monde financier le divertissait de l'armée tout en ayant de nombreuses similitudes. Les grands généraux mesuraient les risques pour gagner, pariaient et tentaient de miser juste. Comme il possédait ce flair, il avait les moyens de faire plaisir à Katia et d'acheter la paix.

Ludwig, pendant qu'elle s'ingéniait à imaginer de nouvelles dépenses qui l'obligeraient à engager d'autres gens et à nourrir d'autres familles, s'évertuait à organiser une république de droite. S'il acceptait la gestion domestique de Katia, il ne croyait pas aux vertus de ses politiques pour la Prusse. Elle conduirait le pays directement à la faillite à donner un emploi à tous les indigents.

Cinq ans après l'attentat de Sarajevo, le traité de Versailles mettait fin définitivement à la Première Guerre mondiale. Si l'événement fut célébré dans l'euphorie chez les Alliés, en Allemagne, les gens cachèrent sous le masque qui les protégeait de l'influenza une mine sombre et déprimée.

Ludwig frappa à la porte de la chambre de Katia. Elle regarda sa montre. Minuit passé. Elle enfila une robe de chambre, ouvrit et s'écarta pour le laisser entrer.

Ludwig alluma puis s'assit sur l'unique fauteuil de la chambre. Elle s'installa sur le lit et ramena les couvertures sur ses épaules. Il se mit à parler.

— Ils nous ont mis à genoux, Katia. Américains, Anglais, Français et Belges. Ils fêtent la victoire, nous font danser au chant de leurs insultes. Katia, explique-moi ce qu'ils nous ont fait à Versailles ?

Katia ne répondit pas. Que savait-elle de la guerre qu'il avait menée ? La sienne, elle n'existait plus depuis la famine, depuis Brest-Litovsk, depuis la Révolution. Elle savait qu'il n'avait pas eu la même. Les soldats allemands étaient armés, dirigés par des stratèges d'une main de maître et ils avaient semé la panique sur les eaux mondiales, sur les champs de bataille et dans les villes. En comparaison, elle pouvait seulement dire qu'ils avaient combattu pendant les mêmes années.

— Demain, nous devons commencer à payer les réparations. Sinon, ils menacent d'occuper la Ruhr et d'ainsi nous couper de notre plus grande région industrielle, comme si enlever vingt pourcent de nos terres agricoles ne suffisait pas déjà. Ils refusent que nous ayons une armée. Cent mille hommes, une réserve comme ils appellent. Ridicule. Tous les autres, vétérans, sergents et commandants, à la retraite. Moi-même, je suis démobilisé. Je viens de perdre mon emploi.

Puis il changea de ton et se fit rassurant :

— Ce n'est pas trop grave. Ne soyez pas inquiète pour nous. Notre fortune est assurée. Mais les autres, reprit-il d'un air chagrin, ces braves hommes qui reviennent des combats et retrouvent leur pays délabré et ruiné. Que feront-ils ?

Elle se leva du lit et alla le prendre dans ses bras, le coller contre elle et lui caresser les cheveux. Il sentit son parfum. Il y avait longtemps qu'il n'avait pas humé son odeur. Un regain d'énergie monta en lui, chassant ses préoccupations. Il se mit d'abord à l'embrasser dans le cou, là où sa tête reposait, puis ses mains se firent gourmandes, trouvèrent ses seins et les dénudèrent. Enfin, il se nourrissait de ses fantasmes, prenait à pleine bouche cette poitrine lourde et appétissante. Il entendit un gémissement et l'amour qu'il portait à Katia monta furieusement en lui. Il leva les yeux.

— Je t'aime, Katia. Je te veux. Chaque partie de toi, chaque membre, chaque parcelle...

Elle s'approcha de lui et l'empêcha de parler. Elle l'embrassa lentement, mangea ses lèvres charnues et mêla sa langue à la sienne. Passionnés, ils se dévisagèrent un moment puis ils marchèrent vers le lit où ils firent l'amour.

Jamais il n'avait connu de femme comme elle. Il avait eu plusieurs maîtresses, certaines aristocrates, d'autres roturières de haute éducation, mais aucune ne s'était offerte comme Katia le faisait. Nue devant lui, elle posait pour son regard, l'embrassait où l'on s'était rarement risqué, osait des caresses qui le rendaient fou. Avec le même naturel, elle s'écartait de lui et offrait son corps à ses baisers, demandait sans gêne ce qu'elle préférait, douceurs qu'il se plaisait à lui prodiguer. Il n'avait jamais joui à ce point, jamais à crier comme il l'avait fait. Il la couvrit de son corps et ferma les yeux, béat.

Peu après, il leva la tête sur elle et la dévisagea. Elle souriait. Habituellement, à cet instant de la relation, il se sentait intimidé et quittait le lit. À la regarder, il n'avait pas envie d'aller loin d'elle.

— Tu devrais éteindre, dit-elle encore, il fera meilleur pour dormir.

Le lendemain matin, Ludwig s'éveilla avant elle. Il avait un bras autour de sa taille, les jambes le long des siennes. Il entendait son souffle régulier et il tenta d'imaginer ses rêves. Après un instant, il essaya de se lever du lit. Elle le retint de la main.

— Tu as bien dormi ? demanda-t-elle.

— Comme un bébé.

Elle se retourna pour se mettre face à lui.

— Moi aussi, je me suis bien reposée.

Elle se blottit contre lui. La lumière du jour se répandait dans la chambre à travers les rideaux fleuris. Dehors, le silence régnait dans la rue. Un calme parfait les environnait. Il ferma les yeux. Comment pouvait-on être plus heureux ? À cet instant, elle lui aurait demandé d'engager tous les chômeurs de Berlin, de nourrir tous les affamés de la ville, il l'aurait fait.

— Ludwig ?

Il frémit en imaginant qu'elle avait entendu ses pensées.

— Je suis heureuse avec toi.

Elle posa la tête sur son épaule, joua avec les poils de son torse, caressa ses pectoraux, continua vers le ventre, puis doucement vers les cuisses.

— Katia, soupira-t-il.

Le monde autour de Katia avait changé. Dans les journaux, on parlait d'un nouvel ordre mondial. C'était une étrange manière de présenter les choses, comme si diviser et piétiner l'Allemagne ordonnaient la planète. Les alliés se trompaient complètement. Vainqueurs, ils agissaient comme des conquérants, imitant par le fait même le pays qu'ils avaient écrasé.

— Vous avez dans les yeux un éclat qui m'intrigue, fit Grégoire en dévisageant Katia.

Ludwig ne se remettait pas de cet échec. Ils en parlaient souvent ensemble, le soir, devant le feu de foyer. Dans le confort des fauteuils de cuir, avec à la main un vin d'excellente cuvée et sur elle des vêtements chauds et hors de prix, elle oubliait facilement qu'à l'extérieur une crise économique faisait rage, qu'autour d'elle, les gens craignaient la grippe espagnole comme la peste, que le chômage tenait une partie de la population entre ses griffes.

— Je me demande d'où il vient? s'enquit-il encore.

Ludwig avait voulu quitter la ville afin d'éviter les combats de rue qui surgissaient pour un oui ou pour un non, se sauver parce que l'air de la campagne les soulagerait des risques de contagion. Elle avait refusé. Elle aimait Berlin. Pas comme elle avait adoré Saint-Pétersbourg, ces deux villes n'étaient pas comparables, mais plutôt comme un livre dans lequel on se réfugie, comme on apprécie un breuvage chaud après des heures de plein air. Elle se sentait à Berlin dans un havre de confort.

— Êtes-vous enceinte?

Grégoire lui avait posé la question si spontanément qu'elle s'était sentie prise au dépourvu, mais maintenant qu'elle s'interrogeait, elle admettait avoir plusieurs semaines de retard.

— Je... Je ne sais pas.

Elle souriait, gênée. Elle baissa les yeux, réfléchit quelques secondes puis retourna dans son regard.

— Ce n'est pas impossible, fit-elle doucement.

Une brise vint balayer ses cheveux, les repousser vers l'arrière. Il remarqua alors à quel point elle avait changé. Il n'avait été intrigué que par une lumière dans sa prunelle, mais maintenant que ses yeux brillaient dans le soleil, il constatait l'ampleur de sa nouvelle beauté. Elle irradiait.

— Vous êtes amoureuse, Katia.

— Je le suis, davantage à chaque jour. Je n'ai pas à m'en cacher.

— Et lui, vous aime-t-il?

Avec elle, Grégoire ne parlait pas de sa vie personnelle. Elle savait qu'il logeait où il pouvait, sans domicile fixe, à la merci du bon vouloir de ses parents et amis. Un sans adresse parmi tous les autres. Lorsqu'ils se donnaient rendez-vous pour le lendemain, ils ne fixaient aucune heure. Pour le rejoindre, elle venait dans le parc et l'attendait. Il finissait toujours par apparaître, par la retrouver. Il n'avait jamais manqué à sa parole. Elle avait tenté quelques fois de l'interroger, mais immanquablement il ramenait le sujet sur elle, sur son fils, sur l'homme qui l'hébergeait et qui prenait, depuis quelques mois, de plus en plus de place.

En échange de son enseignement, elle lui avait offert des vêtements confortables qu'il portait avec fierté. Elle lui achetait de la nourriture pour qu'il pût, en un genre de troc, échanger son repas pour un lit. Cela semblait marcher. Il ne gelait pas et son teint sain prouvait qu'il s'alimentait correctement.

Ils se rencontraient presque tous les jours, mais plus d'une fois, Grégoire s'éloigna du quartier. Il lui disait avoir été trop vu dans certains magasins du coin, que les brigadiers le reconnaissaient, qu'il devait se faire oublier. Il rentrait quelques semaines plus tard, ravi de la revoir mais sans avouer d'où il revenait. Elle avait appris à vivre avec ses silences puisque ce qui comptait pour elle, c'était sa présence.

— Il m'adore, ajouta-t-elle dans un élan.

Les arbres bruissaient. Ici et là, des lapins gambadaient dans le parc, des enfants à leurs trousses. On avait tendance à se questionner d'où ils sortaient. Pendant le conflit, les lapins avaient disparu, comme s'ils se terraient pour survivre à la guerre. Or, depuis l'armistice, ils étaient réapparus. Katia avait entendu parler de certaines personnes qui les chassaient à la tombée du jour afin de nourrir leur famille. Elle se doutait bien que ce n'était pas qu'une légende urbaine. Il lui suffisait de voir le prix de la nourriture et la rareté des denrées essentielles pour s'en convaincre. On avait beau semer des interdictions de braconner, punir sévèrement les contrevenants, le ventre prenait le dessus. Certes, elle appréciait sa chance, mais elle souffrait aussi dans son cœur. Son estomac portait encore les stigmates des jours de famine. Son esprit demeurait survolté, prêt à se lever pour les droits des oubliés qui erraient sans but dans la ville. Elle endurait leur supplice puisque la Révolution russe était gravée sur sa peau, qu'elle l'avait portée sur son dos jour après jour, nuit après nuit, de l'aube de la guerre au crépuscule de l'influenza. Elle subissait, malgré son confort, tous les affres de leur douleur.

— C'est un drôle de moment pour mettre un enfant au monde, fit-il en lui tendant une feuille de papier froissée.

Katia baissa les yeux sur le texte et s'envola avec les mots. Grégoire composait des poèmes magnifiques. Inspirées par des muses de la Révolution française, nourries par le chant de la *Désobéissance civile* de Thoreau, renchéries par l'élévation de Lénine, ses strophes racontaient l'histoire du monde. Dans ses écrits, le poids de la misère humaine s'ajoutait aux événements narrés avec habileté, les larmes de sang perlaient sur des lèvres desséchées de parler en vain. Plus personne n'écoutait le peuple. Les poumons de la nation s'essoufflaient. Il ne restait que le squelette d'une population qui avait cru exporter par les batailles et l'horreur sa joie et ses connaissances.

Elle plia la feuille délicatement et la rangea dans la poche de sa veste. Sur son visage, Grégoire découvrait toujours la grandeur de son propre talent. Il voyait dans ses yeux bleus que les rimes imaginées, bien qu'elles eussent été pressenties par son âme, avaient été vécues par Katia. Qu'était-on face à la réalité de ce que l'on écrivait? Pour qui se prenait-on de mettre en mots ce qui avait anéanti des masses de gens? Quel genre de cœur battait dans la poitrine des poètes pour verbaliser ce que l'honneur tait, ce que la pudeur cache, ce que la décence ne permet même pas d'imaginer? Quel genre d'homme était-il pour écrire si facilement à propos de ce pour quoi trop d'êtres avaient perdu la vie?

Katia avait développé avec Grégoire un lien d'amitié intense qui lui rappelait sous plusieurs aspects celui qu'elle avait partagé avec Samuel. Grégoire avait aussi cette manière unique de dire les choses, d'exprimer le principal en quelques mots afin de simplifier la compréhension. Ils passaient ainsi quelques heures à parler, à lire ou à écrire en allemand. En plus d'un an, Katia avait évolué des conversations monosyllabiques aux particularités, des livres pour enfants aux journaux, des contes à la politique mondiale, pour finalement se complaire et se reconnaître dans la poésie. Il fallait dire que Grégoire était un connaisseur de littérature doublé d'un talent incontestable de poète. S'il usait de la prose comme certains se lèvent, avec les rimes, il valsait, tournoyait, tordait l'humour pour puiser des gouttes de sagesse. Il réinventait la langue. Katia, à son contact, s'abreuvait. Les poètes savaient exprimer les tourments de sa vie, savaient panser les blessures qui ne pouvaient pas guérir.

— Avec lui, Robert aura un frère.

— Qui vous dit que ce sera un garçon?

— Il y a des choses que certaines femmes devinent, Grégoire.

Ils se sourirent.

Katia rentra chez elle en fin d'après-midi. Ludwig était à son bureau et dès qu'elle entra, il alla la retrouver. Elle se découvrit, tendit sa veste à Lina qui s'éclipsa après de chaleureuses salutations, puis elle embrassa Ludwig. Il la prit dans ses bras.

— Tes leçons se sont bien passées?

Il la taquinait toujours ainsi. Un peu jaloux de ce professeur anonyme qui faisait, il devait l'avouer, un excellent travail, il se sentait exclu de cet apprentissage. Par contre, il voyait Katia s'épanouir. Il n'avait jamais connu une telle soif pour la connaissance. Elle qui n'avait eu que des notions primaires de russe, elle écrivait presque sans faute et s'exprimait presque sans erreur dans cette langue si éloignée de la sienne. Elle s'évertuait à inventer des noms longs, interminables, jouait avec les possibilités illimitées que l'allemand offrait dans ce domaine, ajoutait de temps à autre des suffixes slaves pour transformer les expressions et créer une langue que même Robert ne comprenait plus.

— Où est Robert?

— Dans sa chambre. Il dort un peu avant de manger. Il était fatigué. Il est sorti avec Lina aujourd'hui.

Ils se dirigèrent vers le salon. Confortablement installée sur le sofa, les pieds allongés et déchaussés, elle accepta avec empressement le verre que Ludwig lui présentait.

— Tu me sembles songeuse, remarqua-t-il.

Elle fit un léger signe affirmatif de la tête.

— Je le suis, Ludwig. Je songe au bonheur que je porte en moi.

— Que me dis-tu là, ma belle?

Il avait les yeux larmoyants et les lèvres tremblantes. Il s'agenouilla à ses pieds, colla son oreille sur son ventre.

— Tu vas être père, Ludwig.

— Tu vas devenir ma femme, Katia, répondit-il.

À ce moment, elle songea à son premier mariage; pendant un moment elle se demanda même si elle était assez célibataire pour se remarier. Puis elle repensa à cette guerre qui avait assassiné des millions d'hommes et s'affranchit d'Andreï. Sa conscience se tut. Elle était veuve depuis bien plus longtemps que la guerre, elle l'était depuis qu'en robe de mariée elle avait regardé partir Robert au galop.

— Je deviendrai ton épouse, Ludwig.

Katia abjura sa religion pour se convertir au calvinisme de Ludwig et ils célébrèrent leur mariage dans la plus parfaite intimité, comme ils le souhaitaient. Katia prit le nom de Westhausen, puis ce dernier adopta Robert officiellement. Quelques semaines après la cérémonie, Katia mit au monde deux superbes garçons.

Jonathan et Nicolas grandirent rapidement, comme tous les petits. Ils surprenaient leurs parents d'un sourire, d'un mot, d'une phrase, d'un pas. Karl vint au monde l'année d'après, en 1922. La maisonnée grouillait d'activités et Katia ravissait Ludwig.

Katia tentait de calmer ses ardeurs. Depuis qu'elle était devenue plus mère que mère se pouvait d'être, elle venait à peine de sevrer les jumeaux qu'elle nourrissait un autre enfant, elle sentait qu'elle avait cessé de s'appartenir. Aussi, quand elle apprit être à nouveau enceinte, elle fit promettre à Ludwig de porter ces choses désagréables qui avaient l'extraordinaire qualité de stériliser leurs relations sexuelles.

— Je ne suis plus capable d'avoir d'enfant, Ludwig. Je suis tellement épuisée.

Il comprenait. Comme Katia ne faisait rien à moitié, elle avait comblé ses fils de son amour protecteur, de ses bons soins, de ses innombrables caresses et de ses milliers d'attentions.

— Tu as bien le droit de te reposer. Nous avons une belle famille. J'ai assez de fils pour m'assurer une longue descendance.

Il l'embrassa.

— Ce qui ne m'empêche pas d'être heureux que tu en attendes un cinquième. Il n'y aura jamais assez d'hommes dans ma famille.

Elle fit des signes négatifs de la tête.

— Je suis désolée de te décevoir, Ludwig, mais cette fois-ci, ce ne sera pas un fils.

— Comment le sais-tu ?

— Je le sais, Ludwig. Nous aurons une fille magnifique.

Le ton rêveur trahissait la douceur de ses sentiments.

Katia éprouvait une telle lassitude qu'elle quitta la demeure pour l'après-midi. Dans la voiture, conduite par son chauffeur, elle demanda de simplement rouler, sans but, à loisir. Elle ne désirait rien, seulement ne plus voir les murs de sa maison.

En chemin, elle réfléchissait et se disait que le mariage était une institution décevante. Devenir l'épouse de Ludwig s'était résumé à être la mère de ses enfants alors qu'elle avait rêvé aux liaisons illustres vantées par les poètes. En fait, elle constatait avec tristesse qu'elle et Ludwig avaient cessé de se parler, sauf de l'essentiel, sinon des enfants. Elle réalisait que si chaque grossesse était un événement fêté, il ne fallait pas longtemps à l'époux pour trouver ce ventre repoussoir et déserter le lit conjugal.

Elle jeta tristement un œil sur le trottoir. Comme pour augmenter son désespoir, elle était confrontée à celui des autres. Le long des murs, des mendiants s'entassaient. Avant, il y avait les habitués, ceux qui sitôt enrichis couraient boire ce qu'ils venaient de gagner, mais maintenant, il y avait des enfants, des femmes, des blessés de guerre, jeunes ou vieux, et des vieillards. Ils avaient pauvre allure. Dans ce froid, plusieurs allaient pieds nus, en chaussettes ou en souliers usés. Les yeux éteints, ils n'espéraient plus rien. Les gens passaient près d'eux en évitant de croiser leur regard. Qui peut affronter sans ciller la misère?

Elle tourna la tête pour regarder de l'autre côté de l'avenue. Le même spectacle l'accueillit. Elle baissa les yeux, puis les releva pour rencontrer leur visage. Que pouvait-on faire pour sauver ces indigents? Le pays sombrait dans le désespoir et la famine, et l'hiver qui se terminait n'avait fait qu'empirer la situation dramatique. Plusieurs avaient manqué de charbon pour se chauffer et ils avaient été réduits à s'entasser les uns sur les autres pour se procurer de la chaleur. Les hôpitaux regorgeaient de cas d'engelures graves et les amputations multipliaient le nombre des mutilés dans les rues.

La majorité de la population de la classe moyenne, qui d'habitude se nourrissait convenablement, ne voyait plus de viande sur sa table, ni de gras dans sa soupe. Le pain coûtait de plus en plus cher et plusieurs, habitués au seigle et à l'avoine, renonçaient maintenant à en acheter. Ceux qui avaient encore les moyens de s'en procurer se rendaient dans les boulangeries avec des brouettes et des poches de marks. L'argent allemand ne valait plus rien. À l'apogée de la crise, pour un dollar américain, on pouvait se procurer un million de marks, et avec quelques millions on achetait un litre de lait.

Dans cette panique économique générale, seuls les investisseurs étrangers ou prévoyants s'enrichissaient. En échange de monnaies étrangères, particulièrement des dollars américains, les commerçants étaient prêts à plusieurs sacrifices et laissaient aller leurs entreprises pour des bouchées de pain. Ludwig, qui avait senti venir la crise, dut engager des comptables pour réinvestir ses capitaux. Rapidement, il se trouva à la tête d'une des grandes fortunes prussiennes et acquit plusieurs terres superbes de même que des usines. Bien qu'il fût habitué au confort, il ressemblait à un parvenu tant il dépensait sans compter. Il jouait des sommes astronomiques sans perdre une goutte de sueur, agrandissait continuellement son château, demandait à Katia de redécorer entièrement leurs demeures déjà magnifiques, achetait diamants, pierres précieuses, fourrures, sculptures et tableaux de maîtres italiens et français.

Katia regarda à droite, sourit et fit un signe au chauffeur pour qu'il arrêtât l'automobile. Le parc. Son parc. Elle descendit faire quelques pas et s'installa sur le banc où elle avait attendu Grégoire pendant des jours et des jours et se prit à espérer sa venue. Le soleil ardent lançait ses rayons obliques. Elle déposa son renard argenté à côté d'elle. Du bout des doigts, l'esprit à mille lieues de la ville, elle caressait la fourrure chatoyante de sa dernière folie.

— Eh bien, pour une surprise!

Katia leva la tête sur l'inconnu qui se tenait devant elle et semblait la connaître.

— Que puis-je pour vous, Monsieur?

Le soleil l'aveuglait. Elle mit la main en visière au-dessus de ses yeux afin d'étudier l'inconnu. Élégant, richement vêtu, il lui rappelait vaguement quelqu'un.

— À te voir, continua-t-il, je puis dire que tu t'en es grandement tirée. Tu as fait un riche mariage, ma chère.

Effectivement, Katia ne se ressemblait plus. Elle avait fait couper ses cheveux pour suivre une mode émancipatrice même si elle ne saisissait pas l'implication de la chevelure dans le mouvement de libération des femmes. Elle portait du rouge qui ajoutait de la pulpe à ses lèvres déjà charnues, un traceur noir qui augmentait la profondeur de son regard bleu et un fard pêche qui rendait son teint mat.

Elle fouilla dans son esprit, chercha d'où elle connaissait cette voix sarcastique.

— Je dois admettre, par contre, que dès que j'ai vu ta beauté dans cette auberge miteuse, je me suis douté que tu pourrais mettre le grappin sur un riche vieillard.

— Monsieur von! s'exclama-t-elle.

Sa petite trembla de dégoût dans ses entrailles.

— Lui-même, mais tu peux m'appeler Bernhard.

Elle n'en croyait pas ses yeux. Cet homme sortait de son pire cauchemar.

— Que faites-vous là?

— J'habite par ici, ma belle. Tu vois l'immense, magnifique et luxueuse demeure qui longe l'entièreté de ce côté du parc? énuméra-t-il d'un ton fat.

Comment pouvait-elle l'ignorer? Exactement comme il venait de le qualifier, cet immeuble attirait l'attention de quiconque se promenait dans le parc. La façade, sculptée à outrance, amenait les gens à s'arrêter pour étudier les innombrables détails. Pour se venger de sa pédanterie, elle répondit:

— C'est votre appartement?

Il acquiesça.

— Franchement, mon cher, vous êtes aussi laid que lui!

Elle se leva brusquement, empoigna sa fourrure et lui faussa compagnie, troublée. Malgré le dédain viscéral qu'il lui inspirait, quelque chose en elle avait envie de se confier à ses yeux.

Bernhard s'assit sur le banc, à la place qu'elle tenait quelques secondes plus tôt et la regarda marcher vers sa Benz. Une ombre de tristesse chassa complètement l'ironie de son visage.

Katia reçut Greta dans ses bras comme la réalisation du rêve qu'elle était. Elle s'extasiait sur la finesse des traits de son visage, assurée qu'elle se ferait chaque jour de plus en plus belle. Effectivement, semaine après semaine, la petite embellissait. Dans la nursery, les nounous se l'arrachaient pour l'endormir, la bercer et la cajoler. Robert aussi se réservait du temps pour elle. Lorsqu'il revenait de l'école, il montait voir sa sœur et lui racontait sa journée, ce qu'il avait fait et ce qu'il avait appris. Ce rituel charmait Katia qui le suivait pour s'offrir le plaisir d'entendre son petit expliquer comment il réussissait des exploits en mathématiques ou comme il adorait jouer au ballon.

Le bébé souriait. Elle portait toujours le même sourire comme si chaque phrase méritait la même réaction. Katia se laissait emporter par sa beauté, fière de ses yeux immenses et de ce petit nez.

Ludwig se montra dans le cadre de la porte. Ces scènes de tendresse le ravissaient. Ce jour-là, il s'arrêta sur Katia, sur sa douceur maternelle, puis il posa son regard sur Robert qui babillait sans cesse, puis enfin sur la petite. Soudainement, comme un éclair traverse le ciel, il comprit. Des larmes lui montèrent aux yeux. Son cœur se scinda en deux. Il arrêta de respirer. Le temps se figea. Il descendit à son bureau sans se faire remarquer par son épouse ou par son fils aîné, ferma la porte puis décrocha le combiné téléphonique. Fou de douleur, il communiqua avec l'hôpital et demanda à parler à un psychiatre pour enfant. On lui répondit que le docteur Max Hilpert n'était pas présent pour le moment, mais qu'il pouvait le rejoindre à son cabinet privé, non loin de la Charité, sur Invaliden Strasse. La secrétaire n'eut pas le temps de terminer sa phrase, Ludwig avait déjà raccroché et se mettait en chemin.

Dans le centre-ville, non loin de la Charité, Ludwig identifia une annonce avec, en lettres de bronze, les nom et profession du soignant. Il descendit de voiture devant la porte, demanda au chauffeur de l'attendre, puis gravit les marches pour atteindre l'entrée.

Un grand hall l'accueillit, froid et impersonnel, dallé de céramiques du siècle dernier. Un lustre énorme éclairait la nef, laissant filtrer une lumière poudreuse. Ludwig lut à l'entrée que le médecin avait ses loges au second étage de l'édifice. Il prit les escaliers et comme un coup de vent, fit irruption devant la secrétaire infirmière du psychiatre.

— Que pouvons-nous faire pour vous aider?

Essoufflé, triste, il dévisageait la femme qui ne montrait aucun signe d'impatience. Ludwig se tira une chaise et demanda dans un filet de voix.

— Je veux voir le docteur Hilpert, s'il vous plaît.

Elle ne lui posa pas d'autres questions. Dans ses yeux, elle lisait une telle souffrance qu'elle sympathisa sur-le-champ.

Elle le laissa quelques minutes et revint avec le médecin. Max Hilpert était un homme courtaud, mince, au nez gracile et aux yeux éteints. Ludwig crut s'être trompé, l'image qu'il donnait n'étant pas rassurante, mais lorsqu'il prit place à son bureau et entendit la voix du professionnel, il sut avoir trouvé le spécialiste dont il avait besoin. Le ton de Hilpert était doux, posé, précis. Il n'abusait pas des mots et usait de concision autant que possible. Il expliquait que son rôle était d'écouter les autres, non de s'exprimer lui-même.

— C'est au sujet de ma fille, docteur.

Ludwig se retenait pour ne pas pleurer. Il tentait de cacher ses émotions, mais l'inquiétude striait son front de rides profondes. Ludwig se leva. Debout, il se sentait plus en contrôle de la situation. Grand, il avait l'habitude de regarder les gens de haut. Il aimait le sentiment provoqué par le fait de baisser les yeux.

— Elle lève la tête, mais elle n'a pas encore découvert ses mains ni ses doigts. Elle bavarde un peu, mais ne tente pas de prononcer un mot. Elle sourit, mais elle n'est absolument pas expressive. Elle nous fait toujours le même visage, peu importe qu'on lui chuchote des mots doux ou qu'on lui raconte notre journée. Elle n'a toujours pas essayé de se lever. Je ne parle pas de se mettre debout, seulement d'aller à quatre pattes et de nous faire rire. J'ai déjà quatre enfants, docteur Hilpert, et je suis convaincu que ma fille a des problèmes d'apprentissage. Je vous prie de m'aider. Je suis dépassé.

Max Hilpert se leva et décrocha sa veste du porte-manteau.

— Vous habitez loin d'ici?

— À Grünewald. Mon chauffeur nous attend dans la voiture, si vous le désirez.

Revenu chez lui, Ludwig présenta le docteur Hilpert à Katia sous les traits d'un vieil ami de l'université retrouvé par hasard. Katia demeura perplexe devant cette solide amitié qu'elle rencontrait pour la première fois. Son incrédulité ne fut rien comparée à sa surprise quand elle entendit Ludwig la prier de faire du thé et de les attendre au salon. Elle quitta la salle de jeux des enfants en lançant un regard noir à son mari.

Le docteur Hilpert diagnostiqua un léger retard chez Greta. Il fallait, pour l'aider, quelqu'un qui stimulerait en permanence ses neurones endormis.

— Je ne crois pas que ce soit très grave, affirma-t-il à Ludwig. Normalement, les enfants retardés, pardonnez-moi ce langage cru mais c'est bien d'eux dont il est question, les enfants retardés donc sont généralement laids, difformes, bref handicapés. Or votre fille est une pure merveille. C'est le plus beau bébé que j'ai eu la chance de voir et croyez-moi, mon métier m'amène à en rencontrer des dizaines toutes les semaines.

Ludwig revint seul au salon. Il se servit du thé en négligeant d'expliquer à Katia l'absence de Hilpert. Elle posa bruyamment sa tasse sur la table du centre.

— Alors, Ludwig, que se passe-t-il? s'enquit-elle d'une voix colérique.

— Rien, ma belle. Je ne sais pas ce qui t'inquiète, fit-il, mielleux.

Elle l'envisagea en lui montrant qu'il ne devait pas la prendre pour une imbécile. Il décida de lui avouer la vérité, mais elle ne voulut pas l'entendre jusqu'à la fin.

— Tu es un être immonde, Ludwig Westhausen, pour penser que la chair de ta chair, que le sang de ton sang puisse être ce que tu dis.

Elle gravit les escaliers à la course, au son du tintement de ses colliers de perles qui s'entrechoquaient, et courut jusqu'à la nursery où elle enleva sa fille des bras de la nounou pour la bercer elle-même. La petite ferma les yeux au contact rassurant de sa mère.

— Ne crains rien, ma belle. Maman sera toujours là pour te protéger des médecins qui ne comprennent rien à ton univers.

Ludwig, qui l'avait suivie, caché derrière le mur, l'entendit. Une larme longea sa joue. Ainsi, Katia avait déjà remarqué ce qu'il venait à peine de voir. La confirmation de ses doutes l'abattit. Il se retira discrètement au son de la comptine que Katia récitait en russe à sa fille chérie. Dans sa douleur, il se consola en se disant qu'heureusement, Dieu avait épargné ses fils.

C'était plus fort que Katia. Il y avait une semaine qu'à tous les jours elle s'asseyait dans le parc et espérait. Elle se disait que si elle souhaitait assez fort la présence de Grégoire, il apparaîtrait. Elle apportait avec elle les poèmes qu'il lui avait donnés, les relisait l'un après l'autre bien qu'elle les sût par cœur. Elle levait les yeux à chaque instant pour le voir approcher et les rabaissait à chaque reprise, brisée. Une semaine suivit l'autre, puis encore une. Elle l'attendait avec foi. Il ne l'avait jamais déçue.

Un lundi matin, il marcha vers elle, sorti du fond du parc. Claudiquant, habillé des vêtements qu'elle lui avait offerts plusieurs années auparavant, il lui envoya la main en souriant de sa bouche édentée. Ce qu'il pouvait être horrible ! Heureuse, elle alla vers lui d'un pas empressé.

— Katia, mon amie, je vous revois enfin !

Il la prit dans ses bras chaleureusement, puis l'écarta pour mieux la contempler. Ses traits tirés, accentués par les couleurs criardes qu'elle portait, la vieillissaient. Ses vêtements modernes lui allaient aussi peu que possible. Elle ressemblait aux petites filles qui tentaient, en enfilant les robes de leur mère, de devenir grandes mais qui, en les portant, ne faisaient que prouver leur petitesse. Il sourit et ne dit rien. Elle n'avait pas besoin, derrière le masque de ses fards, de perdre les minces remparts de leur protection.

— Je me suis tellement ennuyée, Grégoire. Nos longues conversations me manquent. Vous êtes si important dans ma vie et j'avais besoin de vous parler.

Il lui prit la main et la conduisit vers le bout du parc, là où ils s'étaient rencontrés la première fois.

Les gens qu'ils croisaient sur leur passage les observaient d'un air ahuri. Une riche femme, issue à l'évidence des hautes sphères de la société berlinoise, marchait avec un clochard âgé et disgracieux. La belle et la bête.

Côte à côte sur le banc, la tête appuyée sur l'épaule de l'homme, elle humait son odeur délicate et lui racontait les naissances heureuses de ses fils et les appréhensions confirmées par son mari au sujet de sa fille. Elle avoua à Grégoire ne pas avoir pardonné à Ludwig son mensonge ni la visite impromptue du médecin bien qu'elle eût suivi les conseils du psychiatre et engagé un spécialiste.

Grégoire l'écoutait sans lui poser de questions. Il était fier de l'allemand parfait qu'elle parlait, des expressions colorées qu'elle utilisait, preuve s'il en fallait qu'elle continuait de lire les poètes qu'il lui avait présentés.

Pendant qu'elle racontait, elle remarqua sur son épaule un trou d'usure, marque du temps passé à ne pas le rencontrer. Elle se promit de lui acheter de nouveaux vêtements.

— Que comptez-vous faire, maintenant? Vous n'allez pas lui tenir rigueur d'avoir essayé de soigner Greta?

— Je ne sais pas.

— Cinq semaines, Katia, n'est-ce pas beaucoup pour punir de bonnes intentions?

Il la grondait gentiment, lui rappelait ce que cet homme avait fait pour elle. Les yeux de Katia, pendant que Grégoire tentait de justifier Ludwig, descendirent sur son épaule à la rencontre du trou. Elle réalisa alors qu'il existait déjà là lorsqu'ils se voyaient à l'époque. Cela ne l'eût pas troublée si elle n'avait pas noté que le vêtement n'était ni moins ni plus usé que la dernière fois qu'ils s'étaient vus. Elle chassa cette impression en se disant qu'il avait dû le mettre pour lui faire plaisir.

Katia zigzaguait parmi ses invités. Un verre de champagne à la main, elle saluait des yeux et d'un sourire quelques personnes qui s'entassaient en petits groupes le long des tapisseries. La salle qu'elle parcourait était issue d'un siècle de fastes où les froufrous et les falbalas tenaient de l'impératif, non de la coquetterie. Ainsi, apothéose du baroque, une débauche de boiseries dorées encadrait murs et toiles sur un fond de marbre et de plâtre sculpté. D'immenses baies vitrées recouvraient le fond de la pièce où une petite scène avait été montée pour loger l'orchestre. Derrière lui, on devinait un balcon qui donnait sur une cour où des bassins et des jets d'eau illuminés étaient dispersés à travers un immense jardin.

L'orchestre diffusait une valse et des danseurs l'accompagnaient dans un bruit de tissus luxueux. Les lustres illuminaient la salle de bal, lançaient une lumière qui faisait miroiter les diamants. Les dames, gantées jusqu'aux coudes, paradaient les créations des grands couturiers. Elles portaient leurs longs cheveux remontés et laissaient tomber quelques mèches qu'elles feignaient de trouver dérangeantes alors qu'elles avaient créé avec soin leur coiffure romantique. Les hommes qui les tenaient par la taille portaient de splendides habits et sentaient aussi bon que leur épouse. Les fenêtres ouvertes soulageaient difficilement l'atmosphère de toutes ces capiteuses fragrances et Katia avait un terrible mal de tête.

L'orchestre termina la valse et entreprit un charleston endiablé. Curieusement, les danseurs rajeunirent et soudain, le décor devint absurde. Les femmes aux cheveux courts portaient des robes étroites qui éclataient à la hauteur des mollets, dévoilant leurs jambes qu'elles déliaient avec agilité et souplesse au rythme de la trompette excédée. Les hommes suivaient le pas, sourire aux lèvres et souffles courts, excités par les longs colliers de perles qui tressautaient lascivement du buste au nombril de leur cavalière. Ils laissaient s'y attarder leurs yeux langoureux en bénissant le dieu américain qui avait délivré les seins sensuels des corsets frigides, ce qui permettait de les deviner aisément au moindre frissonnement des mamelons. Katia se dit que sans les lustres de cristal et les dorures interminables, on se serait cru à New York, du moins dans le New York que l'on se plaisait à imaginer à Berlin.

Katia s'arrêta devant une table vide. Les jeunes danseurs s'exténuaient sur la piste. Elle prit une cigarette dans un étui, empoigna un briquet et l'alluma. Elle leva les yeux en tirant la fumée et se rencontra dans un miroir. Elle hocha délicatement la tête et se dévisagea. Elle se reconnaissait à peine. Elle avait les yeux fardés à outrance, les paupières cernées d'un khôl noir et les cils allongés par des imitations. Son rouge à lèvres pourpre saignait sur sa cigarette et lorsqu'elle inspira, elle vit ses joues se creuser. La femme qu'elle regardait ne lui ressemblait plus. Elle portait des diamants, une robe dispendieuse, des souliers inabordables et même ses cheveux, qu'elle faisait entretenir par un coiffeur, lui coûtaient une fortune. En quelques années, ses habitudes étaient devenues luxueuses, ses caprices augmentaient avec sa vanité et ses souvenirs révolutionnaires s'estompaient au confort des voitures, des réceptions et des interminables sessions de magasinage. Elle secoua la tête pour nuire à ses pensées et sortit.

Dehors, le bruit des discussions, de la danse et de l'orchestre se faisait moins entendre et son sentiment d'oppression disparut avec le silence. Elle se concentra sur les jets d'eau du jardin et suivit avec amusement la marche de quelques promeneurs qui parcouraient les allées. Elle s'assit négligemment sur la large balustrade et demeura pensive à contempler la nuit. Plusieurs minutes s'écoulèrent. Des gens venaient de temps à autre troubler ses réflexions, l'instant d'un bavardage ou d'une cigarette. Ils venaient à l'ombre de la demeure voler de l'intimité afin de risquer une caresse déplacée ou un baiser osé. Elle se faisait discrète. Soudain, des éclats de rire attirèrent son attention. Non qu'il n'en fusât pas de partout, bien au contraire. Lorsqu'elle donnait des réceptions, les gens qu'elle invitait s'y amusaient toujours, mais ce rire qu'elle venait d'ouïr était trop familier pour provenir des invités et trop charnel pour ne pas la surprendre. Elle fouilla des yeux le jardin et non loin du dernier jet d'eau, au fond de la cour, un couple s'embrassait voluptueusement. La silhouette de l'homme improvisait un déshabillage intensif que la femme tentait mollement de réfréner puisqu'il se mit à dévorer ses seins avec avidité. Elle tourna le dos à la scène.

— Katia, très chère, nous te cherchions justement. On nous a dit que tu étais sur la terrasse depuis une bonne demi-heure. Tu ne vas pas bien ?

— J'ai un peu mal à la tête. Un surplus de champagne. Ne vous inquiétez pas.

Katia magasinait une fois par semaine avec les deux femmes qui lui parlaient. Elles allaient alors manger au restaurant, puis dévalisaient les boutiques. Quelquefois aussi, pour se reposer, elles se rendaient au cinéma. Elles ne partageaient pas vraiment de confidences, seulement le vide de leur existence. Lasses d'être confinées à l'éducation des enfants et à l'entretien de la maison, elles pouvaient ensemble croire leurs vies différentes et profiter de la richesse de leur époux pour combler leur cœur.

— Je me demandais, fit Marion Riederer, l'héritière d'une vieille famille aristocrate, si tu ne viendrais pas chez Lüneburg samedi prochain.

Bernhard von Lüneburg. La simple évocation de ce nom lui donnait la nausée.

— Non, je ne le crois pas.

Pendant que Christa Balz, l'autre copine fortunée de Katia, tentait de la convaincre qu'une réception chez Lüneburg représentait une inoubliable expérience, Marion regardait par-dessus l'épaule de son amie slave les deux silhouettes lointaines qui, près d'un bassin, échangeaient une série de caresses impudiques en se croyant à l'abri des regards. Soudainement, elle reconnut la carrure de Ludwig et une impression d'effroi traversa son visage.

— Venez à l'intérieur. Il commence à faire froid.

Elle tentait de les entraîner à sa suite.

— Je les ai vus, annonça Katia.

Marion agrandit les yeux jusqu'à ce qu'ils remplissent son visage.

— Qui as-tu vu? s'informa Christa qui ne comprenait pas ce qui se tramait entre les deux autres.

— Mon mari et sa maîtresse, répondit Katia.

Christa s'étouffa et Marion blêmit. Lorsqu'elles eurent récupéré leurs esprits, elles prirent chacune un bras de Katia et la conduisirent dans la salle où les danseurs s'amusaient toujours autant.

— Vous vous en faites bien plus que moi, reprit Katia.

— Ce n'est pas pour toi comme pour ta réputation. Nous savons bien que toi et Ludwig ce n'est plus l'amour fou. Nous savons toutes que nos maris ont des maîtresses. Mais l'honneur, Katia, c'est ce que les femmes possèdent de plus important.

Katia baissa les yeux puis leur sourit.

— L'honneur, mes amies, ce n'est pas la fidélité de notre mari, c'est une affaire de cœur. Si mon honneur est en jeu parce que mon époux s'amuse avec une autre femme, c'est que je n'ai jamais eu beaucoup d'honneur en vérité. Je n'ai pas d'épée. Nul mousquetaire ne viendra se battre pour moi. Il y a longtemps que je sais que chaque être est une île où il arrive, en de rares occasions, que quelqu'un vienne faire naufrage et découvre les richesses qui y sont cachées. J'ai déjà connu un naufrage merveilleux et le butin amassé est plus important que n'importe quel outrage qu'on pourrait me faire. Vous êtes bien gentilles de vous inquiéter pour moi, mais je suis lasse. Ludwig peut bien baiser avec qui il désire, il y a longtemps que mon lit lui est fermé. Je ne souffre pas. Il a pris mon corps à plusieurs reprises, mais mon âme ne lui a jamais appartenu. À peine ai-je respiré pour lui. Ludwig n'a jamais été à moi, pas plus que je n'ai été à lui. Nous sommes demeurés des îles l'un pour l'autre. Je lui souhaite un merveilleux naufrage ce soir, bien que je sache que pour les vivre, il faut une clé d'or dans le cœur et que cette clé d'or n'a pas été donnée à tout le monde. Les naufrages de l'amour sont réservés aux corsaires qui prennent le risque de tout perdre, même la vie, parce qu'ils désirent tout gagner, même la mort. Or Ludwig n'est pas prêt à perdre quoi que ce soit pour gagner l'amour. Il n'y a pas de désespoir d'aimer sans désespoir de vivre et Ludwig ne vit pas désespérément.

Il y avait longtemps que Katia était seule. Les danseurs s'étaient retirés les uns après les autres. Ils s'éclipsaient en envoyant un signe de tête poli et intrigué, remerciaient d'un sourire contrit la femme trahie qui les avait comblés. En vérité, dans cette triste histoire, les plus malheureux furent les convives qui ne comprenaient pas la teneur de l'entente entre Katia et Ludwig.

Depuis la naissance de Greta, depuis que Ludwig avait confirmé la lenteur du développement mental de la petite, Katia ne lui offrait plus rien d'elle. Elle se présentait aux soupers officiels, tenait parfaitement son rôle de mère et s'occupait de ce qui concernait la maison et les domestiques. Ludwig payait les factures sans dire un mot. Il avait cherché son pardon pendant des mois. Il souffrait tellement de cette distance instaurée entre eux au nom d'une enfant qui ne comprendrait jamais rien. Puis il avait cédé à la dépression avant de plonger tête première dans les aventures pour oublier. Couvert par Berhnard von Lüneburg, il avait accumulé les rencontres sexuelles. À Hanovre d'abord, puis en plein cœur de Berlin. Il avait renoncé à Katia et son ami l'avait encouragé.

À l'intérieur de Ludwig pourtant, une voix lui soufflait que Katia méritait toute la peine du monde. Il se demandait comment les femmes pouvaient sacrifier un mariage à un être diminué et imparfait. Elle lui criait qu'il n'aimait pas Greta, qu'il n'avait pas de cœur. Il lui répondait que ce n'était pas manquer de cœur que de soigner son enfant, que de vouloir que Katia s'occupât aussi de lui et de leur couple. Elle lui rétorquait que leur couple avait peut-être déjà existé, mais qu'il n'était plus qu'un souvenir.

— Tu ne m'aimes plus? demanda-t-il.

Il était dans la salle de bal. Sur son col de chemise, des traces de rouge à lèvres, sur ses pantalons, une marque humide, coupable.

— Si tu m'aimais encore, tu ne pourrais tolérer qu'une autre femme couche avec moi.

Elle fumait tranquillement une cigarette. Déchaussée, les jambes allongées sur un fauteuil, elle l'entendait à peine.

— J'ai des maîtresses qui sont plus jalouses que toi.

Elle exhala la fumée doucement et lui sourit avec délicatesse.

— Je t'aime de la même manière que le jour où je t'ai connu, que le jour où je t'ai marié. Tu es un homme bon, Ludwig. Tu es généreux. Même si tu couches avec d'autres femmes, cela ne t'enlève ni ta bonté ni ta générosité.

— Mais Katia, je te trompe.

— Tu ne trompes que toi-même, Ludwig. Ton corps, maintenant que j'ai mes enfants, je n'en ai plus besoin. Tu peux le donner à une autre femme, tu as ma bénédiction. Tu es beau et charmant, tu sais faire la cour. Je comprends ta collection de conquêtes féminines.

— Et si je voulais divorcer?

Il avait haussé le ton. Du désespoir, il était passé à la colère.

— Que ferais-tu? Sans moi, sans mon argent, tu retournerais à ton village et à ta piètre éducation. Tu resterais comme tes Bolcheviks, à mi-chemin entre la bouse et la gale.

Il avait perdu la voix. Que pouvait-il ajouter si la femme de ses rêves affirmait être indifférente à sa vie sexuelle? Il voulait la blesser autant qu'il souffrait. Il désirait l'entendre crier ou la voir le craindre, ou se sentir menacée, mais elle le regardait avec tendresse et compassion, avec ces armes contre lesquelles il ne possédait aucune force.

— Je t'aime, Katia.

Il alla vers elle et elle le prit dans ses bras. Elle lui embrassa le dessus de la tête, rassurante.

— Moi aussi, Ludwig. Nous n'avons simplement pas la même manière d'aimer. Tu voudrais que je t'appartienne et que tu m'appartiennes. Mais je ne suis qu'à moi-même. Il y a longtemps que j'ai cessé de rêver d'appartenir à quelqu'un d'autre car je sais d'expérience que même si elles vous aiment profondément, même si elles sont prêtes à mourir pour vous, les personnes finissent inévitablement par vous abandonner. Quelquefois pour une minute, quelquefois pour une heure, quelquefois pour une vie, mais peu importe le temps, il s'agit toujours de l'éternité.

Il pleurait. Contre ces seins qu'il avait désirés à exploser, contre ce corps qu'il voulait encore, il pleurait. Il pleurait pour les fois qu'il n'avait pas pleuré. Il pleurait pour son père qui n'avait jamais été un père, pleurait sur l'enfant qu'il n'avait jamais été, mais il pleurait surtout sur l'homme qu'il était, forteresse fragile, faille entre les pierres, brèche unique où l'on avait planté la douleur.

Les domestiques avaient fini de ranger la salle. Ils avaient tamisé la lumière et étaient montés se coucher. À l'horizon, le soleil pointait. Katia ferma les yeux et posa sa joue sur la tête de l'homme qu'elle avait épousé. Chaque être était une île.

Le temps était impitoyable. Les arbres ployaient sous la force du vent. Les gens marchaient sur les trottoirs en regardant le ciel pour deviner ce qui allait leur tomber sur la tête. Ce froid faisait craindre la neige, ces bourrasques, une tempête. Ils se pressaient.

Katia et Grégoire s'étaient mis à l'abri dans un bistro de la Ku'damm. Ils sirotaient un délicieux café et grignotaient un sandwich. En réalité, Katia avait presque terminé le sien alors que Grégoire le mangeait du bout des lèvres. Elle tenait entre ses doigts une feuille griffonnée à la main.

— Je pense que c'est le meilleur poème que j'ai écrit, fit-il.

Elle fit un signe positif de la tête.

— Je le crois aussi. Je me demande où vous trouvez ces idées, cette manière de dire les troubles qui bouleversent les gens avec des mots si usés. On croirait que vous écrivez des tracts et que vous avez l'âme d'un révolutionnaire. En Russie, mon ami Samuel vous trouverait facilement un emploi d'agitateur de foule.

Gêné, il laissait ses yeux parcourir la table afin d'éviter son regard franc. Elle ne s'en aperçut pas. En nommant le prénom de son allié des jours passés, elle était retournée en Russie. Sous ses pieds, la terre de ses ancêtres avait frémi et dans son cœur, c'était le regard d'un autre homme qu'elle avait vu, la voix de quelqu'un d'autre qu'elle avait entendue. Alors, elle réalisa qu'en elle, la flamme ne s'était pas éteinte.

— J'ai connu un autre écrivain, il y a de cela bien longtemps, continua Katia.

Grégoire se taisait. Il saisissait que pour la première fois depuis qu'ils se connaissaient, elle allait lui parler de cet amour qui la tenait en vie.

— Il m'a écrit un roman.

Il écarquilla les yeux. Elle sourit en réalisant l'ampleur du cadeau que Robert lui avait offert.

— Oui. Un livre énorme. Un amour royal où le futur tsar de Russie, Alexandrescu, tombe éperdument amoureux d'une femme qui me ressemble. L'histoire est magnifique.

Il tentait de découvrir dans son sourire le rêve qu'elle avait vécu, mais il demeurait un touriste dans les ruines de sa mémoire. Il n'aurait jamais accès à sa vérité.

— Je ne pouvais pas le lire. Il écrivait en français. Parfois, il me traduisait un passage dont il était fier, mais souvent il me le racontait simplement, comme l'on conte des histoires aux enfants. Je me suis bercée au son de sa voix même lorsqu'il n'était plus là. Je m'y berce encore.

Les vestiges lui parlaient. Le large sillon dans le sol rappelait le lit d'une rivière, la Reka, témoin de leurs étreintes. De vieilles racines recouvertes de mousse et de champignons commémoraient la complicité qu'ils avaient partagée entre les arbres. Grégoire ne pouvait que regarder les photos. Elle sourit timidement et leva les yeux.

— Je pense que je suis encore amoureuse de lui, malgré toutes les années. Vous devez penser que je suis folle.

— Tous les amoureux sont fous, Katia. Ceux qui se disent amoureux sans l'être se contentent d'une pâle copie de l'amour.

— Avez-vous déjà été fou?

— Je n'ai jamais aimé ainsi, Katia. L'amour est un don. Moi, je sais écrire, mieux que plusieurs qui se consacreraient à l'écriture des années et des années. Je compose en souplesse. Mon esprit gambade dans le silence qui m'entoure, capte les mots, entend les phrases et saisit le sens du vide bien malgré moi. On dirait qu'il rejoint les esprits ou que des âmes prennent possession de mon corps, ou que ma mémoire inconsciente entend l'histoire de l'univers gravée dans mes gènes, comme si ce que je raconte avait déjà été écrit et que je n'avais qu'à le lire. J'ai accès à l'arbre de la connaissance parce que j'ai le don de lire ces histoires.

Il reprit son souffle. Il se laissait souvent emporter par ses propres idées et alors, il manquait d'air, comme si un vent de vérité venait lui lancer au visage de trop grandes goulées d'oxygène.

— Vous avez reçu le don de l'amour. De la même manière que je dois prendre soin du talent qui m'a été donné, vous devez entretenir celui qui vous a été offert. Vous savez aimer. Vous faites grandir les enfants en leur montrant ce qu'ils ont de merveilleux, ce qu'ils ont de différent et de talentueux. Vous apprenez à Ludwig à s'accepter dans ses imperfections, à aimer avec détachement, à donner sans attente. Vous avez passionnément offert votre cœur à une folie, de même que vous vous êtes ouverte à Samuel et à Valantina, malgré la mort, malgré la guerre, malgré la révolution. Vous savez aimer, Katia, et je pense que de nous deux, c'est vous qui avez reçu le plus grand don.

Katia ne savait plus que dire. Elle entendait dans sa voix la sincérité. Elle sentait dans son ventre l'émotion. Elle voyait dans ses yeux ses sentiments. Pour alléger l'atmosphère devenue trop lourde, elle prit une gorgée de café et termina sa tasse.

— Vous êtes l'être le plus précieux qui partage ma vie. Un ami comme vous, c'est aussi précieux qu'essentiel. Avec vous, je ne suis que moi. Je ne suis pas une mère parfaite, je ne suis qu'une femme qui essaie de l'être. Je ne suis pas la meilleure amie de la terre, je ne suis que celle qui tente de l'être. Je suis à l'école de votre vie parce que je veux devenir cette amie que vous êtes pour moi.

— Mais vous l'êtes déjà, Katia.

— Non, Grégoire. Je suis bien consciente que depuis que nous nous connaissons, je me suis assise en face de vous en ne faisant que prendre. Je laissais quelques miettes après mon passage en me disant que vous pouviez vous en contenter. Je ne veux plus que notre relation soit ainsi.

— Mais pour cela...

Il cessa de parler. Soudainement, la conversation prenait une avenue qu'il préférait éviter. Les chemins de sa maison lui étaient réservés.

— Qu'y a-t-il? s'informa-t-elle.

Il s'était levé. Sans un mot, il lui avait souri en faisant non de la tête et était sorti. Contrairement à ce qu'il avait espéré, elle le suivit. Sous une pluie verglaçante, dans un vent déchaîné, elle criait pour qu'il l'entendît.

— Mais que se passe-t-il, Grégoire? Qu'ai-je dit qui vous a déplu?

— Vous me demandez d'être aussi transparent que vous, Katia. Je ne le peux pas.

— Mais pourquoi?

Elle s'époumonait, puis se mit à pleurer. Les passants les évitaient. Chacun vaquait à ses occupations. À peine remarquaient-ils qu'au milieu du trottoir, il y avait une femme en pleurs qui suivait du regard un vagabond qui l'avait quittée, lui aussi.

Le lendemain, Katia était dans le salon où elle avala d'un trait un verre d'alcool. Elle ne cherchait pas le courage, elle désirait seulement chasser la gêne qui l'aurait bernée. Ludwig entra. Il trouva Katia plus détendue qu'il ne s'y attendait compte tenu qu'elle lui avait expressément avoué que la conversation serait sérieuse.

Il se prit un verre et remplit à nouveau celui de sa femme. En le lui rendant, il ne put éviter de remarquer qu'elle demeurait l'une des plus belles femmes qu'il connaissait. Il se retint de le lui dire. Ses compliments n'avaient plus d'effet depuis longtemps.

— Hier, je suis allée à l'école de Robert, entreprit-elle.

Elle se mit debout. Il y avait si longtemps qu'elle était mariée à Ludwig qu'elle avait fini par prendre son habitude de se lever dès qu'elle avait des choses importantes à dire.

— Or, pendant qu'il expliquait ce qu'il avait appris, j'étais naturellement bien fière de lui. Tu sais que notre fils est un des garçons les plus brillants de son école. Les professeurs ne tarissent pas d'éloges sur ses grandes possibilités. À la fin, je l'ai chaleureusement félicité. Cela lui a déplu.

Ludwig hochait la tête, ne sachant pas encore où elle voulait en venir.

— Je pense que c'était parce que je lui parlais en russe.

Katia avait les yeux pleins d'eau. Comment son fils pouvait-il oublier sa patrie ?

— Il y a tellement d'années que tu es à Berlin, Katia. Robert ne se souvient presque plus de Saint-Pétersbourg. Pour lui, la Russie est aussi loin que l'Amérique. Il faut te rendre à l'évidence, il est allemand.

La phrase fit son effet. Elle sortit de ses gonds. Rouge de colère, elle s'écria :

— Tu n'es qu'un imposteur, Ludwig Westhausen. Tu as beau tenter de faire de Robert le parfait petit Allemand, il n'en reste pas moins qu'il n'est pas ton fils.

Il tressaillit.

— Ne pense pas que je vais te laisser lui enlever ses racines.

Vidée, elle s'assit. Elle le dévisagea, cherchant à deviner ce qu'il allait rétorquer, puis elle abandonna. Peu importait ce qu'elle aurait à faire, Robert serait russe autant qu'elle. Contrairement à ce qu'elle avait envisagé, il demanda calmement :

— Et que penses-tu faire pour qu'il retrouve ses racines ?

Elle perdit contenance pendant quelques secondes puis sourit de soulagement. Pourquoi, avec Ludwig, s'attendait-elle toujours au pire ?

— Je pensais l'inscrire au *Russische Höhere Schule*. C'est une excellente institution d'enseignement et puis, il parlerait russe à longueur de journée.

Elle plongea ses yeux dans son regard. Pour l'éviter, il se leva et se servit un autre verre. À ce geste, Katia comprit que la guerre n'était pas terminée.

— C'est une bonne idée. Si Robert le désire aussi, il ira dans cette école qui a effectivement une réputation sans tache.

Il vint se rasseoir, elle se leva pour se prendre un autre verre. Tandis qu'elle tentait de chasser l'angoisse qui l'envahissait, Ludwig l'épiait. Continuant le manège qu'ils avaient entrepris, dès qu'elle s'assit, il se releva, fauve dans l'arène.

— Je comprends ton opinion. Tu sens que c'est ce qui est le mieux pour Robert et je ne vois pas comment je pourrais te contredire. Comme tu l'as dit, je ne suis pas vraiment son père.

— Je suis désolée, Ludwig. Dès qu'il est question de Robert, je m'emporte. Tu lui as donné une excellente éducation et...

Elle valsait parmi les excuses comme si cela pouvait lui éviter le coup de grâce qu'elle pressentait.

— C'est sans importance, Katia. J'ai déjà oublié ce qui doit être pardonné. Peut-être qu'il s'ennuiera un peu de ses frères, mais il est plus âgé qu'eux et doit bien désirer un peu d'indépendance.

Cette gentillesse mielleuse lui faisait pressentir un malheur.

— C'est justement pour ces mêmes raisons que je dois te parler, continua-t-il.

Elle s'était levée pour se mettre face à lui. Soudainement devant, elle se sentit plus petite qu'elle ne l'était en réalité. Elle ne l'interrompit pas, le laissant aller à son rythme même si cela ne faisait qu'augmenter son agonie.

— Il est essentiel de penser au bien de l'enfant avant de s'intéresser à soi-même, comme tu viens de le faire pour Robert. Je crois donc que j'ai fait pour le mieux avec Greta.

Il ne put terminer ce qu'il disait. Katia, en criant le prénom de sa fille, escaladait les marches deux à deux pour monter jusqu'à sa chambre. Tout était en ordre. Les tablettes étaient vides, le lit bien fait, les penderies désertes. Il ne restait pas même un toutou. Elle lâcha un hurlement désespéré, empoigna une tablette suspendue au mur et cassa tout ce qui pouvait se détruire dans la chambre. Plus elle démolissait le décor privé de son souffle de vie, plus la rage croissait en elle. Mutilée, elle cria à en perdre la voix.

— Tu es un monstre, Ludwig Westhausen... Un monstre.

Elle pleurait. Ludwig était sur le pas de la porte, le regard plein de pitié. Il ne tentait rien pour l'arrêter. Il assistait à la scène en spectateur, comme s'il n'était pas impliqué. En fait, si à l'intérieur de lui une quelconque fibre vibrait, ce n'était absolument pas pour Greta. Il était convaincu du bien-fondé de sa décision. S'il se sentait perturbé, c'était davantage pour Katia qui pleurait cette grossière erreur de la nature à qui il avait rendu service. Il haussa les épaules et descendit au salon se servir un troisième verre.

Robert apparut à son tour. Il remarqua l'absence de jouets. Ainsi, l'inévitable était arrivé.

— Maman ! tenta-t-il doucement.

Au son de la voix de son fils de dix-huit ans, la colère et la haine s'estompèrent un instant. Elle le dévisagea avec amour, reconnut les cheveux de son amant français, son regard doux, la courbe de ses lèvres. Elle se laissa aller contre lui avec confiance.

— Maman...

Dans les bras de son fils, frêle de détresse, fragile de douleur, elle se laissait envelopper par cet être qui était toute sa vie. Il lui caressait doucement la tête, chassant la haine, la peur et la colère, accueillant la peine avec tendresse. Il la rassurait comme elle l'avait fait si souvent. Tranquillement, ils tombèrent au milieu de la pièce. Dans les bras l'un de l'autre, soudés comme lorsque Robert était enfant et qu'ils fuyaient ensemble vers l'exil.

— *Mamouchka*, commença-t-il en russe, je t'aime, termina-t-il en français.

Une lueur d'amour infini traversa le regard de sa mère. Robert était bien ce fils adoré balancé entre trois cultures.

Jonathan, Nicolas et Karl rejoignirent le drôle de couple quelques minutes plus tard et Katia ouvrit les bras pour serrer ses autres fils.

— *Ich liebe euch*[4], dit-elle pour les accueillir.

Dans les bras de ses garçons presque devenus des hommes, elle s'abandonna. Pour la première fois depuis que Robert était parti, elle sentit qu'elle n'était plus seule.

Chaque dimanche depuis lors, Katia revêtait un costume confortable, montait en voiture et se laissait conduire à une cinquantaine de kilomètres de la ville vers l'hôpital qui avait avalé sa fille. Lors des premières visites, les quatre garçons se chamaillaient pour avoir la permission de l'accompagner. Comme Greta ne pouvait voir deux personnes à la fois, une fois par semaine, le privilège était d'autant plus grand. Pourtant, à la suite des mois, leur désir de la revoir s'étiola. Ils s'habituaient lentement à l'absence de leur sœur et ne posaient aucune question. Les fondements de la morale, la différence entre le bien et le mal ne troublaient aucune de leurs réflexions. Si leur père avait pris la décision de placer Greta, rien ne motivait une remise en question. Peu à peu, ils prétextèrent chacun leur tour avoir des occupations plus importantes pour finalement rejoindre Ludwig dans l'indifférence et oublier cette enfant qui avait partagé leur vie.

Il fallait dire que les visites étaient pénibles. La jeune fille de dix ans était sans expression, attachée au dossier de sa chaise, le visage tourné vers la fenêtre. Elle volait si loin avec les oiseaux du ciel que plus rien ne demeurait sur le siège qu'elle occupait. Elle ne reconnaissait ni Katia ni ses frères. Ses yeux trahissaient de fortes

---

4. « Je vous aime. »

absorptions de drogues et des marques sur sa peau des traitements aux électrochocs. La pauvre enfant avait les cheveux rasés, les yeux rougis et exorbités, les lèvres molles, humides et tombantes mais surtout le front crispé, terrorisé par des douleurs qu'elle ne pouvait exprimer. Lorsque Katia arrivait près d'elle, elle reculait instinctivement, voyant en chaque adulte qui l'approchait un agresseur. Les brumes que l'on semait dans son cerveau à grands coups d'aiguilles, de pilules et de courants alternatifs ne lui permettaient plus de discerner la bonté dans le monde des souffrances qui lui étaient infligées.

Lorsque Katia réalisa que sa fille tremblait à la vue des gens, elle chercha à se différencier de ceux qui la traitaient. Les soignants s'habillaient toujours de blanc. Katia se mit donc à porter des vêtements aux couleurs vives et chatoyantes afin de s'infiltrer dans l'esprit de son enfant. Greta, attentive, remarqua ces taches vives qui dansaient devant ses yeux. Alors lentement, elle associa la lumière à une voix douce et rassurante, à un ange qui venait quelquefois lui donner des caresses, de la tendresse et une bonne dose d'amour. À l'approche de sa mère, Greta ne plissait plus le front. Au contraire, elle le tendait pour y cueillir un baiser d'edelweiss qui ne tardait jamais.

Katia tenta par tous les moyens de faire sortir Greta de cette institution, mais sans le soutien de son mari, c'était impossible car elle n'était pas une personne juridique. Il aurait fallu que son époux mourût pour soudainement retrouver ses droits décisionnels. Le jour où Katia découvrit sa totale impuissance, elle sentit tomber sur elle l'édifice machiste qui l'avait torturée, de son premier mariage au désastre de celui-ci. Elle secoua la tête pour nier l'évidence sans y parvenir. Il y avait vraiment un complot mondial qui avait tourné une partie de la race humaine contre l'autre, créant la plus grande guerre oubliée de l'histoire de l'humanité.

Ludwig continua ses amourettes et Katia retourna dans le parc à sa propre recherche. Lorsque Grégoire venait la rencontrer, elle lui parlait, oubliant qu'il ne cherchait pas à se dévoiler. Il l'écoutait parler longuement, sans s'interposer. Il donnait rarement son opinion, à peine l'encourageait-il à continuer. Il sentait qu'elle avait besoin d'une présence, que dans la grandeur de son vide, il y avait trop d'espace où résonnaient ses pensées. Il regardait ses yeux bleus avec tendresse et douceur, lui caressait les joues presque amoureusement.

— Je me sens seule, inhabitée et à la fois jamais seule, jamais vraiment seule.

Il lui caressait les cheveux comme l'on palpe un tissu délicat, écoutait le bruissement du vent qui venait aussi glisser sur cette chevelure des blés.

— Si je savais quoi faire, si je comprenais ce qui m'arrive.

Elle reprit son souffle, ferma les yeux et pleura doucement, en silence, comme si elle voulait que personne n'entendît, comme si ses chagrins étaient des secrets qu'elle ne confiait qu'à Grégoire.

— Il m'est arrivé tellement d'événements depuis que je suis au monde. Tellement de choses. J'ai connu tellement de gens. J'ai vu tellement de crimes. Je ne sais plus rien. J'ai peur, je tremble. Les gens me font peur. Ils assassinent la vie partout où elle se trouve. Ils tuent l'enfance, le rêve et l'espoir avec le même sourire. Ils se pensent intelligents quand ils écartent la différence et ils s'imaginent que l'amour est une affaire de femme sans importance comparée à la bourse, à la politique, à la guerre et au pouvoir. Ils se grisent pour dire qu'ils aiment et dégrisent quand ils réalisent qu'ils sont amoureux. Ils fuient. Je fuis. Je me fuis depuis tellement d'années. J'ai eu peur de chacun des êtres que j'ai connus ici, peur d'être rejetée pour ma différence, peur de ne pas être aussi bien que les Allemandes que je côtoie. J'ai peur depuis trop longtemps, Grégoire, il faut que je fasse quelque chose.

Elle se leva du banc, lui sourit et le quitta. Elle ne savait pas encore où elle allait, mais elle avançait la tête droite et haute, non plus à cause de ses richesses, de sa grâce et de son nom prussien prestigieux, mais plutôt à cause de la grandeur de ses idées.

Katia se sourit devant l'immense miroir de sa chambre. Elle venait de poser la dernière pince à ses cheveux, avait dessiné avec soin le sourire de ses lèvres et elle s'apprêtait à enfiler la robe magnifique suspendue à l'armoire. Lina l'aida à attacher les multiples agrafes dans son dos puis elle la complimenta :
— Tu es ravissante, ce soir.
Katia fit un demi-sourire.
Elles se regardèrent avec complicité. Depuis toutes ces années, Lina n'avait cessé d'être pour Katia un port d'attache et une confidente. Dans le trouble des derniers mois, elle avait été sa consolatrice, celle à qui Katia confiait ses insomnies.
— Tu penses que je serai à la hauteur ?
Lina lui sourit, rassurante.
— Qu'importe ! Si la soirée tourne au vinaigre, tu pourras toujours te tourner vers tes deux amies.
Katia acquiesça. Elle regarda sa silhouette dans la psyché face à elle et admit avoir fière allure. L'ensemble lui seyait à ravir. Ludwig l'attendait dans le hall, lui-même élégant dans son costume de soirée. Même si l'âge lui avait enlevé de ce charme qui avait attiré Katia, la maturité lui avait donné un air moins sévère, peut-être parce que la jeunesse de ses fils était contagieuse.
La voiture les attendait devant l'entrée. Le chauffeur ouvrit la portière à Katia, puis il fit de même pour Ludwig. À l'intérieur, les époux engagèrent amicalement la conversation. Entre eux, rien n'avait changé. Ils partageaient la même demeure, vaquaient à leurs occupations, tenaient le rôle que la société et le mariage leur avaient assigné. Ni guerre, ni crise, ni conflit, qu'un calme plat que traduisait un semblant d'indifférence, lot des gens incapables de communiquer.

— Je ne pensais pas que tu m'accompagnerais un jour chez Bernhard, commença Ludwig.

— Je n'avais pas beaucoup le choix, répondit-elle. Marion et Christa ne cessent de me harceler à chacun de ses lancements de livre, me vantant les expériences inoubliables qu'elles y vivent.

Ludwig émit un petit rire narquois.

— C'est le moins que nous puissions dire des réceptions de mon ami.

Ils pénétrèrent dans la cour de l'immense demeure pimpante dont la façade longeait le parc où Katia rencontrait Grégoire régulièrement. Katia se souvint alors de sa dernière rencontre avec son hôte et eut un frisson de plaisir à se rappeler l'insulte qu'elle lui avait lancée sur l'architecture de sa maison.

Deux laquais se tenaient devant la porte principale pour ouvrir aux invités qui s'entassaient dans le vestibule afin de saluer le poète, père des délicieux scandales.

Katia demeura sceptique face à l'atmosphère électrique et sensuelle. À l'entrée, pour les accueillir, une fontaine de champagne taquinait délicieusement les narines des convives. Preuve d'un mauvais goût exceptionnel, mais pourtant apprécié, le réputé liquide jaillissait du pénis en érection de la sculpture.

Faisant mine d'être appelée à sa gauche afin de cacher sa curiosité, Katia se retourna subitement afin de voir ce qui s'y passait. Elle n'aperçut que le luxe fabuleux d'un piano à queue, que le brocard des meubles, que la beauté des toiles.

— Tous des originaux, spécifia Ludwig.

Katia le regarda dans les yeux.

— Tu n'as encore rien vu, Katia. Attends que la soirée commence.

Ils faisaient encore la file pour saluer Bernhard lorsqu'ils entendirent une voix crier :

— Entrez, mes amis, je reviens plus tard.

Et la silhouette du richissime aristocrate, tenant par la taille deux jeunes femmes sculpturales, monta à l'étage supérieur sans plus jeter un regard derrière lui.

— Où va-t-il? s'enquit naïvement Katia.

— S'amuser, répondit Ludwig.

Il se détacha d'elle, un pas déjà dans la direction de l'escalier.

— Fais de même, très chère, invita-t-il mielleusement, cherchant visiblement à obtenir la grâce de son congé. Nous sommes venus nous distraire, alors, oublie tout.

Il enjamba les escaliers empruntés par Bernhard. Katia n'eut pas besoin d'être devin pour déduire qu'il espérait partager les jeux du maître des lieux.

Un peu désorientée par tous ces gens, bien qu'elle les connût pour la plupart, surprise par le décor sexuel qui ne laissait plus de place à l'imagination, elle avança lentement vers le premier salon. Une domestique stylée, nue, lui présenta un verre que Katia accepta. Elle l'invita aussi au salon, pour de la sensualité, ou à la bibliothèque, pour la littérature.

Katia se sentait sur le point de quitter cette fête où elle n'aurait jamais dû venir lorsqu'un homme lui prit le bras cavalièrement.

— Vous vous rendez à la bibliothèque? s'informa-t-il poliment.

— Oui.

Ses yeux aux abois lui révélaient sa vulnérabilité.

— C'est la première fois que vous venez à une réception de Berhnard?

— Oui.

Il la conduisait solidement, menant ses pas sans la brusquer, comme s'il voulait la connaître et avoir le temps de l'apprécier.

— Et vous êtes?

— Katia Westhausen.

On entendait du fond du couloir les bruits des conversations.

— Dans ce cas, belle Katia Westhausen, laissez-moi vous présenter à quelques connaissances qui se prennent pour des érudits.

Katia ne lui demanda pas son nom. Non par impolitesse, mais plutôt qu'aucune règle de bienséance ne lui revenait à l'esprit. Dans ce monde qu'elle fréquentait pour la première fois, elle se sentait aussi dépourvue de moyens que sa propre fille. Elle se contenta donc d'apprécier le secours de l'homme sans s'interroger. Elle remarqua tout de même qu'il était fort beau, avec son nez étroit, son front haut et ses yeux pâles, et qu'il était jeune, c'est-à-dire qu'il avait son âge, trente-six ans.

— Hubert, fit une jeune femme dès qu'ils entrèrent dans la bibliothèque.

Katia voulut lui laisser le bras, signe qu'elle prenait la femme pour sa fiancée ou son épouse, mais il la retint.

— Ma sœur, présenta-t-il de manière cavalière. Elle et moi sommes de purs produits de l'aristocratie prussienne. Nous sommes Berlinois jusqu'aux entrailles de cette terre que nous possédons.

Katia plissa les sourcils pour marquer son interrogation.

— Vous êtes?

— Hubert Hohenzollern, pour vous servir, madame Westhausen.

La famille royale de Prusse. Katia émit un timide sifflement qui le fit sourire.

Enfin, ils rejoignirent un petit groupe qui tenait déjà une conversation mouvementée. Il y avait la sœur d'Hubert, qui se prénommait Sophia, de même qu'une dame plus âgée qui répondait au nom de duchesse Hortense. Hubert chuchota à l'oreille de Katia qu'elle se disait une descendante directe de Louis XVI.

— Elle semble négliger un petit détail tranchant, vous ne trouvez pas? fit-il, sarcastique.

Trois hommes répondaient à la duchesse. Le premier ressemblait un peu à Chaplin. Il avait un humour douteux mais semblait se prendre au sérieux. Ni grand ni costaud, il avait le maintien d'un militaire, ce qu'Hubert lui confirma.

— Il est autrichien, continua son chevalier servant, et comme tous les Autrichiens, il est convaincu que le monde cesse de tourner dès qu'il prend la parole. Il est d'une telle prétention. Personne ne sait pourquoi il est ici. Il dit détester Berlin. Il compare notre ville à Sodome et Gomorrhe. Ce n'est pas en venant ici qu'il pensera le contraire.

— Où vit-il?

— À Munich, je crois.

Le deuxième homme était remarquable parce qu'il conservait le silence mais hochait continuellement la tête. Hubert avoua qu'il ne le connaissait pas, mais qu'il pouvait se renseigner si cela intéressait Katia. Elle refusa puisqu'elle le trouvait sans intérêt.

Finalement, le troisième homme se tenait à la gauche de Katia. Ainsi, lorsque Hubert le présenta, il entendit, se retourna et lui tendit la main.

— Méfiez-vous de ce charmeur, Madame, fit l'homme.

Katia interrogea Hubert du regard. Ce dernier sourit.

— Karl-Gustave croit connaître chacune de mes pensées parce qu'il est mon psychanalyste.

— Votre psychanalyste? reprit Katia.

— Tout le monde a un psychanalyste, madame Westhausen. C'est la mode chez les intellectuels depuis que Freud a ouvert son école en Autriche. Karl-Gustave était d'ailleurs un de ses disciples avant de devenir un de ses dissidents.

Katia s'intéressa à la conversation.

— Je ne suis catégoriquement pas d'accord avec vous, Sophia. *Feux de circulation* n'est absolument pas le meilleur poème de Berhnard. Il sonne creux, presque faux.

C'était la dame âgée qui parlait et elle utilisait un ton prétentieux qui dénotait un excès de snobisme intellectuel.

— Je fais appel à mes connaissances qui sont largement supérieures aux vôtres, chère amie, et honnêtement, dans son dernier recueil, Lüneburg s'est surpassé en composant *Gazon*.

Katia dévisagea Hubert en haussant les épaules. Il lui tendit un fascicule d'une minceur inquiétante. Sur la couverture, elle lut : *Recueil de Berhnard von Lüneburg, Tome 10.*

Pendant que les invités parlaient en tentant de s'impressionner les uns les autres, Katia s'écarta afin de feuilleter le cahier. Le poème préféré de Sophia était composé de trois strophes, lesquelles n'avaient que deux lignes chacune. *Gazon*, quant à lui, ne comprenait qu'une strophe de trois lignes.

Hubert lui chuchota :

— C'est de la poésie moderne.

Il hocha la tête. Katia retourna à l'ouvrage :

Le gazon est vert.
Mais qu'est-ce que cet absolu signifie
Sinon que je remarque le vert ?

Katia ne pouvait croire que ces gens assemblés prenaient au sérieux un homme qui se disait poète après avoir gribouillé ces âneries. Pourtant, autour d'elle, personne ne riait. On étudiait les phrases avec sérieux, reprenait le thème quand il y en avait un, cherchait une profondeur d'idée qui pourtant brillait par son absence. Katia se sentait dépassée par autant de bêtises concentrées dans un espace aussi restreint. On affirmait que cette bibliothèque contenait en savoir une richesse inestimable, mais aucun des invités n'était digne de poser son regard sur les rayons s'il croyait que Lüneburg était poète. Pour elle, il n'était qu'un marginal excentrique, égocentrique, hédoniste, richissime et d'une complète imbécillité, qui avait la finesse de comprendre qu'il était entouré de plus stupides que lui.

Katia s'apprêtait à se retirer afin de rentrer chez elle, lorsque l'hôte apparut enfin en suscitant par son entrée un brouhaha enthousiaste et des félicitations chaleureuses.

Bernhard donna la main à plusieurs invités en avançant dans la bibliothèque. Il salua les connaissances et les amis du même sourire souffreteux, puis il prit la main de Katia. Leurs yeux se croisèrent et le monde, à cet instant, s'effondra en un vacarme assourdissant.

Hubert sentit encore le trouble de Katia et la soutint plus solidement. Nul ne s'aperçut de quelque chose. Les plus grandes tempêtes ne sont pas toujours visibles. Presque imperceptiblement, Lüneburg murmura son prénom, alors que l'on pouvait lire sur les lèvres de son amie :

— Grégoire...

Spontanément, le trouble ressenti lors de sa rencontre au parc avec Lüneburg lui revint et les comportements étranges de Grégoire s'expliquèrent. En un seul regard, tout devint clair.

Continuant sa marche jusqu'au centre de la pièce sous les poignées de mains et les encouragements, Berhnard prit finalement place sur un siège. Les invités se turent. Il feuilleta alors le *Recueil de Berhnard von Lüneburg, Tome 10* et entreprit de faire la lecture de *Gazon*, son poème préféré.

Pendant qu'il lisait, Katia le dévisageait. Comment ne l'avait-elle pas reconnu ? Depuis tellement d'années, Grégoire était aussi l'homme qu'elle détestait le plus à Berlin, ou plutôt était-ce l'inverse, ce Berhnard étant son meilleur ami. En l'écoutant lire, elle reconnut la voix sarcastique et médisante de cet être qui prenait l'argent et la naissance pour du talent et s'avoua que Grégoire ne lui ressemblait point, pas même vraiment physiquement, même s'ils partageaient les mêmes infirmités.

Berhnard employait tellement d'artifices pour cacher sa laideur que s'il n'avait pas eu ces nombreuses intrigues pour le protéger, chacun se serait entendu pour le trouver ridicule.

Grégoire de son côté portait sa laideur avec une certaine grâce. Il usait de sagesse et n'émettait ses idées que lorsqu'elles s'imposaient comme une solution avantageuse pour autrui, en aucun cas pour servir ses propres intérêts. Il avait une noblesse d'âme, pas seulement la robe, et il connaissait le secret des cœurs.

— Ainsi, avança la duchesse avec fierté, vous trouvez aussi que ce poème est le meilleur de votre œuvre ?

— Sans l'ombre d'un doute. Je n'ai jamais composé quelque chose qui possède une aussi grande profondeur.

En l'entendant déclamer une telle insanité, Katia sentit une nausée monter en elle. Elle eut envie de crier ou de pleurer.

— Et selon vous, Katia, quel poème est le meilleur de notre hôte ? interrogea Hubert. *Gazon* ? *Feux de circulation* ? Ou peut-être un autre ?

— Mon préféré ?

Elle plongea ses yeux dans ceux de Grégoire. Le chagrin l'étourdissait. Aucun de ses sens ne fonctionnait, excepté sa voix qui osait parler. Bernhard faisait des signes de négation aussi discrets que possible bien qu'il sentît son désarroi puisqu'il le partageait.

Au lieu de nommer le poème, comme les gens s'y attendaient, elle le récita par cœur, ainsi qu'elle aurait pu le faire pour tous les autres poèmes que Grégoire lui avait donnés. En elle, tout revécut alors. Les images de la Révolution naquirent, prenant toute la place, et le cri des femmes qui demandaient du pain se mua en appel à la fraternité et à la justice. Le luxe et la luxure fondirent comme de la cire pour donner naissance à la sublimité de l'essentiel.

Sa voix était posée. En elle, plus rien ne tremblait. Ses yeux demeuraient fixés sur ceux de Berhnard qui soutenaient chacun des reproches qu'ils lançaient. Il les acceptait en espérant avoir l'occasion d'expliquer qu'elle était la seule amie qu'il possédait, que Grégoire était l'œuvre de son âme alors que Berhnard n'avait en commun avec lui que la ressemblance de leurs ancêtres. Il aurait voulu dire que Berhnard ne pouvait pas faire la charité, ni rien tenter pour changer le monde. Écrasé par des siècles et des siècles de protocole, il étouffait pour un Gotha. Grégoire pouvait vivre libre, s'exprimer et imprimer les vérités qui travaillaient ses entrailles. Sa pauvreté lui donnait accès à la vérité et lentement, il pouvait changer le cœur du monde.

Il se sentait lamentable, inutile, laid et ridicule. Devant la femme qu'il aimait et qu'il respectait le plus au monde, il se voyait comme un microbe alors qu'elle acceptait et affrontait les dénigrements de l'assemblée qui l'entendait déclamer ses idéaux de partage, d'entraide et d'entente. Alors qu'il lui enviait ce courage et cette volonté dont il n'avait jamais fait preuve, pas même devant elle, il réalisa aussi ce qu'il perdait pour ne pas avoir eu la générosité de s'offrir à une amie véritable.

Lorsque Katia termina sa récitation, que le poème fut confronté aux cœurs durs et fermés des gens qui n'avaient fait que l'entendre sans oser l'écouter, elle tourna les talons et quitta la pièce. Elle longea rapidement le corridor en bois luxueux, passa à côté de peintures magnifiques et célèbres sans même les voir et atterrit dans le hall lorsqu'elle sentit la main de quelqu'un lui prendre le bras.

— Je puis vous aider?

Hubert était encore à ses côtés, fringant et fougueux, armé de sa jeunesse.

— Vous osez vous montrer avec une pestiférée de communiste russe?

— J'ose me montrer avec les gens qui ont le sens de l'honneur. Laissez-moi vous raccompagner chez vous.

Elle leva des yeux candides sur lui.

— On croira que vous m'avez baisée.

— L'idée n'est pas déplaisante, assura-t-il.

Un valet approcha la voiture d'Hubert. Ils montèrent et le chauffeur les conduisit lentement.

— Vous n'auriez pas dû, fit-il dans le calme de l'automobile.

Elle le dévisagea.

— Pas dû faire quoi? demanda-t-elle.

— Vous n'auriez pas dû réciter un poème de Grégoire de Tours.

Surprise, elle le dévisagea une seconde fois, comme s'ils venaient juste de se rencontrer. D'où venait-il, cet aristocrate, pour tenter de séduire une communiste ? Qui était-il pour connaître cette personnalité de Berhnard déguisé en vagabond-poète ?

— Ce sont des perles qui ne peuvent être jetées aux requins.

Elle baissa les yeux.

— Vous connaissez Grégoire ?

— Comme bien des gens qui n'étaient pas là-bas ce soir. Il appartient aux grandes et nobles causes. Berhnard a peur de ses idées, comme tout le monde. Il manque de courage, comme nous tous, à part vous, peut-être.

— Oh ! mais, je...

— J'ai conscience que vous ne saviez pas ce que vous faisiez. Vous ne le réaliserez que plus tard. Il aurait dû vous le dire. Je pense qu'il appréhendait ce qui est arrivé ce soir. Il était convaincu que votre haine de Lüneburg le protégeait. Il s'est trompé, mais c'est sa seule erreur.

Ils étaient devant chez elle. Le chauffeur ne montrait aucun signe d'impatience. Il semblait même ne pas écouter.

— Je ne l'aurais jamais trahi, Hubert.

Elle ouvrit la portière et descendit. Lentement, elle monta les marches et pénétra chez elle en espérant ne plus en sortir.

Dans sa tête, les poèmes de Grégoire l'interpellaient. Dans son sang, ces années révolutionnaires refaisaient surface. Le vide laissé par Grégoire et sa fille lui permettait de se retrouver. Non telle qu'elle était depuis qu'elle vivait confortablement à Berlin, mais comme à Saint-Pétersbourg. L'ombre de Valantina et le courage de Samuel lui redonnaient des racines. Elle avait tout fait pour ressembler à l'Allemagne, mais elle était la Russie. Immense, plus lente aussi, humide, plus florissante ainsi et décidée à vaincre pour le peuple qu'elle avait été. Lasse de constater le lamentable état de sa patrie d'adoption, elle chaussa ses bottes confortables et ses vêtements griffés et retourna aux lignes de combat. Dans les salons des jolies dames de la haute société, elle reprit son flambeau.

— Ce tableau est exquis, saluait-elle à la propriétaire.

La dame expliquait alors d'où elle le tenait. Katia contemplait la toile un moment en souriant.

— Je ferai bientôt une vente aux enchères pour les écoles de la ville. Madame Woldberg, votre voisine, m'a justement offert un tableau pour l'occasion.

— Mais, ma chère, de reprendre l'hôtesse, il me fera plaisir de faire de même.

Katia acquiesça et reprit du thé.

Le lendemain, chez les Woldberg, elle continuait son manège.

— Ainsi, de commencer la riche femme, madame Krutzman vous a offert une toile pour votre vente aux enchères?

— Mais rien ne vous oblige, interrompait Katia.

— J'insiste, madame Westhausen. Il me fera plaisir de vous offrir ce service à thé anglais de l'ère élisabéthaine. Je préfère d'ailleurs les couleurs de Louis XIV. J'avais grandement besoin de changement.

N'ayant personne vers qui se tourner, Katia dut se fier à elle-même pour orienter son destin. Elle sortait quotidiennement servir la soupe populaire. Après le repas, elle organisait des transports vers les marchés pour récolter les denrées périssables. Elle devenait un maître d'économie. Lorsque certains marchands tentaient d'exploiter la naïveté de ses collaborateurs de fortune, elle se rendait à son comptoir au petit matin, richement vêtue, et laissait seulement entendre que la bourgeoisie adorerait savoir que le commerçant en question s'enrichissait sur le dos des indigents. Personne ne s'y risqua plus.

Elle faisait appel aux connaissances de Ludwig et à ses propres relations, profitait de chaque occasion pour ramasser de l'argent. Son mari la taquinait un peu, mais les œuvres de charité étaient une affaire de femme et son épouse semblait plus heureuse d'offrir son temps aux misérables que de côtoyer les mieux nantis.

Les soirs de concert, aux premières, aux vernissages, elle prenait la parole. Elle soutirait aux artistes une partie de leur cachet et soulageait le portefeuille des invités.

— Pour les enfants pauvres de la ville.

Victimes de leur richesse, les bourgeois et les aristocrates berlinois l'encourageaient.

— Pour les écoles des quartiers populaires afin qu'elles achètent des livres, du papier et des crayons.

L'argent ne tintait pas dans les boîtes qui circulaient dans la salle d'opéra. Les hommes sortaient des billets, suisses ou américains, et les déposaient négligemment dans le panier. Les femmes se surveillaient entre elles pour éviter d'avoir l'air plus pauvre ou moins charitable que sa voisine. Ainsi, du premier don au dernier, il y avait une surenchère qui profitait aux déshérités.

Dans le bureau qu'elle s'était aménagé chez elle, elle comptait avec Lina le pécule de la veille et riait en racontant les scènes cocasses. Elle distribuait les fonds parmi les demandes qu'elle recevait, tentait d'éteindre les feux et avec les années, réussissait. Lorsqu'elle se croisait dans le miroir, à mille lieues de la femme qu'elle avait été à cette fête à Hanovre, elle se souriait avec fierté. S'il y avait encore pauvreté et famine à Berlin, il y avait aussi des enfants qui mangeaient désormais un bon repas quotidien, des blessés de guerre qui avaient un toit où dormir et des femmes qui, grâce à ses actions, pouvaient travailler dignement et nourrir leur progéniture.

Katia Westhausen. Katia étudia sa signature sans s'identifier à elle. Au début de son mariage, elle avait pris ce nom en essayant de se l'approprier, mais plus elle avait fréquenté Ludwig, connu ses amis et rencontré ses clients, moins elle s'était reconnue à cette appellation. Au contraire, presque à l'aube de la quarantaine, elle se sentait plus russe qu'en Russie, comme si vieillir avait mûri son âme slave sans nourrir sa terre d'exil.

Elle suivit des yeux les courbes de cet alphabet qui n'était pas le sien, traça pensivement du bout du doigt ces syllabes qui la désignaient.

En arrivant à Berlin, dès qu'elle avait porté ses vêtements neufs, elle avait cru enfiler une seconde peau qui lui donnait l'occasion de devenir quelqu'un d'autre, de repartir à zéro. Dans cette nouvelle robe, Valantina respirait paisiblement, Samuel lui enflammait l'esprit avec son idéalisme et plus personne n'était sacrifié à son rêve. En mariant ce riche militaire allemand, elle avait cru encore au bonheur. Hélas, les années avaient chassé la spontanéité et la politique avait trahi la passion. Désormais, pour Ludwig, il était davantage question de la posséder que de la chérir. Entre eux, il ne restait que leurs fils, que cet amour et cette fierté qu'ils ressentaient dès que leurs garçons se démarquaient d'une quelconque façon.

Katia déposa la plume près du registre où elle venait de signer puis prit la carte de visiteur que l'infirmière lui tendait. Souriante, l'âme fleurie malgré la tristesse, le visage heureux malgré la peine, elle allait cajoler son enfant.

Entre elle et Ludwig, à propos de Greta, rien n'avait été ajouté. Il semblait à Katia que pour Ludwig, leur fille n'avait jamais existé. Il la regardait partir pour l'hôpital chaque dimanche sans intervenir, masqué ni de mépris ni de sympathie. Il affichait seulement une indifférence qui la désolait.

Avec Robert, par contre, elle vivait une grande intimité. Entre eux, mots et regards complices traduisaient l'ampleur de leur amitié. Dans les yeux de son fils, Katia lisait son propre avenir, le prolongement de soi qu'ont les parents à voir leur descendance vieillir.

De ses autres fils, elle retirait une impression mitigée. Elle les aimait sincèrement, mais il arrivait qu'elle projetât sur eux son animosité envers Ludwig. Alors, remplie de culpabilité, elle s'excusait pour des pensées qu'ils n'avaient pas entendues, regrettait l'absence de Grégoire à qui elle se serait confiée.

Ses fils adolescents et son mariage décevant lui laissaient beaucoup de temps à consacrer à ses différentes causes sociales. Presque tous les jours, elle contactait des gens afin de rassembler des donateurs généreux. Régulièrement, des organismes communiquaient avec elle pour qu'elle soutînt de ses actions les besoins qu'ils tentaient de combler. En agissant ainsi, elle se sentait exister. Son cœur battait à nouveau dans sa poitrine et sa vie prenait un sens.

Dans l'ensemble, elle n'avait qu'un seul regret sur lequel elle ne pouvait mettre un nom sans hésiter entre les deux prénoms. Avec souffrance, elle pensait à cet ami qui, le jour, l'avait comblée de son écoute et qui, la nuit, partageait les mêmes fêtes et souvent les mêmes corps que son époux. Depuis quelque temps, le pardon avait cheminé jusqu'au foyer de leur amitié et maintenant, un désir brûlant de le retrouver sans mystère, entier et honnête hantait son esprit. Bien sûr, elle n'était pas retournée dans le parc pas plus qu'à une de ses réceptions, mais ce n'était qu'un détail qu'elle allait, d'un jour à l'autre, changer. En réalité, il ne leur restait plus, à Grégoire et à elle, qu'à trouver une place où le paradoxe de la double personnalité de son ami ne jetterait plus sur eux son ombre.

Katia ouvrit la porte de la chambre de sa fille. Greta dormait entre des draps amidonnés. À la vue de son enfant, un océan d'amour maternel éclaira son visage et ses yeux ne furent plus que lumière. Profondément, Katia savait aimer.

Katia était au cinéma. Les directeurs des complexes cinématographiques de la ville lui ouvraient leurs portes avec le sourire. Hier encore, elle les recevait à Hanovre, dans son magnifique château de campagne, leur offrait caviar finlandais et champagne français pour stimuler leur générosité. Ce soir-là, c'était la première du film *À l'Ouest, rien de nouveau*. Katia récoltait des fonds pour les enfants abandonnés.

— Vous savez, disait-elle, Victor Hugo a écrit : « Qui sauve un enfant, sauve un homme. » Soyez généreux. Ces enfants seront l'Allemagne de demain.

Un premier cri se fit entendre suivi d'un tumulte extraordinaire.

— Une souris...

Les femmes grimpaient sur leur siège, les hommes sautillaient sur place. Derrière, des voix masculines riaient de la foule et s'enfuyaient. Katia remarqua alors l'uniforme des S.A. Ce n'était pas la première fois qu'elle les voyait. Cette section d'assaut du Parti national-socialiste étalait ses forces partout dans le pays. Seul Berlin avait eu la sagesse de s'opposer à eux et à ce fou de Hitler qu'elle avait rencontré chez Berhnard. Pourtant, dernièrement, telle la chute d'un siège de dix ans, les élections avaient donné le pouvoir à cette extrême droite nazie qui chassait comme l'Inquisition espagnole les hérétiques syndicaux, juifs, communistes ou toute autre personne qui s'opposait à l'eugénisme et à la suprématie de la race allemande.

Devant ce déferlement de droite déguisé en souris blanches, Katia dut admettre son échec. Entre elle et Ludwig, elle essuyait le revers. Sa gauche perdait quotidiennement des membres alors que Ludwig voyait s'additionner les adhésions à son parti. Il lui affirmait que les Nazis étaient des socialistes, qu'ils travaillaient pour le peuple allemand, pour les mêmes déshérités qu'elle tentait de sauver, mais Katia doutait de lui et se moquait d'eux. Certes, ils donnaient du travail. Les Nazis, tels des romains, s'étaient mis à construire des routes jusqu'à Berlin. La *Via Apia* devenait de multiples autoroutes que la voiture du peuple, la *Volkswagen*, sillonnait. Elle ne se laissait pas duper. Si les Nazis donnaient de la nourriture et du travail à la population d'une main, ils venaient rapidement de l'autre demander leurs tributs.

Katia regardait ces industriels, ces aristocrates et ces nouveaux riches s'enfuir devant une armée de souris, intimidation médiocre pour nuire à la projection d'un film controversé. Ces magnats recevaient la prime de leurs investissements. Ils empochaient les intérêts des placements qu'ils avaient effectués dans une droite traîtresse qui n'allait jamais respecter ni paroles ni écrits. Katia sourit amèrement. Ce scandale n'était que le début de la fin. Dans les journaux qu'elle lisait, les S.A. faisaient un jour sur deux la manchette. De même que Hitler se présentait lui-même à la foule, les caricaturistes le ridiculisaient en Charlie Chaplin. Pourtant, cette association servait au dictateur, car personne ne prenait au sérieux l'apocalypse annoncée par un clown.

Katia frémit de la tête aux pieds. À travers cette panique ridicule et ce désordre hystérique, elle demeurait d'un calme pétrifié. Bousculée par les épaules des hommes qui tenaient leur cavalière dans leurs bras ou par la main, elle ne faisait aucun geste. Le générique se déroulait sur l'écran qu'elle était la seule à regarder. Au lieu de foncer avec la foule, elle recula devant l'horreur. Adossée à la scène, elle sentit quelque chose gratter son soulier. Une souris avait rejoint le bout de son pied. Elle se pencha et la prit dans sa main. Paniquée, la minuscule bête tremblait d'angoisse. Katia lui caressa la tête et lentement, la souris cessa d'avoir peur. Le calme avait repris possession des lieux. Quelques inspecteurs vinrent chasser les souris et clore l'incident. Katia s'éclipsa en emportant dans sa main l'animal chétif.

La nuit était tombée, la Ku'damm déserte. Katia se sentait comme elle, affreusement seule. Pour se donner contenance, elle parlait à la souris. La température était idéale : ni vent, ni pluie, ni nuages, qu'un ciel de printemps étoilé magnifique, qu'une voûte céleste qui semblait annoncer les cieux.

Elle ne chercha pas sa voiture. Son chauffeur avait dû prévenir Ludwig de la panique et son mari devait l'attendre nerveusement.

Berhnard cessa de marcher et se tourna vers le jeune homme. Il n'eut pas à ouvrir la bouche, quelqu'un d'autre intervint pour lui.

— Ferme-la, imbécile ! C'est Berhnard von Lüneburg, un ami personnel du Führer.

Le jeune homme baissa les yeux et exprima ses excuses. Lüneburg hocha la tête sévèrement et fit volte-face. Il posa sa main sur celle de Katia accrochée solidement à son bras, la lui caressa du pouce pour la rassurer. Ils marchèrent vers cette demeure horrible qui lui avait sauvé la vie.

Berhnard et Katia étaient dans le vestibule. Ils ne disaient pas un mot, intimidés de se retrouver. Ni l'un ni l'autre n'esquissaient un geste, ils se regardaient simplement en souriant. Fouillant dans cette simplicité qui avait guidé ses pas, Katia s'approcha de Berhnard et le prit dans ses bras. Heureux, Lüneburg la reçut avec amour et ils demeurèrent longuement enlacés comme de vieux amants trop longtemps séparés.

— J'ai soutenu tes œuvres, fit-il en essuyant les larmes de ses joues.

— Je sais.

— Je ne pouvais pas te l'avouer, continua-t-il. Il aurait fallu que je t'explique mes comportements en Suède, puis ces fêtes de Hanovre et enfin ma vie de Berlin. Mais Katia, je ne veux rien changer. J'aime être les deux. Je suis prêt à me battre, mais je ne veux rien perdre pour ma cause. Je suis très égoïste.

Elle conservait son sourire mais lui fit signe de se taire.

— Tu es seulement un être humain, Berhnard.

Il baissa les yeux.

— Je sais tout cela depuis plusieurs mois. Hubert m'avait tout expliqué le soir même. J'aurais fini par comprendre de toute façon.

— Mais alors, pourquoi n'es-tu jamais revenue me voir, ici ou dans le parc ?

— Je pensais que tu ne me pardonnerais pas d'avoir mis en péril tes deux personnages.

Doucement, il l'invita à passer au salon où le magnifique piano à queue, le brocart et les toiles de maîtres la rassurèrent sur son bon goût. Elle n'aurait pu contenir un sarcasme si elle avait rencontré cette horrible sculpture au pénis d'où s'écoulait du champagne.

— Désires-tu un verre de vin?

Elle acquiesça en étudiant le décor somptueux qui l'entourait. Il lui tendit sa coupe et s'assit en face d'elle. Dans sa poche, peut-être à cause du calme revenu, la souris se manifesta. Katia se leva et la sortit. Berhnard sonna et on apporta un grand contenant pour déposer la souris. Pendant que Katia rassurait sa protégée du confort de sa future demeure, elle expliquait aussi à Berhnard la présence de sa curieuse amie. Il se sentit troublé. Tout ce que Katia faisait se résumait en un seul mot, si sali et si bafoué. Katia n'agissait que par amour et elle aimait tout ce qui vivait. Il se sentait dépassé par sa force et l'admirait.

— Et ce livre, Katia, valait-il que tu risques ta vie pour le sauver?

Elle hocha la tête. Son visage se métamorphosa en une oasis de paix, d'abandon et de félicité. Berhnard se sentit encore davantage intrigué. Elle avança et lui tendit son énorme livre. Elle ne l'avait pas même regardé, pas même ouvert. Aucune lettre n'avait été lue par ses yeux, aucune phrase absorbée par son esprit, pourtant... Elle le lui donna sans le regarder. Elle n'avait pas besoin de le voir pour le croire.

— *Le Soleil d'Alexandrescu*, lut-il à haute voix.

Il l'interrogea du regard.

— Ouvre-le et lis la dédicace.

Comme l'on découvre sans surprise un trésor parce que l'on avait toujours été convaincu de son existence, une simple dédicace trônait au début du volume traduit en allemand. Trois phrases et une signature qui dans une nuit d'horreurs et de drames l'avaient appelée au secours. À travers les ténèbres de la nuit, la vie et l'amour avaient revu le jour.

— À Katia, avec tout l'amour du monde. D'une alouette à Kalinka. À la femme de la fontaine... de Robert Letellier.

REMERCIEMENTS

S'il existe une muse dans l'océan de l'inspiration, je possède sans aucun doute la plus grande. Elle est toujours auprès de moi, tout autour de moi, en moi. Elle m'apporte de la lumière tous les jours de ma vie et sans elle, aucune de ces lignes n'aurait vu le jour. Je tiens à la remercier en premier. Merci, Luc, pour toutes ces phrases que tu m'as offertes. Tu ne t'es jamais contenté du minimum, tu n'as jamais rien exigé de moins de moi que l'excellence. Vois ici s'imprimer toute l'expression de ma gratitude, de mon amitié et de mon amour (...et ceci n'est pas de la science-fiction...).

L'écriture demande de la solitude, du silence et de la concentration, mais les explosions de joie qu'elle provoque demandent un témoin silencieux et affirmatif de la magie qu'elle procure. Merci, maman, pour toutes ces nuits sans sommeil où sans non plus comprendre exactement de quoi il s'agissait tant j'étais confuse, tu me faisais signe de continuer à parler pour que je comprenne mieux moi-même toutes les ficelles de cette longue histoire. Merci d'avoir chassé les noms dans le dictionnaire afin d'éviter de retrouver dans ce roman « un Polonais appelé Marcus Jonhson »... Merci d'avoir toujours été là, simplement, dans tous les moments de joie et à chacun de mes pleurs. Je t'aime énormément, profondément.

Ce roman a été le fruit d'une lente maturation. Il y eut d'abord l'*Euréka*, moment de gloire où l'idée qui passe est attrapée par l'esprit, et la toile de cet instant sublime suspendue dans mon salon. Merci papa d'avoir exprimé cet instant, d'avoir reçu la grâce de peindre en couleurs ce que seule l'imagination conçoit. « Une fois c'était une petite fille, elle était petite, elle n'était pas grande... » Merci pour chacune d'elles. Merci pour le support technique des jours maigres où l'impression d'une page se calculait en argent. Grâce à toi, je n'ai jamais manqué d'encre. Merci pour tes conseils que je critique et pour tes critiques que je conseille. Ils font leur chemin. Je t'aime de par tous les êtres que je suis, de ta jeune fille devenue femme à la créatrice devenue écrivaine.

À toute cette famille de Julie, Pierre, Stéphanie et Valérie, merci. Chacun votre tour, de mille et une manières, vous soutenez mes efforts. Si dans les faits l'écriture d'une histoire est une foule de petites lettres attachées les unes aux autres, votre aide est une suite de petits actes anodins mais essentiels qui m'ont permis d'écrire. Je vous aime tous gros gros...

À chacun des membres de ma belle-famille (terme qui prend toute sa valeur puisqu'elle est effectivement très belle...), Richard M., Astrid R., Marc M., Diane B., Olivier, Dominique, Roch M., Marie M., Katherine, Marie-Pier, Caroline, Jean-Sébastien, Diane M., Richard V., Manuel et Marilou, qui m'a adoptée avec tant d'amour, de chaleur et de sincérité, merci. Vos mots d'encouragement sont, les jours difficiles, une motivation de plus à écrire. Je vous aime beaucoup, des plus grands à chacun des plus petits.

Un grand merci aussi à mes correcteurs et auditeurs, ceux du début et ceux des dernières heures. Vos conseils m'ont été inestimables. Luc M., Ange-Marie F., Aline S.-F., Joey C., Claude S., Yakov R., Michelle L., Alain H., Diane M., Marcel S., Julie M., Nadyne S., Marise G., Louise V., Nathalie C., Isabelle D. et André A.

Vous n'avez épargné aucune énergie et me corriger n'est pas toujours facile. Votre travail et votre écoute méritent toute ma considération.

Je salue aussi avec chaleur le soutien de J.-F. Malherbes, de P. Deroi et F. Paquet. Merci, du plus profond de mon cœur.

Je remercie aussi de chez Québec Amérique N. de Bellefeuille et A.-M. Villeneuve pour la joie qu'ils m'ont procurée d'avoir fait de moi une écrivaine.

Une douce pensée pour Victor Vasnetsov (1848-1926), ce peintre russe qui, à plus d'un siècle de moi, a su exprimer l'ambiance de mon roman à travers cette magnifique toile *Alyonushka*. (Merci aussi à la mémoire de Normand.)

Un dernier merci à tous ces anonymes qui ont inspiré ce récit. Peut-être un mot, une phrase, une idée, mais ce roman et ces personnages ont souvent les pieds bien ancrés dans la réalité. Parce qu'une simple conversation avec un écrivain n'est jamais aussi banale qu'on le croirait... merci à vous tous sur mon chemin.

enfin à ses pieds. Soulagée, elle sourit. Elle sauvait un livre. Elle le ramassa et le tint solidement contre elle. Elle était pour quitter les lieux quand deux jeunes hommes vinrent vers elle, menaçants.

— Rendez-nous ce livre.

Katia s'aperçut alors qu'elle avait tenu davantage à ce livre qu'à sa vie. Elle regarda autour d'elle pour s'enfuir. Rien, sinon la mort.

— Non, je le garde.

Les deux jeunes hommes se regardèrent avec surprise. Qui était cette femme pour nier leur force et affronter leurs ordres ?

— Madame, fit l'un d'eux en étudiant ses vêtements coûteux, c'est la dernière fois que nous vous le demandons. Si vous refusez encore, vous serez arrêtée. Donnez-nous ce livre.

Ils n'étaient pas préparés à essuyer un refus. L'ordre ne tolère pas le chaos. Lorsqu'il le croise, il le devient. Il est son pire ennemi.

Katia s'obstina. Mourir pour un livre. Vivre pour un livre. Sauver une histoire et périr avec elle.

— Non.

Trois autres hommes vinrent et la prirent par les bras pour la conduire vers un camion où quelques personnes attendaient d'être données à la police. Elle se débattit vivement. L'un des trois tenta de lui arracher le livre. Alors, ses forces décuplèrent et elle se mit à crier. Comme une sauvage, elle frappa tout ce qui approchait son corps, sa souris et son livre. Deux autres hommes s'apprêtaient à la maîtriser lorsqu'une voix sortie des ténèbres ne laissa place à aucune objection.

— Arrêtez !

Chacun figea et tous se tournèrent vers la voix.

Un homme marcha vers elle, lui prit le bras et, d'un pas hautain, ils traversèrent les rangs des combattants. Katia, pendant qu'ils avançaient, ne pouvait détacher ses yeux de Berhnard von Lüneburg.

— Mais elle a pris un livre, intervint l'un des S.A. plus téméraire que les autres.

Elle n'avait pas envie de lui téléphoner pour le rassurer. Pour ajouter du poids à sa bonne conscience, elle se dit que toutes les lignes devaient êtres occupées par les débordements de la soirée.

Elle arpentait les trottoirs lorsque des cris attirèrent encore son attention. En longeant le mur, Katia avança vers le bruit. Ce fut d'abord la fumée puis le feu à l'horizon qui lui firent accélérer le pas. Faisant fi de toute prudence, elle allait vers son parc, convaincue qu'il flambait. Rendue à plusieurs mètres du feu, elle aperçut des S.A. qui brisaient les vitres d'une librairie. Katia continua à cheminer. Elle parvint finalement devant un feu de livres. Des centaines de volumes étaient empilés et brûlaient. Aucun S.A. ne faisait attention à elle, tous étant trop occupés à retourner à l'intérieur de la boutique et à rapporter des brassées de connaissances et de trésors à jeter aux flammes. Elle déposa la souris dans sa poche.

Katia leva les yeux vers la vitrine de la librairie pillée. Là, seul comme elle, au premier plan, un nouveau roman se tenait. Elle plissa les yeux pour tenter d'en voir le titre, mais l'opacité de la nuit et la clarté brutale des flammes nuisaient à sa vue. Elle marcha vers le livre. Il lui semblait qu'il l'appelait, qu'il lui criait de le sauver de cette nuit de sauvagerie, de le prendre dans ses bras de paradis et de le cacher de ces ignares qui sans fléchir assassinaient la mémoire.

Au moment où elle allait s'emparer du livre, une autre main le prit en premier et le jeta aux flammes. Katia le suivit. Il lui fallait ce livre, ce livre entre tous les livres tués cette nuit-là. Faisant fi du danger, hypnotisée, elle avança la main vers le livre qu'aucune flamme n'avait léché. Elle n'était plus qu'à quelques centimètres lorsque la pyramide mortuaire s'effondra. Dans la confusion, Katia chercha désespérément le livre. Elle fouillait le feu des yeux, bougeait la tête en se protégeant le visage de la chaleur et de la lumière. Le regard humide et le cœur brisé par l'échec, elle l'aperçut